徐小斌经典书系｜第六卷 长篇小说

天 鹅

徐小斌 著

作家出版社

总序　梦想成精——徐小斌的小说世界

陈晓明

徐小斌在当代中国文坛虽然说不上是妇孺皆知，但说她声名远扬是不为过的。这当然主要体现在徐小斌是一位个性显著的作家，喜欢她的人会盛赞不已。无疑，徐小斌是一位实力派作家，她获得的赞扬与她作品创造的意义相比是恰如其分的，甚至有不少评论家会说，徐小斌是一个被低估的作家，她的作品中显然有很多的内涵还有待深入挖掘。徐小斌内心十分沉静，始终以自己的方式写作。她对文学的那种执着的态度和方式，是当今中国作家所少有的。徐小斌追求一种纯粹的文学，一种用汉语的纯美品性来书写的文学。这种说法似乎显得很不必要，这能说明什么问题呢？她似乎并不为时代热点所动，也不追逐重大的历史命题，她的探索也不介入某些潮流。但徐小斌个性鲜明却又具有多面性：对于一部分人来说，徐小斌是一个玄奥的有神秘主义意味的作家；在另一些人看来，她是一个准女性主义者；一些人认为她的写作非常前卫，也有一些人会把她看成一个把传统风格发挥到极致的人。说到底，这主要源自她的写作本身的多面性。但不管怎么说，徐小斌对小说孜孜不倦则是肯定的。对于她来说，小说就是她的生存世界，她倾心于这个世界，把自己全部交付给这个世界。以这种态度来写作小说，也就不难理解徐小斌的小说充满着虚构的色彩，这个世界融瑰丽的想象、诗性、形而上的神秘意念于一体，在我们的面前无止境地伸展敞开。

一、让女人成为文学的精灵

徐小斌的小说写出一系列极其独特的女性形象，足以让她在当代中国文坛独树一帜。她笔下的女性与在历史和现实中还原的女性形象很不相同，她的女性形象，更主要是诗意想象与神秘体验的产物。1993年的《迷幻花园》标志着徐小斌写作的新阶段，她把女性的绝对的爱欲放置到她的写作中心，把语言的精致化，与生存世界不可知的可能性及其宿命论思想相结合，构造了一种纯粹隐含着复杂变异的小说叙事文体。《迷幻花园》属于实验性很强的作品，它没有明晰的故事情节，但是有着非常精致的感觉片段。写过《对一个精神病患者的调查》的徐小斌写下这种小说是一点也不奇怪的，那篇关于精神病人的小说，据说给诗人海子以很大震动。而《迷幻花园》又是一次对女性的某种接近疯狂状态的心理描写。在最低限度上，这篇小说可以看成是关于两个女人和一个男人的故事。显然，这个故事并不重要，重要的是它引向对女性绝对命运的探寻。少女之间惯有的纯真友情，在这里被处理成女人最初的“镜像置换”。芬与怡最初通过对方认识到自己的特征，并且在后来的岁月里，她们总是处在奇怪的分离和重叠的状态中，她们各自占有对方的位置，又不断迷失。徐小斌似乎试图表明女人永远找不到自己的位置，芬夺取怡的位置不过是完成了一次放逐。女人的形体与灵魂永远错位，因为中间总是插入一个绝对的男性，她们永远无法跨越这道门槛。徐小斌对女人存在境遇的书写，充满了绝望的诗情，那些悲剧式的女性闪烁着精灵一样的美感。

随后的《双鱼星座》看上去是在讲述“一个女人和三个男人的古老故事”，但这个古老的故事被徐小斌以非常个人化的当代性的经验加以改造。卜零，这个优雅而聪明绝顶的知识女性——与其说这是典型的知识女性形象，不如说是知识女性乐于认同的自我形象。这个优雅的女人在三个男人之间周旋，对家的厌恶，对权力和社会制度的拒绝，与对爱欲的纯粹追寻相混淆，使卜零如此密切地扣紧这个时期的物质生活。那些流行的俗世价值观念，又不断地在虚幻的空间、在自我的想象中呈现。古典时代温情脉脉的两性关系，那个生活的寄托——家，在这里却是生活的牢笼，一个极为虚假而没有实际内容的处所。在20世纪90年代，这个被普遍描述为商业/文化二元对立的时代，徐小斌率先展开了对变了质的两性关系的书写。这一切混杂着对这个时代的流行价值的抨击和那些生命神秘体验的寓言性叙述，使得徐小斌的这个既古老又当下的故事具有犀利的直接性和女性神话学的另类经验。

徐小斌一直在探索一种新的写作法则，促使那种玄妙的形而上的思想意念与明晰流畅的故事相交合——这在某种意义上也表征着20世纪90年代趋向于形成的多元性的叙事法则——显然，对女性爱欲的关注使她找到连接二者的自然通道。把女性的爱欲与某些循环论和文化原始神话相混合，构成她叙事的内在意蕴，它们使她的那些关于女性爱欲的故事具有不可知的神秘性。她刻画的那些女性像是一些镜子中的人，像在水上行走的精灵，她们以遗世孤立的姿态决绝地走向生活的绝境。然而，她们却又异常明晰地折射出当代生活的那些直接的现实和流行的价值观念，以女性的特殊的话语实践对当代生活作出尖刻的析解。她的叙述是一些独白，又是一种现实；是一种呈现，也是撕裂；是一种抚慰，更是一种抗议。

《敦煌遗梦》是徐小斌20世纪90年代有代表性的长篇小说，它显示了她对形而上事物的爱好，以及具有多元综合的描写生活的能力。这部长篇更是抓住“敦煌”这个神秘而神奇的空间来展开叙事。宗教的神秘、世俗的爱欲、权力和阴谋，三位一体构成这部小说的叙事主体。

整个宗教世界在叙事中起到了双重的作用，其一是与世俗的爱欲相对构成了一个“生命之轻”的叙事圈；其二是宗教的那种神秘性氛围与世俗的阴谋构成了一个“生命之重”的叙事圈。这两个叙事圈又经常交合在一起，它们显示了生存的复杂意味。

小说叙事的表层是一个典型的浪漫的爱情故事。男主人公张恕和女主人公肖星星邂逅于敦煌，他们之间很快就产生了感情。但这个感情关系很快被另外两个人的出现打破了，一个是无哗，另一个是玉儿，这里迅速出现了四角关系。令人惊异的是他们各自都找到了另一种爱欲，出现了错位式的爱情。这部小说的叙事，或者说肖星星和张恕这两个人物总是在精神、爱欲、阴谋三者之间循环，他们像某种怪圈组合在一起，在每一个极端总是预示着另一个起始，总是向另一个对立项转化，而具有一些奇妙的双重意味。这部小说无疑企图求解生命存在的极端含义——它是那些女性末世学或宿命论，灵魂转世学说以及玄奥的博弈论相混淆的超级方程式。然而，对于徐小斌来说，这些形而上的理念，这些神秘而玄奥的宿命哲学，绝对不是她要明确解决的理论问题，它们仅仅是一些悬而未决的背景。她的小说的叙事是快乐的，是灵巧而智慧的。她把中国古代的宗教与当今中国的生存现实相连接，把最神秘的宗教体验与女性的爱欲经验相混淆，把邂逅的浪漫与贩卖文物的国际阴谋相接轨……这些都显示了徐小斌的小说叙事的开放笔法和引人入胜的精彩结构。

徐小斌发表于2000年的《女觋》是一部神秘而怪诞的作品，在短篇小说的篇幅里，讲述了一位虚构的燕国公主的奇特人生，在战国征伐、荆轲刺秦的历史缝隙中，这个未得史书记载的女性寻觅着自己的人生价值。她曾追逐情欲，却爱而不得，她曾试图重整河山，却发现什么也改变不了。在命运的无声指引下，她终于走向了女觋的神巫洞，在最深的自我封闭中接近了最玄妙的真理。这个神秘主义的故事始终有一个爱情故事的形状，公主的爱情和她的开悟纠缠不可分割，不可捉摸的世界本质有了感人至深的世俗形象，二者严丝合缝，折射出徐小斌高明的叙事策略和深刻的形而上思考。

二、虚构绝对的女性历史

多年来，徐小斌一直在讲述女人的历史，20世纪80年代中期，她远离文坛中心，沉静而执着地写作。人们几乎突然才意识到这个人是一个不容忽视的存在。1999 年 1 月的某个周日，在北京新落成的巨大的图书大厦里，《羽蛇》的首发式签名售书吸引了络绎不绝的读者，创下半天售出三百七十多本的纪录，把徐小斌的书写事业推向炫目的高峰。但在闪烁的镁光灯下，徐小斌却依然沉静如初。对于她来说，《羽蛇》不是结束，而仅仅是开始。

《羽蛇》是一部纯净深刻的作品，散发着古典主义的怀旧情调。但在其单纯的外表下，掩藏着相当丰富的关于女人历史的种种探究。

《羽蛇》构造了一部绝对的女人历史。说其绝对，是指这里的女人历史与男权历史相对立，这部历史顽强地抗拒世界历史的宏大叙事。《羽蛇》的叙事明显是一种历时性的结构，小说的情节发展与中国现代史同步，历经民国、新民主主义革命、社会主义革命、文化大革命、改革开放、跨国资本主义时代。小说历时几近一个世纪，概括中国现代启蒙与革命的变迁过程，一个家族无可挽回地走向破败的历史。以玄溟为首的女人群体，也是一部中国现代历史。历史的变迁，使这些女人历经沧桑，面目全非，她们由富贵而贫困，由娇艳而衰老，由天真而怪戾。历史严重改变了这些女人的外部，但没有改变女人的内在性。这些女人一如既往，执着地根据自己的内心愿望顽强生活下去，她们几乎是自觉走向命定的归途，但她们从不根据外部历史的变化而改变自己的品性和内心生活。玄溟是一个旧式中国妇女，这个据说曾被慈禧太后抱在怀里的聪明伶俐的女孩，后来看上去像是传统中国父权的卫道士。事实上，玄溟象征性地意指着中国传统父权的危机。小说中晚清时期的“老爷”，即玄溟的丈夫不过是“纸老虎”，几乎是缺席的。小说写到这个家族最高的男权人物“老爷”的时候很少，我们知道他不过是个洋务买办（铁路局长？），在外面养了小，很少回家，保持着中国传统男权的不少恶习。传统中国的男权历史不仅半殖民化，而且陈腐不堪。玄溟真正操持着这个家族，统治着这些女人，她们自成一体，构成一个后母系社会。徐小斌是有意还是无意？这个家族的男性或虚弱不堪，或英年早逝（如天成）。这个家族不再是男权驾驭女人的强权社会，而是男人落入女人圈套的生存游戏。陆尘这个风度翩翩的男人，没有逃脱玄溟为若木设计的婚姻规划。徐小斌笔下的男人通常都是一些庸碌之辈，或者是一些漂亮脆弱的剪纸式的人物。虽然男权构造的历史庞大而充满暴力，但作为个人的男性却无所作为。男人是一些集体性的群居式的盲从动物。徐小斌的女人却始终不渝地有着她们的发展史，乃至于个体发展史。每一个女人都有她的存在理由，她的选择与目标，她们永远怀着最初的生命动机，坚忍不拔地走向生命的终结。玄溟着笔虽然不多，但整部小说却始终渗透着她的气息。这个女人历经半个多世纪，历史已经发生翻天覆地的变化，但她却依然故我，还保持着她对这个家庭的精神支配，她甚至连口味都没有变化，她没有迁就外部社会，她有着自身不变的历史——一种看上去微不足道的然而却是最具韧性的自在的历史。

玄溟的精神在若木的身上以更加怪戾的方式加以繁衍。若木跨越几个时代同样没有改变个人的品性，革命把陆尘变成一个平庸的技术官僚，但却没有改变若木拿着金钥匙掏耳朵的姿势。受过良好的中国现代启蒙教育的若木，知书达理只是她的外表，用于俘获一个理想丈夫的手段，她的骨子里却渗透着中国传统妇道人家的本性。这正如浸淫现代性的中国，并未摆脱它的传统本性一样。若木在年轻时就习惯于颐指气使，对女佣进行精神虐待毫不手软。成为母亲之后，她并不像中国文学里通常的母亲形象那样温柔贤惠，而是一个尖刻怪戾、反复无常、冷漠自私的女人，总之，她凭着她的本性生活，与玄溟一样拒绝被历史同化。

小说的主人公羽和她的两个姐姐绫和箫，这是几个个性鲜明独特的女子，能把几个女人写得活灵活现，性格迥异，也可见徐小斌的笔力非同凡响。绫与箫是不同类型的女子，绫的故事充满了女人凭着内心冲动去选择生活的渴望，绫机敏善变，但她从不屈从于环境，我行我素是她的本性，她选择丈夫和情人完全凭一时的冲动。这个开放的女子实际非常自私，她渴望男人，但她却用了低俗的手段去控制男人，甚至加害自己的妹妹箫。看上去老实的箫，也有着自己对命运的不动声色的主动把握，徐小斌笔下的女人都很有质感，就在于她们每个人都有自己的本体存在，有着自己不被外部世界异化的内心生活。在任何时候，女人的个人生活史都是一部不可更改的独特史。徐小斌从不回避直接表现女人的内心欲望，女人对自身的身体意识，反复地读解自己的身体，这是徐小斌表现女人自我意识的一种方法。尽管这种视角多少夹杂了一些男性的欲望化想象，但徐小斌优雅的叙述总是能创造一种动人的氛围。

当然，小说的主人公羽是徐小斌刻意创造的一个绝对的女性。之所以称之为绝对的女性，在于羽是一个非同寻常的女性，她的存在方式，她的经验已经超出日常生活中的女性，而是由关于女人的绝对概念构造而成。或者说，她是一个本质性的女性。这并不是说徐小斌描写的这个女人只是从概念出发，这与我们过去批评的“左”派政治所设定的概念化人物根本不同，后者不过是政治意识形态规定的同语反复的产物，而前者则是作家个人能动地认识世界的思想结晶。羽被刻画为神经质，具有神秘主义本能倾向，向往形而上学，对不可知世界的迷恋，文身，与佛教徒和异见人士的爱恋，变相的反俄狄浦斯情结（即仇母情结）等等，所有这些没有一个行动表明羽属于现实世界。羽始终觉得自己与世界格格不入，周围充满了生活的陷阱，但她只是顽强地保护着个人的内心幻想，她与周围的世界无关，她只根据她的内在本质行动。羽像是徐小斌理解的关于女人的本质，或者一种本质的女性。关于羽的叙事，完全采用了诗化的和神秘化的表意策略。对羽的表现可以看出徐小斌叙述的特殊方式，羽的幻想特征使小说具有双重世界存在的可能性，羽一方面沉湎在自己的拉康式的“幻想界”里，另一方面却经历着真实的“现实界”。她所经历的那些事件和人物，如果做些简单的考据学工作的话，可以找到纪实性的原始素材依据。但这些并不重要，羽的故事可以进行拉康式的读解，令人惊异的是，羽是对拉康理论的女性主义式的改写，也就是说，杀父娶母的“俄狄浦斯情结”被改变成一个女人作为主体的故事。与之相关的“菲勒斯”崇拜，也被最大限度地改写了。羽似乎从来没有成年，处在历史的脱序状态，她同时也疏离于母系社会的历史。“脱离了翅膀的羽毛不是飞翔而是飘零，因为它的命运，掌握在风的手中。”羽在飘落，始终向着黑暗飘落。徐小斌对一种状态和感觉的把握是相当出色的。

小说中出现了几个男人的形象，他们无一例外属于女性历史的反面。圆广/烛龙也只有在羽的幻想界里才具有超凡的精神力量，一旦回到现实界，例如烛龙，后来也不得不显出凡人的疲惫。男人的历史是可疑和可悲的，也许是无意的，徐小斌写到的两位可以为女人接受的男性，烛龙和朋，一个是流亡的异见人士，另一个是携款外逃的经济犯。这就是男人的历史。支撑这个世界的强大的男性力量，正处在深刻的危机中，这两个男人不过象征性写出了这个时代的男性与世纪初的男性（老爷之流）所遭遇到的不同命运。

但不管如何，《羽蛇》讲述的女人的故事无疑是独特而丰富的。这部“后母系社会”式的女性史，展示了女人是如何按照自身的历史延续性，拒绝和疏离男性轰轰烈烈的现代史的生活历程。在现代性的宏伟历史进程中，自在独立的女性史在徐小斌的笔下并不是平静自在自为的，这部女性的历史也不是和谐融洽的，女人在现代史的背景上，开展了自己的历史活动，成为女性书写自己历史的起源。就是在这个从社会学的角度来看作为一个由血缘关系构成的女性家族里，女性之间的排斥和敌对，构成其历史的主导内容。这也许是徐小斌的惊人之处，当她把女人的历史与男人的历史对立起来时，她并没有去讲述一部女权主义者惯常要关注的姐妹情谊（与男权世界对抗），而是女人之间，特别是女性亲人之间的敌对。这些女性都进入宿命论式的对立和仇视。一个排除了男权的女人世界，充满了令人惊异的压制与颠覆、爱与背叛的斗争。在所有这些斗争中，母女之间的对立构成矛盾的轴心，母亲对女儿的控制与戮害，女儿对母亲的逃避与反抗，形成层出不穷的环节。

若木在年轻时为母亲玄溟所支配，上学时母亲居然坐在后座监督，母亲设下圈套为她找一个如意郎君，女儿的生活按照母亲的意志发展。幸福这一概念被母系社会的权力所曲解。当若木成为母亲后，她也没有放弃对女儿的精神压迫，羽时时感受到母亲的冷漠，从小她就顽强地相信“母亲不爱她”。在女儿发现母亲的“不爱”时，羽又在找寻另一个母亲，她与金乌的关系，就更具有恋母的意味。确实，小说中不止一处写到“寻母”的情节，血缘关系似乎发生危机，而精神之母则在她们的心灵里占据着支配地位。金乌同样是一个“失母”的人，徐小斌在这里编织的故事有着某种哥德尔数学悖论式的怪圈。这些遭遇母亲遗弃的女儿，却在坚持不懈地寻找精神之母。而金乌和羽的相遇，更像是来自母系社会的某种原初记忆。她们在撒满鲜花的浴池里采取的性行为，在小说的叙事中，无疑有奇特的象征意义。这个行为如果把它理解为是对母系社会的原始记忆的某种恢复，不过是一种施行成人礼的史前仪式的象征行为。也许在徐小斌看来，血缘并不足以构成母系社会的内在凝聚力，相反，她看到血缘关系的困境。徐小斌骨子里是一个反社会的唯美主义者，她把一切社会性的结构关系，都看成是违背人性、压制人类之爱。只有“美”才是维系人类相爱相亲的根本纽带。在某种意义上，徐小斌讲述了一部后母系社会的历史，她又以血缘关系为支点对其进行解构。她显然在设想重建一种女性历史的可能，这就是以“美”的理念为新的历史起源。

三、关于美与神秘以及神话写作

徐小斌从来不掩饰她对美的赞颂，以至于这在她的小说叙事中成为一种障碍，她的主要人物几乎都是超凡脱俗的，美在精神上战胜一切丑恶事物，美本身就是最高的神性。在小说中不难看到，所有美丽的事物都遭遇到政治或人性的迫害或亵渎，但在所有与美的对抗中，政治或人性之恶在精神上早已处于劣势。金乌或金乌的父母都无不如此。徐小斌笔下的美的事物也经常夭折或最终毁灭，特别是她的作品中经常出现一些年轻的男子，他们主要是女性幻想的纯粹男性形象。徐小斌的审美理念的核心是女性的怪异之美，来自于女性的神秘本质。因此，“美”在徐小斌的小说叙事中，就不仅仅具有感官的特征，它们具有复杂的思想内容。特别是这些美的事物所具有的神秘主义倾向，使徐小斌的小说叙事透示出准宗教的精神底蕴。

神秘主义是徐小斌始终不渝追逐的思想意蕴，这使她的小说叙事在一种透明的质感中，隐含着某种不可知的宿命论观念。早在《敦煌遗梦》里，徐小斌就试图把宗教思想作为小说叙事的背景意义，起到隐喻作用。在《羽蛇》中，可以看出徐小斌的这一做法更加圆熟老练，羽的那种对外部世界、对母系家族统治的厌弃，根源于她内心的宗教冲动，她对神秘性事物的向往。她的类似梦游的刺青行为，是她幻想的宗教经验。烛龙不用说，完全是一个根源于她的女性原初记忆的男子。羽的行为和感觉，因为宗教的背景，而并不让人觉得怪异，使羽可以超越现实的逻辑，执拗地在自我的世界里行走。刺青不过是一种视觉效果，是徐小斌借此沟通神秘世界的一种符号代码。刺青是一种反常的重写身体的行为，它以符号化的方式给身体命名，通过对肉体的改写而遮蔽肉体，并给予肉体以精神性的象征意义，它使活的肉体与远古图腾，与已死的历史相连接。文过身的身体不再是单纯的肉体，它已经给予一个象征的和超越的来世。隐秘的文身是对现世的一种逃遁，就像当今时代展露在外的文身是对社会的反抗一样。确实，徐小斌借助了象征符号，赋予她的人物以特殊的超验性存在。因此，徐小斌的小说总是有一种形而上的超越性意义，她在那些日常性的世俗化的生活的深处，置入不可知的神秘主义意味，这使她的小说具有引人入胜的可读性，又不失玄奥的生命体验意义。

徐小斌的小说写作富有才情，想象奇崛瑰丽，她热衷于制造空灵优雅的艺术氛围，在处理那些年代久远的故事时，可以看出她的叙事得心应手，对徐小斌来说，小说叙事并不是形而上观念的产物，也不是一些概念化的演绎，尽管她的小说隐含着难以言喻的不可知论或宿命论的意义，但她的大部分故事主体都来自她个人的直接经验和记忆。仔细阅读徐小斌的这部小说，也不难发现，那种强烈的虚构色彩，与某种可以在经验中印证的事实相混合，构成小说叙事的内在张力。小说的叙事呈两极发展，幻想中的超验世界和可理解的现实世界。这两条线索平行发展或交叉运行，使小说叙事虚虚实实，变幻不定。可以看出徐小斌驾驭小说叙事的出色才能。但同时也可以看出，徐小斌在迷恋那些玄奥的观念的同时，也难以拒绝那些蛊惑人心的直接经验，这使她在如何把握小说叙述视角方面具有双重性：她不断地用描写性很强的句式去表现她那些“真实的”直接经验。并且随着小说叙事切近当代生活，特别是靠近当前的生活，小说越来越采用纪实手法。小说到后半部分差不多抛弃了对幻想经验的表现，而转向更实的现实经验。到底是这些已经发生过的真实故事吸引徐小斌，使她有理由相信，现实（已经发生的经验）比幻想经验更有力，还是因为那些玄虚的描述已经令人疲倦？一些当代作家只要一写到当前生活，就感到困乏无力，他（她）们几乎处在双重困境：现实本身以两极形式呈现出无法捉摸的特征，要么现实就是一团毫无生气的日常流水账，它使文学虚构无从下手；要么现实本身就神奇精彩，它使文学虚构相形见绌。很显然，徐小斌一写到当代生活就遭遇到后一种情况，她的经验世界里存留了一些使文学虚构黯然失色的故事，她试图用实录的手法使之再现。小说的虚构功能已经难以与现实本身不断创造的奇闻逸事相媲美，对“事实”（或真实）的崇拜，已经成为当代由电视媒体制造的认知体系的首要真理，文学虚构不得不怀疑自己传统的审美观。如果说，传统现实主义对“事实”（或真实）的强调，不过是在意识形态先验论意义下的虚拟，那么，当代虚构文学已经不再严格依附于一种强制性的意识形态，它只是从现时代的认识论意义上，对“真实”和“纪实”表示认同（屈从）。但就《羽蛇》的叙事总体而言，徐小斌把握幻想界和现实界的关系还是相当成功的，一部叙事跨越近一个世纪的小说，并没有笼罩旧时代的氛围，相反，始终充满了当代气息，这得益于作者随时把握住的主观化的叙述视角，并自然地把故事引入当代现实。

总之，《羽蛇》是一部奇特而值得耐心读解的作品，作为一部少有的在历史变动中全力书写女性的小说，徐小斌揭示了一部意味无穷的女性系谱学，特别是她触及的存留在母系文化谱系中的深刻矛盾，既反映了人类最久远的经验，也提示了人类现在以及将来可能面对的问题。这部小说的丰富、深刻和优美，都表明了当代中国女性写作所达到的高度。没有任何理由认为女作家写的具有女性主义倾向的作品就是好作品，或值得一读的作品。就像中国任何概念都要迅速庸俗化和廉价一样，女性主义这只标签也快被弄得面目全非。指认徐小斌小说的女性主义特征，并不是因为作者的女性身份（正如女权主义者西泽斯所说的那样，女性作者完全有可能写作非常男人化的书），也不是因为作者讲述了一群女人的故事，更重要的在于作者以相当坚定的方式，揭示了一段含义丰富的女性自我认同的历史，女性自我异化的历史。性别身份的危机也许是徐小斌率先意识到的难题，这在当今中国文化中，其真伪一时尚难以断定，但徐小斌率先对此作了表述。徐小斌在这部小说的题记里写道："世界失去了它的灵魂，我失去了我的性。"事实上，世界并没有完全失去它的灵魂，因为文学一直在修复它；女人也没有完全失去她的性，因为文学使人们重新认识女人的性——这就是《羽蛇》的意义所在。

四、历史与文学相遇

在中国文坛，徐小斌虽然没有大红大紫，但她肯定是一个真正的实力派作家。没有人怀疑她对文学语言有着精致入微的理解，也没有人不为她所营造的神秘主义诗性所感动。她总是不温不火，不疾不徐走着自己的路。《羽蛇》是当代小说中难得的精品之作，数年过去了，徐小斌并未乘胜追击，只是不时出手一些唯美主义式的小说，若隐若现地印证着她所向往的那种飘逸境界。出人意料，2004年盛夏，徐小斌出版了一部长篇历史小说《德龄公主》（人民文学出版社），这显然令文坛大吃一惊。一直热衷于进入虚构的神秘诗性深处的徐小斌，何以会闯入务实的历史小说领地呢？历史领域曾经一度构成一部分先锋派作家的语言实验飞地，那是回避现实矛盾而又可以展示文本和个人独特感觉的有效空间。苏童、北村等人都有过类似的举措。但回归写实的道路来切入历史小说，这还是一种新奇之举，徐小斌这回可算是另辟蹊径。

这部小说讲述年轻漂亮而聪慧的德龄公主在欧洲长大成人回到中国，进入皇宫受到慈禧太后恩宠的故事。这个故事还交织着德龄公主与年轻的美国医生怀特的爱情，她的妹妹与光绪的感情纠葛。小说通过德龄公主的交往关系，展示了皇宫里种种人情世故，恩怨情仇。德龄公主目光所及，正是清王朝腐败无能走向衰败的历史时期，也是中国近代历史剧烈变动，内外交困的关键年代。小说把宫廷里的险象环生的权力斗争与风云变幻的政治风云结合在一起，揭示出从传统封建社会进入现代社会的历史艰难行程。总之，这是一个少女和一个帝国的故事，它呈现了一个庞大的古老帝国在风雨飘摇中度过的最后时光的情景。在全球化迅猛扩张的今天，看看百多年前古老的中华帝国初始遭遇西方文明挑战的场景，无疑更加令人触目惊心。

当然，“历史”在当今消费主义盛行的时代也变得神情暧昧，人们越是远离历史，越是失去历史，人们越是要以想象的方式重温历史。历史变成了人们消费的必需品，而历史也在消费中被放大或者消解。进入20世纪90年代，随着中国经济神话腾飞，媒体这个后工业化社会的典型产业的兴盛，“历史”成为小说、影视剧的热门素材。就近年而言，描写清史的小说或历史剧不在少数，徐小斌有什么过人之处还要做此选择？据说她花了整整四年工夫，阅读了从北图到首图的几百本资料，从收集资料到写作到修改，其中的甘苦不言自明。这显然比徐小斌做她擅长的虚构小说要困难得多。显然，徐小斌把握住德龄公主就等于把握住一个独特视角，而这一视角是过去的清史小说或影视剧所欠缺的。这一独特视角就是中西文化在近代转型时期的交汇与冲突。尽管过去的作品也写到这点，但都只是作为一个局部的视点附属于民族矛盾和政治斗争的主线，在徐小斌这里，德龄公主这一视角则是深入而全面地展示以慈禧为首的清廷对西方文明的极其复杂的心理和接受过程。

德龄的父亲是驻法公使，她自幼受到西式教育，她和妹妹容龄是舞蹈家邓肯免费收的二位学生，通晓西洋礼仪、教养、音乐和多国语言。慈禧对她的欣赏，与慈禧惯常给人的狭隘保守闭关锁国的形象大有出入。小说虽然也写到慈禧种种保守愚昧的思想与行为，但她对德龄的接受，对西方文明的有限吸收，似乎更深入细致地展现了清帝国对西方文明的回应。小说写到慈禧由抵触到接受卡尔给她画像的故事，这明显表明慈禧对西方文明做出的姿态，同时也表现了慈禧真实的心理变化过程。一个更具有积极态度面向西方文明的人物是光绪皇帝，小说写了光绪与容龄之间的朦胧的情爱关系，容龄教光绪弹钢琴、学英语，甚至还有西方宫廷舞，光绪显示出更加开放和富有热情的态度。德龄和容龄二人本身就是西方文明的象征，与其说她们是古旧的东方文明的女儿，不如说是西方现代文明的使者。她们带着西方的现代观念、现代生活方式、现代审美趣味走进这个古老的皇宫，她们带来了一股清新的更富有人性的自由气息。小说从这个角度非常细致透彻地表现了近代中国接受西方文明的艰难而富有戏剧性的过程，按照徐小斌所下的资料功夫，可以信得过她叙述这个中西文明在近代中国相遇时的情景和那些动人的细节。

小说始终贯穿的德龄与美国医生怀特的爱情故事，这本身就是中西文明交汇冲突的深刻写照。在那些日常生活的叙述中，这段爱情故事被写得充满浪漫气质。已经相当西化的德龄，一旦面对怀特的爱情，不同文化之间的差异性依然难以抹去。但徐小斌把这份爱情写得楚楚动人，那是更为纯粹的青春期的美好爱情，在这一意义上，人性超越了民族性。

多少年来在文学方面的磨炼，即使是在纯文学的水准上，徐小斌的叙述才能和语言功夫无疑是上乘的。做足了材料方面的功夫之后，徐小斌可以发挥她的想象力，这是一次历史的文学化，也是文学的历史化，它造就着一种新的文学品质。流行的（或者说主流的）历史小说主要以写事件为主，大起大落描写事件主脉，刻意构造戏剧性矛盾，罗织人物正反分明的冲突等等，使当今主流的大多数中国历史小说已经模式化。另一类则是戏说，无边无际的胡编乱造。在当今的文学格局中，历史小说一直是划归在通俗读物的范畴，在文学史的叙述中，也只是专列章节加以阐述，似乎与主导文学的现实没有实际关联。徐小斌的这部“历史小说”可以看出它鲜明的文学品质，这就是纯文学与历史小说的融合。从主流文学的意义上来看，徐小斌从历史那里借来材料，展开她对近代中国历史的探究，写出这个时代的帝王将相才子佳人的悲欢离合的命运。从历史小说的角度来看，徐小斌把纯文学的那种叙述方法融合进了历史题材，她强调叙述视点，强调叙述时间的变化和对比，强调人物性格和心理描写，强调语感和工整的句式，强调神秘体验和诗性氛围的营造……所有这些，都使这部小说达到相当高的艺术水准，也摸索出纯文学与历史小说结合的崭新道路，可以说开拓了历史小说表现的空间，把历史小说提升到主流文学的高度。

当然，在艺术上，这部小说让我们再次想起《红楼梦》的传统，想起作者沟通的那种古典记忆。这倒不是说慈禧使人想起贾母，光绪身后晃着宝玉的影子，德龄容龄也可见出宝钗黛玉的姿色，小说的笔法、叙述风格和人物性格命运的刻画，都秉承了《红楼梦》的格调，应该说作者是下了功夫吃透《红楼梦》，颇得《红楼梦》神韵。一部包含着历史悲欢的作品，对一段剧烈变动的历史的呈现，能讲述得如此精致细腻，如此楚楚动人，把一个少女引入一个古老的帝国，一部历史的裂变与一段情缘的诀别，诡异而凄美，惊心动魄却悠长如歌，这就是历史与文学相遇，文字与心灵相交，心灵与诗意相合。

在《德龄公主》出版的当年，《秋瑾的东瀛之旅》这部短篇小说也发表于《山花》(2004年第7期）杂志上，对《德龄公主》的历史讲述进行了某种补充。虽然这仍是一个与德龄有关的故事，但故事的主人公换成了另一位在中国近代史上赫赫有名的女性——秋瑾。秋瑾不同于徐小斌笔下其他的女主角，她主动进入了“大历史”场域之中，并始终以一位革命者的形象出现。徐小斌擅写的情爱在这里为历史变局的激情让出了空间，秋瑾与德龄的交往在一个更大的历史层面上折射出“革命”和“改良”两大变革思想的碰撞，这不再是“女人的历史”，她们是成为了历史主体的女人。徐小斌已无须以神秘缱绻的诗情书写历史，历史本身便迸发出了浪漫的火星。

五、关于本真之美与重返童话

徐小斌的小说一直以追求唯美和神秘而引人注目，她多年前的小说《迷幻花园》《双鱼星座》等，给人以极深的印象，那是先锋小说渐渐落下帷幕的时期，徐小斌另辟蹊径，以语言的典雅唯美和对不可知的神秘探究，给纯文学注入了特有的女性气质。如果说这个时代确实有个人化写作，那么徐小斌应当是最为自然的个人化写作。

徐小斌出道甚早，20世纪80年代中期就写有《对一个精神病患者的调查》。徐小斌似乎在文坛边缘行走，保持着自己对文学的独特理解。要说世俗化或商业化，徐小斌可能最有条件，她所供职的单位，她所从事的影视剧编剧专业，不知有多少机会去赚取元宝。令人奇怪的是，徐小斌似乎与她的这份工作若即若离，她矢志不渝的是她心目中理解的文学。她对文学的那种追求，虽然不是狂热性的，但却是最为内在而最有韧性的。商业上的成功从来不能使她心里踏实，对她来说，只有文学，纯粹的文学上的自我肯定，这才是她要告慰的自我心灵。

很显然，2010年，徐小斌出版《炼狱之花》是她一贯的文学追求和人生态度的直接表现。这部小说破天荒地由人民文学出版社与长江文艺出版社联袂出版，与徐小斌过去的小说企盼形而上的神灵不同，这回徐小斌把一些海底精灵请到了俗世。过去徐小斌对于现实世界的表现，采取了神秘的超越方式，这回却是直接的揭示批判。其实近年来中国作家对现实的关切始终没有松懈，不用说那些底层写作延展的历史与阶级批判，现在有更多的作家，对现实进行精神性的思考，也就是说，他们时刻在追问：我们这个时代的人们的精神到底出了什么样的问题？范稳出版的《大地雅歌》在异域文化中探寻纯粹之爱来纠偏当代世俗功利；莫言的《蛙》通过戏剧糅合进小说的形式，反讽式地刻画当代价值的错位；有张炜的《你在高原》如此高亢的对当代现实的全方位质询；也有徐小斌这样的切入现实的某个区域，去揭开当代人的肉体与精神的困境。

《炼狱之花》讲的是影视娱乐业的故事，这方面的故事是否是徐小斌的亲历不好判断，但她有直接经验、有第一手资料这是毋庸置疑的。徐小斌当然不会满足于玩一些爆料的技法，她不过是把影视界或娱乐业作为故事表现的质料，她要探究的还是人性在这个时代的变质，人类的本真的善与美到底处于何种境况。

小说显然与《安徒生童话》的《海的女儿》有关，这个想变成人的美人鱼，如今在《炼狱之花》中是一朵海底的百合花，她也来到了人间，历经着人间一切是是非非。不幸的是，她涉足了影视业，这个看上去美妙神奇的世界，却是充满了比其他行业更为密集的尔虞我诈。一个来自海底的几乎是纯真纯美的女孩，就这样历经着人世间的卑劣与丑恶。徐小斌通过百合这个人物，几乎是把童话世界强行与当下的现实世界重叠在一起，在童话的映衬下，她来观看这个世俗的欲望横溢的现实世界。这似乎是反着写童话，不是从人世间去往童话世界，而是从童话世界来到人世间。

这部小说明显是按照童话的美学规则来构思的，好人与坏人都清晰可见，几乎所有的男人这一谱系大都是坏人和害人的妖魔，女人则是好人和受害者。男人的谱系：铜牛、老虎、金马、阿豹……女人谱系：百合、天仙子、曼陀罗、罂粟、番石榴……男人属于动物科，女人属于植物。这本身包含着徐小斌的女性主义立场。动物凶猛、贪婪、富有进攻性和侵略性；植物则属阴性，自怜自爱，孤芳自赏。但植物也有毒性植物，如曼陀罗、罂粟几种。番石榴作为植物虽然属于果树，但这里作为一个女人的名字，却包含着坚实诡异。徐小斌的命名本身就是一种童话手法，她用童话的人物、童话的思维、童话的美学来重建当下的小说，那就是纯文学与畅销文学连体的一种方式。既获得可读性，获得更为广泛的读者受众，又依然不失严肃文学具有的品性。

海百合这个人物是作者设想出的中国版的"海的女儿"，她来自海底世界，对人的世界几乎懵懂无知，她以未经文明洗礼的纯粹自然的生命状态，来到人世。显然，徐小斌是想去探究一个完全没有世俗功利的女子，在今天的现实中将会遭遇到什么样的结果。这无疑是徐小斌设计的叙述策略，海百合天真无邪，她如一面镜子，映衬出一切现实的欲望。而她的善良天真也表达了徐小斌对当代人性异化的深刻批判。与她相对的那些人，在进行动物化命名的同时，也显现了他们的性格特征：铜牛如牛一样憨傻，却是内心虚弱；老虎也是只纸老虎；金马就更是非驴非马；阿豹也徒有其名，只是在罂粟的股掌之中。徐小斌的动物化命名，充满了对男性动物化的戏谑，这与百合所代表的非人类的本真之美的世界构成了鲜明对照。但在小说的叙述中，海百合就是只如镜子一般安详地放在那里，无须什么正面冲突，所有冲突，只是人类的这些男性动物不自觉地露出的蠢态。

天仙子也是作者寄寓的一个理想化的人物，作为一个追求纯粹文学的作家，天仙子与这个现实世界格格不入，最终只能遭遇到冷落和凄凉。天仙子的女儿曼陀罗却是怪戾狠毒，她的脸上长了一朵曼陀罗花——那或许是炼狱之花吧，她却要割下百合哥哥脚心的曼陀罗花。如此这般的故事，离奇得也只有在童话世界里才能被理解。天仙子对女儿失望，对人世间也失望至极，小说借天仙子之口，对现实世界的人欲与权力的横行给予猛烈抨击——她看透了人类世界的本质。

徐小斌在这部小说中，毋宁说是唱了一曲本真之美的挽歌。"海的女儿"几乎是她那一代人在动荡年代里接受的纯美幻想，徐小斌过了如斯年月，却要还此宿愿，她只好让她的"海的女儿"来到当今的现实，来到她所熟悉的娱乐世界。其实徐小斌作为一个叙述人，也充当了小说中的一个角色。那是她始终在场的叙述，由此表征了20世纪50年代人的美学记忆——如此纯粹，如此本真，奇怪地存在于那个政治极度强大的年代之外，而有一种一尘不染的古典之美，甚至延续至今，在今天被重新唤醒，来到如此解放张狂的时代，却徒有遗世孤立的美感。而向人们步步紧逼的是曼陀罗花般的后现代狰狞之美。与其说徐小斌解释和解决了当代道德和审美的困惑，不如说她留给我们更加不安的思考。

2018 年的《入戏》是徐小斌又一部涉及影视业的力作，不同于《炼狱之花》的童话之美，徐小斌在这部中篇小说中直面了影视行业内部的潜规则。女主人公梅清风是一个以创作为业的典型的知识女性，却身处生活的烦琐与工作的阴暗的双重压抑之下，既心怀正义又无能为力，终于成为“入”不了“戏”的“失败者”。她的痛苦在于她活得太过本真，无法把生活当作一场荒诞而庸俗的戏剧。梅清风的形象延续了徐小斌对女性人物的创作传统，她是一个以自我的内部世界来对抗外部世界的人，但她更多地带有了不愿长大的孩子的天真与任性。在“影视行业潜规则”的社会化叙述之下，隐藏着一整个向纯真的“孩子”——女性——倾倒过来的“成熟”世界。不同于对梅清风的赞赏，在《无相》中，徐小斌对杰的态度更多的是嘲讽。这个故事同样具有影视行业的背景，杰是一个文化投机者，总以为自己可以完美地玩弄规则与控制人心，结果却只剩下空虚。杰曾经有过一个可能的救赎机会，那就是忠诚的女友珊妮，但她也在杰的操纵和推动下，被卷入了物欲的洪流。杰在投机与纵欲之后，又试图回归纯真女性的怀抱，而这显然已经不可能了，在社会批判的大主题下，“浪子回头”这个永恒的性别关系想象被彻底打破了。

向外张望的野心勃勃的男性和注视内部的孩子般的女性，是徐小斌小说中常见的一组性别关系。《别人》是一部专注于心理书写的笔法细腻的小说，躲藏在自我的世界里的“老姑娘”何小船神经质地在一副塔罗牌上寻找自己的命运，小心翼翼地避开爱情的伤害，却仍不免落入任远航的情感陷阱无法自拔。何小船一旦沾染上爱情便不由自主地完全奉献了自我，但她视若生命的爱情在任远航那里却要排在工作、名誉等许许多多社会性因素的后面，男女双方对爱情截然不同的态度必然导向最后的悲剧。小说的内涵不止于此，任远航对何小船的爱情始于那个颠倒错乱的激进革命年代之前保留下的孩童式的纯真，但在历史创伤和个人经验的双重扭曲之下，“本真”已经成了一个遥远的幻影，任远航可以不付出任何代价地追忆，却再也不可能为曾经的爱与真承担丝毫风险。相较于《别人》的绝望，《无执》这个同样涉及那个激进革命年代的故事则更多地留下了希望。在那个充满压抑的时期，出身不好、身体瘦弱如孩童的郑小米在周围的迫害欺压下，依靠幻想来自我拯救，并幸运地遇上了一个让她的幻觉成为现实的男人，但他们之间直到最后也没有发生实质的爱情，郑小米的“无执”让这段回忆停留在极端年代两个年轻人的友谊，也在严酷外部环境中为纯真留下了一个内在的空间。这些有关遥远的“本真”记忆的或无望或温暖的故事，都流露出徐小斌对现实的深刻不安与忧虑。但她在内心深处也许还是愿意给希望留下一席之地的，这从徐小斌的新作《无调性英雄传说》中可以略窥一二。这是一部对古希腊神话的改编之作，神话和史诗中的神祇和英雄们成为了对抗压抑世界的革命者，从人类文明的古老源头之中，徐小斌重新找到了理想主义的纯真与力量。

徐小斌的写作始终在提醒着人们，文学写作的真正要义是什么，什么是一个作家理应长期坚持的本色。她也许不能完全梦想成真，但她已经梦想成精。

2019 年 3 月

改定于北大朗润园

自序　我对世界有话说

我对世界有话要说，可惜，这世上没有几位真正的聆听者。于是只好用笔说。

十七岁，我曾经试图写一个长篇，叫做《雏鹰奋翮》，写一个女孩凌小虹和一个男孩任宇的故事，写得非常投入，写了大约有将近十万字，写不下去了。多年之后我重看这篇小说，真是奇怪我当时怎么竟会有这样的耐心，写出这样密密麻麻、工工整整的蝇头小楷：出身于高级知识分子家庭的凌小虹与出身于干部家庭的任宇，有一种非常纯洁也非常特殊的感情。由于出身的不同，在那个特殊年代他们之间不可避免地发生误会。小虹的父亲被殴打致死后，她生活无着，被赶出自己的房子，到过去保姆住的地方蛰伏，却遭到保姆儿子王志义的性骚扰。性格刚烈的她在反抗中杀了王志义，只身潜逃。任宇寻找未果，痛彻心肺。后来任宇与几个好友一起囚渡红河，到越南参加抗美援越，遇到了一个酷似小虹的女子。写到这里，我不知如何往下写了，就停了笔。这沓子片叶纸，在交通大学院里的小伙伴中间传来传去。每个人见了我都会问：后来他们俩怎么样了？

多年之后《东方时空》总策划、我的好友杨东平把《雏鹰奋翮》作为“文革”中的地下作品写入了他的一本书里。

真正的写作其实是从大学时代开始的。

怪得很，也许因为那时是全民文学热，学经济的学生照样对文学爱得一塌糊涂，并且常不自觉地用一种文学品位与标准来衡量人。大学二年级，开了一门基础课叫做“汉语写作”，让大家每人写篇作文。我写的是杭州孤山放鹤亭，有关梅妻鹤子的故事，只有千余字，只是选了一个特殊的角度。（后来此文全文发表在《光明日报》上。）老师对我说：“你为什么不写小说？你是个潜在的作家。”

事隔不久，汉语教研组杜黎均老师找到我，向我索要一篇小说。这位杜老师“文革”前曾做过《人民文学》的编辑。我拿了一篇四千字的习作给他，事后再不敢问起。谁知这篇习作后来竟登上了《北京文学》1981 年第二期新人新作栏的头条，还配了很精美的插图。我惊喜之余又写了第二个短篇《请收下这束鲜花》，作为自然来稿投给我当时最喜爱的刊物《十月》。小说情节很简单，写一个情窦初开的小女孩爱上了一个青年医生，后来医生得了绝症，在弥留之际，小女孩冒着大雨赶去看他，那医生却早已不认识她了。完全写小女孩的内心秘密，无疑在当时的社会语境下是独特的。这篇小说后来获得了《十月》首届文学奖。记得发奖大会那天，《十月》当时的主编苏予特别向大家介绍了我——获奖作家中最年轻的一位，周围坐的都是当时的文学大家们，对我说了些鼓励的话，令我诚惶诚恐——从此，便穿上红舞鞋，再也脱不下来了。

80 年代我的经历充满了戏剧性，其中之一便是与《收获》的相遇。1983 年我写了生平第一个中篇《河两岸是生命之树》，那时，对外开放的大门刚刚开了一道缝，正因如此，门外的景色看起来如此新鲜。我被一种写作的激情啮咬住，它使我整天处于一种癫狂状态，我每天都和小说人物生活在一起，忘了我属于他们还是他们属于我，写到动情处，趴在桌上大哭一场，此小说应当是我情感最投入的一部，三十多年后的今天，依然有读者在问：“这本书在哪里有卖？”

《河两岸是生命之树》是《圣经》中的一句话，全句为“河两岸均有生命之树，所产果实十有二种，月月结果，其叶可治万邦之疾”。——在一个伤痕、寻根的年代引用《圣经》的话，也算是比较特别了。

在宗璞的鼓励下，我把此小说作为自然来稿寄给了《收获》，竟然在一周之内就得到了请我去上海改稿的电报。最有趣的是当时的《收获》编辑郭卓老师手持《收获》为接头暗号在车站接我，上了编辑部的木楼梯她就边走边喊："接来了，是女的！"——后来她告诉我因为我的名字编辑部产生了歧义。后来就是李小林老师把我约到武康路她家里谈小说。当时小林老师对小说人物关系的分析深深打动了我——一个无名作者竟得到如此认真的对待，固执如我，也不能不彻底折服。那一天的大事是见到了巴金。当时巴老从一个房间慢慢走向另一个房间，我看着他和蔼的笑容，尽管内心充满崇仰，却说不出一句话来，甚至连一句通常的问候也说不出来——不知为什么那时我觉得凡心里的话表达出来就会变味儿——我的心理年龄始终缺乏一个成长期，人情事故方面基本是白纸一张。

此中篇发在了1983年第五期《收获》的头条，并选入了《收获》丛书，那是我出版的第一本书。

收到了很多读者来信。许多人为它一鞠感动之泪，许多人把自己的经历细细地告诉我，甚至是秘密和隐私。我相信巴尔扎克那句话了："只有出自内心的，才能真正进入内心。"

1985年发表《对一个精神病患者的调查》。那时常有些古怪的念头缠绕着我——我常常惊诧于人类的甲胄或曰保护色。人类把自己包裹得那么严，以致许许多多的人活了一生，并没有露出自己的本来面目。渐渐地，连本来面目也忘却了。甲胄与人合为一体，这不能不说是一种悲哀。在适者生存的前提下，任何物种都要学会保护自己，或曰：学会伪装和自欺。在某种意义上，人类为自己涂上的保护色有如鮟鱇鱼的花纹或杜鹃的腹语术。

人要做自身的真正主人谈何容易？！

然而，总有些人要反其道而行之，我笔下的女孩景焕便不愿认同那条既定的轨迹，她拼命想挣脱，她想获得常轨之外的尝试，挣脱的结果是落入冰河。——然而上天给了她补偿。就在她堕入了冰河的瞬间，她看见了弧光——那象征全部生命意义的美丽和辉煌。

人类的创造力产生于痛苦和偏差的刹那。那是另一种人生。

而大多数人则被一种无形的力量牢牢束缚着，周而复始地在一条既定的轨迹上兜圈子，很安全，但无趣，且无意义。

智利有位学者曾说：“落后和不发达不仅仅是一堆能勾勒出社会经济图画的统计指数，也是一种心理状态。”这句话说得很深刻。

《对一个精神病患者的调查》改编成电影《弧光》，是我生平第一次与电影界合作。现在想起，在当时拍这样的电影，也是需要相当的勇气的。

打我很小的时候就有些奇思异想：走进水果店我会想起夏娃的苹果，想起那株挂满了苹果的智慧之树，想起首先吞吃禁果的是女人而不是男人；徜徉在月夜的海滩，我会想象有一个手持星形水晶的马头鱼尾怪兽正在大海里慢慢升起；走进博物馆，我会突然感到那所有的雕像都一下子变得透明，像蜡烛一样在一座空荡荡的石头房子里燃烧……“宇宙的竖琴弹出牛顿数字，无法理解的回旋星体把我们搞昏，由于我们欲望的想象的湖水，塞壬的歌声才使我们头晕”（[美]，威尔伯）。我想，早期支撑我创作的正是我对于缪斯的迷恋和这种神秘的的晕眩。

1987年写第一部长篇《海火》，过了两年才出版。二十年后再版，沈浩波说，这小说一点没过时啊。可是在当时，确实是被忽略的。

我写：“历史，就是因照了太多人的面孔而发疯的一面镜子。”我写了当时的历史：改革开放的背景下年轻人的生活。一个美丽的女孩，同时却又妖冶、阴毒、险恶，一个不美的女孩，同时却又纯洁、善良、天真；然而，小说却违反了一贯的“中国式道德判定”。“恶”由于它的真实而具有一种魅力；而善良、天真等等这些字眼却显得苍白无力、令人怀疑。起码，这些字眼是无法独立生存的，也正因如此，美丽与不美的女孩正好构成了一个人的两种形态：外显与内隐，显性行为与潜在本性——所以，在小说最后的女主人公所做的梦中，两个女孩裸身在大海中相遇，不美的女孩问：你到底是谁？美丽的女孩回答：我是你的幻影，是从你心灵铁窗里越狱潜逃的囚徒。

20世纪整个90年代我对写作的热情近于疯狂。一口气写了很多的小说。

譬如很多人说看不懂的《迷幻花园》：许多年前的一个中午，两个女孩在苏联专家设计的平房前聊天。一个女孩掏出三张纸牌问另一个女孩，从此她们的命运就被决定了。那三张不同颜色的纸牌分别代表生命、青春和灵魂。

这听起来似乎十分荒诞，但却有着一种令人心悸的真实。人生并非希腊神话里的两头蛇可以向任一方向前进，有取必有舍，重要的是：你到底要什么？

《银盾》《黑瀑》《蓝毗尼城》与《密钥的故事》都深藏着隐喻，在本文集《迷幻花园》卷中我有详细的讲述，有兴趣的朋友可以看看。

《末日的阳光》其实是个很重要的篇什，然而可能正如某个朋友所说，此篇应当二十年后再发表。它写了一个小女孩在"文革"初期，被一种猩红色的死亡气息裹挟的另类故事，它的亦真亦幻太生不逢时了，但它始终是我最心爱的小说之一。

写《双鱼星座》的时候，我内心的痛苦已经到了崩溃的边缘。在一篇创作谈里我写道："……父权制强加给女性的被动品格由女性自身得以发展，……除非将来有一天，创世纪的神话被彻底推翻，女性或许会完成父权制选择的某种颠覆。正如弗洛伦斯·南丁格尔胆大包天的预言：下一个基督也许将是一个女性。"

这篇创作谈当时被一些批评家认为是中国女性主义写作的一个宣言。《双鱼星座》获得了首届鲁迅文学奖。

《羽蛇》成为90年代末我的最后一部长篇。

写《羽蛇》这样一部小说的想法，从很早就开始了。——一个深爱母亲的孩子被母亲抛弃了，来自母亲的伤害毁了她的一生。——所有的孩子被母亲抛弃的结果，是伴随恐惧流浪终生。

但是我们终于懂得，每一个现代人都是终生的流浪者。现代人没有理想没有民族没有国籍，如同脱离了翅膀的羽毛，不是飞翔，而是飘零，因为它的命运，掌握在风的手中。我们懂得了这个道理，但是付出了比生命还要沉重的代价。

我们是不幸的：生长在一个修剪得同样高矮的苗圃里，无法成为独异的亭亭玉立的花朵；为了保证整齐划一，那些生得独异的花朵，都注定要被连根拔去，尽管那根茎上沾满了鲜血，令人心痛。有幸保留下来的，也早已被改良成了别样的品种，那高贵的色彩在被污染了的空气侵蚀下，注定变得平庸；

我们又是幸运的：在当今的世界上，还有哪一国的同龄人可以有我们这样丰富的经历？童年时我们没有快乐，少年时我们没有启蒙，青年时我们没有爱情，中年时我们没有精神，老年时我们没有归宿——另一个世界的宠儿们闻所未闻的什么大字报、批斗会、通辑令……都曾经走马灯似地从我们年轻的眼前飞驰而过，那真是神话般的叙事，那一切都是发生了的，尽管中华民族有着著名的健忘机制，但是那一切却深深地镌刻在那个女孩以及许多同代人的记忆之中。

于是，在世纪末的黄昏，我找出一张仿旧纸，在上面记下听到、看到和经历过的一切，立此存照。

死去了的，永不会复活。我们也不希望他复活，还魂之鬼永远是丑恶的。

但我们还是忘了，从所罗门的胆瓶里飞出来的魔鬼再也飞不回去了。我们把它禁锢了许多年，每禁锢一分钟，它的邪恶就会十倍百倍地增长。它的邪恶浸润在这片土地上。它毒化了这片土地。它充分展示了另一种血缘中的杀伤力与亲和力，那是土地与人的血缘关系。于是，在我们这个有了高速路、网络对话与电子游戏的时代，形而上的、精神的、灵魂的土壤却越来越贫瘠了。

而羽蛇象征着一种精神。一种支撑着人类从远古走向今天，却渐渐被遗忘了的精神。太阳神鸟与太阳神树构成远古羽蛇的意象。在古太平洋的文化传说中，羽蛇为人类取火，投身火中，粉身碎骨，化为星辰。羽蛇与太阳神鸟金乌、太阳神树若木，以及火神烛龙的关系，构成了她的一生。一生都在渴望母爱的羽丧失了其他两种可能性。那是融化在一起的真爱与真恨，自我相关自我复制的母与女，在末日审判中，是美丽而有毒的祭品。

所以我在题记中写：世界失去了它的灵魂，我失去了我的性。

我写《羽蛇》，是在极端崩溃的状态下进行的，我不是不会哭的孩子，只是我的哭声无人听见。

《羽蛇》飞出去了，她被位于纽约的西蒙舒斯特出版公司签了，预付八万美元，我的代理人说：你高兴一下吧，你的预付比张爱玲还高两万美元呢。

《羽蛇》和五卷本文集出版后，我一直想写一个完全不同的东西。后在一个类似“清宫秘闻”之类的小册子上，发现了德龄姐妹的一段轶事，上面写了她们曾经是现代舞蹈之母伊莎贝拉·邓肯甘愿不收学费的入室弟子。顿时兴趣大增。

读了整整一年史料，一百多本，资料来源主要三部分，一是北图；二是故宫的朋友帮助搜集；三是各个书店，特别是故宫、颐和园等地的书店。在读史料的过程中我发现，有很多历史人物历史场景的描写在历史教科书中是有问题的。譬如对光绪、隆裕、李莲英、对庚子年、对八国联军入侵始末、对慈禧太后当时的孤注一掷、对光绪在中日甲午战争中的勇敢表现和之后的奋发图强，对隆裕和李莲英的定位等等，都有很大出入。

历史背景是大清帝国如残阳夕照般无可挽回地没落，本身就是一个大悲剧，而在前台表演的历史人物包括慈禧、光绪、隆裕等都无一不是悲剧人物，在大悲剧的背景下的一种轻松有趣愉悦甚至带有某种喜剧色彩的故事，这种故事与背景之间的反差本身就具有巨大的张力。

这部小说一不留神很畅销，很多人说：“这部小说有阅读快感。”

更多人对我失望，他们原本是希望我写《羽蛇》那种风格的小说。

但我写什么，不是任何人可以左右的。人的成长过程便是一个祛魅的过程。我写了《炼狱之花》，讥讽了黑恶势力，还拿了一个加拿大的奖。

是的我终于不再自我折磨，我真的长大了，变老了。

然后我写了《天鹅》，写了真爱。在这个几乎没有真爱的时代写真爱，无疑是痛苦和困难的。在新书首发式上，评论家施战军说:《天鹅》是当代非常需要的题材，但也是作家几乎无法驾驭的题材，深以为然。

其实对于这部小说的最大难点来说，并不在于音乐元素与“非典”场景的还原，而在于写拜金主义时代的爱情，实在是难乎其难，稍微一不留神，就会假，或者矫情。何况，我写的还是年龄、社会文化等背景相距甚大的一对男女。

《天鹅》说是写了七年，其实断断续续都不止。

之所以写了这么久，简单地说只有一个原因，那就是：写的是爱情小说，可写了半截不相信爱情了——我是个不会做伪之人，对于已经不相信的东西我不知道如何才能继续。

突然有一天，我重听圣-桑的《天鹅》，如同一个已经习惯于浊世之音的人猛然听见神界的声音——有一种获救的感觉。这时，来自身体内部一个微弱的声音突然响起：“写作，不就是栖身于地狱却梦想着天国的一个行当吗？”难道不能在精神的炼狱中创造一个神界吗？不管它是否符合市场的需要，但它至少会符合人类精神的需要。

就这样，经历了四年的瓶颈几乎被废弃的稿子重新被赋予了活力。但是我沮丧地发现，除了极少的一部分文字外，大多数都需要重新来过——因为整部小说都涉及了音乐，还不是一般的涉及，是主脉络都与高深的古典音乐有关——故事的层层递进是伴随着一个手机里的几个乐句如何变成小品变成独奏曲变成赋格曲最后成为一部华彩歌剧来实现的。于是只好报班听课。——在 2011 年的炎夏，我永远穿着同一套灰色夏布袍子往返于课堂与家之间，与那些下了课还不断问问题的人们相反，每次刚刚下课我便神秘消失。以至于培训班结束时一个穿着时尚的女子告诉我，他们给我起了一个外号叫“小幽灵”。

我十分务实地想：我才不想去追究那么高深的古典音乐呢，小说里够使足矣。然而，写起来却远不如我想象的那么简单，为了怕露怯，我再度展开了自虐苦旅，沉迷其中，竟几度被我的男女主人公虐得潸然泪下。

《天鹅》尝试了一种“仿真”式的写法。我弃绝了惯用的华丽句式尽量让她素朴自然。恰恰2000年前后我有一次“走新疆”的经历，于是把故事的发生地设置在那里。为了完成小说，我又前后两次去新疆，成本巨大。本来我以为，这样的写作会比之前容易得多，但是进入叙事语境后才明白，原来难度如此之大，我又把自己逼向了绝境。

在《天鹅》扉页我写了，爱情是人类一息尚存的神性。很多人一生是没有爱过的，而且他根本不懂得什么是爱，甚至没有爱的能力，真爱不是所有人都有幸遇见的。正如一位哲学家所言，真爱能在一个人身上发生，至少要具备四条，一是玄心；二是洞见；三是妙赏；四是深情。只有同时具备这四种品质的人，才配享有真爱。

玄心指的是人不可有太多的得失心，有太多得失心的人无法深爱；洞见指的是在爱情中不要那些特别明晰的逻辑推理，爱需要一种直觉和睿智；妙赏指的是爱情那种绝妙之处不可言说，所谓妙不可言就是这个，凡是能用语言描述的就没有那种高妙的境界了；第四个就是深情，深情是最难的，因为古人说情深不寿，你得有那个情感能量才能去爱。深情被当代很多人抛弃了。几乎所有微博微信里的段子都在不断互相告诫：千万别上当啊，在爱情里谁动了真情谁就输了等等，这都是一种世俗意义上的算计，与真爱毫无关系。

我历来不愿重复，可是有关爱，不就是那么几种结局吗？难道就没有一种办法摆脱爱与死的老套吗？如果简单写一个爱情故事，那即使写出花儿来，又有什么意义呢？——这是我面临的又一个难题。终于我找到了一个不一样的思路：物质不灭，但是可以转换形态，所谓生死，堪破之后，无非就是形态物种之转换——所以我设计了一个情节——男主角的遗体始终没有找到。而在女主角按照男主角心愿完成歌剧后，在暮色苍茫之中来到他们相识的湖畔，看到他们相识之初的天鹅——于是她明白了自己该怎么办——她绝非赴死，而是走向了西域巫师所喻示的超越爱情的“大欢喜”——所谓大欢喜，首先是大自在，他们不过是由于爱的记忆转世再生而已，这比那些所谓爱与死的老套有趣多了。

我喜欢那种大灾难之下的人性美。无论是《冰海沉船》还是《泰坦尼克号》都曾令我泪奔。尤其当大限来时乐队还在沉着地拉着小提琴，绅士们让妇孺们先上船，恋人们把一叶方舟留给对方而自己葬身大海，那种高贵与美都让我心潮起伏无法自已。而这部小说最不一样的是关于生死与情感，是用了一种现代性来诠释了一部超越爱情的释爱之书。

2016年4月我参加伦敦书展，是因为获得了2015年度英国笔会翻译文学奖。获奖小说叫做《水晶婚》(中文版曾经刊于《天南》)，写一个平凡女子从结婚到离婚的十五年，折射出中国这十五年天翻地覆的变化。

按照西方批评家的分类，这部小说是绝对的女性主义写作。我写了我们所经历的两个时代：铁姑娘时代和小女人时代。

我们小时候听得最多的就是“妇女能顶半边天”，实际上是要在干体力活上做到男女平等，女孩要与男子干一样重的活，那是个崇尚“铁姑娘”的年代，我们这些当时尚在花季的女孩，哪个不是“谈美色变”？我曾经去过的北大荒，麦收季节，无论男女，都要扛着二百斤重的麦包上跳板——试想一个尚未发育成熟的十五六岁的女孩子扛着二百斤的重物，还要走独木桥式的三米长四十五度的跳板，然后把麦包卸进粮囤里，今天想起来是不是很可怕?！有很多女孩因此得了终身的疾病，也有很多女孩尽全力也无法完成，譬如我，被安排去背一百斤的“尿素”，这是很受照顾了，但即使这样，我也几乎被压得吐血。夏锄季节的口号更为荒唐：叫做“活着就要拼命干，死了埋在黑龙江畔”，人命是不值钱的，领导在动员大会上说，每人每天包一根垄，干不完，哭也得给我哭出来！要知道，黑龙江土地的“一根垄”，是整整十四里啊！那时我还只有十六岁，且患着严重的痢疾，中午老牛车送饭只能往人最集中的地方送，这就意味着我这个落后者永远吃不上中午饭，在那样可怕的劳动强度下生着病并且一口饭都吃不上，喝水都要把前面的水缸放倒，像小狗一样地钻进去，才能喝上一口已经见了底的满嘴泥沙的水。岂止如此，我们在特大涝灾中从齐膝深的水里捞麦子，在11月的寒冬从冰河里捞麻，即使来月经也绝不能请假，三十八个女孩睡在两张大通铺上，在零下五十二摄氏度的寒冬没有煤烧，为了活下去，我们去雪地里扒豆秸烧，喝尿盆里的剩水，——我至今吃惊自己是怎么活下来的，惟一的解释就是青春的力量吧？除此之外真的无法解释。

“铁姑娘”的时代终于过去了，但事情并没有因此变好，在今天，是一个地道的“小女人”时代，智商高不高无所谓，最重要的是要“情商”高，而中国式的情商指的是什么呢？就是指女人要懂得如何取悦男人，取悦上司。绝不能动真情，谁动真情谁就是输家。这类人不少，甚至有一批所谓精英女性都是如此。觉得自己很有生活智慧，譬如她们认为在情感中运用手段获取男性青睐，然后让自己在与男人的关系上掌握主控地位并从而获得更多的金钱财富是一件特牛的事。这种人被万千女生羡慕，被认为是高情商。

然而在我看来，这是一种严重的女性自我贬低和丧失尊严。甚至比铁姑娘时代更糟。

我笔下的女主人公杨天衣，无疑是个“低情商”的姑娘，她在这个金钱至上的社会，依然保留了自己完整的天性，这个在少年时代就深受中外爱情作品影响的女子，嫁给了一个与她的价值观截然相悖的人，但她并没有服从命运的安排，她的内心一直顽强地爱着她所爱的，她无法改变她的爱情观。他们的婚姻维持了十五年，十五年的婚姻叫做水晶婚。

20世纪中期之后，在政治需要与纯文学越来越壁垒分明的时候，人的壁垒也越来越分明了。写《羽蛇》的时候我还年轻，因此内心的疼痛也就格外尖锐，这种疼痛带着我对自己祖国的爱、悲伤与无力回天的痛心，也有着我个人的令人承受锥心之痛的情感。而《水晶婚》，是一个朴实的记录，无泪之痛，甚至比有泪的痛更加深邃，更加难以治愈。

本套文集中最新的一部小说，是发表在《作家》2019年第一期的《无调性英雄传说》。这部小说的电子版，我给一些朋友看过，他们的第一反应都是吓了一跳——原来小说还可以这样写？！之所以这样写，是因为近年不断地往返于中国和加拿大之间，与各个领域的朋友不断交流，深感时代已经进入了一个算法的时代，AI和量子纠缠已经进入了我们这个时代，无法回避，而文学也应当像上一次物理学引起的革命那样，有所反应。我的副标题是:《关于希腊男神与科学神兽的故事，以及对荷马史诗的改写》——我的朋友说，这部小说的形式不敢说是绝后，起码是空前的，至今为止，没有人这样写小说。

我深知我的创新是危险的。象征主义画家雷东曾经说过这样一段话:“艺术家是一场灾难。在现实世界里他别想期待任何东西。他赤裸地来到这世上，没有母亲为他准备襁褓。不论年纪大小，只要他敢向公众展示出他那独特的艺术之花，他就会立刻遭到所有人的唾弃。所以，要做个艺术家，你就得准备好甘于寂寞，有时甚至是与世隔绝。”

我以为，所有真正的作家、艺术家都逃不掉这个诅咒。

但是没什么了不起的。历史就是一个怪圈，一切都可以触底反弹。何况，在量子缠绕的今天，就更不必惧怕那些长袖善舞的投机者、娱乐致死的堕落者以及暗流涌动的黑恶势力，要知道，他们以出卖灵魂换取的利益、在八面玲珑中编造的春风化雨不过是一堆垃圾，他们貌似成为赢家的人生，在历史的长河中不过是个零，甚至负数。

选择什么样的写作，是我的血液决定的，一切都无法改变，直到蜡炬成灰，我也别无选择。

我写作，因为我对世界有话要说。

目 录

第一章　序曲

1

那一片湖水的颜色至今还令她大惑不解：如何大自然可以调剂出这许多复杂的色彩，竟是人工所远远无法比拟的。奇幻的光追逐那湖水，把她带到了一个神话世界。那水的蓝，由浅蓝、灰蓝、湛蓝转到钴蓝、深蓝、银蓝，她第一次发现，蓝色竟有如此多的变化，在湖的背面，蓝色突然显得那般深邃，深得不可见底。那是真正的蓝色的梦，娇嫩而易碎，但是又充满了西域的神秘。云雾缭绕着那蓝宝石一样的水，如同海市蜃楼一般形成层层叠叠的屏障。有山，很低平的山，颜色是新鲜的黄褐色，使她想起达利的蓝色系列画。那种圣洁宁静的蓝色与躁动不安的背景就那么毫不妥协地凝结在一起。

达利笔下的水常常像薄纱一样地可以揭起来，好像那正是水的“皮肤”。

水是有皮肤的，看了赛里木湖便可以相信了。

很久以后她才悟到，让她惊讶的并非是那片湖水，而是水中那一对天鹅，那是她生平第一次真正看见天鹅，而且是那么近。当时她和他在一起，他们沉默不语，那对天鹅凝视着他们，同样沉默不语。

不知对峙了多久，他说：“古老师你知道吗？天鹅对伴侣绝对忠诚，如果被拆散了，它们就得死。”

她惊讶地看了他一眼，然后看见那一对天鹅渐渐地游远了。

这是2002年春天的赛里木湖畔——她悄悄写了几个突然冒出来的乐句，存在了手机里。

2

他是驻守在赛里木湖旁的边防军。两杠一星，该是个少校。但是在她眼里，他不过是个年轻的小兵而已，因为她已人届中年，而他，还只有二十九岁。

二十九岁的男人，该是风华正茂，按目前流行的段子来说，该是“奔腾”阶段。段子全文说：二十岁奔腾，三十岁日立，四十岁正大，五十岁微软，六十岁松下，七十岁联想，八十岁索尼，也就是sorry了。可是这个年轻的少校并没有任何“奔腾”的迹象，他显得很忧郁，即使笑起来的时候，也掩饰不住他眉宇之间的忧郁。在那一群军人中间，他的确十分戳眼，首先是因为他身材高大，长相俊美，是的俊美，这么说一点儿也不过分，她第一眼看到他的时候就吓了一跳，不知是第六感还是什么更隐晦的感觉，她突然想起了电影《钢琴教师》中那个俊美的男孩——那个男孩的眼睛里的那么一种羞涩迷离的光，那是一种只有纯洁的心灵才能产生的光芒，在当代的年轻人中间已经很少见了。

她自己也诧异自己的敏感：她的感觉很少欺骗她，特别是：对男人的感觉。有些男人，譬如她的前夫，她和他在一起整整生活了七年，可是，她对他没有感觉，甚至没有记忆。而另一些男人，一些凤毛麟角的男人，只要有一点点身体接触，便会有完全异样的感觉，譬如她的初恋Y，还有眼前这个军人，这个高高大大的二十九岁的男孩子，还完全没有触碰她，只是稍稍走近一点，或者在不经意间掠过一股风，便会有一种类似电击般的感觉，令她震颤。

但是她完全不知道他的感受。

她只是注意到：他看她的时候，目光中总是带着一种羞涩，而他看别人的时候，目光却变得坚定而中性，似乎很酷。

她搞不懂这是为什么。

她常常想，一个年逾不惑的女人，半辈子已经过去了，根本不可能奢望什么爱情，特别是在这个东方古国，爱情似乎只属于青春少女，恋爱的的确确是年轻人的事，因为爱情中有些不能承受之重，只有年轻人，才扛得住。

在部队为她接风敬酒的时候，她看见那个少校男孩儿，如坐针毡般地在椅子上蹭了好久，才趁着部队首长到来乱哄哄的时候，红着脸给她敬酒。他小声说："我连喝三杯，你不用喝。"

他真的连喝三杯，装作豪情万丈的样子，但是她发现他根本就不会喝酒，酒在他的喉咙里发出咯咯楞楞的响声，他皱眉强咽，连眼眶都红了，她看了真是难受，没等他喝完就夺了他的杯子，仰着脖子一饮而尽，她同样不会喝酒，眼眶里竟然一下子冒出泪珠，他蓦然怔了。这时一个三星一杠的上尉走过来介绍："古老师，这是我们的夏干事，也是作曲的，当然不好和你比，他是咱们部队的作曲家，写过不少曲子呢，……这是音乐学院作曲系的古薇老师，这次她是应咱们部队的邀请，下来体验生活的……"坐在一旁的赵政委接过话来："古老师说了，到时候为咱们部队写个曲子！"

古薇吓了一跳，好像突然想起，确有此事。

于是她想到那几个存在手机里的乐句，几乎已经被她遗忘了。

3

古薇知道别人在介绍她的时候总是很费劲。因为她出道很早，却至今在音乐界没有任何头衔，如今没有头衔的中年人简直就是罪过，连介绍都不好介绍，更遑论其他。古薇不是没有当官的机会，五年前领导就找她谈过，准备提拔她做系主任，结果三个领导前后找她谈了七次，无果，她冒着得罪领导的危险，就是不答应。最后的结局自然很惨，比她各方面差很多的一个人提上去了，上去就把她整了个半死不活，那时她才真正尝受到在这个社会保持“清高”的下场。

但要命的是，她从来不悔。

4

他其实见过她。

那一年到北京上学，偷偷上音乐学院听过她的讲座。

那时她穿一件无袖白衣，牌子阿尤，长及膝，膝下是米色的丝绸长裤。无袖高领，领口上绣灰色的凤梨花图案。两弯雪白的胳膊比衣服还白，像30年代那些临水照花、从不晒太阳的民国女子，在一片彩色中，这种朴素的白反而特别惹眼。

她讲课的姿势很奇怪，像是卧在一个不存在的榻子上。懒懒地一手托着腮，并不看听众。声音像是从一个遥远空蒙的地方传来。

“……常常有同学问，作曲需要哪些条件？对，首先，我们需要一对灵敏的耳朵。各种和弦色彩的敏感度对作曲非常重要，我们要好好学习视唱练耳，初学者必须练习自己的听觉。最起码应该熟知大小三和弦的音响效果。这些基本的和声可以作出一首好的作品。这是初级阶段。

“……如果想进一步提高的话，就要找各种音响感觉了。乐理知识方面：乐音体系、音程、调与调关系、转调、调式变音及半音音阶、移调、装饰音等等，一般了解就可以了，但是和弦、节奏节拍、调式中的音程及和弦、旋律的基本知识，这些是非常非常重要的！”

下面一片黑压压的头都低下去，拼命地记。安静极了，只有钢笔划纸的沙沙声。

“当然，懂得乐理并不等于你会创作，但至少会给你的创作打一个好的基础，起码让你不会胡来。作曲有四大件：和声、曲式、复调、配器。对于这些学科，一定要了解它们的核心思想。这些思想是作曲的真理，也是音乐的法则。做任何音乐都不能违背音乐的法则。

“你的作品再有想法，再有创新，都不能违背音乐的法则，破坏音乐的艺术性。现在常有人搞很玄乎的东西，用了很唬人的名词，但是其实，我要告诉大家，那些东西，早在几百年前就研究出来了，很难超越。说远了。我的意思是，我们做音乐，首先不要去破坏音乐的法则，音乐的艺术性，也就是，音乐的真理！”

一阵热烈的掌声打断了她的话，她的表情依然是淡淡的，一副宠辱不惊的样子。

“那么，我们想象出来的旋律是不是美的，能不能应用到自己的音乐上，怎样的旋律才会更生动，能一下子吸引住你，一下子给人一种好的听觉效果呢？……这首先，需要你的旋律一出来，马上配上和声……毫无疑问，一个没有和声体系的旋律是不生动的。

“那么我们如何训练这个条件呢？……训练这个的第一条件是多听独奏曲，并且是用一把乐器奏出的独奏曲，钢琴、吉他或者能够表现和声的歌曲都可以……听完，自己用嘴发声的方式将独奏曲的每个声部和旋律全部哼唱出来……这是达到作曲的重要条件。这个条件完成之后，你的旋律就是不太能跟和弦，也问题不大了……”

他埋头紧记，回去之后就买了一把吉他。

那时他对这个女人充满了强烈的好奇心。

似乎还有倾慕。

5

她在新疆两个半月，其中有两个月是和他在一起度过的。每天每天，他都陪着她，最多的，是陪她在赛里木湖边骑马。最开始她有些怕，上马的时候，是他扶上去的，那是他们第一次的身体接触，都感觉有些异样，特别是他，脸突然地红了起来，半晌，那红晕都退不下去。她注意到之后就想，他毕竟是个年轻男人，又没有女朋友，部队纪律又不允许他做出什么出格的事，自然是有些压抑的。

有天午饭之后，他突然说："古老师，其实我小时候在北京住过。"她看看他，他低着头小声说："我生在新疆，父母都是老生产建设兵团的。母亲的家在北京，小时候我在北京待过，当兵之后也去过，是去国防大学进修。"

"那你父母现在……"

"我母亲死得早，父亲……父亲和继母……现在上海，那是我父亲的老家。"他说这些话的时候，一直没有抬头，她看见他低垂着的长长的睫毛微微眨动着，有亮晶晶的东西在若隐若现，她费了很大力气才克制住自己不去抚摸他的手——她很想安慰他，原来，这个年轻人是个自幼丧母的孤儿！他提到父亲和继母的时候非常勉强，带有某种强迫的色彩，这里面一定有着悲伤的、意想不到的故事。

她倒了杯水给他，轻声问："你妈妈……是什么病去世的？"他接过水，依然没有抬头："不是得病，是被树砸死的。""被树砸死的?!""是，他们兵团有一次去喀纳斯湖附近伐木，结果……""那时候你多大？""九岁。"

他回答"九岁"的时候抬起了头，正视着她的眼睛，他好像不愿意看到她目光中的同情，也不对她的问话多答一个字。她心里轻叹了一声，急忙转移了话题："听他们说你也写曲子？"他的脸又红了："我那算什么？闷得慌，胡乱划拉两下罢了。""干吗这么妄自菲薄？"她把手臂伸向他，张开手掌，眼睛亮闪闪的。他知道这是要看他的曲子了，他有点慌，找了半天才找出一张谱子来，递到她手里。

她好像有好久没看到这种规规矩矩的五线谱了，他的钢笔字写得还不错，骨架好，曲名叫做《湖畔之月》，她在心里按照曲调哼了一遍，觉得还行，只是感伤了些。她没想到一个边疆的战士，感情竟还挺细腻的。

她就说："如果我没有猜错的话，这是有关爱情的主题。"他说是，然后坦承是他接到女友绝交信的那天，在赛里木湖边上坐了整整一夜，第二天写成的。他说，女友是在国防大学进修的时候别人介绍的。

她看看他的表情，小心翼翼地说："看来你对她感情挺深的。"

"她挺好的，对我也挺好的，我没有家，除了部队，没地方可去，有个人对我好，我就挺知足了。"

"那后来是为什么……"

"她不想来新疆，我也不愿意去北京，就这么简单。"

"你为什么不愿意去北京啊？"

"不，我不想去北京。"

"为什么呀？"她有些吃惊。

他不说话。

"那你父亲那儿呢？"

"我也不去。"他抬起头，平静地转移话题，"古老师，你不是想到巴扎看看吗？你看什么时间合适？我陪你去。"

"你陪我去巴扎？"她惊喜，"好呀，我现在就想去！"

"好，那我们现在就去。"他立即站起来，他的动作总是非常敏捷，有一种"静如处子，动如脱兔"的味道。

她感到，他的心里有一个难对人言的秘密。

6

"你非要提意见，那我就提点建议吧。你这首曲子是给你向往的那个女孩写的……这种曲子必然是惟美的，节奏又简单，是一种惟美的爱情意境，但是后面的旋律转得太突兀了，显得……不和谐。"说到这里她突然没了自信，她想起多年以前她和Y的一次关于和谐与美的谈话，Y是反对和谐之美的。

“我当时，心思很乱。而且音乐基础太差，连视唱练耳都是刚刚接触……这次，特别想听到你的批评……”

“能自己写谱就不错了。也可以参照那些古典音乐家，先抄谱。这是最快的识谱方式了。买一些总谱纸回家，参照别人的谱子，注明调号，速度，比如‘Andante’……然后在相应声部写下乐器名，最好写英文，这些名字你最好都记熟，不然以后国外的总谱你看起来就困难。然后记住，第一篇，包括乐器名称，各种符号，通通都要写全。第二篇开始，你可以简化。比如第一篇‘violin1’‘violin2’，第二篇可以写‘Vin1’‘Vin2’，学习对位法还有个至关重要的东西，就是唱谱，假如谱号你不熟，你就先唱音，然后再来灌注音名。”

“我试试看。”

7

一路上都是他提着兜儿，市场的入口是个卖土耳其丝巾的地方，几个小摊一起争买卖，最便宜的竟降到了八块钱一条，她大喜过望，一口气挑了十几条，挑得眼都花了，一抬头，正好碰上他的眼睛，他眼睛里含着笑，她突然觉得那笑很动人，完全不是一个年轻人看年长者的笑，而是相反，是一个成年人看孩子时的微笑，温和宽宥，带着一种宠爱和娇纵，她的脸蓦然红了。

“再看看这边儿，这边儿还有。”他从容不迫地把她引向另一个摊位，然后在她满头大汗掏钱的时候，他已经付了账。

“这怎么可以？……”她要把钱塞给他，他挡开：“回去再说。”

她发现他挑选东西极有品位，有好几块料子和饰物都是他挑的，她非常喜欢。她暗暗诧异，不知道他这种审美品位来自何方。

巴扎越逛越深，他拎着兜跟着她，看着她像个孩子似的睁着好奇的眼睛到处看，觉得她挺特别的。他还是第一次和这样一位作曲家近距离地接触，又是组织交给的任务，开始他战战兢兢噤若寒蝉，因为他过去接待过新疆地区的作曲家，知道作曲家们都很不好伺候，而且一个个架子十足，但是她完全是别样的。

几天之后他就发现她其实心思单纯。虽然不爱说话，但谁说的话她都当真，而且还特别热爱物质，看见好东西，非买不可。

慢慢地，他也敢跟她开玩笑了。那天从巴扎回来已经是黄昏时分，两个人在暮色中慢慢走着，她因为买着了喜欢的东西而格外兴奋，不停地说这说那，他插了空才问出一句话："你看是先回宾馆还是先去吃饭？"

她这才驻步："你说呢？要是你饿了，咱们就先去吃饭？"他笑笑："还是先回宾馆吧。逛了一下午，你还是洗一洗，休息一会儿吧，二十分钟之后我去接你好吗？"她说好。

每天，两个人都从这种平平淡淡的对话中感受着什么，他们越来越迷恋于两个人的世界，远远地避开另一些人。那天晚上，他们在果子沟附近找了个小餐馆，虽然不大，但是又安静又干净，他很细心地嘱咐老板菜要清淡，不要放辣椒，他的这种细心总是让她感动，菜端上来了，是新疆特色拌面，还有热腾腾的花卷。他把面拌好，放在她的眼前："尝尝我们的拌面，蛮好吃的，这面条和北京的不一样。"

真的是不一样，不知是真饿了还是别的什么，她觉得这面特别香，他也吃得很香，两个人互相传递着醋、蒜和别的作料，觉得这间小小的餐厅又安全又温暖。

吃了一半的时候赵政委打来电话，说是伊犁电视台来人了，要去汽车城吃饭，请古老师过去。他看看她，她使劲地摇手，他把手机递给她，她说："谢谢赵政委，已经吃过了，就不去了，代我问候他们。"他松了口气似的放下手机，拣她爱吃的布尔哈雪克炖鱼夹到她碗里，她抬起头，两人在倏忽间对视了几秒钟，她看见他脸上有细细的汗淌下来，竟情不自禁地拿出纸巾给他揩拭，他急忙把纸巾接过去，自己低着头擦了两下，看看她，似乎被她脸上的柔情所震慑，有一种深深的温柔如同电流一般从他的眼睛里反射出来。

那个夜晚，他们从那个温暖的小餐厅里走出来，似乎都有些恋恋不舍。她打了个寒噤，他立刻把身上的衣服脱了下来，她说：

“你呢？”他说：“我不要紧。……我们这儿这个季节还是凉，特别是早晚，还有人穿棉袄呢，早穿棉袄午穿纱，抱着火炉吃西瓜，说的就是这儿。……你只带了件薄毛衣可不行，明天我给你找些衣服送来。”

“谢谢，……总是麻烦你。”

“你的采访计划怎么样？明天准备去哪儿？”

“去察布查尔采访锡伯族。”

“有人陪么？”

“有，兵团的几个年轻人，还有《伊犁晚报》的。”

“要是没人陪，你随时给我打电话，进察布查尔县一定要有人陪，否则连进都进不去。”

那天晚上分手的时候，两个人久久地站在一起，说着些不着边际的话，心里都有些舍不得，她要把衣服还给他，他一定要她穿着回房间，就那样他一直把她送到门口，她看着他，很想邀请他进去坐坐，最后还是忍住了，不知为什么，她突然想哭，她匆匆说了一句“你快回去吧，已经很晚了”，就回了房间，没敢回头再看他一眼。

回到房间里她抱着他的衣服，竭力压住声音地饮泣，连自己也说不清为什么，好像年纪大了，反而特别爱哭了。就是把他的衣服抱得紧紧的，嗅着上面的气味，那是他的体味，她把自己笼罩在他的体味中，渐渐地安静下来。

8

她离婚已经八年了。

她是三十几岁就离婚的。前夫是个中专教师，教物理的，从小就对无线电什么的特别有兴趣。前夫是那种挑不出什么毛病的人，看上去和她很般配，但是个中滋味，大概只有他们自己知道。

从新婚之夜她内心深处就打了个冷战，这个看上去健康的男人，竟然对性事一无所知。她自己也是个被动的，需要人撩拨的人，何况，对这个男人完全谈不上爱。

她是那种极其晚熟的女子，月经来得晚，抽条抽得高。小学时还是小萝卜头，到了初中女生基本都定了型，就见她长了，长成直溜溜的细高个儿，平时松松垮垮的T恤仔裤，看上去似乎毫无性征。偶尔逢年过节派对，她突然换上一件紧身裙子，即使是素色，也显得不一样。她不是漂亮，她是干净，脸上没有一粒斑，葱管一样的鼻梁，桃叶一样的眼睛，只是不怎么爱笑，也不爱看小说，从小就爱看《我们爱科学》之类的杂志，代表学校参加中学数学竞赛，竟捧了个冠军回来，弄得那些热爱数理化的男生好没面子。

本来是铁定了往数学上发展的，谁也不知道是哪一天起，那些数字一下子变了味儿，变成了乐谱儿。

她作的第一支曲子成了校歌。校长亲自填的词。

其实她热爱音乐也并非没来由，小学三年级，她被选入著名的北京市红孩子合唱团，有着美妙中音声线的她很受老师器重，很快就担任了领唱，因此，虽然不言不语，她心里还是有一点小小的傲气，殊不知这傲气很快就被打掉了，原因很简单：Y，一个高中男生，手风琴伴奏，她从第一眼瞧他就认定他们之间会有故事，整个合唱团十四个女生有十三个爱上了这个男生，当然是因为他太优秀。不过他的毛病也是明显的，就是过于直率，内心骄傲（这点和她一样），不给人留面子。譬如，她领唱《美丽的田野》时，专业老师都在一旁颔首微笑，他却毫不客气地说：第二小节的切分音没唱出来。——他用词总是非常简洁而专业，这让她有点怕他，因了这怕，又生出了一种别的感觉，从来没有过的感觉——看到他，她会心慌，但看不到他，她更会心慌。

多年之后他们爱了。那时候的爱，好像与性是脱离的。但那时候的爱是真的爱，含金量非常高，一点与爱无关的杂质也没有。但是惟其这样的爱，是非常可怕的。无论有没有结果，都会断送人的一生，特别是，女人的一生。幸好她那时还小，十九岁。他二十九岁，与这位边防军少校同岁，参加对越自卫反击战，死在越南。

她的容貌似乎都变了。不是变老，也不是变憔悴，而是变成了另外一个人。沉默寡言。渐渐地，人们习惯了她的寡言，以为她天生就是如此。后来她有点怕了。因为所有的男人似乎都会忽略她，岂止是男人，还有女人。她不知道是为什么。确实她是不爱说话，而且总觉得“言多必失”，越发地不说了。越是公众的场合，越是不说不笑，或者是应付式地笑一下，她并不知道，她这种应付式的笑，在很多人看来，根本就是一副拒人于千里之外的样子。

她是使暗劲儿的人，特别是那时候年轻，不服输，就悄悄地自己作曲，一有获奖的机会就参赛，可是没有一次不是铩羽而归。渐渐地她也认命了，知道自己就是个平庸的人，趁着还算年轻，赶紧把自己嫁了算了。就开始见人。前夫是她见的第四个，父亲介绍的，知根知底，就处了朋友。觉得没什么好，也没什么不好。

婚后第二年生了个儿子，极聪明，三岁就练钢琴，九岁就会作曲，被人认为是神童。可是神童是最不牢靠的，很快，儿子就被同班的小朋友拖进了网吧，从那时起，天才的儿子变成了平庸的儿子。离婚之后，前夫竟然也把这事算在了她的账上。

生为女人，怎么这么倒霉？——她暗暗地想。

她现在孑然一身，儿子已经上了寄宿学校，无牵无挂，她想，这是她有生以来，最自由的时候。

这自由使她心生妄想——一个好好的女子，为什么非要结婚、非要组织家庭啊？难道这也是一种从众心理吗？难道不能换一种生活方式吗？

偶尔地，她也想好好地再谈一场恋爱。

她在心里不断神话自己的初恋男友，每个人的心里都需要神。

而现在，她突然觉得她心里的神与现实中的一个男子，重叠了。

第二章　无调性

1

在察布查尔，他帮她找到了一家锡伯人家。那家人姓佟，佟家现在有一对老年夫妇，还有他们的儿媳妇以及孙子孙女，儿子佟大宝不常回来。

锡伯族人的服饰，是在清代服饰的基础上演变而来的，至今仍保留着独特的民族服饰特点。男人穿的长袍，衣领不高，大襟纽扣在右侧，左右下面开叉。选用的布料，多为蓝色棕色和青色。长袍马褂有腰带，用布料或缎料做成，也有用皮革制作的。帽子有圆顶帽或双沿帽。锡伯族妇女也穿长袍，式样与男式差不多，只在边沿袖口用花边来点缀。青年妇女们的衣裳用色彩鲜艳的布料或绸缎来制作，两边开衩较低或不开衩。女人的坎肩，多为对襟，左右开衩。青年人则在背后开衩，左右不开衩。当然，这是年节假日时候的服装，平时他们跟汉人穿的也差不多。

佟家的孙女佟芳虽不算漂亮，却是一副喜乐相，性格开朗。典型的锡伯人的脸：扁圆扁圆的，眼睛不大，上下睫毛都很黑，一笑右颊有个小酒窝，牙齿不齐但并不难看，倒是显得挺可爱的。她看上去比她哥哥小得多。其实只小两岁。哥哥佟昆一天到晚不说话，显大，实际上还不满二十五。他很快要结婚了，全家都在为他忙。锡伯人家很讲究婚礼的，而且据说以男方为主。

佟家老太太很爱讲话，那口嫁妆箱子，每天都要摸上数遍，箱子上那些曾经鲜艳的花纹，已经成了斑斑驳驳的色彩断片，似乎每一个断片都记载着逝去的岁月。

晚上，古薇宿在佟家儿媳玉凤的房间，房间里有股味儿，好像是什么油和樟脑混在一起的味儿，她翻来覆去地睡不着，心里总有些不踏实。突然手机响了。

“是我，小夏。”他在那边说。她突然觉得，她正在盼着他的电话，她全神贯注地听着，生怕听跑了一个字。

“你还好吧？早上我交给宾馆的衣服，你收到了吧？”

“收到了，谢谢，……你怎么知道我穿这个尺码？就像给我买的似的。”

“……就是给你买的。”他在那边嗫嚅着。

“怎么可能？那么早？”

“只要想做，都有可能。”他说。

她突然觉得，他这句话充满了深意。

“喂，你怎么了？怎么不说话？”他在那边问。

“我没事儿，我挺好的。”她觉得自己喉咙里哽了一下，不知为什么，她突然非常非常想他。

“在人家家里住要处处留意，锡伯人规矩挺多的，……你可别犯了人家的忌！”他像个兄长似的嘱咐着她，在这种时候，他们之间好像完全没有了年龄差。

“放心，我会的，”她轻轻地说，“你在做什么呢？”

“没做什么，军区首长来了，他们在举行舞会，我在外边执行任务。”

“你为什么不进去跳？”

“还轮不上我呢。再说，我对跳舞也没兴趣。”

“那你对什么有兴趣？”

“骑马，打枪，滑雪，打篮球……”

她微微地笑了——他喜欢的都是地地道道的男人游戏。这也和她想的一样。在她潜意识里，他就是喜欢这些运动的。

突然地，她好像一下子明白了为什么对他一见如故：Y，她的初恋男友也是这样的，骑马，打枪，滑雪，打篮球……

当然，最初的相识是因为音乐。

2

他们最后一次关于音乐的谈话，是他赴对越自卫反击战的前夜。

当时，她十七岁，音乐学院附中作曲系的高才生，第一次试着写了一部奏鸣曲。

“就是模仿巴赫和莫扎特风格写着玩的。”她说，话说得谦虚，内心无比骄傲。

“模仿得太死板了。全部是规整的4+4乐段。没有听到呈示部的反复……而且，在和声和句式上都幼稚。不过曲式倒是典型的中期古典乐派风格。曲式是没基础的人惟一容易在壳子上模仿的。”他一如既往地严厉。

“我这个作品呈示部在再现部是严格反复的啊，仅仅是连接部结束部略微变化而已！”她对他的态度深感委屈。

“你是在技巧上用了点小聪明。tr这些还是需要修饰。但是巴洛克的东西，你明显误读了，现在国内音乐教育，用严谨来解读巴洛克是不对的。实际上巴洛克时代的大部分东西，即兴成分很强，节奏的随意性也很强。”

“但是巴赫是个异数。”她不愿轻易认输。

“同意。”

“什么叫tr需要修饰？我不懂。”

“tr在键琴上只有一种表现，就是两个音在2度音程之间快速演奏，形成颤音效果。还有除了这个，就是你的音阶类上下行演奏速度太快，所以对于演奏技法的书还是应该研究一下。”

“其实我不过是模仿18世纪前期的古典风格，羽管键琴和fortpiano并用时代，有一点点华丽风格，并不算是巴洛克。”

“你硬要这么说我也没办法。……要是你没有考虑对位的话，就不说这个了。其实学古典音乐的都得认真学习对位法。这是作曲的关键之处，我也不行。不过我可以给你提一个相对快点的办法，就是买点古典音乐的总谱，如果你认为一整个管弦乐队的总谱你看不下来，那么你就去买四重奏，或者别的乐器少的室内乐演奏作品……”

她抬头看了他一眼，使劲忍住眼泪：“你一直在说技巧，就不能说点别的吗？”

他突然顿住，深深地看了她一眼。

“别的，还用说吗？”他转开脸，“这是写爱情的。可能还关乎生死吧……我不太想说了。”

“这是送给你的呀！”她的眼泪再也忍不住了。

他突然抱住她。天旋地转。

“我知道，我当然知道……”

他永远是这样，因为内心害羞而做出与主题完全不同的表达。

不幸的是，她也是。

3

锡伯族的婚礼可真够热闹的，要闹上三天。第一天，老家儿到羊群里去挑羊。这事儿可是很艰巨的。挑羊是锡伯族婚礼的第一关，从他们的规矩来说，似乎决定着婚姻的质量。因为一定要挑出一只被天神阿布卡厄真正接受的一只羊，一只肥公羊。结果赶回来的佟大宝好不容易挑了一只黑羊，在路上却很不听话，又给退回去，重新挑。因为按照锡伯族的说法，羊不听话就是天神不喜欢，不接受。第二次选的羊其实并没有第一次的羊肥，却乖乖听话。于是被认为是天神认可了。

照古薇看来，接下来的事很是残酷：羊进家门口的时候举行了入门仪式，佟大宝面对祖先画像述说祭天情由，求天神保佑新婚夫妇。用干净的棉花蘸水，在羊身上轻轻擦拭，然后就拿起一把利刀。佟大宝拿起利刀的时候她一下子跑了，她最后看到的是羊的眼睛，那双善良无辜的眼睛。

玉凤告诉她，按照当年的旧俗，应当是萨满来主持这种祭天仪式。羊被整个剖开以后所有的杂碎都被扔到房顶上，羊肉被放在一个大锅里炖煮。羊肉的确很香，但是她一口也没吃。所有等待宰割的动物都有着那样一双无辜的眼睛，它们肯定不会明白刚刚还跟它们十分友好的人类，怎么会突然挥刀下毒手的。

送走了迎接新娘的喜篷车。喜篷车前挂铜镜，后挂八卦图。铜镜很好看，古色古香，像是老太太的陪嫁。若是放在北京潘家园，一定会引起许多注目。但是八卦图显然有些问题，是临时画的，水平不高，巽卦和兑卦也给搞错了。她小声对玉凤说了，玉凤立即摇手让她别吭气。沉默的新郎、佟家三代单传的孙子佟昆骑着一匹马走在喜车前面，显不出高兴的样子。马鞍两旁挂着两瓶酒，看不清酒的牌子。玉凤说这是相当规矩的锡伯族婚礼。喜篷车后面跟着送宴车，车上有活羊活鸡，还有喜酒什么的，都贴着红布条，马也扎着红花。这还算是小宴，第二天还有“安巴萨林”（大宴），那时新娘是会被雪藏起来的，住在亲友家里，开脸。

她是好奇心很强的人，从小就是。这一切引起了她强烈的好奇心，她看着玉凤房间里新娘做的鞋子：厚厚的底子，上面用的灰蓝色绒面，还镶着黑滚边。她知道滚边是最能看出女红的功底的，那滚边做得还算讲究，当然比不上过去的那种“灯果边”“线香滚”一类。她猜一定是家里老人帮她做的，果然玉凤就在一边儿说，新媳妇是察县的射箭能手，去年还得了个大奖，哪会拿什么针线，让她比武还行。

玉凤说着说着就伤心了。“真是什么人什么命啊！古老师，人是不能跟命争的！”玉凤说她结婚的时候两家连顿像样的饭也没吃上。玉凤嫁过来就做饭，做了二十年。古薇想想自己，似乎也差不多，但是终于，现在不用做饭了，儿子在寄宿学校上课，她孤身一人，竟然经常忘了吃饭，想起来了，就到楼下买个馅饼什么的，凑合罢了。日子一长，她就更瘦下来，本来就没什么基础，终于变成了一根青芦苇，一刮风就晃悠。

但是玉凤的饭突然调动起她关于“吃”的感官，锡伯族的肉馅烤南瓜和鱼炖子，都是满嘴留香。肉馅烤南瓜就是把南瓜打个小洞，把籽瓤什么的都掏出来，放进肉馅，再放进灶灰里慢慢地烤。鱼炖子也好吃，把鱼洗净了，放进野菜和辣椒一起炖，就着高粱米稀饭吃，也可以加点时令蔬菜，像刀豆、小白菜什么的，很香。看到她吃得香，玉凤就高兴。

第三天的大宴设在新郎家，算是正式举行结婚仪式。新娘穿缎子旗袍，旗袍做得好像不大合身，新娘的胯骨似乎比一般姑娘要大些，婆家对此却感到满意，认为是多子多福的征兆。菜都是玉凤做的，但是古薇发现在儿子面前玉凤并没有什么权威。老太太疼孙子，总嫌她这不尽心那不尽心，坐月子的时候要求她一天二十四小时让孩子叼着奶头不撒嘴。孩子稍大，老太太就把孙子抱过去自己养，大热天捂出一身痱子，又怪是因为儿媳妇的奶不好，玉凤月子里生了暗气，没缓过来，日子过好了也养不胖。三十年媳妇熬成婆，总算自己当婆婆了，可老太太一见孙媳妇，就是样样都好，疼得不得了，仍然拿玉凤当劳力使，她叫唤一声满珍，老太太轻则瞪她，重则摔烟斗：“人家刚过门儿的孩子，就使唤人家？”玉凤就什么都不敢说了，自己擀面，做发拉哈额分（发面饼）。

好在她还有个宝贝女儿佟芳。只有佟芳能为母亲分忧。佟芳大专毕业做了一家报社的记者，每月都把工资交给妈妈。佟芳去了一次云南，在河口买了一只很精致的红木首饰匣，里面放了一只镶宝石的锡金手镯，妈妈一看就哭了。她想起佟芳小时候她曾经对孩子唠叨过：“这辈子没戴过首饰，佟家连个镯子也没给我打。”

“难为这孩子记得！”晚上，玉凤坐在古薇的房间里唠叨着。

古薇微笑：“你知足吧，到底还有女儿疼你。”

然后玉凤像不经意似的问：“这次你下来是夏干事陪你？……

你可真好福气！小夏人好，周到，就是不怎么爱说话，大伙儿都对他反映特别好。”她压低声音，“我们家佟芳，谁都看不上，就喜欢他！……”

她怔了一下：“喜欢，那就表白呗，都什么时代了？”

玉凤笑：“是我拦着她！我说，人家夏干事条件那么好，又长那么帅！人家还不找个顶尖儿的漂亮女孩儿？……古老师，我瞧出来了，他特别敬着你，要不，你瞧着合适的时候，提一句？”

她心里咯噔一下，好像有什么东西突然见了底似的，勉强点了点头。

4

参加婚礼回来之后，她就觉着不舒服。是多年的胃病了，稍微不注意就要犯，可是满桌子的油辣，又不能一点不吃，又没有小夏在旁边做挡箭牌——这时她才深感到新疆以来多亏了遇上这个年轻人，有他在可能并不觉得如何，可是没有他在，竟是处处难行呢。

那天晚上她预先吃了药，可半夜里还是发病了，胃里涌着酸，烧得慌。她找了几片斯达舒，吃了，吃过之后竟是加倍地难受，总觉得胸口那儿有个什么硬硬的东西堵着，又不敢大声喧哗，怕人家嫌事儿多，只好自己忍着，忍到快天亮的时候，再也忍不住了，冲出去跑到外边的厕所，大口地吐起来，吐得胃肠好像要翻过来似的。

玉凤慌了神，急忙跑出来照顾她，拿了个杯子让她漱口，她一见那杯子边的黄渍，吐得更凶了，一直到吐得不能再吐，把胆汁也吐出来了，黄绿色的，让人看了害怕。

对玉凤她只能装作冷静，她说，她的胃病是老毛病了，不用去医院，没什么关系，倒显得很抱歉的样子。

早饭没吃，她开始了最后一站的采访，去靖远寺。在靖远寺的大钟旁，她脸色苍白，摇摇晃晃的就像是要倒下去。但她选择了

“硬扛”，她生命大多数时候都是这么选择的，多数的时候也都扛过去了，可现在，她慢慢觉得有些力不从心。

和夏宁远一样，她其实也算是半个孤儿。当然父亲是在她婚后才过世的，过世之后不久母亲就嫁了人。因为和后父关系冷淡，她和母亲的关系也渐渐淡了，何况后父家里有好几个孩子，母亲为了和他们一家搞好关系，心思也早不在她这里。离婚以后，总算母亲把过去的房子给了她，她便搬了去，和儿子一起相依为命。

儿子上了寄宿学校，那所旧房子里只剩了她一个人。

习惯了，也不感到孤单，只是一生病，就想着身边还是得有个人。

这时她远远地看着靖远寺，竟突发奇想，觉得年久失修的靖远寺有些像自己——一个隔世的女人，透过一层陈旧的面纱，从今生瞭望着远古。

5

当天晚上回家，她喝了些热汤，胃里好受了些。佟芳陪着她，轻声给她唱了一首锡伯族的《狩猎歌》：

雪飘如蝶飞
驰骋共撒围
踏遍千万山
猎夫凯歌回

曲调谈不上美，但是很有特点，和一般的欣赏习惯有明显不同。尽管佟芳的声音相当轻，还是被她的爷爷听见了。爷爷听见之后就冷笑着摇了摇头，佟芳笑眯眯地对她说：“爷爷说我唱得不对。”她听了就回头问：“老人家，您能唱唱这首歌么？我很喜欢听。”

这时她才真正注意到“爷爷”——这是佟家真正的一家之主。

爷爷很瘦，鼻尖上好像总是挂着一滴清鼻涕。这形象不知为什么让她想起高尔基的《童年》和《在人间》中的那个外公，可能是小人儿书的误导吧。总之爷爷在令她生畏的同时总有一丝天生的幽默感。他可以坐上一天一句话也不说。他不说话的时候老太太就不断地说话，他则像没听见似的毫无表情。

但是每每老太太一说到“吃饭”二字，爷爷总是第一个坐到饭桌前，爷爷永远坐上座。有一次佟大宝偶然忘了，坐了上座，爷爷就一直站在他的旁边，直到他恍然大悟地站起来。

爷爷吃饭的时候也是不开口的，几个女人都敬着他，看他脸色。他也不含糊，爱吃的菜一个劲地吃，连孙子孙女也不让。口味倒也不高，就爱吃玉凤做的肉馅烤南瓜和“果子额分”。

古薇也有意学着做：先用清油把南瓜炒成南瓜泥，加上白糖和蜂蜜、鸡蛋什么的，揉进面里，再把面捏成小手指粗的面条，五六厘米长，放进油锅里炸，吃起来香脆可口。爷爷吃完了一小碟，才用苍老的声音唱了那支古歌。

雪飘如蝶飞
驰骋共撒围
踏遍千万山
猎夫凯歌回

古薇用录音笔录下了这首歌，回去之后再听，才听出深藏在其中的美。

6

夏宁远天天晚上来电话。

她这才知道，原来小夏之所以选这家人，是颇费了一番脑筋的。她再也想不到，原来爷爷差一点儿就做了萨满。锡伯族的宗教信仰，比她想象的要复杂得多。在锡伯族的历史上，曾经信奉过原始宗教、萨满教和喇嘛教。这个民族主要以狩猎捕鱼为生，因此便有了猎神崇拜与鱼神崇拜。后来又有了“喜利妈妈”（保佑家宅平安和人丁兴旺的神灵）崇拜。

她昏头昏脑，并不了解那些供奉的神祇，所有那些模糊的字迹，如同线香一般缠绕在神像面前，缓慢燃烧。她想如自己这般的人来到这里，其实都是匆匆过客。

萨满教好像没有什么固定的教义，只有对唱的“萨满歌”，还有萨满舞和萨满画。萨满弟子的产生也比较奇怪，譬如久病不愈的人，有时便去许愿做萨满，还有的从萨满的隔代人中挑选，当然还有些天生激情的人——因为做萨满起码是要会跳舞敲鼓的，是个体力活儿，要激情又要灵性，还要做一些危险动作，譬如可怕的“上刀梯”。

决心从事萨满学法术的人，首先要举行一个隆重的仪式，要宰杀一只白色的公羊，请诸位萨满参加。仪式之后自己要出钱请画师画一幅萨满像，意思是希望自己将来真的能成为萨满。听说其实佟家爷爷年轻时曾经被一萨满选中，但是可能是缺乏唱歌跳舞的天才，最后没能成为萨满。因为学萨满首先要学跳神击鼓，然后是“入神”，背诵咒语，唱萨满歌调。“入神”大概是最难的了，有如气功的“内功”，据说要达到精神恍惚的状态，可是要费些功夫的。内功练不好，吐血不说，还要走火入魔。学萨满法术最有意思的一条是不脱产，白天照样工作，晚上学习，而且理论与实践结合紧密，师父常带徒弟到跳神现场去观看：那样的叫声，仿佛雪豹与山羌的混杂，那样的服饰，仿佛是古蛇留下的蜕皮——一瞬间，那些不敢直视的黑暗，仿佛都有了神灵守护。

古薇记得在佟家看见过萨满神像图，本来想拍照，看见佟家二老的眼神便没敢轻举妄动。图上萨满穿正式的法服与法具，戴“神帽”，神帽上拴一根铃铛，一跳神就丁零零响，身上镶十七面铜镜，其中护心镜为最重，若是丢了护心镜，萨满就要惊慌失措，以为离死期不远了。神像图上主要描述萨满上刀梯的景象，但是看不出是刀做的梯子。

做个萨满要上刀梯，其实就是上刀山——什么都不容易啊。晚上古薇对玉凤轻叹。

玉凤的脸越发黄瘦了，低着头在纳鞋底。“古老师，你是不知道，人这一辈子，就是上刀山呢，哪一脚踩不好就完了！要是有个知疼知热的人，就还算是有个依傍，要是单身一个人上刀山，那该有多险！！”她突然抬起头盯了古薇一眼，“古老师，问句不该问的，孩子的爸爸，怎么这么久也没来个电话？”

古薇在那一瞬间脸是僵的，显然想到了多种回答，最后还是决定说真话：“我们离了。”

“为啥？”玉凤显然受了惊吓。

“合不来，就离了。”她轻描淡写。

“那可咋弄?！古老师啊，我劝你一句，婚姻就是女人的命，男人咋不好也不该离！你看大宝，啥时着过家？我不就是他家的使唤人？可啥样的日子也得过啊！……”

那一天，玉凤说了很多话，玉凤的话竟然穿过了千山万水走进了古薇的心里——这些年她很少有走心的事了，她把自己当作一台机器——作曲机，所以她作的曲越来越匠气，越来越程式化。

她自己心里知道，她离本想做的自己，越来越远了。

第三章　弱位上的外音：先现音

1

从察布查尔回来的那个夜晚，出了大事。

傍晚夏宁远来接她，玉凤全家送出门外。玉凤悄悄拉住她的手，小声问："古老师，啥时再来？"

月亮升起的时候，雪花静静地落下来，是春雪。他们走在空无一人的小路上，只听见吱吱的脚步声。两人都低头不语，可心里充满了一种东西，像是气球在慢慢吹鼓，要胀破似的。

眼看来到离住地最近的那个小村落，突然听见一阵奇怪的声响。是来自一家羊圈中的骚动声，她看见他如同豹子一般冲了过去，哦天哪，原来是一只花斑雪豹正咬着一只羊的脖子！她看见他猛扑过去紧紧揪住了雪豹的长尾巴，正专心吸羊血的雪豹大怒，转头就向他扑来——一切都发生在刹那之间，她来不及想任何就冲了上去，死死地拽住了雪豹颈后的长毛！这简直不可思议——她是平常连猫狗都怕的啊！他向她投来惊愕的一瞥，大吼："你快走！"她也大吼："不行！你一个人不行！"

事后很久，她还在为自己的声音惊诧：这是她吗？！暗夜中一个声嘶力竭的声音。她平时是连说话都很小声的，总是怕惊扰了别人，其实她自己更容易被惊扰。

正是这一声惊动了主人，牧民家的男主人拿着铁铲冲出来，几下子雪豹就毙命了。

雪豹粗大的长尾拖在地上，全身乳黄色毛皮上布满了不规则的黑色环形斑纹，十分美丽。

牧民全家千恩万谢，执意要把雪豹皮送给他们。

小夏说绝对不能要。“雪豹是咱们国家二类珍稀保护动物，今天要不是情况特殊，我是不允许你打死它的。”他说这话的时候非常严肃。“把它献给国家吧，雪豹的骨头还能泡上等的虎骨酒呢。”

他们继续走在雪地上的时候，东方已经出现了曙色。他们仍然沉默不语。

后来他问：“这次来察布查尔有什么收获吗？”

她看着脚尖低低地说：“就这么几天，能有什么收获？……所以我历来不相信深入生活什么的，这次不过是想出来散散心。”

他看了她一眼，显然是惊诧于她的直率。

她像突然想起来什么似的：“……玉凤家的佟芳不错，她挺喜欢你的。”

他用警觉的目光瞥她一眼：“什么意思？”

她没看他：“没什么意思，转达而已。”

他什么也没说，在路上出现沟沟坎坎的时候，他把手伸给了她。

她感到了他手上厚厚的老茧。

他感到了她的柔软和细致的纹理。

他握住了她，就一直没有松开。

他们牵手走入黑暗，于是黑暗渐渐明亮起来了。

2

“我曾经听过你的课。”

“什么时候？”

“去北京上学的时候。”

“在国防大学？”

“嗯。那次去听你的讲座，人很多。那把吉他，就是回来之后买的。”

“部队有钢琴吗？”

“有一架。在汽车城。”

“你会弹？”

“会一点。为了作曲，找旋律。”

“旋律不是找的，是从心里生发的。”

“你告诉我一点作曲的窍门，行吗？”

“没有窍门。热爱了，迷住了，就是窍门。技巧上，当然要懂和声，曲式，配器，复调，音乐风格，其中和声、配器和音乐风格对于编曲非常重要，视唱练耳也是。另外比如和声，你不懂，怎么给你旋律配上和弦呢？乐队四大件不一定你都会演奏，但你要知道怎么演奏的，也就是键盘，吉他，贝斯，爵士鼓。”

“现在只有键盘和吉他我碰过。”

“电脑你怎么样？”

“电脑？”

“现代音乐，至少要懂一个编曲软件，像 Nuendo、Cubase、Pro tools Logic 什么的，还有常用的软音源，钢琴的可以用 The Grand 2，吉他可以用 Real Guitar，其实都还有很多，你可以自己选着用。”

“钢琴和吉他的我都有。还有录音和混音，对我来讲也是难题。”

“录音和混音就是后面的事了。混音是要考你的耳朵的。最开始学习的时候有个电脑就可以了。声卡你开始可以用板载的，最好直接买专业声卡。”

“专业声卡？！……太贵了。”

她看了他一眼，他低着头，在晨光里看不清他的表情。

“我可以送你。”

“那……不好吧，我可以买。”

“我有很多，会寄给你。”

“……那兼容性，哪个好点呢？”

她差点绊了个跟头，他扶了她一把。

“哦……兼容性……编曲软件有的需要在苹果机上才行，有的需要在PC机上才行，有的版本还要看你的操作系统，有的系统，Nuendo 3、Cubase 3这些版本就安装不了，但可以安Nuendo 4、Cubase 5这些，好像XP系统的兼容性好一点……”

她觉得自己又在课堂上了，并没有注意她惟一的听众的尴尬神情。

他的头越埋越低。

她越讲，他越觉得她与自己的距离，远隔千山万水。

“我那天随便写了几个乐句，你看看，要不先试着做个小品吧？”

他接过手机按那几个乐句哼唱起来，千山万水蓦然近了。

天大亮。太阳的光芒照暖了两个人。

还有身后两个长长的影子。

3

她羞于对人言的是，尽管已经年纪不小，但内心时常还像个高中女生似的幼稚。譬如这一次下边疆，明明有许多地方可挑，有些是非常难得去的，她却偏偏挑中了伊犁，她挑中伊犁的原因竟然是因为与Y恋爱时爱唱的一首歌：

伊犁河哎伊犁河，
天山脚下牧场宽阔，
草儿青青牛羊肥壮
白云深处遍地牧歌
啊，亲爱的伊犁河
美丽的家乡，幸福的天堂，
十三个民族的儿女，

为你劳动为你歌唱！
……

当时，她被这歌迷住了，对于伊犁的全部概念也仅仅限于这样一首歌。

但是真实的伊犁，既没有她过去想象的那般浪漫，也没有后来她听说的那样恐怖。刚刚进入伊宁市，就看见维吾尔族和哈萨克族的妇女在街上行走，穿着各自的民族服饰。市面清洁，市声寂寞。她注意到一个四十多岁的维吾尔族女人，气质不凡，虽然上了几岁年纪，却依然非常美丽，一张西域特点十分明显的面孔，双眉入鬓，鼻梁挺直，一头长发在脑后梳成一个巨大的发髻，一脸傲慢，贵族气十足，一直在电话亭打电话。她就悄悄守候在旁边，待女人放下电话，她立即提出想给她拍一张照片，殊不知女人坚决地摇了摇头，一脸傲慢地走了，还夹紧了她镶着珠串的钱包，把她一个人扔在那里。

这是她来伊犁的第一天，也是在伊犁的第一次受挫。难道所有维吾尔族妇女都是这样的么？

来接她的夏宁远微笑一下："怎么会？下午我会安排你去见一位维吾尔族妇女。正好顺便看看维吾尔族民居。"

下午开车的司机是个维吾尔族小伙。小伙子看上去很老实，小夏叫他塔西（维语"石头"之意），据说很会唱歌。塔西把他们拉到了维吾尔族的住家，一家家地转着看，最后停在一家宫殿式的民居前面。

维吾尔族的屋宇似乎融合了陕甘地区和西亚的建筑风格。近代又吸收了俄罗斯的民居艺术，它的平面，多为"一"字形，"L"形或者"凹"字形。也有豆腐块形的，中间置一通道，"一"字形即一间、两间或者三间并列，排成"一"字形。若是两间，就采取里外间布局，对外入口开门在外间；如果是三间，就以后中为正房，对外入口设在中间，进门后再向左右间各设入口，似一明两暗的房屋布局。"L"形，就是把"一"字形房屋的一间向前伸出几米，可在延伸部分单独设对外入口。“凹”字形，就是“一”字形的中间房屋缩进去几米，豆腐块形，就是采用分支布局，设一通道，联系左右的房屋，通道的一端设对外入口大门。

这座房子是“L”形的。吸引她的首先是色彩，那种柔和的青蓝色在雪白的墙面上刷出古波斯式图案，中间有断续的黑色花纹点缀，有明亮的金夹杂其间，不知是金粉还是金箔，显得富丽堂皇。

伊斯兰宫殿的造型，很高大很雄伟，屋檐镶满了伊斯兰式的刻花，虽然有点洛可可的繁赘，却也不失一种异域风情的美丽。

她真的没想到维吾尔族会有这么美的民居。

女主人走进走出地忙着，并不和他们打招呼。塔西告诉她，女主人叫阿娜尔古丽，是汉语石榴花之意，她觉得这意思很好，就细细地看那维吾尔族女子。阿娜尔古丽显然很富有，穿纱底丝绒花纹长裙，典型的维吾尔族女人脸，并没有什么太明显的特征，但是可以看出来她年轻时肯定是个美女，这是她从女子那轻盈的体态和深深的带着一丝忧伤的黑眼睛里看出来的，她的忧伤不是少女式的，而是少妇式的，是少妇那种深谙人情世故的忧伤。眼前的这位维吾尔族少妇，应当是一位人情练达却又深藏不露的女人，古薇想。

在华丽的屋檐下，植物葱茏的小院似乎更让她喜欢。就在这个小院里，阿娜尔古丽一手抱着孩子与她合影。她感觉女主人的微笑后面全是疑惑，那种疑惑是轻轻地散发出来的，如同一种淡淡的香水，把她笼罩在里面了。

于是大家落座喝茶。她这才知道，阿娜尔古丽的丈夫是做宝石生意的，常常去阿勒泰。丈夫叫居马，“聚礼日”之意。古薇笑道：“维吾尔族人的名字很有意思，我记住的第一个维吾尔族名字就是库尔班·吐鲁木。小学时候学过一篇课文，叫《库尔班·吐鲁木见到了毛主席》，有一张很醒目的照片，一个长白胡子的维吾尔族老人紧紧抓着毛泽东的手，笑得很幸福……”小夏在一旁忙说：“那篇课文我们也学过……”古薇继续着：“第二个记住的维吾尔族名字也叫库尔班，是一本写维吾尔族童话的小人书，叫做《英雄库尔班》。里面画的那个库尔班长得挺帅。我特别喜欢那本小人书，里面的画很有异域风情，譬如围着面纱的女人顶着华丽的铜瓶或者瓦罐，我就在想，她们离我很远，是一些不可思议的女人。可现在，我见到了。”

女主人笑了:“知道库尔班是什么意思吗？是‘宰牲节’的意思，因为宰牲节对于我们维吾尔族是非常重要的节日。”

这样的解释显然让古薇意外。小夏来了兴趣:“哦，我来边疆这么久，还是头一次听说呢。那买买提是什么意思呢？叫买买提的人也很多呢！”

女主人莞尔一笑:“买买提是穆罕默德演变而来的。”

——古薇扬了扬眉毛——原来穆罕默德这样神圣的名字，竟然最后变成了买买提，真是不可思议。记得小时候读《一千零一夜》，隔三页必有“安拉是惟一的主宰，穆罕默德是他的使徒”这样的箴言。关键时刻如果背叛了安拉或者穆罕默德，就会平地升起一股蓝色的火焰，这火焰无疑是代表正义的，正义的火焰将毫不留情地杀死叛逆。《一千零一夜》给了她关于伊斯兰教的最早的概念。

“我们维吾尔族人取名字是很认真的，还有仪式，一般在孩子出生后七天之内，请来宗教人士，譬如依麻木、买僧或者亲戚中的长者，对着婴儿耳朵念艾扎尼。”

“什么叫艾扎尼？”

“就是召唤礼。”塔西在一旁回答。

女主人为大家添茶，慢慢地说:“按我们维吾尔族的规矩，年纪越大，名字越长。除了可以附加一些称谓，譬如‘阿洪’‘江’什么的，还可以加上职务的名字，加父名、祖父名甚至曾祖父的名字。”

塔西在女主人面前明显话多了起来，他随口说了几个维吾尔族人名:阿孜古丽是希望之花的意思，阿尔斯郎是狮子的意思，拉禽是雄鹰的意思，翟乃图是指橄榄，铁木尔就是钢铁的意思。

一直聊到吃晚饭。没想到，没等小夏开口，女主人阿娜尔古丽竟主动留古薇:“古老师今晚就住在我这里吧。住得好就多住几天，我男人下个月才回。我听古老师说话有学问呢，你到我们这里来作歌子，歌子可不是一半天就能写出来的，要知道我们维吾尔族人的心，才能写好我们的歌子呢。”

古薇一惊——这女子可不是凡人！从她待人接物的闲淡优雅，深藏不露的世故圆熟来看，她应当是见过些大世面的。留一个陌生的汉人住宿，这对于很多维吾尔族人简直是不可想象的。但是她做到了。而且她微笑着说：“我看古老师的耳垂很大，又没有扎耳环，可以给我家带来福气。”

小夏和塔西没吃晚饭就离开了。

她不明白，小夏在展现了英勇救羊的一幕之后，为什么就一直沉默了。

4

阿娜尔古丽自己扎着一对美丽的耳环，是蓝宝的。她说，是男人从阿勒泰给她带来的。翌日一早，她请古薇吃油馕和马奶子，油馕很香，但是马奶在古薇嘴里就像是一种劣质酒加在泔水里的味，闻着就想吐。好在阿娜尔古丽比玉凤要聪明许多，极会察言观色，立即叫用人把马奶撤了。

晚上她亲自为古薇做了“纳仁”，纳仁又叫手抓肉，连骨羊肉切成几大块，用大火煮，打掉沫子，再改用微火慢慢炖。汤里只放盐，保持鲜香，用原汁煮好面片，把肉块放在面片上，再放上洋葱蒜泥什么的，上桌之后把肉切碎，用手抓食。看古薇犹豫了一下，她便立即说：“老师不习惯手抓，用筷子、叉子吃是一样的，不必客气。”古薇心存感激——这女人总是那么善解人意，很贴心。

古薇很快爱上了阿娜尔古丽的后院。那是个花园，挂着几串鲜红的辣椒。那些花，也许并不怎么名贵，但是开在一起，却特别地美丽活泼，她想，这些花一定就像年轻时的阿娜尔古丽。

正是春天，阿娜尔古丽带她去看草原上的野花。在伊犁浩瀚的草原上，到处都是花。有一种花叫莱丽，鲜红似火，全称是莱丽喀扎克，意思是自由的不断迁徙的花，据说是草原之美和自由的化身。阿娜尔古丽说，莱丽生长期短，多雨的年份花尤繁盛。当地人说，莱丽开满山，丰收在当年。又拉她去看野牡丹，花大如拳，颜色紫红，在山地里特别耀眼夺目。野牡丹成片簇生，有些地方连绵可达数亩。古薇看到在那艳丽的花丛中，维吾尔族女人阿娜尔古丽仿佛在冥想，太阳光斜射过来，能够清晰地看到她脸上的皱纹。——中年以上的女人是不能被阳光直射的，她想。

后来她看到野牡丹的花丛下长着一种黑蘑菇，只有火柴头那么大，正想细看，维吾尔族女人很神秘地低声说："知道这是什么吗老师？这就是你们说的冬虫夏草啊……"

她心里一震——呵，这就是冬虫夏草！多少年了，她一直记得过去的每一个细节。那次 Y 病得那么厉害，病急乱投医，什么偏方都试过了，有人介绍冬虫夏草，众人嫌太贵，犹豫着是否要买，她拿出父母留给她的"私房钱"五百元（那时的五百元可真叫钱啊），给他买了一盒冬虫夏草，炖在鸡汤里送到医院去，一口一口地喂给他喝。那年，她十五岁。十五岁那一年发生了很多事：父亲病了，母亲为了专心照顾父亲，把她送到没有孩子的伯父家里。而伯父和 Y 家在一个大院里住。她和 Y 有了少年故事。她嘴上不说，心里愿意为他做一切事，Y 病了，她很害怕，她怕最后真的剩了自己一个人。

如今的冬虫夏草依然很贵，她每逢转到卖冬虫夏草的柜台就远远避开，她知道为了躲避什么。

她们蹲下来，就淹没在花丛中。阿娜尔古丽挖了几株野牡丹，用衣裳裹了，说是准备栽在自己的小花园里。

几天过去，古薇自以为已经熟悉了阿娜尔古丽的生活，然而另一个女人的到来告诉她，她看到的只是冰山一角，而这一角究竟是不是冰山，还是很可质疑的。

5

来人叫温倩木（维语花蕾之意），一开门就吓了她一大跳——那女人是戴着面膜来的，就像是戴着一张橡皮面具，眼睛有些发绿，她想，如果这样的眼睛长在阿娜尔古丽的脸上一定很美，可是在这个女人的脸上，却给人一种说不出来的感觉，令人恐惧，又不完全是，总之是不敢正视她，好像和她只对视几秒钟，就有些想逃，她的眼睛深处，好像有一种类似邪恶的东西，藏着，间或一轮，就能从目光中闪出来。

女主人显然真心欢喜。她们用维语不停地说啊说啊，古薇一句也听不懂。有时女主人也对她歉意地笑笑，翻译出一两句话，接着又投入到热火朝天的聊天之中。

古薇想，尽管来访者很多，但阿娜尔古丽真正喜欢的，好像是这一个。

“古老师你别怕，她是贴着面膜呢。每次做完面膜她都会来聊天，护理至少要一个钟头嘛。这面膜是她自己调的，用马奶、蜂蜜和黄油。效果很好的，你要不要也试试？”女主人依然很贴心。

其实，女主人即使不做皮护也比温倩木好得多，女主人的皮肤里永远透出一种天然的血色，而温倩木不管做不做皮护脸上都有一种橡皮般的质感，还是坑坑洼洼的劣质橡皮。

古薇微笑着摇摇头。

于是她们再次用维语聊起天来，直到用人端上马奶。

“老师不喜欢马奶就喝薰衣草茶吧。”

听了这话温倩木就狠狠地剜了古薇一眼，然后狠歹歹地说了一句维语。

女主人笑起来：“她说，她第一次听说，世界上还有不喜欢马奶子的人！”

她用善意的眼光回馈了那双恶毒的眼睛，嘴角上歉意的微笑谁都看得出是在说：“不好意思，真是抱歉！”

但是温倩木没有再看她一眼。

她用善意回馈别人的恶毒，已经形成习惯。年轻时的锋芒，早已消散殆尽，并非已经修炼出来，而是一种懒得争辩的惰性——在Y走后很长的一段时间里，她都有着一切无意义之感，离异后这种感觉尤甚。

有时她也觉得自己奇怪：她的心似乎撕成了两半，一半，还保留着童贞女的单纯，而另一半，早已苍老得不可名状。

6

转瞬之间来伊犁已经一个月了，晚上，古薇静静坐在窗子旁边，看着窗外的月亮。想起年轻时候是那么容易在内心形成一个旋律，有时各种旋律会像蚕丝一样绕在一起，需要用年轻和机智的头脑才能解开，那时她毫不费力。她的头脑有如她的双手一般灵巧，再缠绕的细丝线也解得开，可现在，她的脑袋里空无一物，好像年轻时所有那些新鲜的、别致的念头都被抽空了。她的头脑在她的身体之前，干瘪了。

若是让青年时代的那些朋友相信她的头脑已经接近空白，恐怕难度很大。一切不知道是如何发生的，她一直在怀疑自己无意中做了什么错事，得罪了上天，上天用特殊的手法在转瞬之间，抽走了她的智慧。于是她很害怕。莫名地怕，不知是怕别人还是怕自己。

小夏一如既往每天一个电话，但是内容贫乏得可怜，无非是问她身体好不好，吃得习惯不，睡得怎么样之类。就像完成任务一样。也许，他就是在完成任务呢，她想。这是上级给他的任务。前一段自己的那份心动，那份莫名的思念，完全是自己一厢情愿的单相思而已。这么想着，心里不知道是什么地方，突然剧痛了一下，像刀剜似的。

擦擦镜子上的灰尘，她清晰地看见自己：曾经很美的眼睛变得混浊，鼻梁中间有斑，把她挺拔的鼻子割成了两段，下巴的肉已经开始懈下来了，嘴角两侧的法令纹加深，使本来值得骄傲的樱桃小口走了形。看到镜子里的自己她是如此厌恶，很快把镜子翻了过去——一个连自己都不认可的女人还奢望什么爱情？别做梦了！她对自己冷冷地说，然后走出门去，却见月亮地上一个人的身影。

那个身影随着光影的变化不断拉长和缩短，但是她知道那是谁。她站在原地，等着那身影走过来。两个人隔着适度的空间，半晌没有说话。

她把他让进来，给他倒了杯水。“什么时候到的？”她听到自己平静的声音。

“到了一会儿了。忘带手机了，不知道你方不方便。”

他的声音似乎更为平静。

这种“L”形结构的房子，最合适藏人。因为“L”的那个尾巴，甩在了花园里。

她给他倒了杯水，两人就那么坐着，开着窗，月亮光照进来。慢慢地，她觉得月亮的光竟变暖了。

“你今天怎么有空来坐坐？”还是她先开的口。

“今天换防，离这儿很近。……还好吧？”

“很好。对这个女主人，我很感兴趣，还有她的一个朋友……”

“温倩木？她是这里有名的巫师。”

“巫师？”

“对啊。她确实有预知的能力。很多人试过的。”

“你相信这些吗？”

他抬头看看她，犹疑地说：“不太信。你呢？”

“我……我很信。我信是有原因的，过去很年轻的时候……验证过。”说完这句话，她的灵魂好像突然远离了肉身，回到过去时间的某一个点，从模糊到清晰的许多画面纷至沓来。

“怎么了？”他的有些惊异的声音击碎了那许多纷乱的画面。

“没……没什么。”

“我觉得……你是个有故事的人。”他小心翼翼地看着她。

“大家都有故事，可我的故事不精彩，可能会让你失望。我倒希望，有机会听听你的故事。”

他低下头，不再说话。

“糟糕的是，我到现在也没想出什么旋律来，好像创作源泉枯竭了似的……这种状态真的很可怕……”

“别着急，”他抬头，目光温和地看着她，“创作这种事情不能硬来的，不定哪一天，缪斯就来敲你的门了。”

她一惊。哟，这位边疆的男孩。她想自己过去一定把人家看扁了。

7

他把吉他取来了。

“我常想，如果说音乐的骨架是节奏的话，那么音乐的肉体就是和声了。”她说。在这个晚上，她突然睁大眼睛看他，明显地感觉自己声调中的挑逗。

“但愿我能帮到你。”他说，躲开她的眼光。

“有吉他当然好很多，要是有钢琴就好了。”

“哪天我跟政委说去汽车城。”

“先不要说，”她的声音似乎有点撒娇，“旋律还没解决呢。”

“用吉他试试。”他抱着吉他弹了一个大三和弦。

“给我弹一首《太阳下山了》吧。”

他弹，她轻轻唱起来：“太阳下山了，那安静的钟声阵阵地响，槟榔树和绿枝叶，都斜照在小船上，那是我的家乡啊，法寇把它全烧光，尸骨如山血成河，田园多凄凉……”

他抬眼看她，她唱得很投入，音色非常纯净。花园里的花香和她的声音融为一体。他知道这是一首越南老歌。

他自弹自唱：“在绿色的山谷下面，小溪蜿蜒地奔流，当夕阳在晚照，我独自漫游……就在这一片山谷下，小鸟在放声歌唱，我遇见了我心上最心爱的姑娘，那时候芳草如茵，环绕在我们身旁，到如今剩我一人，独自徘徊惆怅……”

她没想到他会唱这首歌，这是英国的一首古老民歌。

“你的年龄不该会这首歌啊？‘70后’的？”

“小时候听我妈妈唱的，就会了。外国民歌二百首。那时候他们那一代人最时髦的歌。”

“我要对你刮目相看了。”

“为了外国民歌二百首？”

她一笑，接过吉他弹了几个和弦，他突然说：“好像找到了。”

他们都知道“找到了”是什么，但是很快又丢了。

“我现在不喜欢惟美的东西。”

“我明白。你嫌它不够高级。”

她又是一惊。

她不知道这个“70后”的少校男孩的底牌究竟是什么。

8

多年以前，她曾经就惟美问题与那位逝去的音乐才子有一段对话，那时她把惟美和谐看作审美的惟一标准。

“我觉得和谐和美的关系就是普遍与特殊的关系，和谐是普遍的，美是特殊的。虽然对美的看法不同，但是总有一致的地方：大家都会认为女神是美的吧？主观与客观并不完全是两回事。”

“同意。主客对立最终会被消解在一些现象里。”他从钢琴上抬起头，按下一串音符，然后向她嘲讽地一笑，“不过女人美丑可是多维度参数的综合评估，类比不恰当。”

“那恰当的类比应当是：女人美丑与头发颜色无关。”

“我说的是美的主客观的关系问题。你有点偷换命题了。”

“但是和谐度的确是音乐美的一个重要参数啊。”

“我不这么认为。和谐就一定等于美吗？再说，美是衡量音乐的最高标准吗？”他弹了一串不谐和音。

她瞠目结舌地望着他。

“别受我影响。我是审丑派。审丑比审美高级——你可以不听，但我这么认为。”他一笑，露出雪白灿然的牙齿。

当时他大病初愈，二十几岁的音乐才子，刚刚拿了一个作曲大奖，谁也没想到他会几个月后参军——他当兵是通过他父亲走的后门，更没想到几年之后他在对越自卫反击战中殉国——很多人认为他是个疯子，想起一出是一出。

“和疯子恋爱肯定会受到毁灭性伤害！”

之前，不止一人告诫她。

但是恋爱这种事，岂是告诫能阻挡的？

9

温倩木的确有预知的能力。在阿娜尔古丽心目中，温倩木是智慧的化身。

有天晚上，温倩木盛装而来——古薇见她高兴，就请她算命。她让古薇把右手伸出来，问了阳历生日，然后拿出一张星盘图，转来转去地看。古薇第一次离她这么近，能看见她脸上粗大的毛孔，她的脸上涂了很厚的粉，戴了假睫毛，是卷曲的，又粗又硬，手上戴了起码三个极大的指环，镶着沉甸甸的蓝绿宝石。

她第一句话说：“你有苦恼，是大苦恼。你的婚姻不好，你已经离开他了。”

古薇不动声色。

然后她又转了转星盘：“你从小就心重，身体不好，如果恋爱，身体就会更差，甚至会生病！因为你把爱情看得太重！”她转向古薇，眼睛里闪出那种可怕的绿光：“你父母当中有一位已经不在了，另一位也不会庇护你！”

古薇似乎被击中了一下，但是仍然保持着镇静。

“你非常年轻的时候曾经爱过一个人，后来他死了，你的心情一直在阴影里。1986年，你的运气开始好转，1987年，你结婚，1988年，你有了一个小孩子，是……是男孩。”

古薇不能不动容了。心里惊悚：难道冥冥中真的有一双眼睛在盯着自己么？

“后来呢？”

“后来你又怀了一次孕。你把她做掉了，是个女孩。但是，她还在你身上。”

“什么?!”

“她还在你身上！……我问你，你是不是从那时候起，就总是觉得身体不适，但是又查不出病因？特别是在月经前后……”

古薇看着温倩木，也许她眼睛里的惊慌感染了阿娜尔古丽，她的脸上也露出惊慌。

“她还在你的身上，我已经看见她了！”温倩木低低地说了一声。古薇已经再也忍不住，从椅子上跳起来，阿娜尔古丽惊叫了一声，几乎是同时跳起来，紧紧地抓住古薇。

“你……你别说了。”古薇的声音有点抖。

“你还会恋爱。但是我劝你一句，别把爱情看得太重，不然会伤人伤己。”

温倩木若无其事地收起星盘，然后毫不客气地向古薇要钱。古薇给了她一百块钱，她居然还找了古薇五十。

但是她并不是对谁都这么客气的。不到一小时之后，一个女人来阿娜尔古丽家找她算命，那女人很有钱的样子，有些傲慢地说：“你算吧，钱我有的是。”温倩木把星盘一轮，很快地说：“收起你的钱吧！告诉你，你是个专门克男人的克星，你的男人刚刚死去，你还有个男人，如果你跟他结婚，他也会很快死去，凡是沾了你的男人都会死掉……”那女人急了，扑上来打温倩木，温倩木把钱摔到她脸上：“你滚吧！我不稀罕你的钱！”

那女人出了门就晕过去了，好心的阿娜尔古丽给她灌了马奶，送她回家。温倩木一直抽着烟，一句话也没说。

还有一次，是晚上，温倩木拿来一个皮囊，打开一看吓了古薇一跳，血淋淋的一串不知道是什么东西，一瞬间她想起电影里提着人头革囊的侠客，但是阿娜尔古丽司空见惯似的，拿过去清洗，对古薇悄悄说：“温倩木的大妹是妇产科医生，过一段，她就拿个胎盘过来，吃了是大补的呀。”

然后两个维吾尔族女人就亲密地说呀说呀，一直说到炖胎盘的汤从罐子里潽出来。

古薇事后回想，温倩木的确教会了她不少知识。有一次不小心，她的手指被奶茶烫了，温倩木就带来了一些紫草来给她敷，很快就好了。古薇觉得紫草这名字很好听，就查了《本草纲目》，上写：“此草花紫根紫，可以染指故名。”紫草又名紫丹，地血，鸦衔草，红石根，每个名字都很好听。古薇有了兴趣，便悄悄跑去看正在生长的紫草：高有二十厘米的样子，根直粗壮，根头部有数条类似绳状扭曲，外皮暗紫红色，花冠像一支笔筒，紫色或者淡紫色，温倩木说，它的药用价值主要在根部，有凉血活血清热解毒的作用，还能治疗水火烫伤什么的。

温倩木懂药，有点小病小灾就自己给自己治。周围的人病了也常常找她，阿娜尔古丽曾经满怀感激之情地对古薇说，温倩木救过她姐姐的命。姐姐古再丽（仙女之意）前些年得了一种怪病，腹胀如鼓，骨瘦如柴，一天一天地不行了，看西医，说不出什么来，只是建议动手术，父母害怕，只好找温倩木，温倩木看了看古再丽，只说了两句话，第一句说：“怎么不早来？”第二句说：“交给我吧。”两位老人犹犹豫豫地走了。古再丽在温倩木那里住了两个月，走的时候是站着走的。那时候温倩木治病不要钱，单要宝石和黄金，阿娜尔古丽让丈夫给她专门打的黄金镶红宝戒指。

温倩木的方子自然是保密的，但是后来阿娜尔古丽也略略知道，那次的方子主要是以草药阿魏为主。阿魏也是新疆的一绝，对于解毒消痞、消除腹胀等等，特别灵。

难怪温倩木的手指上戴满了戒指。

但是古薇的脑子里始终盘旋着温倩木的那些话：最好别恋爱，恋爱会伤人又伤己——温倩木竟把她过去的一切都说对了呢，她想起这事就很恐惧。

她努力把思维转换成到新疆后的几个关键词：安巴萨林，喜利妈妈，萨满，纳仁，紫草，阿魏……

她想作成一个神秘、奇幻、深邃的旋律，但是那些记忆碎片如同飘飞的雪花一般，在她身旁茫然地飞舞，顽强得无法驱散。

第四章　强音上的外音：延留音

1

夏宁远的电话，现在基本就是谈作曲，不言他。

既然如此，那就谈作曲吧。谈作曲也很好。

但她暗自想，谈恋爱更好。当然不是和他。

她固执地想，他还是个孩子。她喜欢大一些、成熟些的男人。

他又写了一首《雪》。

她听出来，似乎与那个晚上，那个杀雪豹救羊的夜晚有关系。

节奏还是有问题。

“我总是掌握不好节奏。”他沮丧地说。

“还是要以强拍上的音为先，兼顾弱拍。所谓强拍是指小节中的第一拍和第三拍，弱拍上的音可以作为经过音不考虑。还要考虑和弦的功能性。可以给第一小节配 D 和弦，第二小节配 G 和弦，一般说来，和弦中四五度倾向最好，它可以让音乐一直发展下去。”

“哦，四五度倾向的和弦可以让音乐一直发展下去。”他在那边重复了一句，梦话似的，“能一直发展下去，就好。”

“你说什么？”

“我……没说什么。”

然后，他的话如流弹一样把她击中。

他突然说："……昨晚我做了个梦，梦见我站在一个很大的电影院门口等你，好像应当是说好一块看电影的，等啊等啊，一直等到电影散场，我看见你和一个男的，挽着手走出来，下台阶儿，我想凑上去和你说句话，可你连理都不理，像是没看见我，和那个男的一起走了。我待在那儿特别伤心，真的，梦醒之后还伤心了半天……"

她半晌不语，良久，叹了一声。她心想，该来的毕竟还是来了，怎么也挡不住。

"……为什么叹气？"

"你这孩子，怎么老是胡思乱想？"

"第一，我不是孩子了；第二，我也没有胡思乱想。"

她突然心念一动："那我问你，那个男的长什么样儿？"

"……高高的个儿，和我差不多高，脸色有点儿苍白，寸头，骨感，表情很酷，和你在一起挺配的……"她听了胆战心惊——他描述的，正是她的初恋，她终生所爱的Y，但是她从来没有对少校说过——这真是太奇怪了！！

难道，真的有前世、今生与来世么？

温倩木说得对：爱情的痛，爱情中不能承受的痛，她是不能再经历的了！

她决定中止危险的情感发展。

第二天，没等他来电话，她抢先去了电话，把事先想好的话一气说完："……昨天你说的那个梦很奇怪，你梦见的那个人，就是我的初恋，我们非常相爱，他走了以后，我今生今世也不会爱上任何人了……"

那边儿半天没动静。

很久，当她以为他不再会说话的时候，他却突然低声说："是啊，这几天我上网搜你了。我反复听了你作过的所有曲子，能感觉到你经历过不同寻常的爱情，这和有的作曲家很不一样，有的作曲家技巧上非常成熟，简直是无懈可击，可就是让人感觉缺点儿什么，细想想，就是缺少真正的阅历，没有激情。什么都可以虚构，惟独真正的感情不可虚构，经历了的和没经历的就是不一样，而且我发现……创作和生命力特别有关系，从你的曲子里能感觉到，你的生命力特别顽强，还能感觉到……”

“还能感觉到什么？”

“……还能感觉到……你是个永远的女孩。”

永远的女孩？

是的，那时Y就这么说过。“哎，我能想象所有人老的时候什么样儿，就是想象不出来你老了会是什么样子。”“那可能我还没老就死了。”她脱口而出。他突然睁大眼睛，向她伸出一只手指，做出严厉的表情。她被他那样子逗笑了。

多年之后她突然想到：只有少年人才能说出这种话，越老的人越怕死。譬如她自己，小时候总是觉得这个人也俗那个人也俗，谈恋爱俗结婚更俗，生孩子是俗之又俗！好像活过三十岁就是一种耻辱似的。可现在，年纪越大胆子越小，所以最不愿意的就是面对童年记忆。偶然回忆起来，竟是格外地痛恨自己。

可是，如何面对这个二十九岁的大男孩啊?!

装傻？还是逃避？

2

温倩木也有高兴的时候，那就是：去阿兰的小餐馆。

回族女人阿兰开餐馆，她的餐馆很火，她会做很多民族的食品，味道很美。周末，阿娜尔古丽拉着古薇和温倩木去用餐。

阿兰的木桌上铺着桌布，是鲜艳的粉红色。粉红色的桌布上摆着白色的瓷碗，黄颜色是炸得喷香的洋芋，洋芋盖住了下面的羊肉；扁扁的盘子里装的是抓饭，据说抓饭原是乌孜别克的风味，称“帕劳”，这让古薇想起了泰国的风俗，泰国的抓饭也叫帕劳，如果是贵客就在里面放上羊蹄子。抓饭是用大米、胡萝卜、牛羊肉、清油或者羊油做的，佐料有盐、皮牙子（洋葱）、葡萄干、杏干什么的。阿兰的抓饭特别香：她用滚油先把肉丁炸成金黄色盛出来，然后在锅里放上油、洋葱和胡萝卜丝，炒得香软之后，再放适量的水和其他佐料，水开了之后，再把米放下去，可不能那么一下子放，古薇看她是用一个小勺，一勺勺地放进锅里，然后把金黄色的肉丁放在米上，在米里插上几个眼，扣紧锅盖，大火焖烧十分钟，然后用微火焖半小时，起锅后把油和米、佐料什么的拌在一起，放进盘子内，再把肉摆在上面，大米便一粒粒地显得金黄油亮，晶莹透明，肉丁鲜香，令人垂涎，还炖了两整只鸽子。阿兰的炖鸽子特别好吃，鸽肉完全烂了，而且又嫩又香，最鲜的是汤，阿兰笑阿娜尔古丽是汤罐，见了汤就没命。

又特别为古薇做了一种锡伯族的食品：布尔哈雪克炖鱼——刚来时小夏请她吃过的。布尔哈雪克是一种野生的香草，有一种奇异的香味，形似柳叶，所以锡伯语称“布尔哈雪克”，译成汉语就是“柳叶草”或者“鱼香草”。就是把鱼切块清炖，放上辣椒面、盐和鱼香草，吃起来非常清香。然后是一盘炒蘑菇，味道很鲜。伊犁河畔是产蘑菇的地方，当地人叫“蘑菇滩”。

“那蘑菇一个个的可肥了，我们叫‘土里鲜’。”阿兰长着一张银盆大脸，显得质朴，五官都大，能看出来年轻时应当艳丽，“下点儿小雨之后，遍地都是蘑菇，像獐子菌、羊肚菌什么的，那都是世界有名的。……今天给您炒的就是獐子菌，自己家里晾干了收出来的，吃时加点土鸡肉，又香，又滑口，您尝尝。”

“我只知道云南菌类多，还不知道这儿也……”古薇的微笑里带着歉意，她不知道如何面对如此丰盛的款待。

温倩木在一旁吸着烟：“咱伊犁的菌有几十种呢，草原上还有大型真菌，说出来吓死你！有十五六斤重！像云杉腐朽木里长的木蹄多孔菌，咱伊犁的大夫们常用它来做药，还有‘马勃’，大的有西瓜那么大，明年六月再来吧，我们带你去看大菌子！……”

阿娜尔古丽的吃相很好看，一口口地吃着抓饭，手的姿势非常漂亮，好像不是为了吃饭，而是为了展览她那双玉手似的。“她的手很美，是么？”阿兰突然向古薇嫣然一笑，“她最不愿意和男人一起吃饭，他们总是看她的手！”阿娜尔古丽的脸红了，温倩木立即替朋友出头：“她的手怎么能和你的胸比？”阿兰怔了一下，一张脸红得像石榴花，嘟囔了一句“胡说什么”便去倒茶，温倩木咯咯大笑起来。

阿兰还在给孩子喂奶，因此胸部很丰满，显得母性十足。古薇忙说：“什么人娶了阿兰，真有福气！又会开饭馆又会生儿子！——”古薇说这话，显然是为了照顾阿兰的情绪，谁知三个女人却突然都不说话了。

直到周末见到小夏才知道，原来阿兰的婚姻并不幸福：丈夫有先天性癫痫，恋爱时他竟然隐瞒了，婚后阿兰才知道。阿兰是先认识丈夫的父亲——她的公公的，她的公公是她原单位的领导，据说是一位“高人”，她狂热地崇拜他。所以，当她知道真相之后，也并没闹。她对于公公婆婆的照顾还甚于一般人，而且，还生了那么一个可爱的儿子。

女人们的命运，真是千奇百怪，如果以这几个女人为主题写一首曲子也不错啊，古薇想。

可为什么，想法如此纷繁，却没有一个能成为她心里想要的那个旋律啊？

3

周末，夏宁远终于有了点休息时间，因古薇再三夸奖阿兰的餐馆，便相约着一起去那儿吃饭，然后去草原。

不早不晚的一顿饭，大约上午十点钟，阿兰做了拿手的粉汤、油香、拉条子和奶豆腐。

几乎所有的回族妇女都会做粉汤，阿兰的粉汤却是最有名的：她先用豆制淀粉制作粉块，把凉后的粉块切块，把新鲜羊肋条肉剁成肉块，加上盐、花椒粉、酱油和肉汤，把肉炖得烂烂的，加凉粉、白菜稍炖一下，再下葱、菠菜、红辣椒、醋、胡椒粉、水发木耳烧开，就是一碗喷香的粉汤。因为时令不同，用的菜也不同。夏秋放点儿莲花白、西红柿；冬天放点儿黄萝卜，这个时候呢，就放点儿香菜。和粉汤配吃的面食叫油香，有点像北京的油饼。

拉条子也是阿兰的拿手好戏，她拉的条子柔韧细长滑爽，吃起来口感很不一样。她一把竟然可以拉上几公斤！只见面团在她手里晃来晃去，瞬间，一把把面团变成银丝般的条子，动作又美又有力，有的竟长达一两米！又做了拌菜过油肉和鸡蛋炒西红柿。古薇见小夏像过节似的高兴，忙拉了阿兰坐下一起吃。阿兰只沾了下嘴便立起身："要给孩子喂奶了，你们吃着！"小夏转头向古薇低笑："这顿可真结实！到晚上也不会饿。"

阿兰终于把宝贝儿子抱了出来，这个名叫天池的男孩生得一副福相。天池特别喜欢听歌，大概和母亲的胎教有关，阿兰婚前是有名的民歌手，现在依然唱得很好。天池从月子里就懂得听歌，无论怎么大哭大闹，只要一放唱片，立即就止住哭声。真是奇怪。再大一点，睡前一定要妈妈抱着来回走，边走边唱。他就在妈妈的歌声中入睡。可是只要阿兰唱错了一句，他就立即要睁开大眼睛，盯着妈妈看。

阿兰开饭馆，每天回家都很累了。抱着这个沉甸甸的宝贝来回走，有时候眼皮都要打架。但是不抱着他来回走，她又觉得不过瘾。再说，婆婆常常提醒她，她一天到晚不在家，孩子会缺少母爱的。阿兰的婆婆据说是个很精明的人，有一点文化，退休以前一直做会计，阿兰说她很会算计。

后来，古薇回到北京之后很久的一个晚上，突然接到阿兰的电话，她说她很想古薇，那个晚上，沉默的阿兰说了很长时间。古薇猜她喝了一点酒，古薇把话题转开，古薇问，天池好吗？……她立即兴奋起来，她说，古老师，告诉你一个秘密，你知道天池为什么长得这么白吗？——因为我怀孕的时候，只能吃水果！

可是在那个早上，在果子沟阿兰的小馆里，她什么也没说，她只是看着怀里的天池，长斑的脸上露出笑容。很久她才抬起头对小夏说："夏干事你知道吗？你写的那首《湖畔之月》，是我首唱。"

4

草原之美，深深留在了古薇的记忆里。特别是，陪伴的人很对。

夏宁远似乎天生便属于草原，他骑上马，马就像是长了翅膀，飞向天边，天边那种暗淡的灰，让她想起列维坦著名的灰色。而现在，确切地说，是灰紫色。因为草原上的薰衣草，把天空都映紫了。

她莫名其妙地喜欢很多词，譬如薰衣草。童年时候，母亲翻开陈旧的樟木箱，她总是能闻见一股奇怪的香味。母亲说，那是樟脑与薰衣草混合在一起的香味。她就记住了这个美丽的词：薰衣草。

伊犁河谷是盛产薰衣草的地方，小夏说，薰衣草是新疆生产建设兵团农 4 师的一项重要经济作物。——伊犁河谷到处是绛紫色的薰衣草的花朵，好香啊。

母亲的旗袍呈现出陈旧的色彩与香气。薰衣草使女人更像女人。那些高领无肩的旗袍，把两条银白的裸臂鲜明地衬托出来，把女性胴体最柔软的部分凝练地写意出来，那种美，那种芳香，都属于上一个时代。

她脑子里闪过《花样年华》，闪过张曼玉的杨柳细腰和二十六款美丽旗袍，那是怎样美丽的颜色啊！有丝麻海阔青镶黑色花边的，有亚麻白底黑色夜来香花的，有黑灰色竖纹透纱的，甚至在别人身上穿起来肯定很乡气的天蓝底子大红大绿花的，都在张影后的身上变成了灵动的虹彩。特别是，这样耀眼的虹彩在那般狭窄的小巷子里，那样旧陋的房舍中，那样唧唧喳喳的市民中间闪来闪去，就更是会有一种莫名的感动。

看《花样年华》，就会闻见那样一股淡淡的薰衣草的香气。

母亲说，她和父亲的相识始于薰衣草，她曾经在外婆的调教下缝制香袋。上大学三年级的时候，父亲到母亲家谈同乡会的事，外婆送了父亲一只香袋，那是母亲绣的。比起外婆，母亲的绣工要差一些，但是因为绣得很少，所以给父亲的那只便显得十分珍贵了。

她见过那只香袋，在海青色的缎子上，铁划银钩地绣了荷花莲藕，一根丝线劈成了十几根，美丽得让人销魂。还有那香气，永不磨灭，沁人肺腑。

她想，古代美女，大概都是如同娇花照水、弱柳扶风的，那种娇媚，大抵也并不是完全为了取悦于男人的，谁能真正从内心觉得那种五大三粗让人赏心悦目？可是就在儿时那个奇怪的年代，她这样当时尚在花季的女孩，哪个不是“谈美”色变？就连穿一件带颜色的衣裳，也要左思右想，藏头露尾，只敢露一点花领子，或者卷一点点头发帘，如果白，就要担心人家会说自己是资产阶级小姐，一定要有意把自己晒得黑黑的；如果苗条，那就更要警惕了，一定要用力干活，才能把小腿肚的肌肉练得更加结实。试想，经过这样的革命洗礼，还有哪个女孩能够保持住真正的女性美？即使在身体上没有被损害，内在的精神气质也要显示出“铁姑娘”式的英勇，这一系列潜移默化的“英雄主义”教育，使得那个时代的女孩在骨骼肌肉慢慢变硬的同时，行为举止也变得粗糙僵硬起来，现在，已经人到中年，突然遭遇那二十六款美丽的旗袍，以及旗袍背后的温润如玉、似水柔情，这才突然想起，这世界上原是有着另一种生活，另一种女人的，如梦初醒，但已是“虎兕相逢大梦归”。

好在，她似乎被人看作是这一代的异类，无论怎样努力，她都达不到“铁姑娘”的水平，所以，倒是相对完整地保持了自己的本真。

在草原上铺一块印花毡，放上马奶酒，对于夏宁远来说，简直是神仙一样的日子。当然，他没忘记单给古薇准备了薰衣草茶。

辽阔草原上，星星点点的颜色是美丽的牧民服装，那些被通称为“袷袢”的绣花衣裳，洋红、大红、深红、玫瑰、紫、墨绿、黑、蓝、深蓝团花、散花绸缎的边口加绣云头如意纹样，或者，用金银线、彩丝线盘绣上各种团花和散花，还装饰着铜、银、金质圆球形、圆片形、橄榄形扣袢。裙子大都是筒裙，上短下宽，基本都是新疆特产艾德莱丝绸。当然还有著名的花帽：小尕巴，巴旦姆花帽，塔什干花帽，曼波尔花帽，奇曼花帽，翟尔花帽，吐鲁番花帽，伊犁花帽，高筒花帽，金、银织锦花帽，那些缀在花帽边缘的装饰物，那些金银宝石花装饰帽花；孔雀翎装饰帽花，块玉，玛瑙，翡翠，珊瑚，刻着金银片的鱼和蝴蝶……在草原上散落的花朵中熠熠发光，晃得古薇眼花缭乱。

古薇躺在印花毡上，仰头向天。太阳光斜射下来，她用手盖住双眼，仍然能感觉到明晃晃的阳光，那种温暖的质感。远远地看见夏宁远拍马走近的剪影，背景是阳光灿烂的天空。她贪婪地看着这景色，心里涌上一种饱饱的幸福感。

一小束薰衣草捧到她的下巴颏，香，紫光闪烁。

她抬眼望着他。

他年轻的脸是经得起阳光照射的，没有一根皱纹。

他们同时微笑，他觉得她在薰衣草的紫光笼罩下，非常漂亮。而她，干脆就觉得他是草原上的王子。

一个旋律在她的心里升起来了。

5

古薇离开的日期已经确定了。

她心里沉甸甸的无法放松。

她和他之间没有发生什么。那一天，他们在草原待到很晚，并没有任何亲昵，她当然理解他在这里的真实处境，而他也时刻没忘自己的身份，可是那又能说明什么呢？在他们告别的时候，她从他的眼睛里直视他的心，她知道他心里满满的都是她；而她自己，也明白自己的痼疾复发，无论在哪里，无论周围的环境如何，她脑子里一天二十四小时想到的，都是这个年轻人。

还好，要走了。什么也没发生。

记住，什么也没发生。

为古薇的送别晚宴设在伊犁的汽车城。汽车城是在赵政委的支持下，由当地武警部队折腾出来的。

汽车城像一个世外桃源，一个小社会。满眼望过去是赏心悦目的绿，一个巨大的广场坐落在绿色的中心，那里，有一个别致的喷水池，喷泉涌出的时候，白鸽翱翔。会让人突然怀疑，这是在新疆伊犁么？会不会是洛杉矶的迪士尼中心，抑或是翡冷翠的中心广场？

因为那绿，是不含一丝污染的翠色。

但今天是夜色笼罩的汽车城。

夜的深浓中透出盏盏灯火，与天空的点点繁星交相辉映，灯火是透明的，星星是透明的，在北京，早已看不到这样晶莹剔透的繁星了。

她早就听赵政委说，如果去汽车城，一定要为她宰一只羊！她反复地认真地回答："我是个动物保护主义者，千万别为我杀羊。"

可是这次真的为她宰了一只羊。是一只黑羊。

赵政委说，这是我们招待贵客的规矩，我们不能坏了规矩。

赵政委说，黑羊要比白羊名贵。

但是她始终忘不了那只黑羊。当时它被一根白色的绳子拴着，低着头吃草，不紧不慢地。她和它对视了一会儿，走上前，按照当地的风俗摸了摸它的头，它的眼睛是那样温顺，那样驯良，那样可爱，那样无辜。可是过一会儿，它就要被宰杀了。它是为了她的缘故要被宰杀的，她充满愧疚。

她总觉得，是它们更接近上天，更接近神灵，而不是人类。

赵政委热情地让她吃羊肉，没有什么比刚宰杀的羊肉更鲜嫩的了，她觉得盛情难却，象征性地吃了一点，心里充满了负罪感。看过去，周围的人吃得那么香，她的负罪感才稍微减弱了一点。

她碰上小夏的眼睛，他的眼睛也在盯着她。目光撞上，很快又躲闪开了——他也没怎么吃东西。

赵政委竭力推荐的还有一种土鸡。他说，你们北京人是吃不到这种土鸡的，你尝尝，古老师，好香哩，可有鸡味哩！

是啊，北京的西装鸡早已没什么鸡味了。也许现代文明带来的一切都是异化的过程。古薇记得90年代初次去美国就发现那里水果蔬菜都莫名其妙地大而鲜艳，看上去很美，但是吃起来都没有什么味道，那时就怀念北京的水果和蔬菜。但是美国的今天也许就是中国的明天，鸡、鸡蛋、牛奶等等早已没有最初的香鲜了，是不是下一步就要轮到水果蔬菜了？

正神思恍惚，他已经走到她的面前，像她初来边疆的那次接风一样，向她敬酒。依然是三大杯仰脖喝下去，依然是满脸通红地咳嗽，但是这一次，她再也无法对接他的目光，因为他总是避开她，尽管周围的气氛热闹非凡，但她内心觉得莫名苍凉。

还好，伊犁电视台玛依努日的到来有如一道光，把大家的情绪一下子调动了起来，光辉灿烂的玛依努日像被镀了一层金，猛然看见这么明亮鲜丽的肤色和服装，真的有一种震撼的效果。

玛依努日是哈萨克。没穿民族服装，一身粉红色套裙，式样别致，扣子是中式的盘扣，略有一点卡腰。玛依努日的皮肤像金色的缎子似的闪闪发光，戴一架淡茶色太阳镜，嘴唇鲜红眉毛乌黑，色彩十分鲜艳。又粗又硬的黑睫毛下面，一双亮如星月的眼睛从镜片后面看着古薇，眼光俏皮又满怀善意。

夏宁远赶紧过来介绍：玛依努日在当地知名度颇高，交际甚广。严格地说，她是哈萨克族与回族的混血儿，但是对外人她总是说自己是哈族的。玛依努日笑一笑，一笑就露出一口贝齿，显得更加灿烂。但是小夏紧接着向她提了要求：“现在票不好买，玛依努日，给古老师买回程票的事儿可就交给你了啊！”

话音刚落，周围的人立即七嘴八舌，赵政委的声音最响：“玛依努日的关系最广，她肯定能给你买到票！”

当晚的最高潮是古薇和小夏合作了一首《敖包相会》。当然是玛依努日提议的，玛依努日本来就是电视台的主持人，天性中又有点“人来疯”，虽然丰腴，走起路来却常带一股风，她领头一起哄，谁不响应？却是谁也没料到效果竟如此震撼：古薇和小夏的歌声竟是天造地设般地和谐，“珠联璧合”，本是谐谑式的赞美，却是说者无心听者有意。夏宁远一反在人前的一贯羞涩，竟然笑意充盈。

古薇在心里也觉出一份久违的快乐。

一直到很晚，她试了一下汽车城的宝贝钢琴。小夏陪在旁边，惊喜听到她弹出新鲜的旋律。

她抬眼望望，知道这一群人里，只有他是知音。

他们前后脚走出去，看着天空。

古薇并不知道自己此刻很像一个女孩，她指指点点地辨认着，这是北斗星，小熊星座，这是北极星，这是仙后星座，这是天蝎星座，这是牵牛星，这是织女星……小夏的目光里全是羡慕：“你知道这么多星星的名字……”

“因为在北京难得看到星星，看星星是小时候的事儿了，看见星星就想起小时候。”

“我们每天都能看见星星，就不把星星当回事儿了。”

她心里一动，不知怎么突然想起小时候看的《卓娅和舒拉的故事》，卓娅要被发展成共青团员，夜晚，团书记拉开窗帘考她：“外面有什么？”卓娅看了又看，说，什么也没有。书记指点她：“外面有那么多星星，你没看见么？不要小看星星，是它们构成了天空……”

“是星星给了你灵感？”

“不，是那天的草原。”她想说，是他飞驰在草原上的英姿，但她不好说出口。

“这回可以交差了？”

“是，仅仅交差而已。不满意。自己都不满意。”

“回去以后回忆，肯定还会有新的灵感。”

“但愿吧。”她不愿继续这个话题，依然抬头看着星星。

她并没察觉他一直在看着她。她看星星的样子真是美啊！美到像一颗落地的星星，他很想去摘这颗星星，但又怕够不着。

6

古薇离开伊犁的那天充满惊险。

夏宁远执行任务到了南疆，没法送她。全权交给了玛依努日。

玛依努日原是一口答应负责购买返回乌鲁木齐的回程机票，可是恰恰在临走的那一天，古薇得知，票没有订上。

她真的急了。

她已经跟系里续了两次假，没法再开口了。再说，有她的课，学生们都在等着她。

阿娜尔古丽、温倩木和阿兰一起来看她，正好看见她眼泪汪汪的焦灼。温倩木镇定地说："别着急，玛依努日有办法。"

"有什么办法啊？刚才人家民航订票处已经正式答复了，一张票也没有了，而且人家说，昨天还剩下两张票呢，这证明他们是今天刚刚订的票。小夏那么早就跟他们说了，怕的就是这个，结果最后还是这样。"

温倩木爱怜地拍拍她的胳膊："放心，我预测过了，你能如期离开。"

"如期离开，你不会是说让古老师坐夜车吧？"阿兰在一旁小声说。——伊犁到乌鲁木齐还有一个办法，就是坐夜车，坐一夜，十个小时，古薇想想，实在不行也只有这样了。

这时玛依努日如旋风一般卷进来，后面还跟着两个电视台的女孩，一个女孩抱歉地看着古薇："真是对不起古老师，今天只有夜里两点的票了，可以吗？""那不是今天的，是明天凌晨。"温倩木在一旁冷冷地说，"古老师不可能走这个点，你们能送，乌鲁木齐那边还没法接呢。"

"没关系，那边我们有人，保证安排有人接。"玛依努日依然神气活现，毫无歉意。

"不，半夜两点古老师不考虑，她愿意，我们也不干！不安全！"温倩木的态度非常强硬。

"实在不行，走后天凌晨一点的吧。"阿娜尔古丽轻轻地打圆场。

玛依努日镇定如常，掏出手机打电话："喂，机场吗？叫你们的主任接电话！……喂，小陈么？明天上午九点二十的票都出去了么？不可能……又不是小飞机，肯定要剩下一两张的，怎么样？给我留下，不行！一定得解决！解决不了？解决不了，我打死你！"说罢，在古薇的瞠目结舌之下，泰然自若地收了线。

众人倒并不惊诧，看来是习惯她的这一套了。她翻翻那双过于明媚的大眼睛，语气极为肯定：“没问题，古老师，把心装进肚子里，明天我们直接去机场好了。”

“把心装进肚子里”是玛依努日的一句口头语，也是很多哈族人爱说的一句话。可这话不能细琢磨，心，自然是要装进胸口的，但是话说回来，也许把心装进肚子里不失为一种好方法。

但是机票没有拿到，心里总是不大踏实。她暗暗奇怪着伊犁到乌鲁木齐的航班为什么要定在夜里一两点，上午九点二十的飞机隔几天才有一次，香饽饽似的被人抢，为什么就不能增加几次正常点的航班呢？

阿娜尔古丽说，这是因为新疆比北京时差晚两个半小时，凌晨两点就相当于北京的十一点半，但问题是，即使是十一点半，也太晚了啊。

三位新疆美女给古薇带来了丰饶的礼物：薰衣草，蘑菇干，紫草，阿魏，伊犁奶制品，美丽的印花毡，还有一顶别致的伊犁花帽。

可她最期待的礼物没有得到：她几乎彻夜未眠，但并没等到小夏的电话。

翌日八点钟，玛依努日精精神神地来了，仍然是那种一往无前的样子，到了机场，她径直往售票处跑去，回来对古薇说，等着吧，等到最后，会有办法的。

天哪！什么是等到最后？最后的概念是什么？古薇心里的忐忑不安一直持续到了“最后”。也就是说，所有的乘客都上飞机了，连机场通道的大门都锁了，一个女民航工作人员突然叫：“玛依努日的人呢？玛依努日的人在哪儿？”古薇腾地跳到她前面，她说：“快，快去安检，票有了。”

这是她有生以来第一次如此狼狈地登机。通道的工作人员现为她开锁，她拎着简单的行李，急急如丧家犬，忙忙如漏网鱼，飞也似的奔向已经空无一人的机场。这简直就像一部劣质的好莱坞电影了。上机的时候别的乘客都用惊奇的眼光看着她，好像她是个天外来客。

第五章　经过音

1

北京南城的家，清锅冷灶。

两个半月的新疆之行，如同一个色彩斑斓的梦。梦醒，眼前又变成老样子。

儿子回来看她，没什么话说。

儿子只是吃着她带回来的大包奶片，边看着电视。

她守着那架旧钢琴，敲着自己创造的新旋律与和声。“好听吗？”她从琴上回过头。

“还行吧。”

儿子连看也没看她一眼，眼睛一直盯着电视。他从来就这么几句话：“还行”“凑合”“一般”“正常”“随便”。——她最怕这几句话，这些话让她无所适从。

当然，儿子的话语空间远远不止这几句话，高兴的时候，儿子会妙语连珠，说出让她笑痛肚子的话。但是在他的眼睛盯着电视的时候，她休想一饱耳福。

电话响了。她冲进房间。

是联通让她交话费的电话。

“妈妈，你在等谁的电话？”吃晚饭时，儿子的问话一点不含糊。别看他一直在看电视，他的余光也是犀利的。

她故作镇定，沉着脸不说话。

“刚才你上洗手间的时候，有个人找你，我让他一会儿打来。”

“是谁啊，什么样的声音？”

儿子大口吃着菜：“说不上来，平常声儿吧。一会儿他会再打来的。”

但是整整一晚都没有接到电话。手机上倒是有几个短信，是玛依努日、阿兰和玉凤的。她知道阿娜尔古丽不会发短信。温倩木就更不必指望了。

2

她晚上开始备课，准备给新生的十道题。

1. 你有歌词吗？

有→2　　　没有→3

2. 在你读歌词的时候，会有旋律在心中浮现出来吗？

有→4　　　没有→5

3. 你心中有旋律或者旋律的大致构架吗？

有→4　　　没有→6

4. 你能够把这旋律以任何形式写下来吗？包括但不限于五线谱、简谱、钢琴卷帘窗等。

能→7　　　不能→A

5. 你会一种旋律性乐器吗？

会→B　　　不会→C

6. 你心中有希望使用的乐器吗？

有→8　　　没有→D

7. 你会使用任何一种软件将你的旋律声音化吗？包括但不限于Sonar、FL、Overture等，CE、AA等能够多轨录音的软件也算。

会→9　　　不会→10

8. 你会这种乐器吗?

会→B　　　不会→C

9. 你会使用这种软件编写（录制）多个声部吗?

会→G　　　不会→F

10. 你会编写和声吗?

会→E　　　不会→F

写完了这十道题，她走出家门儿，往天空看，什么也没有，不但星星，连月亮也被灰色的雾霭遮住了。

3

夏宁远彻夜未眠。

他试着给她家里打了个电话，一个男孩接的——是她的儿子了。

之前，他好久都把她有儿子这茬儿给忘了。

那天他看她看星星的样子，实在是难以形容的美。

美这个东西，主客体可能完全不是一回事。他有他的审美。

他眼里的美，首先是生动，真实，不装。不一定是素面。有时素面朝天也不妨碍装。因为素面不一定不是设计。他讨厌设计感强的东西。崇尚自然，“天地有大美”，这是庄子的话。这句话在他这里有很深的感触——这里的草原、湖水和天空，随时可以和他发生一种亲昵的关系，他很难想象自己再回到没有这些的城市。如果那个城市没有让他爱的人，那他可能很快就无法呼吸了。

他一直在想，究竟是什么让他对这个女人怦然心动?

——当然有倾慕，但更多的，似乎是她的出现唤醒了他童年时的记忆。九岁之前，他像王子一般生活着，有父母的庇护，有浓得化不开的亲情。最重要的，是有音乐相伴。

父母都是那个时代的音乐人，曾经让他引为骄傲的。母亲有着十分美妙的中音声线，在兵团唱那首著名的《高原春光》时曾经引起轰动——调到师部宣传队担任独唱——但是没过多久母亲就回了连队，回连的真正原因，大家很久之后才知道——母亲看不惯宣传队里那种调情的氛围，母亲当时是内心极严肃极纯净的女孩。“哎，你看就像这样，”母亲对父亲表演着，“说话你就说呗，还非得这么捅我一下，那个大贝斯，像个流氓。”

他长大以后才明白，在母亲这一代，男孩大半都有着“流氓”嫌疑——只要稍稍有一点轻佻，或者有一点不妥的动作。因为那的确是个可怕的禁锢年代，尽管竹幕背后有人在享受着颠鸾倒凤之云雨，青春勃发的青年们却大半不知性为何物。

至于父亲，更曾经是他的偶像——只是那偶像坍塌得太早，让他早早便与音乐断了联系——似乎找不到归宿，没了安全感，直到遇见她。她的第一堂课，就令他怦然心动，因为她的话语背后，还隐藏着一套他熟悉的话语——那是他在童年就浸泡其中的。

童子功就是不一样啊。

他抱着吉他走出去，一直走。像是天地穹隆间的一颗粒子。黑暗也并不完全是黑色的，黑暗隐藏着各种颜色，甚至比白昼的颜色还要丰富。当然，这是星星和月亮的功劳，她说：“在北京难得看到星星，看星星是小时候的事儿了，看见星星就想起小时候。”她说这话的时候多么像个小女孩儿！

她小时候是什么样的呢？他这么想着，忽然发现赛里木湖已在近旁。白天那湛蓝的湖水现在在黑夜中变成了银白色，星月映照在湖里，像是一件价值连城的镶钻丝绸袍子，风一吹，绸子就微微地动。他抬头看见一颗星，盯着看，忽然那星就沉落了，笔直地流入水中，水上浮起一片亮光，再看，竟是一对天鹅！

他抹抹眼睛，疑心是幻境。但那的确是一对天鹅，慢慢在湖里游着，丝绸似的湖水被它们划出褶皱。那一对天鹅，完全是透明的，水晶一般。他掏出手机来连拍了几张，天鹅竟不像白天那样怕人，好像还幽幽地看了他一眼。

他激动得无法自已。

在吉他上找了个音，只是轻轻一声，倏忽间那对天鹅便消失不见了。他在吉他上弹出了一串和弦。

4

“昨天，是你吗？”

“是。对不起，后来没打过来。因为……因为……”

“看到你发来的曲子了，听了。”

“……怎么样？就是想请你指点指点，主旋律是你那天发给我的那几个乐句……”

“……要我说实话吗？”

“当然，说得多狠都行。……不过要说明一点：没钱买MIDI键盘，是用鼠标手动的，做了一夜，挺累人的……”

“没用MIDI？……那很不错啊。有点像无调性，如果加点对比的东西就好了，做配乐不错，如果做独立小品的话，情绪再起伏一点，会感觉完整些。和声配得不错，就是结尾太草率了。如果把这个当成是一首独立作品的话，还得加油啊，至少要有个中心明确的东西让人留下印象。”

“……”

“怎么不说话了？”

“……我的问题是，感觉有了，技巧上不去。……这也不可能一下子就能提高的……知道么？昨天晚上我出去看星星了，在赛里木湖。”

“呵……”

“真的美。……无法形容。看见有一颗星星落到湖里了……变成了一对天鹅……”

“你在写诗？”

他笑了：“你那次讲课不是说过吗？作曲家要有诗人一样的心境，匠人一样的技术。没有灵感的时候作曲，不是创作而是制造，可惜的是，我技巧不行，上天白白给我看了神启。”

她半晌没做声。然后小声问：“曲名叫什么？”

“我想叫《看星星》。”他说这话的时候，想着那天的她，抬起眼睛，眼白呈现出一种清蓝，专注的神态像个大学女生。

“叫《天鹅》怎么样？”

“不敢。这么个小品，太亵渎这么美的名字了。圣桑的天鹅，老柴的天鹅，都是我最喜欢的。”

“Me too.……不过叫大名字也没关系。反正是四五度关系和弦，可以继续的。……”

“……你……你是说，我们可以合作？……”他差点儿被热水呛着。

她又是良久不语。最后说：“可以试试，最后写成赋格曲。”

他吓了一大跳。

赋格曲是复调音乐中一种最高级曲式，除了诗人情怀和匠人技巧，更多地需要天赋和想象力，这可不是一般人能做到的啊！可是他心里跃跃欲试的那只兔子，一直在不停地跳啊跳啊。这时拱得他心热难熬，汗珠在太阳穴上一滴滴渗出来，他喝了一大口水。

“你害怕了？”他听见她在电话另一端的声音。

“……只要……只要你觉得我还堪造就……”

她笑起来：“别那么迷信学院派。学作曲其实就是学做人。要知道作曲只是用音乐来表达思想人生而已，可大可小，可升可降，一个小小的混响度问题，有时候作曲系的学生一辈子都解决不了……”

他放下电话，觉得全身被洗涤一新。根本无法入眠，他抱起吉他走到外面的星空，忽然觉得自己就在一个水晶罩子里，无比地美丽，无比地幸福。

——这是他活了二十九年从未有过的感觉……

可是，当他打开手机多媒体图像的时候，却惊讶地看到：那只是一团漆黑和赛里木湖的一些反光，根本就没有什么天鹅……

5

过了几天，她收到了三千元钱，是他寄来的，她有些吃惊，不解其意，打电话去问，他又是半晌无语，最后说：“我没有别的意思，我是觉得……你一个人带着个孩子，太苦了，这点儿钱不多，是想让你请个保姆……”

他后面的话究竟说些什么，她已经听不见了。她只说了一句：“MIDI 的钱都没有还给我寄……”就把电话挂了。

她只觉得她心里最柔软的地方被深深地打中了，有一股泪水，热辣辣的泪水就呛在了她的嗓子眼儿里——离婚八年，那么多的朋友，竟没有一个人说出这样的话，没有一个人这么……质朴地关心她。她强撑着说了一句就挂了电话，泪水一下子喷涌而出，她号啕大哭，好像突然想起了自己也是个女人，也需要人疼爱。

是的疼爱，这个词好像离她已经很远很远了。Y 曾经是那么疼爱她，有一回她生病住院他来陪她，打来热水为她洗脚，还开玩笑地比画着：“这么点儿小脚丫儿，比我的手还小。”早晨她要赖不起床，他就给她擦脸，边擦边讽刺她：“真是‘几回拭脸无觅处，留却汪汪两道泉’啊！”她哪里是肯饶人的，便反唇相讥道：“你呢？‘去年一点相思泪，至今流不到腮边’！”他气得直笑：“我的脸有那么长么？”她也笑：“那我的眼睛有那么眍儿么？”——这两句诗原是苏轼和苏小妹互相揶揄的玩笑话：苏轼脸长，苏小妹凸鼻凹眼大奔儿头，故有这样的笑话——这玩笑用在他们身上自然是很贴切的，他们在一起说话开玩笑的时候经常用典，因此他们两个在一起的时候，难得有人能插得上话。

有他在，她总是很安心；有他在，她可以肆无忌惮地撒娇耍赖；有他在，她可以尽情地去爱，尽情享受爱与被爱的感受，而决不必担心有朝一日他会变心。

可是太美好的，连上帝本身都会忌妒，他们美丽而纯洁的爱情，他们非同寻常的爱情，便定格在了他们美好的青春时期，——他走了，在和这个男孩少校同样年龄的时候，永远地走了。虽然被追认为“对越自卫反击战的烈士”，但那又有什么意义呢？人死了，不能复生。她一直哭到眼底出血，那时候她才懂得，原来所谓子规啼血并不是虚构的、没来由的，人是真的可以哭出血来的，那时她的眼泪变成了浅红色，眼睛剧痛，去看大夫，大夫说：“不要再哭了，再哭，眼睛就要瞎了。”

他带走了她的灵魂和一部分生命，从此以后，她的青春提前结束了，她变丑了，好像变成了另外一个人。

直到碰上他，这个少校男孩，她前世注定的孽缘。

6

时隔不久，她得了一笔不少的稿费，便想着他在那个闭塞的地方，手机信号经常不好，她咬牙买了一个顶尖的手机，六千多块，寄了过去，她之所以舍得为他花这笔钱，完全是因为他打中了她，他那句话在她看来价值千金。

但是同时，她附了一封信，里面的意思是到此为止了。当时，她是真的想“到此为止”了，她想，在一个已经过了恋爱的年龄再有任何暧昧，一定会有恶果。

信和包裹发出之后，她突然睡不着觉了，翻来覆去的，心里不安，说不上是后悔，但就是一阵阵儿的心痛，想哭。

不可以。不可以。不可以。

她对自己说。

她骨子里自然是浪漫的，但是在这个国度，浪漫是要付出代价的。她已经付出过巨大的代价，不想再付出了。

前几天和他讨论音乐的时候，她还暗下决心要完成一部音乐巨作。好像是一颗刚刚受精的卵子进入了胎囊，正要孕育胚胎，可是现在她只想吃毓婷，赶紧中止。

他们的缘分到此为止。她决定立即电话他。

恰恰他来电话，说了一件事：一次舞会，他照例在外面“接待”，结果被军区政委的独生女儿看上了，他说，孙副政委对他说了这事，安排他见面。

她说：“这是你自己的事，你自己决定吧，谁也帮不了你。”

她的口气冷冷的，让他摸不着头脑。最后他说：“古老师，……这么长时间了，难道，你就一点儿感觉也没有么？”

她心里一热，想了想，对他，她不敢用大而化之或者敷衍的口气，索性实话实说吧：“……我又不是木头，怎么可能没有感觉，可是说真的，我很信命运，……凡是我喜欢、我珍惜的一切，最后都要离我而去，……我想，还不如早些离开的好。”

他听了半晌无语，最后轻声说：“我明白你的意思了，我知道该怎么做。”然后轻轻地挂上了电话。

第二天他来电话说，他已经婉拒了政委女儿的约见。她心里一轻，但很快又是一沉——她陷入了一个悖论之中，无比纠结。

又过了几天，他收到了手机，欢乐的语调就像过节一样：“……太高兴了！这么高级的手机，我们这儿谁也没见过呢！好多功能我都不会，不过我会很快学会的，你信么？”

他的口气，完全就是一个孩子，她在心里轻轻叹了一声，也被他的欢乐感染了：“信，当然信！”

他那边儿更高兴了：“等下次我们再见的时候，我就用这个手机给你拍照，多照一点！你上次来新疆，照片拍得太少了……”

下次？哪儿还有下次？她心里又是一声叹，但是依旧被他的欢乐所感染，她想，花几千块钱能让他这么高兴，真的是很值了。

“这两天不知怎么的，我总想唱歌。”他有些害羞地低声说。

“那就唱吧，现在就唱，我想听。”她轻轻地说。她想，他看到信就知道自己的态度了。

他真的唱了起来。先唱《嘎达梅林》，他唱得非常好，她也轻声跟着他哼起来：

南方飞来的小鸿雁哪
不落长江不呀不起飞
要说起义的嘎达梅林
是为了蒙古人民的利益……
北方飞来的大鸿雁哪

不落长江不呀不起飞
要说造反的嘎达梅林
是为了蒙古人民的土地……

她听见他的歌声，就想起他骑着马在赛里木湖边上巡逻的样子，那真像是一只自由的鹰啊！想起他那样子她心里就涌起一股股的柔情……接着又唱《花儿为什么这样红》，唱到“它象征着纯洁的友谊和爱情”的时候，他们有些异样的感觉，然后就突然沉默了。

好像是为了打破这种沉默，他在电话那边又唱起了《摇篮曲》，她说：“错了，半音没唱出来。”

“那你唱。”他在那边说。

她就轻轻地，轻轻地唱起来：“……睡吧睡吧，我亲爱的宝贝……”

他也跟着轻声地唱，突然喃喃地说：“……要是你在我身边儿唱这个歌儿，该多好哇……”

她的脸蓦然红了，幸好不是可视电话，他看不见她的表情，但是他那种喃喃的低语再次打中了她：“……你已经睡下了么？”

“嗯。”

“冷吗？”

“还好。”

“过几天，你会收到一个纯羊毛的毯子，很暖和的，把衣服脱光了裹在身上，非常舒服……”

她的脸突然滚烫，“把衣服脱光”？他怎么敢这么跟她说话？！从什么时候开始他敢这么跟她说话了？可是她一点反抗的力量也没有，她不知道该如何应对，只好说：“为什么又要寄毯子？是还手机的人情？”

“不，前些日子我就寄出去了，看天气预报知道北京倒春寒，大风降温，有好多人感冒了……”

她不想继续下去，再继续下去她又受不了了，她打断了他，很有礼貌地表示感谢，然后说晚安。

他大概是乐疯了，两天之后才对那封信做出了反应。对于他来说，那封信实在是太含蓄、太费解了，他真的闹不懂她，一面为他买那么贵重的礼物，一面却要跟他绝交——他不相信。

她笑他："你怎么像长脖鹿伤风似的，三天才见反应？"

他明显生气了："我是笨！我当然没你聪明，我要是和你一样不也成作曲家了？！"

她不敢吭气了。他寸土不让："你到底是什么意思？"

她怯怯地说："我不是说过了么？……我相信命运，凡是我喜欢、珍惜的一切，最后都会离我而去，与其太晚，不如早些离开，这样大家也少受些伤害……""可我不是没去见那个女的么？为了这个我还被孙副政委关了禁闭，他说我撒谎，……如果你觉得用一个手机就可以了断一切的话，我马上就把手机奉还。"她咬着牙说了句："你随便吧。"

他顿了一下，依然没有软下来的意思："你说，我究竟怎么做才能让你满意？！"

她说不出话来，一股热浪哽在喉间，马上就要冲出来了，她慌慌地说了声："对不起，我一会儿再给你打过去。"就放下了电话。

她的眼泪如同喷泉一样地涌了出来，接着竟呜呜哭出了声，不能自已。多少年了，她已经习惯于假面的告白，大城市人与人之间的距离，"今天天气哈哈哈"式的交往，都使她不知不觉地把自己精心包裹起来，也不习惯于注视别人的裸脸，现在，突然在毫无准备的情况下，遭遇真诚的伏击，只能有一种四面受敌、百孔千疮的感觉，造成百孔千疮的全是真诚的子弹，颗颗打进她的心里。

没等她哭完，电话又响了起来，她忍住哭声，尽量平静地"喂"了一声，就那一声，那边的声调就一下子温柔下来："……你哭了？到底是怎么了？你今天要是不跟我说清楚，我现在就订去北京的机票，你知道我说话向来算数。"

她的声音发颤，自己也能听见自己的哭音儿了："求求你，千万别来，我现在忙得要命，儿子快中考了，是最紧张的时候，即使你来，我也没时间见你。"

那边叹了口气："……你到底是怎么了？我真的不放心。"

她平静下来，小声说："我没什么，我就是……就是特别感谢你，想不出什么感谢的办法，想着你的手机信号不太好，就给你寄了个手机……你喜欢就好了……"

"我有什么值得你谢的啊？"

"你……挺关心我的，我真的很感动。"

"关心你的人还能少么？你这样的人，一定有很多人巴结你，说实在的，我都觉得我多余。"

"你错了，真正关心我的人很少，我心里很明白，也许是因为太明白了，所以我总是快乐不起来。"

那边终于不说话了。良久，他叹了一声："我真的不明白，你为什么要这么自虐。你老说我是孩子，可实际上你真像个长不大的孩子，特别需要别人照顾。"她的泪水又在眼眶里游荡了："也许是因为上次我说过的那人走得太早了，我心里有一块地方，总是过不去。"

那边沉默良久，突然说："……我跟你说，凡是他能做到的，我都能做到！"

这句话被他说得斩钉截铁，在暗夜里，听起来很像是一个誓言。

7

几天后的一个晚上，他接到她发过来的一首曲子。

没有曲名，但他明白她是在继续那个关于天鹅的话题。她把他的那个小品巧妙地延伸了。

"不好意思，这是这两天写的，提提意见吧……"她在邮件里写。

小提琴伴奏，似乎空蒙。天籁之音。非人间的神启。

他觉得，她好像看到那晚他看到的一切。

"惊艳。"他点发送。

"你也会拍马屁了？"

"建议加一点打击乐。"

“我是旋律党，听音乐的时候总会莫名其妙地自动过滤打击乐。”

“打击乐该用还是要用啊，不用的话，气氛很难托上去啊……”

“打击乐用不好很悲哀。”

“我是三声部也驾驭不了，你用六声部复调，厉害啊。”

“谱子是 Finale 打的，发不上来，用 MIDI 做了个小样。没缩混，挺粗糙的。但是曲式结构还算比较严谨。现在只有第一乐章。……不太喜欢表现主义，更倾向于新古典主义。mp3 格式导的时候压缩率调得有点高了。凑合听吧。”

“和你原先的风格都不一样。”

“说真的讨厌重复自己，突破又难，所以只能从旋律和节奏上有意扭一下，3/4 和 4/4 拍子的转换都是刻意扭曲的结果……伴奏有的地方也是乱的。听出来了吗？”

“可是我觉得刻意去避免所谓的‘套路’是不对的，套路之所以成为套路，就是因为它好用。套路、技巧是共性的东西，用得合适，才能体现水准。你有意扭曲，其实是冒险。不过我还是喜欢。特别是小提琴那部分，好像有液体的动态……就像酒杯里的酒放在你手里，在轻轻摇晃……是你学生伴奏的？”

“是。……当时我是在想你描述的赛里木湖，还有落进湖水里的星星，突然出现的一对天鹅……你知道吗？这个画面一直在我脑子里……”

作曲太难了——没有几个作曲家可以达到她的水准，说到底，根本就没有几个女孩学作曲。他想，心里对她崇拜之极，但无法表达——他知道她不喜欢世俗的赞美，但是自己又没有多少不俗的词儿来描述内心真实的想法。

“说实话，今年起我就没出过一个完整作品。都是半成品，觉得自己到瓶颈了，说穿了就是惰性，还有就是自我厌恶，自我否定。没别的借口。这回去新疆，好像有点找回来了……说真的，谢谢你。”

他心里动了一下，看着窗外的月亮，还有那么那么多的星星。

他想，起码他们共享着一个月亮，不过在她的城市里，没有星星。

“告诉你一件事，怪事：我手机图像里，根本就没有那对天鹅……”

“你是说……那天晚上是幻觉？”听她的声音很紧张。

“不知道。我从来没有出现过什么幻觉啊……”

她大睁着一双眼睛，看着天花板，她明白，该来的一切都来了，躲不过。

8

两个人的心似乎更微妙地贴近了。又过了些时，他来电话说，马上要去救灾，雪灾，一个营的兵力，他带队。她这才想起来，天天跟她通话的这个男孩儿，还是个营级干部，少校营长。他说得随随便便，她的心里却是一阵紧缩。他说，这个地方每年都有雪灾，每年都要去救灾，没什么新鲜的，只不过他是头一回带队罢了。她知道他是怕她难受才这么说的，但越是这样她心里越是难受。一个没爸没妈没人心疼的男孩子，要带一个营的兵力，在冰天雪地中去抢险救灾，这是生活在大城市、吊着腰子玩花活的人无法想象的。他给她打电话的当天就开拔了，说好安置好了无论如何要给她电话。她想，真是太好了，给他买的这个豪华手机，无论到天涯海角，都会有信号。

当天她一直惴惴，晚上更是心慌意乱，给儿子做好了晚饭就出门儿了，到了Y的堂姐家里聊天儿。堂姐现在早已离休，这么多年，一直和她保持着联系。堂姐一直习惯把她当成自己家人，自己的没过门儿的弟媳妇，热络得很。两人聊啊聊啊，直到12点40分，她的手机响了。堂姐瞠目：“这么晚了还有人给你打电话？”她急忙捂着手机走到另一间屋，一听他的声音，她手腕上的脉管突突地跳起来。

他在那边还挺高兴：“都安置好了，现在在雪窝子里给你打电话，我什么都没带，只带了你给我签名的那张碟，我一直把你的碟揣在怀里，衣服湿了，可是碟没事儿。我已经把它转到手机里了，你想听吗？”

她的眼泪艰难地在眼眶里转。天哪！在雪窝子里？什么是雪窝子？她努力平静着说："救灾，还带什么碟啊？衣服湿了怎么办？有地方烤火么？"

"有，你放心吧。这儿挺好的，一切顺利，几天之后就可以回去了。"

……"几天之后就可以回去了"？……这句话怎么让她如此熟悉，是啊，那个遥远的青年，她永远的爱人，就曾经说过类似的话。那是20世纪70年代的一个夏天，他在军事演习中为救人受了重伤，躺在三〇一病房里，她和伯父母，还有他的外婆、爸爸妈妈一起去看他，一看见他苍白清癯的脸，她就忍不住要哭了，但是她必须忍住，去之前伯父母反复交代过，一定不许哭，她用全身的力气忍住不哭，但是不能说话，一个字也不能说，她知道她只要一张嘴，就会痛哭。所有的人都说了各种安慰和鼓励的话，她惊奇地看见他的亲生母亲从容不迫地走到他的床边，背着手，像平常那样镇定地说了一番话："……受这点小伤算不了什么，革命军人就是要流血牺牲！你看看你三姨……那时候在赣南打游击的时候，受过多重的伤，不是照样不下火线么？……"她听得瞠目结舌，那是她第一次领教对她来讲完全陌生的另一种家庭教育，在所有人训话结束之后，她的伯母把她推到他床前："快说句话呀，看我们家这个傻丫头！"她低着头，咬着嘴唇，眼泪在眼眶里转悠，一句话也说不出来。还是他轻轻地说："怎么瘦了？我这儿有好多好吃的，都是人家送的，你带回去吃吧。没事儿，我好多了，几天之后就可以回去了。……"

那天回去之后，她找了个没人的地方痛哭了一场。看着她那红肿的眼睛，他的母亲、五五年军衔制的女上校摇着头说："这女孩子什么都好，就是太软弱了。这样的孩子太需要经风雨、见世面了……"几十年过去了，她经的风雨、见的世面也算是不少了，可她还是那么爱哭，眼泪还是那么多，真是没长进啊！

正在她流泪的时候，堂姐走进来，开了灯，她又说了几句，把手机关了。堂姐盯着她，目光如电。

“你恋爱了。”堂姐说。

她的脸唰地红了，像小时候一样，说不出话来。

“快说说怎么回事？”

“也没什么，就是去新疆的时候，认识了一个男孩儿。”

“男孩儿？一个多大的男孩？”

“二十八九岁吧。”

“二十八九岁？比你小一轮还多呢！”

“是啊，所以我觉得不行。”

“可是你的眼睛明明告诉我，你已经在爱他了！……他是干什么的？”

“当兵的。在部队里也写点歌，算是部队作曲家吧。”

“你到底看上他什么了？”

“他……很质朴，很单纯，很真。已经好长时间没见过这么真的人了。”

“天哪！我的小妹妹！到底是谁单纯？是你太单纯了吧！”堂姐叫起来，“现在的军人你了解么？个个都是功利主义者，目的性强极了，为达目的他们不惜采用一切手段，事情太简单了，你是全国数得上的作曲家，他一个边远地区的票友，见着你岂能放过？他当然要抓住你，他是不是长得很帅？”

她难为情地点头。

“那就更对了。这种帅哥型的军人，心里很明白自己的分量，特别是，对不起，对你这样中年单身女人的分量。你的家在北京，有住房，经济条件不错，不是么？下面的话还要我说么？……”

“姐姐你说的根本就不对，”她急急地反驳，“他如果是为了来北京和我交往是不可能的，他早就有机会留在北京，他在国防大学上学的时候交了个女朋友，毕业之后完全可以留在北京，就是因为他不愿意，非要回新疆才和女朋友吹了，你想想，他怎么可能为了到北京来才和我交往呢?!”

“他连女朋友的事都告诉你了？”

“……是。女朋友给他写来绝交信，他在赛里木湖边上坐了整整一夜，难过得要命……”

“他把他写的曲子给你看了？”

她点头：“……一共给了我六个作品，两个原创，四个编曲，让我提意见。我帮他改了四个，下一步，想先帮他推广，然后再……”

“什么？！你帮他修改，还要帮他推广？！推广是要钱的啊，我的傻妹妹！你想想，他一个边远地区的业余票友，只能在军区内部写点歌，一下子要在全国推广，那是什么成色？！他能不感谢你吗？他要是对你没有一点真心，那简直就不是人了！薇薇啊，这件事对你来讲也许算不了什么，可是对他来讲，那可是天大的事啊！！……”

“说真的，他写得不错，略略动一动，是够水平的。”她心里有点不高兴，她不喜欢听什么“边远地区”“业余票友”之类的词儿，这些约定俗成的词儿不过是个词儿而已，并不能概括所有的人，她心里有个声音清清楚楚地告诉她：对那个少校男孩儿，不能使用这种约定俗成的词儿。

“你倒是大方。”堂姐的脸沉下来，“早就问过你，你一口咬定不再结婚，要是你现在心里松动了，就趁早儿跟我说。好男人有的是，过去那个毛毛，大名叫肖天奕的，正在闹离婚，过去我听弟弟说，你们认识，还是好朋友，我弟弟也很看重他，你要是愿意，天一亮我就给他打电话。”

“不，……不，姐姐，我不想见他。”

“我看你又是入了魔怔了！好了，姐姐只跟你说一句话：要是你心里还有我弟弟的话，就马上和这个人断掉！”

她呆了。这句话对她来说，真的是太重了！多年来，她一直是把他——眼前这个女人的堂弟，放在内心深处最重要的位置，真的，在漫长的思念中，他成了她的宗教，她的神，什么人也不可能代替他。良久，她轻声地说：“好吧，我答应你，不过，一定要等到他救灾回来之后，现在我实在说不出口。……”

堂姐无奈地看着她，像多年之前一样，慢慢摸着她的头发。多年前缎子样的头发现在生了毛刺，有点拉手。

第六章　辅助音

1

她心里有很强硬的一面。

从堂姐家回来，她继续《天鹅》的创作。

她庆幸自己有这样一架好钢琴。

这是 Y 送给她的，在她十五岁的生日那天。

而送给 Y 这架钢琴的，恰恰是堂姐。

堂姐没有别的兄弟姐妹，一直把这个堂弟当亲弟弟看。当时堂姐夫任中国驻瑞典武官，堂姐是使馆文化参赞。

堂姐年轻时非常漂亮，是那种俏皮的美，睫毛弯弯的像个洋娃娃。

堂姐非常有个性，和其他高干不一样，堂姐似乎保留了自己完整的天性——堂姐的母亲是 Y 的姨妈，正是 Y 的母亲对 Y 说的“在赣南打游击”时受过重伤的游击队长。Y 叫堂姐的母亲“三姨”，她也跟着叫。三姨的形象彻底改变了她从小对“女英雄”的看法，明白女英雄也可以是脸色苍白，清秀瘦弱的。一物降一物，内心坚如钢铁的三姨对自己的宝贝独生女儿万般宠爱，简直到了不讲理的地步，所以才有堂姐这样能够在机械死板规矩多多的外交部门保持自己天性的另类。

但是现在无论是堂姐，还是三姨再世，都无法阻挡她去思念另一个人了。

是背叛吗？不是！她坚定地对自己说。从贴身衣兜里掏出一个小钱夹，拿出那张 Y 的标准照，看了好一会儿，然后对他说："听听我的琴声，有没有点进步？"

她开始弹琴，琴声在夜里声音太大，她把门窗关严免得吵了别人。

沉浸在琴声中，她慢慢安静下来了。

合上琴盖的时候她突然想起了柏辽兹的一句话："音乐是心灵的迸发。它不像化学那样能进行实验分析。对伟大的音乐来说只有一种真正的特性，那就是感情。"

她悄悄地对着 Y 的照片说："真的没有想到此生还会有这种感情。对不起。"

2

接下来的两天，是她终生难忘的两天。她终于搞明白，原来所谓"雪窝子"不过是临时挖出来的雪坑，里面有些装置而已。夏宁远就窝在里面，只要连续睡上两个小时以上，就会冻僵。于是在漆黑的夜里，她连续不断地给他打电话，陪他聊天儿。她陪他聊了整整一夜，他把手机面对风雪，让她听风雪呼啸的声音，那种声音让她想起了东北的大烟儿泡，太可怕了！她小时候曾经随父母到过东北边疆，知道在这种天气里，是随时都可以冻伤的，她提醒他，栽绒帽子不要搭住耳朵，不然，呼出的呵气就会化成冰霜粘住耳朵，一揭开，耳朵都可能揭掉。他笑笑说知道，那口气就像一个老兵对新兵的态度。他的声音和平常不一样，是一种冻僵了的声音，让她心疼。

终于曙光出现了，他的声调里又出现了那种孩子式的欢快："天亮了。”

她的心也跟着一松。他在那边说：“你知道么，这两天大家都偷偷在议论，说我在谈恋爱呢……”她淡淡一笑：“你就告诉他们，是北京的一个阿姨在给你打电话呢。”那边不吭气了，很久很久，她问他：“你怎么不说话？在想什么？”他的声音突然有些颤抖，但是语调却无比坚定，他说：“我想把你抱在怀里，亲你。”

她握电话的手僵住了。不知过了多久，一股血突然回流，她的双颊艳若桃花，全身也跟着战栗起来，她想说一句什么，但是什么也没说出来，她慢慢放下了电话。

为什么这样一句话从他嘴里说出来，这样的不同寻常？竟然连她的身体，也有了某种感觉，她觉得身上最隐秘的地方竟然划过一种奇怪的电流，好像是一种性感的抚摸，那种男性强烈的性感足以使任何女人战栗。她真的非常害怕，连在电话里感觉都那么强烈，那么见了面会怎么样？

3

在漫漫长夜，他和她之间谈了无数的话，他们互相讲述了自己的历史，当然，主要是恋爱史。

他说，在国防大学上学期间，有人为他介绍了一个女孩，女孩叫金敏，是北京胡同里的那种女孩，人很善良，很温柔，满族人，正白旗的。他就跟她交往下去了，在一个短暂的时间里，他似乎找到了一个家。老北京的老礼儿老规矩多，他也慢慢学会了一些，休息的时候，他为她家搭小房，扎篱笆。他说他童年时受过刺激，对女人抱有恶感，并且恐惧，是他的女朋友慢慢让他变得正常，为了这个，他很感谢这个叫做金敏的姑娘。虽然她有点儿小心眼儿，有点儿市民习气，那又何妨？但他们最终还是分开了。最初的矛盾在于，金敏希望他参加男模培训班，或者直接参加男模大赛，为了这个，她费了好大力气，硬是拉他去见了大赛的主办方，结果人家一见之下大喜过望，认为他条件极佳，是最理想的男模人选，当时的中国大陆还没有几个男模，主办方当时就开条件，要把他作为重点人选来培养。金敏正在狂喜，万没想到他二话不说就走，坚决逃离男模命运，把金敏全家都气得不善。

接下来的一件事，就更是让金敏痛心疾首，民航招空中少爷，明明他所有的条件都符合，却偏偏死也不去，无论是男模还是空中少爷，都是能挣大钱的，这一点，年轻的女孩子谁不心知肚明？和所有这个年代出生的年轻女孩一样，金敏当然也懂得金钱的重要性，特别是，她家接近于窘迫的生活条件，金敏把他的拒绝看作是他不爱她，起码，是爱她爱得不深。女孩的心渐渐凉了，加上最后他坚决要回新疆，不留北京，就更是让她彻底心寒。临别的时候他还抱着幻想，对她说让她等着他，新年时结婚，把她娶到新疆，她只是笑了笑，照他看来，那是冷笑。果然，不出一个月，她的信来了，绝交信。当天晚上他在赛里木湖边坐了整整一夜，那是个星月辉映的夜晚，但是他心里却陷入了真正的黑暗。

“那么，你为什么不肯做男模或者空中少爷呢？”她问。

“你也问为什么？你是真的不知道还是故意的？你说是为什么？”他显然有些不悦。

“我不知道猜得对不对，我猜你是非常讨厌表演，也不愿意和人打交道，凡是和表演或者和服务行业有关的事你都深恶痛绝。对么？”

他不吭气。

她追问：“我说对了么？”

良久，他才突然说：“我真的没有错看你。”

“干吗说那么重？”她小声地喃喃着。

“我就是把这件事看得很重。”他说，“假如是你，你会怎么样？”

“什么假如是我？假如我是谁？”

“假如你是我的女朋友——”

“这种假定不成立。”

“为什么不成立？任何假定都可以成立。你不要回避，假如是你，你会怎么样？”

“那你说呢？”她毫不客气地把球踢还给他。

他噎了一下，坚定地说：“你永远不会勉强我去做这种事的。”

“那么肯定？”

“当然。”

“我不是不会去勉强你做这种事。”

“什么？”

“我是从来就不喜欢这种男的！”

他哈哈大笑起来。他的喜怒哀乐都特别有感染力，她于是也跟着笑起来，两个人笑啊笑的，最后他不笑了，他说，你真好，比我想象的还要好。

4

一个月之后，她正式向赵政委递交了作品，是一部独奏曲。

曲名叫《汽车城的星星》。

“不能用《天鹅》,《天鹅》只属于咱们两个人。”她很认真地说。

他心旷神怡。

“赵政委他们评价很高，可是又提了新的要求。”

“什么要求？”

“你可以猜到的。”

“让你编曲，再找人配词，做成一首歌？”

“一点不错。”

她在那边笑了起来。“那你就乖乖练活儿吧。”

“这么幸灾乐祸？……给点启发吧？”

“其实‘编曲’‘配器’都是国人发明的词，西方没有。都属于compose（作曲）……”

“所以啊，我就想，学院派肯定是看不起流行派的，音乐学院很少有流行音乐的专业啊。而且电吉他，在大多数学校都不是主要的科目啊，现在的水平你们这些音乐学院的教授肯定是接受不了的。最让我恶心的就是四方会谈模式：作曲；某某编曲；某某某作词；某某某演唱；某某？跟打麻将似的……”

她大笑起来：“你想的还挺多的，那趁早把作曲某某给删了吧，就算是我给汽车城做贡献了。”

“我知道你是怕我弄不好亵渎了你的原创。”

“是啊，你以为音乐学院是盖着玩儿的呢？”她也开玩笑。

“我会认真做的。现在拼命在学电脑软件编曲。……对赵政委他们来说，一首歌是透过歌词来传达意思的，他们完全不能体会，从一段音乐里能听出一个故事……我已经写了一点了，你听一下。”他放手机里的音乐。

“……这一段游离感太强了，建议从 hihat 下手，也可以从其他地方下手。抛开这些，选个 hy 的琶音，”她在身旁的钢琴按了一下，“还行。但是如果没有 hy 呢？还可以用玻璃敲击，然后录下来，接着挂个 autopan。这跟效果器，特效没有关系，效果器不过是方便编曲使用的快捷方式。就好像作曲的时候，为什么发明了个首调唱名法，还不是为了方便快捷吗？当然，咱们的《天鹅》是不会用这些的。”

他觉得心里一下子透亮了。

5

《汽车城的星星》由玛依努日首唱。

你
一个美好可爱的梦
默默地
我来为你保存
亲爱的，你的眼睛像星星
悬挂在
我仰望的星空，

没有你我原以为生活会照常转动
直到光照不进我的世界，
直到爱叫醒我收藏已久的眼神
我要的世界
原来在你的眼中！
我不想再骗自己，
我要服从自己的心
我会守候
你美丽的亲爱的星星
请你告诉我，
千年之后
你会不会还是这么美丽
这么多情

夏宁远吉他伴奏。一直埋着头，没有看观众一眼。玛依努日倒是表情极为丰富，穿全套哈族行头：大红裙子镶大朵多层荷叶边，帽顶饰有猫头鹰羽毛，上有绣花与珠宝装饰，前方还饰有串珠垂吊在脸前，唱到激情处挥舞双袖，袖口上镶满了彩色珠花，在灯光下十分炫丽。

返场三次，起立鼓掌长达五分钟。赵政委满面春风地表扬："还是人家古老师的曲子好，音乐学院的教授嘛，就是不一样！……当然，咱们小夏也不错。"

还是女人们心细些，温倩木第一个就盯住了夏干事的脸，她本来是想盯他的眼睛的，但是他始终低着头，直到后来谢幕，他的眼睛也是低垂着的，于是她只好看他的脸，他的腮好像微微有点痉挛，红红的，但是温倩木告诉自己，红不能说明任何问题，化妆，灯光……旁边的玛依努日的脸不也是红扑扑的吗？然而这个歌，这个曲子特别是歌词，却告诉她，这可不是一般的情歌——如果没有真情，是绝对作不出来的。

几乎是在同时，阿娜尔古丽在一旁抓住了她的手，小声说了一句："夏干事是不是在恋爱？……"坐在后面的阿兰把头伸向前，三人立即小声讨论起来，阿兰身边的满珍对她们做了一个"嘘"的手势。

然而，"夏干事在谈恋爱"这个话题还是在妇女们中间悄悄传开了，可是她们无论怎么猜测，无论多么毒眼毒舌，也找不到他"谈恋爱"的对象——

——只有深夜中的温倩木，吸一口烟，静静地想着什么。

6

终于有一天他说："我想休探亲假。"

她装糊涂："到哪儿？北京还是上海？"

他说："……我想去……去看看你。"

她说不出话来，半晌，他又说："放心，我有住处，我只是去……看看你。"她想不出来什么拒绝的话。最后他又说："我十年没休探亲假了，除去在国防大学那三年，也有七年了，我想我提出来领导会批准的。"

仲夏的一天，他出现在她南城的家里。他们俩互相看着，在通了那么长时间的电话之后，他们看对方的感觉都有些奇怪，好像看了半天才相信对方是真的人，是那个天天和自己煲电话粥的人。他带了一大堆东西，好像一下子占满了那间小客厅。他仍然像过去那样，有点羞涩地笑了笑，就低下头，帮她整理那些东西，她慌着去给他倒茶，茶杯放在他手里的时候，他抬头说一声谢谢，正面看她的脸，她觉得自己很沉着，嘴里说着熟络的客套话："干吗带这么多东西来？……"但是她在讲了一大堆废话之后，才忽然发现，他一直沉默着，什么也没说。

她这才停下来，屋里非常非常静。他再次抬起眼睛，那么一双漂亮的忧郁的眼睛，关切地看着她："我看你比原先更瘦了，身体怎么样啊？"她急忙回避他的目光，笑笑说："挺好的，我一直都挺好的。我是有意减肥呢。现在说瘦了是夸奖知道么？……你怎么样？身体好么？”“当然，我差不多有十年没得过病了，我们那儿空气也好，不像在大城市……”然后他又问到她的儿子，她回答说现在放暑假，被他父亲接走了。接下来，两人又是半天无话。

后来他站起来看她的房子，转了一圈后说：“古老师，真的没想到你房子这么小。……”她笑笑：“我这个人这方面挺笨的，不知道怎么回事儿，工作的年头儿也不算少了，可就是跟钱没缘。不过我对自己要求也不高，有个地方住，能作曲，就行啦。”他怔了一下说：“对，‘斯是陋室，唯吾德馨’嘛。”她扑哧一笑：“还挺会恭维人的呢！”他红了脸又转转房子，发现卫生间和厨房的顶灯都不亮了，卫生间的下水也出了问题，她好像犯了错误似的小声说：“咳，都好长时间了，我也不知道该找谁，也不知道该买什么样的灯。”他个子高，欠欠脚就能够上顶灯，把灯罩摘下来一看——是那种弯管的节能灯。摘下来了，又去看下水口，原来是下水管子堵了，他拿了个塑料袋子套在手上，伸进去掏了又掏，掏得满头大汗，总算是通了。她一直在旁边可怜巴巴地站着，又帮不上忙，一副手足无措的样子。他背对着她跪在那儿，不停地忙活，她看着他宽宽的肩膀一上一下地动作着，不知怎么的突然有了一种亲昵的感觉，她很想凑上去贴近他，或者抚摸一下他的后背。当然她没有这么做，她只是站在那儿，然后把毛巾递过去给他擦汗。

晚上，她请他出去吃饭，他说还是在家里吃吧，随便吃点什么。吃什么呢？她绞尽脑汁地想，最后他说：“你会做炸酱面么？记得我很小的时候在北京，那时候妈妈还在，她做了一次老北京的炸酱面，我特别爱吃，连吃了三碗，……后来就再没吃过。”她立刻说：“好啊好啊，我们就吃炸酱面！”然后就下楼去买酱、葱和鲜肉。

她回来的时候吓了一跳：屋里已经收拾得干干净净，他正在厨房里，围了个围裙，忙着刷灶台呢。她红了脸，半天说不出话来，她的确不是个称职的主妇，可是他这种“不拿自个儿当外人”的做法也让她并不舒服，大概是一个人生活的时间太久了吧，很多事，她宁可自己去做，也绝不愿麻烦别人。

她好久没有这么精心地做东西吃了，她买了最好的鲜肉和大葱，匀匀地切成丁儿，连油也专门买了最好的玉米油，连跑了三个店才买到真正的甜面酱，连面条也专门买的手擀面，煮好了面，炸好了酱，又切好了黄瓜丝，拌好了西红柿和金针菇，红红绿绿地摆了一桌子，他吃一大口，连说：“好香！”

她喜欢看他吃饭，他吃得那么香，好像要把自己埋进那个大海碗里。她从内心深处涌出一股温柔，多年以前，Y 吃她做的饭也是这么香，那时候她住在伯父家，因为伯父家没有孩子，所以她寒暑假时便过去住着。那时，Y 的父亲是伯父的上级，五五年军衔制的中将，Y 的家，离伯父的家只隔着一座花园，虽然他们的相识源自红孩子合唱团，但是真正相爱，却是在她住进伯父家的那一年。

那是多么美、多么灿烂的年华啊！那时的青春，是真正的青春，没有任何矫装与伪饰，有的只是纯真。当年她是个多么纯真可爱的女孩啊！那一双一眼看得见底的眼睛，总是天真专注地看着人，而那时的他，却比同龄人要成熟得多，他是从插队的地方回来探亲的，瘦了很多，她的伯父母请他吃饭，所有的菜都是她做的，她一边忙活一边悄悄地瞥着他，他吃得那么香，连头也不抬，吃了好久才抬起头来说：“好久没吃过这么好吃的东西了！”其实，摆在桌上的不过是辣子鸡丁，鱼香肉丝，冬瓜盅，锅塌豆腐，红烧茄子……这些家常菜，最好的也不过是一条清蒸鲈鱼。可是，即使是在饕餮之时，他也并没忘记她最爱吃鱼，那条鱼他基本没动，而且，把刺都择得干干净净的，等着她来吃。她看着那条鱼，又看着他已经变得粗粝的手指，跑到厨房，趁着端汤的时候，悄悄揩去泪水。这样的手指还能继续弹琴吗？如果不弹琴，不做音乐，那实在太可惜了！在她心里，Y 是个音乐天才，如果生在好时候，他也许能跻身于国际一线音乐家的行列呢！可是……一种痛惜，让她的心隐隐地疼，隔一会儿，就重重地在心上敲一下儿。

她是个特别害羞的女孩，特别是当着伯父母的面儿，就更是不愿表达，日子长了，她突然觉得，那些埋藏心底的情感，是不能表达也是无法表达的，和真情相比，任何语言都是苍白的，什么话一说出来，就假了。她不愿意让她心里那种明亮透彻的东西，掺上一点点虚假。

二十多年过去了，整整一代人啊！面对眼前的这个青年男人，她总有一种恍同隔世般的感觉。

第七章　变奏

1

那天他们聊到很晚。

一直坐在她那架旧钢琴旁边。

但是破天荒地，没有聊音乐。

他们说的都是些很家常、很现实的话，与内心深处想要表达的毫无关系，大概也正是因为这样的言不由衷，他们实际上很紧张，特别是他，连坐姿也显得那么僵硬，板板正正的，连一动也不敢动。他们内心的紧张妨碍了他们对于外部世界的感觉，他们竟然没有听到越来越大的雨声，只是在雷声发出惊天一震的时候，他们才突然吓了一大跳。他站起来，朦胧的光线下，他躲闪的眼神仍然那么羞涩，虽然非常不情愿，他还是说了：“古老师，我该走了。”

她看了他一眼，虽然心里也同样不情愿，但还是很好地扮演了她应当扮演的角色：“那我就不送你了。”然后她拿了把伞递到他手里，他接过伞的时候说：“明天我来给你安灯。”

她看着突然变得空落落的房子，脑子有些短路，好像半天反应不过来。她就那么呆立在客厅中间，半晌，下意识地按了一下控制器，换了个台。屏幕上究竟演的什么，她一点也看不出来。

一声巨雷几乎把窗子震破，她这才有些清醒，她突然想起什么似的冲向阳台，外面，滂沱大雨几乎把整个世界都淹没了！

天哪！天哪！！

她从来没有这么痛恨自己，恨极了！难道她就是这么个天生的胆小鬼，就不能从甲胄中挣扎出来一回么?！为什么她总是要掩饰甚至埋藏内心的感情，以迎合世俗社会的认同呢?！

她打他的手机，没有信号。他迷失在白茫茫的大雨中，她看见窗玻璃上的雨水沉甸甸地流淌下来，如同眼泪一般，没有回声。

2

第二天的黄昏他来了电话："古老师，对不起，我……我明天再去给你安灯吧。"

"你……你是不是感冒了？被雨淋病了？"她像抓着救命稻草似的紧紧抓着话筒。

"没，没有，我身体很好，这点雨算不了什么……"他完全是鼻腔堵塞的声音。

"对不起，"她的声音已经有点发颤了，"对不起，昨天……"

"昨天我没淋着雨，一出门儿，就打了一辆车，很顺利。"

"你在哪儿？我去看你。"

"别，别别，真的，我什么事儿也没有。"

她放下电话，已经是吃晚饭的时间了，她一点胃口也没有，胡乱吃了几口剩饭，她不知道怎么办才好，放了一个CD，是圣桑的《天鹅》。她觉得提琴的声音有些呜咽，是低沉的呜咽，那种呜咽钻到了她的心里去。

有人按门铃，她去开门，完全是下意识的，她想，可能是儿子回来了。但是门开了，一个高高大大的青年男子走了进来，她一时间竟然没有认出他来，她好像第一次发现他个子那么高，他一进来，房间就变矮了似的。

她的心突然不能控制一般地狂跳起来，一时竟觉得胸前的衣裳也跟着飘忽了起来，她简直不敢看他，好像一看他就会忍不住扑进他的怀里——无论她愿不愿意承认，她一直在盼着他啊！

相比之下他倒显得镇静得多："我想想，还是今天过来吧，要不然你晚上做饭都看不清楚。"

"其实儿子不在，我晚上也用不着做饭。"她小声说。

"那你不能永远不做饭吧。"他边说边从书包里掏出一个弯管节能灯，走进厨房。

她站在厨房的门边，看着他，她的声音怯生生的："你是不是病了？昨天你走的时候，我真的没发现雨下得那么大……"

他没说话，很专注地安灯，安好了，让她开灯，厨房就一下子显得很明亮温暖。他仍然没看她，又接着去卫生间装灯。《天鹅》依然在呜咽着，他突然顿了一下："你在听圣桑的《天鹅》？"

"是啊，我们的'天鹅'迟迟没动静，只好听经典了。"

"'星星'之后你没写曲子？"

"写过一些，断断续续的……都不满意。"

"是接着我们前面那个写的吗？"

"是啊，找不到感觉了。"

"也许我会帮你找到感觉。"他的语调突然自信。

她心里震了一下，佯装镇静地给他倒了杯茶，然后打开抽屉，翻出去赛里木湖时的照片，摊在桌上。

一大堆照片里，他们的合影寥寥。有一张是在赛里木湖旁边，他帮她上马的照片。那是他的战友抢拍下来的，事后大家好一阵调笑。想起那天自己的狼狈相，她的脸立即红了。还有在草原上的照片，当时是请一个哈族青年拍的，其实当时他们坐得还是有距离的，但是这位摄影师选择的角度看上去却好像是她坐在他怀里似的，他翻来覆去地看这张照片，看个没完，嘴里连连说："嗯，这张不错。……这张可以送我吧？"没等她答话他就揣进了兜里。这时她才发现他们坐得太近，以至能强烈感觉到他的呼吸，他的呼吸的热力慢慢包围了她，她全身软下来，心里的定音鼓一下下地敲，越敲越响，在不能自已的时候她蓦然站起："太晚了，今天就住在我儿子的房间吧，我去给你收拾。"她头也不回地离开，他看着她的苗条背影，知道自己必须压住身体里那股已经快接近沸点的热浪。

3

夜半，她听见来自儿子房间的巨咳。

到底他还是没好。她睁大眼睛看着天花板。然后起床找止咳药。

她一手端着杯子，一手拿着药，走进他的房间。多年以前的一幅景象突然地出现了。那时，Y 住院，半夜里咳嗽，她给他喂药。那情景如同一道闪电，强烈得令她无法承受。杯子晃了一下，她落泪了。

他似乎是在等着她的泪水，她的泪就像春天槭树上无意中落下的雨滴，重重地敲击着他干涸已久的心。他一下子抱住了她，动作极快，简直是迅雷不及掩耳，他脸上的表情仍然是羞怯的，动作却无比坚决，他的这种方式让她感到既新鲜又奇怪，以后她屡屡感受到他的这种方式，他的这种同时存在的少年的羞怯与军人的果决。她被他抱住，动弹不得，只好高举着杯子和药，杯子晃了一下，又晃了一下，摔在地上，化为齑粉。

他自然以为她的泪是为他而流，可怜的男孩儿少校！她想。但是她不愿意戳穿这秘密，起码是现在。

他小声在她耳边说："……我想。"

他总是用最简单的话来表达最复杂的意思。当时他的声音很小，微微有点颤抖，小到她刚刚能够听到。她觉得一股烈火忽地袭上双颊，热辣辣地疼，她知道自己的脸一下子血红了。

这是她最怕出现的一个场景。

在他面前，她愿意扮演一个成熟老练的角色，而绝不是现在这个样子：慌头慌脑，原形毕露。

实际上，正是她突然的害羞给了他勇气，后来他对她说："你怎么像个姑娘？”

“你怎么像个姑娘”这句话，她听很多人对她讲过，可是这句话从他的嘴里说出来，似乎真正击中了她。其实，容易害羞的人总是喜欢那些比自己更容易害羞的人，看上去清高孤傲的她，其实是个相当容易害羞的人，谁也不知道，她的那种骄傲大半是为了掩饰她的羞涩。

他解开她衣扣的时候依然是那种奇怪的方式，既羞怯却又十分坚决，只是他看到她的乳房时怔了一下，那简直就是一个年轻姑娘的乳房：小而坚挺，洁白，红艳艳的乳头和乳晕，竟像是画上去似的那么美丽。

他说，他想。他说得可怜巴巴的，正是他那种可怜巴巴的声调打动了她，她突然又想起多年以前的那个场景：那个她终生所爱的男孩，面对她，虽然没有说出什么，可她敢保证，他心里想着的是和眼前这个男孩一模一样的话。

听了那句低声的、战栗的、结结巴巴的话，她就不再反抗。她看见她的双乳突然赤裸裸地呈现在他的眼前，她看见了他眼中的惊诧，然后，她看见他贪婪地把那一对洁白的乳房捧在了手里，然后轻轻地吸吮起来。

这时她闻见了他的体香，这个身材高大的男孩子伏在她的双乳间，贪婪地吸吮，他的一头柔软的黑发，轻拂着她的脸蛋儿，那是一种如同树木一般的体香，是那种原始森林中高大乔木突然接受了一场新雨之后突然焕发的香气，而绝不是那些低矮的枝丫丛生的灌木。

她的尘封已久的身体突然被一种强烈的电流击中，无论是她的前夫，还是那些断断续续的情人所从来不曾给予她的，那血脉偾张的令她害怕的武器突然长驱直入，进入了一个无论是她的前夫还是情人们都无法达到的位置，那位置的名字才叫女人，原来，四十年她过的，都是无性的生活！

虽然她有孩子，也有过家庭，可那不过都是自欺欺人，和所有有孩子和家庭的人一样的自欺欺人，明媚的光芒照亮了那间小屋：

这才是真正的性爱，真正的男人，比起他来，过去的那些男人不过都是些半阉了的人，他们让那些跟了他们的可怜的女人根本无法享受真正的性爱。她一下子变得柔软，更柔软，她喜欢他那一下又一下猛烈的撞击，只有青春，只有爱情才能给予他那种撞击的力量，在性爱中是最能识别男人的，她信了他，这个年轻的男孩儿，他真的爱她呢。她荒芜已久的心慢慢地温暖起来，湿润起来，她想哭，又怕他笑她。她把脸侧过去，用双臂抱住他的颈子，她抱得很亲昵，像个女孩子，这种亲昵令他心醉神迷。

他一次又一次地撞击，完全不知疲倦，她只觉得，自己身体上的一扇门被神秘地撞开了，那些让她紧张的、让她恐惧的、让她莫名其妙地难受的……全都释放了出来，她的心，她的身体，都一下子松了，……撞开了，就再也无法关闭。

4

后来她看见了他那里的暗色的伤痕。

当时，他的泪就那么无声地落着，一颗，又一颗，沉重得让她难以承受。

“我跟你说过，我从小就死了妈妈，十岁那年，父亲娶了继母，是个双鸭山知青，长得人高马大的，年年被兵团评为先进。可我不知道她为什么那么讨厌我，打，骂，都是家常便饭，再不就是闹着让父亲打我。……我有时候也想讨好她，可是无论怎么做，都是错。我从小就伤痕不断，话越来越少，常常整天整天不说一句话……夜深人静的时候，我常常幻想，如果有个仙女从窗子外飞进来，把我救走，那该多好啊！……”他看了她一眼，她没有看他，可他知道她在认真听着，他想，现在这个救他的仙女来了，就在他的身边，虽然来迟了一些，但毕竟来了。

“……十七岁那年，发生了一件可怕的事……那时我已经长得好高了，正在青春期……”

“而且非常漂亮，是吧？”

他看看她，没回答：“……有个夏天的中午，我在我的床上午睡，忽然觉得下边有点难受，迷迷糊糊睁开眼睛，我呆了——继母光着身子坐在我的床边，正用手一下一下地捋我的……”他的脸蓦然红了，话也说得更加艰难，“……当时我只有十七岁，……还没法儿把持自己……那年她三十七岁了，她……她就那么……”

她的脸也红了，闹不清是羞涩还是愤怒：“她把你诱奸了，是么？”

他黑而柔的头发更低地挡住了眼睛：“……事过之后，我……我真的非常非常痛苦，也非常非常恶心……真的……我不是白痴，我想的其实挺多的，一个还算是健康的男孩，一个对未来还有理想的男孩儿，就那么觉得自己一下子毁了，……真的，那种被毁掉的感觉真是……真是太难受了！……我下了个天大的决心，永远不再受她的诱惑，无论她怎么样……那时候我真的一下子怕了女人，夜夜做噩梦，梦见的都是长着女人身体的怪兽，女人身上那些美好的东西，在我看来都和丑恶连在了一起，那种怪兽在尘世上都见不着，只有在那些最可怕、最丑恶的梦里……我又怕又恨，又厌恶……你不明白，你当然不明白，……像你这样的人，不会明白的……”

无声的泪水再次垂落下来，因为是无声的，就特别地动人，特别地有着一种隐忍的美丽。

她被那种隐忍的美丽深深地打中了。这个和落叶乔木一样高大的男孩，这个浑身散发着乔木香气的男孩，就在这个阴霾的黄昏，向一个又熟悉又陌生的女人，倾诉了他这一生中最最难以启齿的往事。

原因只有一个：她懂。他深知她懂。尽管她长了一双天真的眼睛，那种眼睛直到老，直到死，依然天真，但是惟其天真，才能抵制“佯谬”。有很多人都是靠佯谬来保护自己的，但是她不。她什么都懂，他是不会被这种天真欺骗的，这种天真甚至比现在那些普遍的无耻还要可怕，这是一种温柔杀手，似乎专门用于对付像他这样的男人。

“……她求我，跪在地上，披头散发的，哭得上气不接下气……她说……说我父亲是个废人，我父亲欺骗了她，……她说她还在三十七岁的盛年，就没有……就没有那回事儿了，……她说如果我答应，她会给我钱，……供我上大学，给我买最好吃的肉包馕……你知道，……那时候我最爱吃的就是肉包馕……

“我当然不干，后来，……后来她就报复我，打我，……还……还……”他的鼻腔里好像裹满了泪水，像得了重感冒似的，“还用很下流的方法折磨我……她用烧红的烟头烫我……”他几乎说不下去，她听得也快窒息了，她再次看见他那里的暗色的累累伤痕。

“我痛得难以忍受，可是始终没有就范，她就……就跑到我父亲那里……胡说八道……她说，说……”

他的声调急促起来，显然是触到了最最疼痛的往事……

“她给你造谣，是么？”

他已经说不出话来，她看见，他的嘴唇正在慢慢变白，她静静地温柔地摩挲着他的后背，他握住她的手，很紧地握着，换了个姿势，再次把她紧紧地搂在怀里，好像怕她听了这些事情就要跑掉似的。

“她跑到父亲那里胡说八道，她说我是个不要脸的、下三滥的男孩，是个小流氓，小赤佬，她说我对她耍流氓，勾引她，调戏她……然后她掀起衣服要父亲看她的胸，胸上是她养的小猫的抓痕。

“父亲激怒了，用皮带打我，最厉害的一次，皮带竟然打折了两根。那时还在新疆兵团，我实在受不了，就跑，最远的一次，是跑到伊犁河谷的北边，哈萨克的毡房里，我跌跌撞撞地进了毡房，就昏倒了。……”

她也几乎昏倒了。她不愿意在此时过于显得柔情，就抓起一颗烟狠狠地吸着，她从不吸烟，却能装出一副行家的样子，起码是动作还算优雅，而且强忍着没有咳出来。

他继续说。他讲述这些的时候近乎自虐。十年了，他只想有一次把自己剥光的机会，有一次与人裸脸相见的机会。他几乎忘记了疼痛，无论是心理的还是生理的。他惊奇地发现，心理与生理是沆瀣一气的，有如精神与物质，不过是一只魔镜的两个面而已，或许正是那要人命的风月宝鉴呢。譬如现在，他的述说是精神范畴的，而引起的结果却绝对是物质的——有一种真正的物质的疼痛正从四面八方钻入他的身体，他竟然痛得倒吸凉气，但是他依然决定讲下去，咬牙忍痛地讲下去。他突然觉得，这疼痛是为她而忍受的，于是他的心里竟然有了一种虐恋式的快感。他想她——他眼前的这个女人，这个照他看来有点奇怪的女作曲家，大概永远也不会知道，他迷恋她到了什么程度，她在他的心里，到底占据着什么样的位置。

“……最后那次我离开家，是在一个黄昏，父亲还没回来。那个魔鬼又进入了我的房间，我的房间是没有锁的，父亲不准我配锁，因为她告诉父亲，如果配了锁，我就会独自干一些下流的事儿……我当时开了一夜的康拜因，睡得很香。恍惚间我被摇醒了，我看见她，我的继母……又是一丝不挂地站在我的床头，我以为又是个噩梦，动了动身子，这才突然感觉疼痛，……我全身都被绑得紧紧的，一动也动不了。然后我看见我的裤扣解开了，那东西……就那么……就那么，那真是我一生中……是我一生中最大的……羞耻……”

她已经不敢再看他，她只是拉着他的手，想求他不要往下说了，她明白，此刻他说的每一个字都是一条鞭子，在狠狠地抽打着他，她不忍看他，是不忍看他皮开肉绽的样子。

但是他坚决地一往无前地讲了下去，此刻他觉得自己很像个英雄。明知前面就是一道断崖，却也要一往无前地走下去，跳下去，现在即使是天神出现，天女下凡，也难以阻止他的一往无前的叙述了。

“她压在我身上，要知道，那时候我还不满十八岁。”无声的泪变成了有声的泪，她明明听见了他断断续续的哽咽，她感觉到他的手指正在慢慢变凉。

“但是我死也不肯就范。那是一次无声的较量，是一次肉搏……我对她说：‘你杀了我吧！’

“也许就是这句话让她气得发疯。她真的跑进厨房拿出一把水果刀，拉住我的那个……就像是要齐刷刷地割下去，她说：我最后再给你一次机会，我闭着眼睛说：不！我说得那么响，可能兵团宿舍的人都听见了，当时正是下工的时候嘛，然后就是剧痛，那种痛真是难以形容……我知道，我死定了，……其实，我已经死过一次了……”

他苍白的嘴唇慢慢有了血色，就像得了一场大病似的，她惊奇地发现，他被这场讲述耗掉了很多，好像突然瘦了一圈儿……

“不，你不要讲了！……”她坚决地把他按在床上，为他盖好被子，“别讲了，听话，你好像在发烧……”

他好像没听懂她的话。他继续讲，讲，只是再也没有泪水伴随了，他的眼泪好像突然干涸了。

“我醒过来的时候，才知道自己并没有被阉割。也许她本来就只是想折磨我，羞辱我，她只是把我那儿拉了一道口子，然后又揉进了盐。”

“天哪！”她叫起来，目光再次投向那个伤痕累累的地方，果然，有一道长长的发白的突起，“这是典型的性虐待，应当告她。”她的声音变得喑哑，那是因为一种突然袭来的疼痛，是的她突然感到了一种疼痛，痛得钻心，她不知道这疼痛从何而来，难道疼痛也是可以传染的么？

“我永远离开了家。如果那也可以叫做‘家’的话。我连夜走了三十六里路，再次走进那个哈萨克族的毡房，那个孤独的老人收留了我，我总算是有了个落脚的地方，第二年，我当了兵……”

他的嗓子已经完全哑了。发出的声音已经不大清楚，他的热度在升高，她再次用被子把他裹紧。

“睡吧，”她说，“睡吧。”

5

那个夜晚的荡魂摄魄的叙说后来占据了她无数个夜晚。

她佩服他的勇气。从那时开始，她不再把他当作男孩儿，她把他看作了成人，一个勇敢诚实的年轻男人，而且，还非常俊美。

还有什么可说的呢？ Y 之后已经消失的爱情，难道就这么悄然出现了么？但是她却踌躇不前了。

她从来以鄙弃世俗闻名，并且自以为富于牺牲精神。但是她其实从来没有脱俗。年龄，这个最最世俗的问题从一开始就横亘在他与她之间。她貌似自谦，实则是觉得年龄劣势对女人来说是不可逾越的屏障，真爱是要吃苦的，多年来她一直回避着自己的感情世界，试图将性与情截然分开，成为一个真正的自由人，但是实际上她并没有做到。

自从遇见了眼前这个男孩儿，她就对自己说：糟了。

她怕自己动真情自然是怕受伤害。动了真情便难免受伤害，以她的年龄，实在是玩不起爱情游戏了。

这伤害并不是对方的过错，并不是任何人的过错，而是因为那句接近真理的大俗话——爱情本身就是双刃剑，爱与伤害就是双刃剑，要爱，就逃不了伤害。

她于是明白自己还是个俗人，天生的俗人，岂止是脱不了俗，即使遇上了一个真正脱俗的人，也会变成银样镴枪头。面对他的坦诚，她对自己充满了鄙夷。

6

他退烧了，想吃面条。她系上围裙站在灶台前，虾子面的香气飘起来的时候，他从后边轻轻搂住了她。

他比她高很多，双手搂住她的时候，正好在她的胸部下缘，他的手轻轻向上游走，他的气息如风一般吹进她白皙的颈子。

她扭了一下身子，像是拒绝，却又绝不是认真的拒绝，那是一种欲擒故纵欲说还休的姿态，这种柔软的姿态再次给了他勇气，他的手继续游走，她突然一阵战栗，他的手指就按在了她的两个乳头上，轻轻揉捏。他的轻和温柔把一种久违了的迷醉带给了她——那是她最敏感也是最性感的部位，她看见年轻男人的一双骨感的大手，充满了男性气息，克制地却又是坚决地按在了她的乳上，那是一种荡魂摄魄的揉摸，那是从那个年轻男人的心底深处，从他的生命里散发的一种无法抑制的激情。

她的炒勺掉在了地上。

她的意志已经完全崩溃。这在她四十年的生命中是从来没有过的，她的身体在瞬间属于了另一个人，她看见自己的衣裳如同中了魔咒一般纷纷落下，她看见自己雪白的、依然美丽的肉体，一点一点地在那个年轻男人的眼中展现开来。

他再次对她感到惊讶。从她那些学院派的音乐中，他完全想象不到她竟是这样一个容易害羞的、依然年轻的、没有任何不良嗜好的好女人。是的，她不抽烟不喝酒不喝咖啡，连茶也只能喝淡的，她过着一种简单如同修女一般的生活，可就在她的这种近于自虐的严苛束缚背后，竟藏着这样一具充满活力激情与女性魅力的肉体。

他再次进入她的身体，他再次感觉到了那种非同一般的温暖、柔软与湿润，在那种柔软与羞涩中，他觉得她是个永远的女孩。他深吻她，把舌尖侵入她的齿缝里，要求她轻轻地咬他，她试着咬了一下儿，就这一下儿，他断定她还从来不曾与人深吻过，她的舌尖儿是多么甜啊，甜得如同槐花蜜一般，他几乎醉倒在那种槐花蜜一般的甜香中，就连过去他那么年轻的女友，也不曾有过这种处子一般的芳香啊。他几乎是狂喜了，深深地吸吮着她的那种芳香，那种芳香不仅留存在舌尖上，还浸淫着她的双乳和整个身体。他看见她的睫毛上挂着泪水。

他轻得不能再轻地搂住她："怎么了？我弄疼你了么？"她摇摇头，含着泪水："不，……我只是……只是想起了一个人……""你的初恋，对么？"她摆了一下头发，好像不愿意继续这个话题。她的发梢拂过他的唇髭，他再次感觉到那种处子般的芳香，他迷醉了，含了她的乳，看见她乳上的晕红弥漫了一片，仿佛也会害羞似的。

她的确是羞得抬不起头来，为自己身体的依然强烈的反应，她越是想扮演一个成熟老练的角色，就越是不断在这个男孩面前暴露自己的羞怯和性经验的缺乏，这使她狼狈不堪。她明显地感觉到男孩因为她的羞怯而越来越自信了，男孩一下子长大了，好像成了她的哥哥，男孩对她的态度，再不是那种对老师，对前辈的态度，而俨然变成了一种对女孩的态度，一个涉世不深又冥顽不化的女孩。

他的目光令她激动。那是多少年前的一束清澈的目光，那目光又美又冷峻，就像北方冬天寒冷的月光，没有一丝风，因此也没有一丝涟漪。但是在那目光的深层，其实是一个年轻男孩的温柔与羞涩，是的当年的Y其实也是个容易害羞的人，他的冷峻与骄傲，也大半是为了掩饰那种羞涩和束手无策的。他们深爱，但是因为那个时代，使他们的爱备受压抑。他们的深情和他们对性的恐惧乃至畏葸不前简直像杀了他们，一对青春洋溢的金童玉女，在那个时代的大网里乱打乱撞，终于还是没有能撞开时代之网，他们的爱，只能是柏拉图式的纯情之爱，他们对于性的尝试，彻底失败了。

但是眼前这个年轻男人生在了好时代，虽然生在一个不幸的家庭，少年时饱尝了痛苦，可是毕竟没有了当年的那种压抑与束缚，现在他就在这儿，他的眼睛如同阳光一般清澈，她在他的目光的抚爱下变得年轻了，她惊奇地发现自己的身体，竟然如此充满激情，她和他，竟然像一对青年男女一样在做爱。如果不是她腹部上那几道几乎看不见的淡色妊娠纹，她的整个身体简直就同一个青年女人毫无二致。她突然发现，也许每个人身体里的能量都是相等的，耗散得少，剩余的自然就多。多年来的柏拉图式爱与修道院式的生活方式使她几乎没有什么耗散，于是她的剩余也就格外丰饶了。

他们无厌地做爱。没有任何事、任何人可以挡住他们的激情。他们开始互相熟悉对方的身体，她惊奇地发现他的体毛是那么浓密，一直长到脐部，并且泛着淡淡的金色，卷曲着，在偶然射入的阳光中，好像能够活泼泼地飞舞。

“你是个夷人，一定是的。”她小心翼翼地玩笑着，生怕触痛他的伤处。他微微笑了，他微笑的时候依然忧郁，他的那种忧郁的微笑让她觉得美得奇怪。她轻轻地抚摸着他陈年的旧伤，十年的伤痕好像在一夜之间淡化了许多。他喜欢她温暖柔软、充满爱怜的抚摸，她一点儿也不知道他有多么敏感，他的敏感一点儿也不亚于她。他知道什么是让他心醉、心仪的触摸，这个女人柔软的胸膛能够使他忘了一切，在他看来，这个女人有着难以置信的柔软和湿润，她可以包容他，直到永远。

7

他的年轻雄伟真的令她倾慕，若是在古代，他大约可以算得上那种伟丈夫的，她想。

她真的爱上了他，这个比她小了一代的年轻人，在他熟睡的时候，她常常深深地凝视着他，她越来越惊讶地发现：他和她初恋男友——她终生所爱的Y的容貌竟然有一点相像：面颊也是那么清癯，鼻梁也是那么富于雕塑感，嘴唇也是那么轮廓鲜明，更重要的，他们同样有着一种高贵的气质，有着一种深藏着的温柔与羞涩——一个神秘的令她无比震撼的想法突然像一声巨雷悬在了空中：难道，眼前的男孩是她爱人的转世再生？！

呵，转世再生！

转世再生的想象紧紧地攫住了她，让她激动得喘不过气来，一定是的！他离开的年龄是二十九岁，和眼前这个男孩现在的年龄一样大，是的她曾经做过那样一个奇怪的梦：门开了，Y走了进来，她流着泪对他说：“你不要来找我了，我都这么老了，你还这么年轻……”她的男友什么也没说，只是拿出一面镜子对向她，从镜子里看到的，是她当年青春洋溢的脸蛋儿！她惊叫一声就醒了。

这个梦一直令她疑惑，但是现在，她突然明白了，是她这二十多年的思念感动了上天，她的男友转世再生了！在转世再生之前他托梦告诉她，她依然年轻，只要和他在一起，她就会永远年轻。

她一点儿也不觉得这想法多么荒唐，她甚至在他熟睡的时候轻轻拉开他的胳膊看他的腋下——她失望了，没有那颗痣，但也许，转世再生的时候会有些变化的！

她全情投入地爱了，在她全情投入的时候，她是什么也不考虑的，她把 Y 和眼前的男子当作了一个人，在亦真亦幻之中，她尽情享受着性爱，她在内心深深感激着上苍：老天爷啊，你永远是公正的！青年时代被剥夺了的，竟然在人到中年的时候加倍偿还了！

但是事实很快粉碎了她的幻觉。

第八章　高叠和弦

1

有一天夜里，他要她的时候，她像平常那样毫不犹豫地敞开了自己，他不知道她刚刚来月经，她也并不想让他知道，在黑暗中，他并不知道那些液体的颜色。当时她就觉得小腹在痛，她一直咬着牙，坚持着，甚至装出快乐的样子，——自从听了他那个可怕的故事，她不愿意他再有一丝一毫的委屈，她像年轻时那样毫不犹豫地把自己献出来，她爱他，只要他快乐，疼痛对她来说算不了什么。

可是那一次给她带来的绝不仅仅是疼痛。

深夜，他醒来，习惯地摸摸身边的她，却空无一人。打开床头灯，他被吓得面无人色：床单上，竟是一团一团的血迹，还没干，有几丝没有化开的血，似乎还在咕嘟嘟地冒着血泡。他几大步冲到了卫生间，看见全身苍白的她在认真地洗着下身的血，不过是一个晚上，她竟然消瘦了许多。他目瞪口呆地站在那儿，她居然还向他笑了一下，一个苍白疲倦的故意做出来的满不在乎的微笑。

她甚至喜欢那种感觉：他的惊慌，他的疼惜和他的无所措手足，她被他抱下楼，那种软绵绵的倒在他的怀里的无助的感觉，都是多年之前的某些场景的重复。可是当时她忘了，有些东西是永远无法重复的。

所以当那个女医生以鄙弃的口气大声说“来例假的时候还干这个，也不想想自己有多大岁数了？还要不要命了？！”的时候，她觉得自己在毫无防范的情况下突然遭受了巨大的侮辱。她的第一反应就是看他，看他脸上的表情，他也像是被突然打中了似的呆了一下，她于是立即知道他听见了这句话，并且，这话对他产生了影响，确切地说，是提醒了他们之间的差距——年龄的差距，一个好不容易被她忘了的差距，就在这样的时候，这样的情况下，被如此残忍地提醒了。

所以这句话引起了她过分强烈的反应，她鄙视地看了那个女大夫一眼，然后竟然从病床上跳下来，径直向门外走去，她用尽全部的意志力才使自己走出那扇门，一走进黑暗中，她就软软地瘫在了地上，那是刚下过雨的潮湿的地。

一直打不上车，他背着她走了两三里地，她一直在哭，小声地嘤嘤地哭，哭得他肩膀湿了一大片，他嗫嚅地、反复地说：“对不起，对不起……”尽管年轻力壮，但是背着一个成年人走上两三里地也是够要命的，他的汗和她的泪沾到了一起，后来他也哭了，依然是那种无声的泪，沉甸甸地落在她的脸上。她想，他一定是想起少年时的那个夜晚了，那个恐怖的夜晚和三十六里地，说对不起的应当是她，可是她对自己的身体完全无能为力了，这是在那么多欢娱的日子之后，老天对她的惩罚。最糟糕的，是那个女大夫关于她的年龄的提示，它在她心里引起的痛甚至超过了身体的痛……

其实，他想的完全与少年时的那个夜晚无关，他的心里整个都是她——这个双手搂着他脖子的女人，她比他年长，但是他却分明觉得她和他一样年轻，她是个需要保护、让人心疼的女孩，她竟然那么不懂得爱惜自己，那些冒着血泡的血，那个苍白的微笑，长时间地在他的心里挥之不去，让他的热情打了折扣，把一种罪恶感毫不留情地留给了自己……

打上车，到了另一家医院已经是凌晨4点了，已经有清洁工人在打扫街道。

2

那之后好长时间他都不敢提任何要求，甚至连碰也不敢碰她，他们分室而居了。可是她却忽然感到，自己的身体比任何时候都更需要性爱，性爱向她打开那扇神秘的大门，虽然晚了一些，但却似乎比青春时期的渴望更加强烈，是回光返照么？她心存恐惧地想。

身体刚刚好些，她就闹着去什刹海泡吧。什刹海是北京最令她心仪的一块地方，即使是全体北京人民都在三里屯泡吧的时候，她也固执专一地爱着什刹海——这当然有她个人的原因：什刹海的溜冰场，与颐和园的后湖一样是她这一代人成长的，特别是与爱情有关的地方，她深爱的 Y，就是在什刹海教会了她滑冰，他们手拉着手在黄昏的冰面上飞翔，然后汗津津地买上两串糖葫芦，满口香甜地大嚼。

在全民购房热的时候，她也对房地产感了兴趣，一天到晚拿着个地图看那些所谓“低密度住宅”，那些住宅星罗棋布地遍布在整个北京。北京越来越大了，四环已经修通，五环也指日可待了，加上申奥成功，轻轨通车，北京的版图似乎正在不断地扩展，然而最迷人的，其实还是老北京古城的那一小块。

她越来越惊诧于北京古城建筑的考究。以古老的故宫为中心，以德胜门至永定门为中轴线，其实正是一条龙脉，而西直门、东直门、广安门与广渠门，是四只龙爪，四只龙爪都被斩断了，北京的风水自然受了影响，而德胜门和永定门作为龙头与龙尾，即使是在毛泽东时代，在恐怖的“红八月”破四旧中，也无人敢动其一根毫毛——那真是不能破的风水啊！这并不是什么迷信，而是一种隐藏在自然界中的神秘的规律，是古老的人类与自然界拟定的神秘的契约，谁违反了这契约，谁便必遭报应。

而什刹海在古老的风水中，应当是龙脉旁边重要的龙鳍。所以那些王府，恭王府、庆王府与靖王府，都建在了什刹海的两边，连敬爱的宋奶奶的故居，也选在了什刹海这里。

房地产商都是人精，终于，他们准备在这里盖房子了，一律的四合院，最标准的贝子贝勒式的四合院，房价也颇惊人：每平方米八千美金，堪称全国之最了。什刹海的周围，也渐渐有了客家菜，有了庆云阁，有了荷花市场，有了烟袋斜街和各色的酒吧，北京最时尚的男女和那些鼻子特别灵的老外，好像得知了某种密令一般，都纷纷从三里屯转移到了什刹海。

她带他去了自己最喜欢的叫做“左岸”的酒吧。这里有很舒服的双人大沙发，有专门调制的冷饮妙玉樱桃茶，这样的樱桃茶每天只调制三十杯，多一杯也没有，当然，还有一点点爵士乐。

他们坐在沙发上，聊天。她是很随便的姿势，甚至把腿盘起来很舒服地靠着，而他，则是习惯了的那种规规矩矩的端坐，她笑他：一看你就是当兵的！然后他们就喝樱桃茶，还喝了一点酒。不知什么时候她的眼睛有些迷离了，她看着窗外的黑暗说：“那时候，我们就在那儿滑冰。”“你和他么？”他似乎已经习惯了她这样突然的回忆。她点点头：“滑冰，划船，都是他教会我的，以后我可以带你去颐和园后湖。”他轻轻地揽过她，每当她这样回忆的时候，他就知道她心里很难过，她靠着他的肩：“是不是喜欢回忆的人很让人讨厌？”

他想了一想：“看是什么样的回忆了。……我喜欢听你的故事。”然后就轻轻抚摸她的头发，她的头发剪得短短的，发丝很硬，很不驯服。她就轻轻地摸他的耳朵，摸他柔软的唇髭，她贴着他的耳边小声说：“这一块是我的，谁也不许动！”

他微笑了一下：“哪一块都是你的，我整个儿都是你的。”她红了脸，把一个手指捂在嘴边，示意他小点声。断断续续的爵士乐让人心里痒痒的，他们开始接吻，他把带着酒味的舌尖伸进她的唇里，寻找着她的舌尖，她的舌尖也带着酒味儿，变成了一种桂花糖似的甜香。

那是她第一次尝到深吻的快乐。当年临别的时候，Y 曾经这样吻过她，那时她因为过于害羞，更多的只感到紧张和害怕，Y 吻过之后悄声说:“你的舌尖是甜的，太好了，记住，这一块是我的，谁也不许动！”她就真的信守诺言，竟然在七年的婚姻中，一次也没有与老公深吻，好在老公在性的方面有些浑浑噩噩好糊弄，也就罢了。

但是现在，她真的尝受到接吻的美妙了——首先，那必须是一个你真正喜欢、真正爱的人，第二，那个人从里到外都清洁，都美好，这两条自然他都符合，最后，也是最重要的，是她在意识深处依然把他看作了 Y 的转世再生。她想，一个吻，停留了二十年，现在才接上了，这无论如何该是有前因的吧?

那真是个销魂的夜晚，在酒吧的时候两人都有些不能自持了，一回到家里，他就把她抱到了沙发上。他吻遍了她的全身，连一寸肌肤也没有放过，他带着酒味的舌尖让她的全身酒香荡漾，她整个处在了一种迷醉的状态，她的身体从来没有这么柔软和通畅，她恍惚觉得，她好像又回到了伊甸园，回到了那个鸟语花香人类始祖生活的地方，亚当和夏娃赤身裸体，还不懂得什么叫做羞耻。他们从沙发跌落到地毯上，地毯上的花纹让她想起了伊甸园的花草，那些花草都美得奇怪，奇怪极了。她被那些美丽的草丛深深地埋了进去，她清晰地看见，在那美丽的花草中，有一个美丽的女人，周身银光灿烂，有一对极美的乳房，还有纤细柔软的腰肢，在那些花草中间，女人如同银白的月光一般浮动着，显得那么不真实。

你太迷人了，他说，他总是这样，悄悄地在她的耳边说，把她弄得痒痒的，她鼓足勇气睁开眼睛，她看见近在咫尺的他，他的被太阳晒红的脸颊是那么年轻，皮肤的质感是那么细腻，他的鼻梁又高又直，嘴唇血气很旺地红着，而嘴唇上柔软的唇髭正轻拂着她的乳头，那一双目光清澈的眼睛正羞涩却又理直气壮地盯着她，盯着她的脸，她的唇，她的乳，她的腰肢，……他的一只手紧搂着她的腰，使她柔软的身体折成了一种美丽的弓形，而另一只手在揉摸着她的另一只乳房，那细红的乳头正在他长着一层茧的大手里慢慢变硬，而她的整个身体，都在他性感十足的身体的紧抱下化成了水。

他们的体液一遍一遍地流淌出来，浸润了伊甸园中那些奇异的花朵，那些花朵都生动地摇曳起来。

她突然跑向那架旧钢琴，弹出了一段和弦。

奇异的、美妙的……来自天国的乐曲……

“好听。”他闭着眼，喃喃地说。

3

捷杰耶夫率俄罗斯歌剧艺术团来京演出《黑桃皇后》的消息传遍京城。整个音乐界与乐迷们似乎盼到了自己的节日。她毫不犹豫地买了两张票，顶级的票价让他咋舌。

她决定让自己好好放纵一下。从衣柜里拿出一直舍不得穿的连衣裙，茜红色欧根纱的，华丽的剔空刺绣，款式特别凸显女性柔美的曲线，奢华古典，是仿一线大牌香奈儿的大V领卡马莱晚礼服。戴了耳环喷了香水化了极淡的妆——她走出来的时候，他呆在了那里。

“干吗？不认识了？”

“……我穿成这样，不敢碰仙女。”

她扑哧一笑，又变魔术似的拿出一套男装，“快换上，真的七匹狼，比我这件A单贵多了。”

不能不承认，他真的是块当男模的料呢。看到他穿上西服打上领带的样子，她想。

“太惹眼了！我后悔了！”她笑着打他的后背。

“那我脱下来？”

“不不，你就这样，就这样，一会儿我想看看女观众看歌剧还是看你。”

“……咱们这是……互相吹捧？”

“我现在才觉得，互相吹捧是件多么快乐的事！”

他们好像一下子变成了少男少女，快乐地甚至打闹着跑出去。她生平第一次没有在乎邻居们的目光，坚定地挽了他的手臂。

这是北京最大的剧场。音乐界的翘楚和乐迷们早已把剧场内外围得水泄不通。有很多人过来和她打招呼。他有点吃惊近于自闭的她竟有如许多的熟人。一个体态雄伟的男子过来，热情地递给他们两份节目单，并笑问："……这位是？""是我的……一个亲戚。"她转头向他："小夏，这位是音协的黄副主席。"他向那伟男点了点头，算是打了招呼，黄副主席似乎并没有在乎他的冷淡，依然热情如故："……好票啊，……从那边门进去。要不要饮料？……我让他们给你送过去？"

"你干吗对人家那么冷淡？"坐下来，把裙子小心地展平。

"他干吗对你那么热情？"

她看了他一眼："你这人真奇怪。"

他心里不高兴的，其实是她的那句关于"一个亲戚"的介绍，与那伟男完全无关。

大幕拉开。他们的位置可以看到乐池，捷杰耶夫站起来向观众致敬的时候，掌声雷动。她只知道这是柴可夫斯基和弟弟莫德斯特根据普希金《黑桃女王》改编的，并没有看过普希金的原作。倒是过去一幅名叫"黑桃皇后"的俄罗斯油画，给她留下很深印象：画的是男主角格尔曼看到伯爵夫人幽灵的那一刹那，插着五支蜡烛的雕花烛台，烛光正照着格尔曼惊恐万状的眼睛——背后是个若隐若现的老妇——从那时起，她就被吊足了胃口。

紫红色的丝绒帷幕背后，女主人公丽莎小姐在唱那首著名的咏叹调《为何热泪直流》。她在犹豫：比起那身份高贵的未婚夫，她似乎更喜欢热情的格尔曼——这时格尔曼出现在阳台上，管弦乐凝聚一处，就像呼吸已经停止——出现一些乐句的片断，表示丽莎的犹豫，然后格尔曼热情的男高音就流泻出来，有如一道光照亮了丽莎美丽的身体，爱的告白逐渐变成热烈的祈祷，格尔曼的短咏叹调沁人肺腑："请宽恕我，天上女神，我破坏了你的宁静。请宽恕我，请不要拒绝这痛苦的告白，不要拒绝这苦恼的告别……"接着他就从口袋中掏出手枪说："你如果拒绝我，我就自杀！"这时传来了脚步声，伯爵夫人恐怖的主题音乐逼近。

在紧急和慌乱中，丽莎接受了格尔曼的爱情。

幕间休息，他忽然转向她："要不我们回去吧？"

她吃惊地看着他。

他抓住她的手，翻来覆去地看，又和自己的手比："弹钢琴的手，也不算大呀，能跨八个音阶吗？"

她慌乱地四处看了下，抽回自己的手。"干吗呀？"

"你说干吗？"

"废话。八个音阶？十二个都可以。"

"那么厉害哪？"他笑了，"你看我的手能不能弹钢琴？"

"手倒可以，"她瞟了一眼他那修长结实的手指，"定力不行。"

"你怎么知道我定力不行？"他的眼睛里闪出一道奇亮的光。她猜到他在想什么，立即避开目光，"这还看不出来？连这么好的歌剧都看不下去。"

"那是因为……"他把嘴唇凑到她的耳边，"我觉得回家有更美的歌剧。"她翻了他一眼，娇嗔的目光弄得他心猿意马。幕间休息之后，他似乎一直精神不集中，不断地有一些小动作，经过提醒，依然无效，她有些不高兴了。

"你的腿别抖。"她小声说。

他不抖了。过了一会儿又抖起来。

她气得离他远远的，把胳膊撑在座椅的另一边。

直到最后一场他才安静下来：丽莎的未婚夫叶列茨基走到格尔曼身边，希望和他赌一次。就在众目睽睽下发牌，格尔曼把赢来的钱孤注一掷，然后按照伯爵夫人鬼魂说的点数大叫："一点！"公爵翻过牌后回答："你的牌不是一点，是黑桃皇后！"格尔曼傻了，一直盯着这张牌，牌中的黑桃皇后变成了伯爵夫人的脸，对他阴险地笑着。格尔曼疯了！他狂叫："你想要什么？是我的命吗？那我就给你吧！"说罢就举起短剑刺进了自己的胸膛。

弥留之际，格尔曼乞求叶列茨基公爵的宽恕，然后低语说："丽莎啊，我是真心爱你的。"然后在血泊中死去。众人合唱祈求这罪恶疲困的灵魂能得到安息与宁静。

幕落。

掌声把屋顶都快掀翻了。在谢幕、送花篮的过程中，他推着她向外走，嘴里说着“再不走就打不上车了”，一边把她的腰搂得紧紧的，她想掰开他的手，然而他的手如同铁钳纹丝不动。

4

刚进家门他就开始动作，她推开他，非常坚决。

“怎么了？”

“我不想。”

“生气了？”

“……”

“为什么？就为刚才……”

“知道听歌剧的规矩吗？……你那么做，让人笑话。”

“我做什么了？！”

“你还要做什么？下半场你一直像得了多动症似的！”

看了一眼他垂头丧气的样子，她又心软了，倒了杯水给他，他一仰脖咕嘟嘟喝完了。

“你怎么有时候像小孩似的？”她瞟他一眼。

“你才像小孩呢！”他坐在地上踡着腿，“……我也就是坐不住，但其实我看得很细。……譬如第一幕第二场，丽莎那段咏叹调，还有第六场丽莎和格尔曼的二重唱，我怎么觉得和《卡门》占卜那一场有点像啊。调性，风格，都像。”

她大大吃了一惊：“……看来以后还真得对你刮目相看了……斯特拉文斯基说过这事儿，他说老柴明显受到卡门影响，不光是你刚才说的，还有夏园那一场合唱和卡门第一场也很像……不过斯特拉文斯基也说了，即使‘柴可夫斯基是一个小偷，我仍然会被他所掳获’。”

“这是什么意思？大师剽窃有理？”

“当然不是了。首先老柴不是剽窃，美国作曲家诺姆说过，‘天才的定义在于他有没有偷的能力’，偷字当然很难听，其实他指的是启发，是巧妙地转化别人的创意。譬如贝多芬《第十八号钢琴奏鸣曲》和舒伯特《C 小调钢琴奏鸣曲 D958》的第四乐章，虽然情绪完全不同，可是你细听的话，完全可以断定贝多芬是舒伯特的灵感来源。最明显的是舒伯特的《A 大调钢琴奏鸣曲 D959》第四乐章，几乎是照着贝多芬《第十六号钢琴奏鸣曲》第三乐章的格式来写的……”她起身拿出放在琴凳里面的乐谱，在钢琴上弹了一段曲子，“你看，主题在高低声部出现的方式，还有转调的变化，甚至最后乐章结尾都相似。舒伯特的结尾重回第一乐章开头，而这开头又对应到贝多芬《第十六号钢琴奏鸣曲》第一乐章的开头。……我猜舒伯特的想法可能是要认真学习对位法，他肯定是非常佩服贝多芬的，虽然旋律不同，可是明显是贝多芬的创意，但是转化得非常好，要是再细细研究一下两个曲子的差别，你就更能琢磨出舒伯特的匠心了，非常巧，只有音乐天才才能做得到。老柴的《黑桃皇后》也一样。OK？”

她讲的时候，他一直大睁着一双眼睛，听得极其认真。她讲完了。他垂下眼睑，叹了口气。

“怎么了？”

“你一讲这些，我就觉得咱们离得很远……”

“行，那我以后不讲了。”

“……不行，我爱听你讲。”他轻轻拉住她的手。

“看你这人，两头堵我。”

他把她拉进怀里：“我觉得老天爷真的对我挺好的，能碰上你。”

她仰起脸：“告诉我你的底牌。”

他惊讶：“什么？”

“你的底牌。一个普通搞作曲的耳朵，绝对听不出来刚才你说的那两段。”

他不吭气了。

“是音乐世家？”

他仍不语。

“慢着，你说你父亲曾经到过新疆兵团……现在上海，我知道了，难道是……夏——”

他飞快地说了两个字：“是他。”

她怔在那儿。夏明扬——曾经是他们这一代音乐人的偶像。在那个万马齐喑的年代曾经作过一部《长江》钢琴组曲。她和Y，都去听过现场。夏明扬弹钢琴时，头发用力甩动，成了那时青年音乐人记忆中的一个标志性动作。

他竟然是夏明扬的儿子！

可他竟然如此厌烦提他老爹的名字！

“如果是这样的话，你该当很早就接触钢琴啊，可是……”

“对，我是很早就接触了钢琴，可那又怎么样呢？很早就中断了。……我没什么音乐素养……我对你说过了……别提他了好不好？！”他的声音里充满了压抑的愤怒。她不敢继续这个话题了。

她知道了他的底线。

亲人，都是美丽而有毒的毒药。爱有多深，恨就有多深。

从他那个可怕的故事里，她明白他们父子间的鸿沟是永远无法填平的了——如同她与母亲之间的鸿沟。他们就像是被父母遗弃的小孩，只能互相取暖，或者伴随恐惧流浪终生。

5

自从那个完美的夜晚之后，她就觉得，上帝的惩罚要来了。上帝从来是不能忍受完美的，二十多年前，她和Y便是在相恋最美的阶段被上帝终结的，那个她终生所爱的男人，那个近乎完美的天使，竟然被上帝贬黜，在异国他乡判处死刑。

他的探亲假到期了。

临别的那个夜晚，她几乎无法入睡，浅浅地睡着了，却又哭醒了。他睡得也很浅，她一哭，他就醒了，把她搂得更紧，他青草一般的气息笼罩着她，从他长睫毛的缝隙里，她清清楚楚地看见了晶莹的泪。

他张了张嘴，显然是想安慰她，又不知道说什么好。于是他开始轻抚她的额发，把脸贴在她的脸上轻轻蹭着，用肢体语言来哄慰她，她却一直止不住泪水。后来他说："要不我打电话续假吧？"她坚决地摇头，泪珠如同沉默的星星一般抖落下来，他们再次紧紧地拥在了一起，像亲人那样，互相偎依着，他用火力旺盛的身体暖着她的身子，她光裸的身子蜷成一小团儿，软绵绵地被他搂在怀里，觉得温暖，安全，她贪恋这样的感觉。

她做了个梦：梦中，Y 真真切切地出现了，穿着迷彩服，全身都是血。她扑上去："原来你还活着！……我们再也别分开了！"Y 却把她推开了，她真真切切地从 Y 的眼睛里看到了鄙弃……她觉得心猛然被刺了一下似的疼，突然醒了。

她醒来，发现自己赤身被一个男人搂在怀里，那个男人也同样赤裸。他是那么年轻，那种年轻的气息从他全身每一个毛孔中流散出来，进入她的世界。她觉得自己的世界受到了侵犯。

尽管是一种年轻的、美好的侵犯。

在此之前，她是不能与任何人同床而眠的，包括她的前夫。同房之后就各回各的房间。她表面上随和温顺，实际上却挑剔得如同豌豆公主，那个过于矫情的童话故事中的女主角，一点儿也不能引起她的好感。

她知道：严重的事情发生了，那就是：她的肉体背叛了灵魂。

她像每一个容易害羞的、自尊的女人那样特别看重自己的身体。她多年来小心翼翼地活在自己营造的甲胄里，自以为肉体已经在那甲胄中风干成为一具木乃伊，而实际情况却是恰恰相反：甲胄一旦裂开，肉体便成为完全新鲜的、丰饶的花朵，蓬蓬勃勃地生长了出来。她也曾经不由自主地为此而喜悦，而此刻，清晨，一切都看得明明白白，清朗明净。她的思想如同过滤了一般清澈。就在这个清澈的早晨，她正被一个年轻人搂在怀里甜睡，她可以在清晨的各种气味中闻到他精液的味道，昨夜，她就浸泡在他的体液中，成为一枝奇异的有毒的花朵。

不，肉欲是个陷阱，她绝不愿在这陷阱中越陷越深。无论她的肉体如何欢娱，她的灵魂好像都在背后发出痛苦的号叫。每当她的肉体温顺地依从的时候，她的灵魂就在声嘶力竭地喊着说：不!!

是孤身太久的习惯使然，抑或是对她年轻时恋人的怀念，还是年龄差距引起的罪恶感？……都是，又都不是。恐怕最最现实的担心，还是关于未来的考虑吧？她的确比同龄人要年轻，但那完全是一种假象，女性荷尔蒙每一天每一分每一秒都在丧失，这是自然规律，谁也无法抗拒。试想十年之后他的春秋正盛，而她，却应当是个老太婆了。是的他可以拿出玛格丽特·杜拉斯、伊丽莎白·泰勒等等来做范例，可问题她既不是杜拉斯又不是泰勒，而中国也既不是法国也不是美国。

6

他走了。他走的第二天，儿子回来了。是啊，要开学了，她想。儿子惊异地看着她脸上那梦幻般的神情，不知发生了什么。

按部就班的日子再次开始了，只是，每天晚上的电话更缠绵了，仿佛两个人都是第一次知道，离别的滋味原来如此难受。她几乎每天放下电话都要流泪，电话那边那个质朴的、情真意切的声音，在这个众声喧哗的世界里面是多么特殊啊！她现在难以想象，如果没有这个声音，她的带着儿子的单身生活，是否还可以挺得下来。

每天她都会感觉到被子里的寒冷，想象着他搂着她的时候，周身是多么温暖，她全身的每一个细胞都感觉着他的存在，她觉得自己伪装的坚强随时有崩溃的危险。

她睡不着。她拿出初恋男友的照片与她的少校比较，再次惊异地发现他们是如此之像，脸型，身材，鼻梁，嘴唇……只有眼睛不像，她的少校，好像有异族血统，他的眼睛略略有点凹陷，不像她的初恋那样是典型的丹凤眼，据说，那样的眼睛在古代是可以出将入相的：那是一个初夏的傍晚，Y带着她在野三坡玩，被一个相貌清奇的老叟叫住，那老叟说，你们两个，一个是文昌星，一个是武曲星，都不是凡人，特别是他那双丹凤眼和那两道剑眉，若在古代，是可以出将入相的，他说，你们两个绝对不要分开，分开，必有一死。他历来不信这些，老叟的话让他嗤之以鼻，她却听得着迷了，再三再四地让老叟解释，老叟却笑着摇摇手，走了。

听到他的死讯，她的第一个反应就是老叟的那番话。

她的枕边放着草原上的合照，每天都看了又看。有一天凌晨三点，她实在无法忍受了，给他去了一个电话，他在那边似乎完全没有什么睡意，他清醒地说："睡不着吧？……我每天都睡不着。"

"那你想什么啊？"

"想……想你，想你身上那些好看的地方……"他的声音里又流露出最初的那种羞涩。

她的脸烧起来，这话说得太贴心，也太色了，又是一阵隐秘的电流拂过她身上最敏感的那些部位，那边低低地说："为什么不说话？……又害羞了？你太容易害羞了，真像个姑娘……你为什么总是那么容易害羞？"

她依然说不出话来。他又问："那你呢？你在想什么？是不是在想我？……"她半晌说了一句："根本没有！"他笑了，低声说："我知道你在想我，告诉你个法子，实在想狠了，就只能靠想象了，我现在就是，每天只好抱着枕头睡……""去你的！"她红着脸放下电话，心里涌起一股股甜蜜，待那股热乎乎的甜蜜过去，慢慢冷却下来的时候，她又觉着自己好笑，怎么这么大人了，竟还有着类同少女般的感觉？这对于一个女人来说，究竟是好，还是不好？还是根本就不能用好坏这样的标准来评判？

突然有天晚上，她听到他在电话里说："……受伤了，……去乌鲁木齐医院……"她惊得跳了起来，反复地问："是谁受伤了？是你吗？……"可是风雪中手机的信号实在不行，她就担心得整整一夜没睡，一夜不睡的结果是：突然感到胸闷，喘不上气来，她有些害怕，到医院心电图检查的结果是：ST段改变。

ST 段改变，是指心脏供血不足，这种改变有功能性的，也有器质性的，大夫说，她这种情况很有可能是器质性的。

“那么，会怎么样呢？”她急急地问。

大夫冷着一张脸，不耐烦地说：“胸闷，气短，严重的还有心绞痛，甚至猝死。”

她的心被狠狠地扯了一下，猝死？这么说，死对于她，已经是触手可及的事了？也许这个词出现得太突然，她有些害怕起来。也许，她怕的不是死亡本身，而是死亡带来的那些痛苦。

她曾经是个多么生气勃勃的女孩啊！Y 受伤生病的时候，她在他身旁衣不解带地守了九天九夜，直到他脱离危险期，后来，又是断断续续差不多三个月的时间，他才真正好起来。直到他好起来，她才病倒了，烧到四十一度，那时候有种说法，烧到四十二度就会死亡，Y 抱着她痛哭起来，可她，没打针没吃药，只是请隔壁的阿姨用白酒在全身搓了搓，第二天竟退烧了。她生命力的旺盛，不止一次地令人吃惊，于是她也就从不锻炼，吃老本，现在，老本终于吃完了。

她的心出现了一点点钝痛。怎么办？如实告诉他吧，他会非常担心，很可能又会折腾来北京，不告诉他吧，眼看着自己的身体有问题了，向他隐瞒病情也是不妥。

曲子无法写下去，平时一天两小时的钢琴练习也中断了，头晕目眩，有一天差点儿晕倒在厨房里。

第九章　移调

1

她终于病倒了。正是“十一”那天，全国人民都欢度国庆的时候，她躺在床上，确切地说，连躺都躺不住，站又站不起来，只是坐着，坐了整整一天一夜，说不出的难受。儿子昨晚被他父亲接走了，身边连一个人也没有，假如就这么静静地死了，也好，只要不难受。张爱玲死后一周才被发现，据说发现时尸体已经开始腐烂。她不怕死，只是怕受罪，怕死得没有尊严。

温倩木的话再次在耳边响起：你不要恋爱，否则害人害己。

她开始躲避他，躲避他的电话，她想，是该离得远一些的时候了，在一次通话中，她无意中说出一句：“假如我突然死了，你要有精神准备。”那边儿半天都没回音儿，良久才说：“你说什么呢？”她顿了一下，平静地说：“没什么，我跟你开玩笑呢。”那边愤愤地说：“以后别开这种玩笑。”她沉默了，然后听见他说：“你上次来这儿不是没买到乐器么？我在给你做呢，过去我流浪的那阵子，跟那个哈萨克老人学会了做乐器，我给你做一个热瓦甫好不好？”她说好。

“十一”前一天他来电话，专门问她收没收到热瓦甫，她说没收到，他沮丧，一个劲儿说：“要是早一天做完，早一天寄出去就好了，我算好时间了，但是没留余地……真是的，明天你一定会收到……”

实际上十一那天她并没有收到。她是隔了两天才收到的，可为了让他高兴，她只好撒谎说她收到了，他问：“喜欢么？”她说：“当然，非常漂亮。”可是当她真正收到这把热瓦甫的时候，她才突然发现，有一根琴弦断了。

琴弦断了，自然是不吉之兆。历来迷信的她心里又不免翻腾起来。琴做得很漂亮，可以说非常精美，比外面卖的还要好，可是断了一根弦。

2

吃了一段时期的中药，似乎好些了。堂姐来电话请她去看舞剧《牡丹亭》，堂姐的朋友曾经是北舞的负责人，现已退休，这个舞剧是内部演出，学生自己的毕业作业，堂姐说，前不久白先勇应邀在香港为大学生们讲昆曲，演讲的主题是《昆曲中的男欢女爱》。说是“要让青年人看看古人是怎么谈情说爱的”。当时他要求主办方请四位青年昆曲演员配合讲座临场示范，而且一定要俊男靓女。于是主办方从苏昆请来四位演员，结果大受欢迎。讲座的最后一天，尽管下着雨，门票五十元港币一张，一千五百个座位依然座无虚席。于是白先勇下了决心，一定要把牡丹亭重新搬上舞台。听说他现正在苏昆排练昆曲《牡丹亭》呢，她很期待。

她怀着换换心情的想法去了。堂姐看看她：“怎么瘦成这个样子？脸色也不好。……那件事还没过去？”她笑笑，不语。

堂姐又细看她：“我就是怕你这个打死也不说的劲儿，跟我弟弟一样！……”话没说完已经开幕，北舞的学生们演得很卖力。特别是演杜丽娘的女孩，十分投入，在和柳梦梅再度相遇时，眼眶里真的含泪。舞美也好。“离魂”那一场戏，杜丽娘在花神的簇拥之下，身披大红曳地斗篷，慢慢走向舞台深处。蓦然回首，黑幕之上，一束血红的追光，竟有着一种荡魂摄魄的美丽，把人看得心都碎了！

极致之时，也放了那有名的唱段“……原来这姹紫嫣红开遍，似这般都付与断井颓垣，良辰美景奈何天，赏心乐事谁家院？……”

原来爱情可以这样美！

但是爱情之痛——爱情中那种不可承受之痛，她再不想经历第二次了！

她控制着自己不让眼泪落下来，悄悄地看堂姐，堂姐的眼里竟然也含着泪。

晚上在堂姐家吃饭，简单得很：一个鸡茸豆腐，一个清炒塔菜，还有两个现做的小凉菜。两人默然吃饭。她知道堂姐是在想堂姐夫了。堂姐夫在“文革”中被批斗，后来虽说平了反，也大伤了元气，没几年就去世了。他们夫妇感情很好，堂姐始终没有再嫁。

“你要是真的喜欢他，就跟他好吧。”吃罢饭，堂姐边收拾碗筷边说。

她没正面回答，说了另一个话题：“……姐姐你发现古人谈情说爱的特点了吗？”

“什么？”

“男的像男的，女的像女的！”

堂姐咯咯乐起来：“我当你又要说出什么警世名言。……哦，我明白你的意思了。”堂姐忽然严肃起来。

两人争了一会儿，还是由堂姐来刷碗，她在一边看着。

“你是不是觉得，我们这些人都不像真正的女人？”堂姐利索地刮着炒勺的缝隙。

“岂止你们，我们都不像。小时候我看我姥姥洗澡，身上白得像糯米粉，后来我就再没见过那种白。她对我姥爷说话，总是轻轻的，怕吓着他似的。姥爷也是处处护着她。……你看杜丽娘那种含羞凝睇的表情，柔若无骨的身段，真真是我见犹怜，柳梦梅那种儒雅温厚情真意切也让人感动，只有男的像男的，女的像女的，爱情才会是爱情吧?!”

堂姐笑起来:“那是戏啊我的孩子!生活中那样你不觉得矫揉造作吗?……”堂姐的手停下来,“不过你这话细想有道理。男人女人其实是互相塑造的,男人不像男人,女人就没法像女人……看看现在时髦的那些男不男女不女的我就来气。”

“我也是想了很久才明白为什么喜欢他。边远地区的军人离主流社会很远,他身上还保持着很多自然人的天性。说穿了他还是个真人。……姐姐你不觉得现在找个真人都很难吗?”

堂姐揩净手,走出厨房在客厅沙发坐下,她端来泡好的花草茶,两人慢慢喝着,她总觉得手冷,摸着热热的杯子似乎暖了些。

“可是你想过没有,你们各方面巨大的差距……”

“这些倒无所谓。其实我们有很多可聊的,音乐方面,还想合作呢。”她放下杯子,“可我真的想和他断了。”

“那又为什么?”

“……因为,因为我是个吃不了苦的人,真爱……太苦了,特别是和他这种眼里不揉沙子的人。我不想吃二遍苦受二茬罪。敷衍呢,也没什么意思。长痛不如短痛。他如果需要帮什么忙,我还会尽力帮他。”

“这就是你看《牡丹亭》的心得?”堂姐幽她一默。

“哎,我想你说得对,年纪也是个问题,我现在就觉得身体一天不如一天了,将来年纪大了,对别人是个拖累。”

“这样吧,什么时候你带他来让我看看,看看值不值得。”

“好呀。”她嘴里答应着,心里却在想,没那个必要了吧。

3

电话还是天天打来,但是她明显地降温了。她的口气,越来越疏远,他问她怎么回事,她总是说,精神不好,想早些休息,最后她装了个来电显示,凡是他的来电,她一律不接了。她想,只能这样，与其将来让他因为背那么重的包袱而后悔，不如现在就斩断情缘。她想了又想，一直想到心痛了，才决定跟他摊牌。

那个电话是她主动打的。说了几句话之后她就开始铺垫，她说看了舞剧《牡丹亭》了，越发觉得："……古往今来，真正的爱情都是没有结局的，因为所有的爱情都是瞬息即逝的，我总结了一下，好像爱情只有三种结局，最好的一种，是爱情转化为亲情；第二种，正在热恋之中，其中的一方或者双方突然死亡，那就是宝黛、梁祝式的爱情，那不过是文学故事里面审美需要，在现实中谁也不愿意实现的；第三种，也就是大多数的爱情，都是向着相反方向转化，最后互相伤害，甚至仇恨……"她的铺垫是为了谈话的主题，而主题还没谈到，铺垫就被他的愤怒打断了。他气冲冲地说："你到底是什么意思?！……好几天了，你都是这么不冷不热的，不知道你在想什么？这会儿又给我讲这些！……到底怎么了？是我做错了什么吗？有什么话不能直说？……"

她多少有点心虚，只好批评他的态度："……你说话客气点行不行？毕竟我比你年长……"没想到这句话正撞在枪口上——这是他的敏感区，最最不能提的话题："你无聊不无聊啊?！怎么突然又说起年龄了？什么年长年幼的？我们在一起没有年龄障碍，我们在一起很好，这个你也承认，现在又找这个借口，太无聊了吧?！……"

他怒气冲冲地一口气说了许多，让她突然觉得，他也是有脾气的，而且，发起脾气来还很厉害。

她真的不想和他吵，她知道他说的都是对的，问题是，他不知道她生病了，她很虚弱，她其实很需要他的关爱，她真的想告诉他，一切的起因都是因为他，但是她没有说，她不想说，她甚至没有力气说。最后，她终于找机会报复了他，当他说到"你是不是又爱上别人了"的时候，她也气冲冲地回敬："你说这话无聊不无聊啊?！……"然后砰地挂断了电话。

这是他们第一次吵架。吵得不能说不厉害。她挂断电话之后，又是一阵晕眩，她难过极了，不知道怎么办才好。

4

两天之后，他打来电话，告诉他已经来到北京，就在天坛医院。“有两个受重伤的同志，从乌鲁木齐医院转院到北京，我护送来的。”他的声音温柔多了，她心里清清楚楚：他肯定借这个机会争取来看她的。“下午你能来一趟么？我实在脱不开身。就在脑外科病房，304。我等你，好吗？”他说。

她沉默了很久，最后说：“恐怕不行，我不舒服。”“你到底怎么了？”“心脏不大好。”“那我今晚过去。”“不行，我儿子在，他马上要考试了。”“那怎么办，我只有三天假，或者你过来，或者我过去，听你的。”她不说话，最后，慢慢挂上了电话。

第二天一早不到八点就接到他的电话：“你下来吧，我就在楼下，给你挂了个心内科的专家号……”

她只好下楼，看见楼下停着一辆出租车，她的少校男孩儿就坐在里面，他瘦得多了，满脸倦色，她心里抽紧了一下，他下来给她开车门儿，连看也不看她，完全是礼节性的，关上门后，他又从另一侧上了车，紧靠着一侧坐下了，碰也不碰她，两人之间留的距离足够一个人坐了，她想，这和一个月前那种水乳交融的亲密简直恍同隔世啊！

只是在看病的时候，他才表现出了对她的那种习惯性的关切。他问得很细，非常细，但是这位大夫明显地不同于上次那位大夫，这位大夫只是说，供血不足，也没什么大不了的，好多从事伏案工作的都有这毛病，还得做运动实验等等一系列检查，才能确诊。

大夫的回答简直使她关于猝死的说法成为了一个谎言。她悄悄看看他的脸色，他阴沉着脸，一丝笑容也没有。她也懒得解释。看完病，两个人连午饭也没在一起吃，他就打了个出租送她回家了，一路无话。她下车的时候他才说：“你好好睡个中午觉吧，睡醒之后要是精神还好，给我打个电话，我们谈谈。”

她睡了整整一个下午，觉得好多了，就给女友挂了个电话。她的这位女友是全国著名的作曲家，笔名思然，曾经离过两次婚，爱情婚姻方面颇有心得，思然从一开始就坚决反对此事，思然说：这种女大男小的情况到最后肯定是女的倒霉。思然说：“你这人又是个大情种，怎么受得了？”

思然比丈夫大九岁，丈夫家里一直坚决反对。丈夫是个二线演员，常常在电视剧里串些三、四号的角色，典型正面人物形象，演过的角色不少，但是很难让人记住的那种。

思然的第一次婚姻结束是由于丈夫出轨，而这一次，这位演员丈夫背着她不知出轨了多少次，她只好睁只眼闭只眼，五十多了，她离不起了。与这位演员丈夫生了个先天愚的儿子，送到保育院了，每年都要一笔不菲的费用，逼着她不断地写电视剧的片头片尾曲。

最糟糕的是，最近她这位演员丈夫突然脑溢血，经抢救算是活过来了，但是偏瘫，也说不清话了，她每天需要推着轮椅带他出来转一圈，还要不断地和他对话，以便慢慢恢复他的语言功能。另外还要另租一处房子，另请一位护工，因为她虽然也能为丈夫的健康尽心尽力，但是实在无法忍受和一个脑溢血病人同居一室——何况她是搞作曲的。丈夫的每一声语意不明的呻吟都会给她带来负面效果。

而这突然增加的开支更是让她不堪其累，也曾经厚着脸皮到婆家要过，却被公婆小姑子们一通抢白，那些拐弯抹角的话说白了就是一句——那位长得像正面人物的演员若不是跟了她这么一个克夫的人，本应当好好的什么病没有，属于永远健康型的。

回来哭了一场，少不得又多熬几个通宵，做几个自己深恶痛绝的电视剧的曲子，以便挣点护工费，不至于让自己的经济出现太多赤字。至于之前的梦想——拿国际奖，组建国际女音乐家协会的梦想，算是连点影儿也落不着了……

“我就是吃了外貌协会的亏，那时看着他还挺帅。跟你说，找男人绝对不能找太帅的。……以后的问题太多了。”思然在电话那边语重心长。

思然更加坚定了她的决心。她想，无论难度有多么大，她都要和他摊牌了，于是认真地想了一下应当怎么说，怎么样才能在不伤害他的前提下，把该说的话都说出来。

她想好了，就觉着心里轻快了许多，吃过晚饭后就往医院跑，可是，离医院越近，她就越是心里忐忑，走进脑外科病房，一眼看见他伸着两条长腿坐在椅子上，一动不动地低着头，只能看见他那黑发绒绒的脑袋，她的心一下子乱了，本来准备好的一套说辞突然一句也想不起来，他倒是头脑清醒，见着她，眼里闪出光来，那光里的希望让她觉着心疼。

他说："一起吃晚饭吧。"说着就站起身往外走，她嗫嚅着在后面说："我已经吃过了。"他没说什么，也没停下脚步，她跟着他走出病房，走到外面，天已经全黑了，她跟着他，顺从地跟着，她的姿态就是顺从，还没交锋，她已经从心理上输了。

她一点儿也没想到自己会不战而败。他仍然没看她，自己叫了两个菜，两瓶二锅头，用牙咬开了二锅头的盖子，她才反应过来他要干什么，她急忙站起来想阻拦，但是根本拦不住，他一仰脖子就把一瓶二锅头喝完了，然后剧咳不已，脸色惨白，她惊呆了，想起来他是根本不会喝酒的，一个不会喝酒的人空肚子喝上一整瓶二锅头，闹不好是要出人命的啊！她扑上去就夺，也顾不得别人的眼光了，好不容易夺了过来，他已经趴在了桌上，给他倒水喝，他不理，动也不动地趴着，好久，小馆的人都快走光了，他才站起身，脚步蹒跚地往外走，往医院的方向走，她跟着，提心吊胆。

还没走到医院的卫生间他就吐了出来，她急忙轻拍他的背，被他推开了，她又倒一杯水给他漱嘴，他手一抬，连杯子都打碎了，她不知怎么办才好，就那么可怜兮兮地站在那儿，看他吐得厉害，就去挂了急诊。

她加了三倍的钱才帮他搞到了一个单间病房。她守在他身边，眼泪汪汪的，打来热水给他洗脚，他一直昏沉沉地睡着，她给他搓脚的时候，他好像有点反应，很快又昏睡过去，一直睡到十二点多才醒过来。他腾地坐起来，看看她："都十二点多了，我送你回家！”

楼里的电梯早关了，她住在十五层，一层层地爬吧！她生病之后身体还没复原，爬得很慢，每一层都要歇下来喘息一会儿，爬到了八层，他突然止步，回身，一句话也没说地抱起了她。他抱着她上楼，就像抱起一个孩子，她偷偷看他一眼，他仍然板着脸，一丝笑容也没有，但是抱着一个成年人上楼毕竟很辛苦，她能感觉到他年轻的胸膛急促起伏着，就像他们从医院回来的那个夜晚，似乎是旷野无人，楼梯照明是声控的，每一层都要跺一下脚，灯光才亮。

他呼出的热气里仍然有浓重的酒气，她把自己淹没在他那男性十足的混杂的体味中，感觉到了一种软绵绵的幸福，她甚至希望，那楼梯无止境地漫延下去，让她就那么溶化在他的身体里，就那么虚弱地、悲伤地、伤痕累累地融化在他年轻的身体里……

5

夜已经深了，她不忍心让他再回医院，但是儿子在里屋睡着，又怕有动静，他说：“我还是走吧。”说是这样说着，人就在沙发上坐下了，她递给他一杯水，他接过去，顺势把她拉到自己身边，低声说：“我只问你一句话，你还爱我吗？……”她觉着心里发酸的东西一个劲儿地往上涌，根本不敢接触他的目光，她点了点头，很郑重的。他这才拉住她的手，深深地看着她说：“你不知道我有多想你！”他说得无限委屈，她的泪水夺眶而出：“我也一样。”

那一夜，两个人都没脱衣服，就那么胡乱迷糊了一会儿，早上五点钟的时候，他悄悄起来了，轻轻地亲了她一下，说：“我该走了，赶头班去乌鲁木齐的飞机。”她知道他是为了躲他的儿子——儿子每天早上六点半起床，要不然，头班飞机起码还可以睡上一个小时。她说不出话来，看着他的背影就那么消失了，她钻进被子里悄悄地哭起来。不知是为自己，还是为了他。

——她万万没想到他还会转回来！十点来钟的时候，门铃响了，她披着衣服从门镜里往外看，是他！她简直不相信自己的眼睛！就像怕他突然消失了似的，她第二眼也没看地就开了门，软软地倒在了他的胸脯上。

他们抱得那么紧，抱得那么久，完全忘了时间和空间，她的鼻涕眼泪在他胸前湿了一大片，她紧紧地抓住他，根本不让他动一动，事后才发现，她的手指把他的背都掐出了紫印儿。然后他们接吻，他的舌头堵住了她的抽泣声，然后她同时感觉到了自己的双乳被他的手握住了，她身上披着的衣服落在了地上。

他把她放在他的身上，久久地盯着她，眼睛里的怨气慢慢化开，最后变成了炽热的暖流。她一直在避开他的眼光，洁白柔软的身体如同白云落在结实的红土上，慢慢合而为一，听见他轻声地在耳边问："受不了了吧？"她难为情地把整个脑袋埋进他的胸膛，他胸部的肌肉结实得就像一块铁，让她觉得那么性感年轻，那么可以信赖，她把脸在他的胸膛上轻轻摩擦着，满头的乌发也跟着在他赤裸的胸脯上摩擦着，他温柔地抚弄着她的头发，发梢上的清香如同八月的桂子。在这样的时候，他强烈地觉得她是个姑娘，而且是个小姑娘，需要他百般的温存和爱抚。他喜欢这样的感觉。他喜欢在她面前显示自己的年轻和强壮，他喜欢她依赖他，离不开他，这样比"古老师"的感觉要好得多。

她本来便显得比自己的实际年龄要年轻得多，尤其是在这样的时候，她满脸晕红，一双眼睛波光四溢，嘴唇如处子般娇羞嫣红，看上去真的像个年轻的姑娘，她的眸子里满满的全是他，在她被他映照的时候，就格外美丽。

——他早早去了机场改签，签到了当天最末一趟航班。他在她耳边低低地说："……我想来想去，觉得你还是真心爱我的，昨晚你给我洗脚来着吧？我迷迷糊糊知道，……我不愿意失去你，真的不愿意。……你知道吗，你是让某一种男人疯狂的女人：成熟女性的身体，内心又单纯得像个孩子，而且关键是……关键是你对人的爱，有一点像母爱那么无私，现在这样的女人太少了。我想，也许我将来会遇见非常漂亮的姑娘，但是再也不会遇见像你这样疼爱我的女人了，你也一样，也许你将来还能遇见有地位、有钱的男人，可是也很难再遇上像我这样真正爱你的人了……你说是么？”她一句话也说不出来，他说话总是这么直白，她为他的话深深地感动。

他从大衣兜里掏出了一只深紫色绣花的小荷包，递给她。她打开，吃惊地看到那是一枚非常奇怪的戒指——似乎是古玉的戒面，形状是个造型别致的人头。他小心地把戒指取出来，套在她的手指上，“我知道人家现在都兴买钻戒，可我现在……还做不到。这叫玉人首。是家传的。妈妈曾经对我说过，是什么‘红山文化’时期的东西，你看看，喜欢吗？……就怕委屈了你……”

她紧抱住他的一只胳膊，掩饰不听话的泪水，“委屈了我？你把我看得太高了！我算个什么？……说真的，从来没人把我当回事，就是结婚，不但没有办过喜事，连两家吃个饭都没有，就糊里糊涂地嫁了！……看着现在女孩结婚那些豪华车队，我就想，这辈子如果还能再爱一次，一定要披上独款高级定制的婚纱，要独一无二的婚礼，我是不是俗不可耐啊？……你怎么这么看着我？我把你吓到了？”

他紧紧地把她搂到怀里。半晌，小声但很清晰地说：“如果你同意，我们在一起吧。”

“可是……”

“我回去就办转业，大概要一点时间，等着我。”

“可是你还年轻，正在往上走……”

“没有那么多‘可是’……”他把她的小手放在他的大手上，她小声说：“看我的手指也算长的，能弹琴，可是多糙啊，一看就是干活的手。”他再次把她搂进怀里，轻轻抚着她的手指：“以后，绝不让你再操劳了！”她笑着，泪水却涌了出来，止不住。透过泪水她看着那枚戒指：“红山文化时期的东西，价值连城啊。……”

但是还有一句话她没说出来，在窗帘外阳光的光照下，她看到那玉人首上面的沁色，那是古老吃血的沁色，是顶级的软玉了，可是《易经》中有一句“身弱不胜财”，说的就是有些东西，放在某些人身上，是承受不起的，她疑惑地看着那沁色，不知将来是她能吸它的精华，还是被它把自己全部的气韵吸走。

当天晚上他离开之后，她的头脑里突然出现一个新的旋律，她立即在钢琴上用和弦弹出来，对于她来说，这时候就是手指在思考，所谓的灵感，她觉得是建立在自己脑海中的音乐库的随机表现，一个只能分辨大小三和弦的人，灵感可能跑不出那个范围，而如果听过七和弦，九和弦，十一和弦，挂留和弦等等并且能在脑海中构想出和声效果，那么灵感的范围就会广一些——可是她依然舍不得以前的那个旋律——做二重赋格曲？用两个主题？想想就太难了！可是在这个晚上，她兴奋得睡不着，被“二重赋格曲”这个惊人的妄想笼罩着，她坐在钢琴旁，关了灯，让月光流进来，“玉人首”似乎正在发挥魔力，她想象着他看见的那个幻象——一对水晶般的天鹅，沉浸在赛里木湖的月光深处。

6

音乐学院作曲系的老师教授们都很诧异——一向宅在家里不出门儿的古薇竟向他们打听起暑期作曲培训班的事来了，真是怪啊。

“如今天女也下凡了？”已经退休的老教授杨凡开玩笑。

古薇微笑不语。

“不是一直说不舒服吗？如果有合适的班，你能顶得下来吗？”一向倾慕她的系主任龙老师认真地问。

“最近稍微好些了。孩子要中考，得让他上个好学校。”

大家都明白如今的“好学校”意味着什么。立刻有几位热心人介绍。系办公室秘书是个女的，平时大家都叫她系秘，到底心细些，突然把她拉过去，低低叫了一声：“古老师，你在谈恋爱，对不对？”古薇心一惊，脸上立即烫了，嘴里说道：“系秘你怎么瞎说！”系秘绝非善茬，狡黠的笑容堆上脸：“古老师你就招了吧，你看你现在真的很漂亮啊！当然本来就好看，现在是更好看啦！——而且……”她的眼光转向古薇突起的胸部，古薇下意识地拢住双臂，说着："系秘何苦拿我开心？"一闪身走了，满脸血红。

果然就找到一个报酬很好的培训班。三个孩子。古薇索性就把他们都叫到家中，就着自己那架大钢琴上课。她努力地教，孩子们认真地学，进步很快，不但能拿到大笔酬金，还时常能收到家长们额外的礼物——上这个班的孩子的家庭，都不是凡人。

她好好计算了一下，这样的班带几次，不但儿子的学费有着落，买个私家车也不是不可能。下一次他再到北京，她就会亲自开着车上机场接他。事先一点口风也不要露。她能想象他该有多惊喜！以后她要改变遁世的生活了，为了他也为了儿子，为了自己有个家，有自己的生活，她要努力地工作，挣钱，起码不能让她爱的人过困窘的日子。这样想着，有了动力，每天坚持吃药，身体一点点地在恢复。

可是，世界上就是有那么多"可是"！可是她在象牙塔里待得太久了，完全不了解现在的人情世故，培训班刚刚过去了一个月，就出事了。培训班也因此提前解散。

那是个炎热的下午，一个问答环节。一个叫孙路的胖脸男孩第一个发问："我脑子里经常出现好听的旋律，简直是世界级的！和古典名曲差不多，老师我是不是很有天赋，我应该怎么做，能记住这些好听的旋律？"

对这个孙路，她已经有了一点音乐上的了解，事实与他说的，差得太远，于是她淡淡地回答："你这情况很正常，很多人都有过类似的感觉。至于你是不是有音乐天赋，这个我可不敢随便说。……你可以把你头脑里的旋律记下来啊，前提是你要会记谱。如果不会的话，可以用 MP3 把它录下来，前提是你要哼得准，天生五音不全就完了。然后找会记谱的人写下来。"这个回答显然让胖脸孩子沮丧，但他并没有就此罢休："我觉得我是音乐怪才，虽然没学过音乐，但我常常能哼出好听的旋律！"

"这不叫什么怪才，像你这样的多了。很多人都能哼哼出几句旋律，有些还哼得很好听呢！但这类人通常都有个问题：同质化严重。不是说有意抄袭啊，但这些旋律听着总有种很熟悉的感觉。不是我打击你，要学习音乐，还是要从基础学起，不要一开始就想着自己是个什么天才怪才的！”

另外的两个孩子都咯咯笑起来。胖脸孩子好像很生气的样子。

小女孩梅子问：“古老师，您说自学作曲有什么好方法啊？”

梅子的脸有一半浸在午后的阳光里，古薇探身拉上了百叶窗。梅子的脸上就出现了一道道的影子。

“自学作曲，真的不是一件容易的事。现在很多人想找捷径或者秘籍什么的，梦想一夜成名，给你们泼泼凉水，这是不可能的事。”她侧身在钢琴上弹出一段旋律，“你在乐器或者软件上瞎敲几下，敲出一段好听的旋律来不难，可是你要敲出一首完整的曲子来，就不能瞎敲了。建议先学一种乐器，最好是和声乐器，比如吉他和电子琴。这两种乐器都有丰富的和弦，也不像钢琴那么贵，作曲是需要和弦做底的，研究和弦才是作曲的关键。不一定非要你十级水平，至少得五六级水平吧。勤奋的话，需要一年半到两年的时间吧。……同时，还要学习视唱练耳和基础乐理知识。视唱可以买本相关的书，然后自己一边摸着琴一边照着弹照着唱。或者下个 Ear Master School.v 5 中文版软件。你如果觉得看书太枯燥，太难懂的话，也可以搜网上的入门视频。这些都是基本功。不过，我相信百分之九十以上的人半路就会被吓退了。”

她站起身，给孩子们每人倒了杯冰茶：“除了基本功，对乐感的培养也很重要。这个就只有靠自己多听，多想，多悟了。有的人天生乐感好，有的人只能靠后天努力。你觉得差不多的时候就学习和声，配器之类的。但是据我所知，自学的能坚持到这一步的连百分之五都没有。真的，这是个残酷的比例，希望你们能够进入这百分之五。”

一直没说话的瘦孩子陈耀西问：“老师，最好的作曲软件是哪个啊？”

这几个孩子里，她最看好的是陈耀西。她觉得这个孩子不但有音乐天赋，心理素质也非常之好，如果走钢琴家这条路，将来不会输给李云迪或者郎朗，至于作曲，他会写一些简单的谱子，但是她从简单中看到才华。

“常用的软件有 sonar、nuendo，cubase。所有这些软件都是专业软件，都是给有基础的人方便创作的。可别幻想有傻瓜相机那样的傻瓜软件。记住：没有一款软件是万能的。”

孙路显然并不服气，他大声说：“老师，其实我最近写了一首非常好听的曲子，我父母都说棒！我问你，怎么才能卖给唱片公司啊？”

到底是没城府，一听这话她就来气。但还是尽量和气地说：“对于唱片公司来说，单独的曲子是没有任何经济价值的，不但一分钱不值，而且还是负资产呢！单纯打印在纸上投稿，唱片公司的人连看都不会看一眼，只有制作良好的 DEMO（小样）才会认真看下，包括完整的伴奏，配器和演唱。这样能给人直观的效果。DEMO 的录音非常重要，要找好的演唱人唱，编曲可以简单，只要味道对，音质 OK。不然制作人不会听的，一听就关上。”

孙路又问：“那，制作一首 DEMO 要多少钱？”

她心里的厌恶已经达到了极点，只想快点结束：“如果是卖歌给唱片公司那种级别的，至少是五千至一万吧。”

“这点儿钱算什么。我这几天就能搞定。”

她终于忍不住了：“音乐是不能用钱来衡量的，讲钱就是玷污了音乐。音乐行业是表面高尚，实际心酸。这一行有很多人连生存都成了问题。但还在苦撑着，为什么呢？就为了对音乐的那一份真诚的热爱。其他行业也一样嘛，只要你不同流俗，坚持纯粹的东西，那么好，你就准备今生今世吃苦吧，文学、绘画……这些形而上的东西哪个不是这样？……你们一定要想好，你们究竟是爱音乐还是爱钱？赶时髦？孙路我还真不是给你泼冷水，你现在连最基本的乐理知识都需要恶补，就暂时不要想这些没影儿的事了，这些妄想只能让你幻灭……”

7

隔了一天，系秘突然来电话说院办找她——这可是她任教以来从来没有过的事呢——系秘小声说了一句："古老师，你是不是得罪人了？"

她有生以来从没见过这样的阵势：院长副院长都在，一个五十多岁衣着考究的中年男人，用极凶恶的眼光瞪着她："你就是古薇？——你知不知道，你毁了一个孩子？！"

他的大吼声震屋宇，她完全没有思想准备，又有一双极灵敏的耳朵，所以这样的大吼几乎让她站不住，不等她回话，愤怒的吼声毫无间歇地喷涌而出："你这是杀人你懂不懂？！我儿子从一岁半就会唱完整的歌，四岁登台表演，五岁练琴，十岁作曲，十三岁编曲，十九岁出专辑，我问你，这可不可以叫做音乐天才？可不可以？！告诉你，他这样水准的人能参加你的培训班，真是抬举你了！！你以为你是谁啊？告诉你，像你这样水平的多如牛毛你懂不懂？！我们随时可以把你炒了！……听孩子说你好像还讽刺我们买不起钢琴，告诉你，从孩子五岁起，我们已经换了三架钢琴了，现在是德国赛乐儿的，怎么样，你要不要到家里看一下？……"

她气得脸色煞白，完全不顾副院长向她使眼色："那就不必了吧。您这么财大气粗，我相信你们买得起最好的钢琴。您刚才说您的孩子五岁练琴，但是忘了说他几级，十岁作曲，忘了说他作的是什么曲，十九岁出专辑，忘了说他专辑的销量，大家都是这个圈子里的人，没听说这个音乐神童，我们真是太孤陋寡闻了！……"

男人的一双大手重重地拍在了桌子上，眼睛直直瞪着院长，声如狮吼："你都听见了吧院长？这个女人是怎么说话的！！院长你要装聋作哑吗？！……"院长见古薇如此不识时务本已气急，这时只好强忍愤怒低声说："古老师请你先出去一下！"然后让那个男人坐下温言抚慰。

但那人却不吃这套，一下子蹿到门边挡住古薇，对院长说："我倒是希望和古老师说清楚。"转向古薇，"说说吧你，你到底对我的孩子有什么偏见？我想搞清楚，你到底是出自什么心理要这样毁掉一个孩子，你知道你给我儿子带来多大痛苦吗？！那天他回家哭得嗓子都哑了，把家里都砸了！连我的古董花瓶都给砸了！我那是乾隆年间的东西，你们赔得起吗你们?！你们这些不负责任的东西！中国教育就是毁在你们这群白痴手里！……”

那男人骂了又骂，堂堂院领导就是不敢吭气，古薇是平时娇气，这时豁出去，反倒不怕了，她冷笑道：“我请您说话注意点，这是音乐学院，是中国音乐的殿堂！我在这儿工作多年，还是头一回见到您这样的人，出自什么心理毁掉一个孩子？好笑！我巴不得您的儿子是莫扎特再世呢！至于您的花瓶，那是您和您儿子之间的事，和我们没有关系！……”

那一天，是系秘几个人强把她拉走的，很久之后大家还议论着当时的古薇：“没想到古老师平时风吹就倒的一个人，竟然那么大胆子，有那么大能量！……”然而他们并不知道，她回去一直发抖，如打摆子似的，摸一摸，手是冰凉的，她守着电话边，盼着小夏能来个电话，或者是，随便什么人来个电话，她不能自己主动打出去，她的手一直在抖，无法控制。

几天之后，校领导对她做了暂时停课的处理。她怎么也想不通，她到底犯了哪家的王法了，明明是她在维护学校的声誉，受处分的反而是她，平时笑面菩萨似的院长副院长，竟然狠得下这个心来！偏偏她盼着的电话一直不来，心里的痛苦无人诉说，就只好直挺挺躺在床上，盯着天花板，这时候倒哭不出来了，眼睛里又干又涩，只得半眯了眼，能看见自己手脚都在发抖。

还好晚饭时候儿子来了电话，她说了几句儿子就笑了，在电话里笑得咯咯的：“妈，你让我说你什么好啊？明摆着的事儿，你被人家摆了一道！你还想你们院领导为你说话？做梦吧你！说不定这个孙路的爹能给你们音乐学院盖一栋大楼呢！人家背后早交易好了，不拿你下锅拿谁下锅？”

“我们院领导？不至于……”

“不至于？”儿子笑得更响了，“妈，你现在看谁长得像至于啊？”

挂了电话，她再度陷入深度的迷茫中。

八九点的样子，她浅浅睡去，却听见有人敲门。

竟是龙老师。龙老师这几年很火，被电视台叫去做了几回嘉宾，做了视唱练耳的专业评委，尤其是为主旋律大片《中华大业》主题歌谱曲，让全国十三亿人民至少有三亿都知道音乐学院的这条龙。可是在业内，尽管大家仍表面保持着对他的尊重，私下里还是有些议论，譬如系秘就曾经神秘地告诉她：副院长说，音乐学院的教授降格到给大片做主题歌，古今中外似乎也没有先例。话是这样说，好处却一点没少给，先是提拔他当作曲系主任，接着又评为教育界德艺双馨教师。龙老师也因此尝到了甜头，作曲本身的报酬并不算太高，但是左一个奖右一个奖光奖金就够他吃的了，何况这些奖似乎不用评就是他的，这些年的奖该给谁不该给谁似乎都有默契。里外里龙老师一下子就占据到了音乐界主流的中心位置。说一句话都有人当圣旨——这就是牛人的话语权效应——除了古薇这样与世隔绝的象牙塔里人，谁都明白。

古薇竟被感动到一时说不出话来——她暗想，到底还是多年同事，还是有人在真心关心她的。

龙老师把一堆饭盒放在她的面前，一个个地打开来：虾仁炒饭，熘肝尖，烧二冬，还有冬瓜丸子汤，边笑着："一猜你就没吃饭，这是我代表系里同事买的，多少吃点吧！"

古薇觉得喉咙堵着，一点食欲也没有，可她不愿拂了人家的好意，只好硬着头皮扒了几口饭。她能感觉到龙老师落在她身上的目光。他一直用一种怜爱的目光看着她，她有点不舒服。

"瞧你，吃得这么少。"他的目光游离在她家光秃秃的墙壁上，"平时儿子不回来？"

"不，他回来，一会儿就回来。"她本能地撒谎，然后观察着他的表情，他是那种演技派，看不出什么，反而显得坦荡，但是他的那种不经意是做出来的。

"其实你这人挺好的，就是把自己包得太严了，别人想关心你都很难，大家都是多年同事，没必要。"他笑得特别坦然。

"是吗？我自己倒不觉得。我是有话就说的人，这次的问题不就是因为我有话就直说吗？"

"这倒是我的罪孽了。"他笑，"孙路是我介绍的呀，你忘了？……

为了赎罪，我买了歌剧票。”他啪的一声把一张歌剧票放在桌子上，“周末的。瓦格纳《尼伯龙根的指环》四部连续四天！你不是一直想看吗?!”

但是他没有在她脸上看到他希望看到的表情。她甚至没什么表情。他看到掉在她胸前的一颗饭粒，帮她拿掉了，手腕似乎不经意地掠过她的胸部。然后说：“我也看。票是挨着的，你不介意吧?”

龙老师离过两次婚，现在的婚姻状态不明，全系的人都不知道，一半人说他没离，另一半人说他早已是单身，但无论他是什么状态，都无法引起她丝毫的关心。她尽量不让自己把这种情绪带在脸上。

于她，绝大多数男人都与龙老师是一样的处境，不是说他们不好，她甚至挑不出人家的不好，可就是不在她的视野之内。她知道这是自己的毛病，从十九岁落下的病根。如果不是夏宁远的出现，恐怕她这毛病是永远治不好的了。

她想，对这件事，被十几岁儿子嘲笑为幼稚的这件事，不知道夏宁远会怎么说。她猜，或许他会比她还要幼稚呢。想到这个她觉得心里似乎好受了些。

她觉得自己是空的，心里是空的，身体也是空的。空前地需要填充。

那天晚上她做的梦，全是有关性的。她梦见自己上位，不停地做！做！满身汗水淋漓，累得要垮掉，可还是无法控制自己。凌晨醒来。天还是黑的，她慢慢地看向天花板。看着看着，突然觉得自己没了。而天花板上，出现了一对天鹅，水晶般闪烁。耀得她眼花。

她终于明白他说的“觉得自己没了”是怎么回事。

她光着身子起来，从琴凳里拿出没写完的赋格曲，竟然就一下子写下去，如有神助。双主题如同一个精神分裂的天才，在向整个人类唱歌，唱自己，和爱人。

第十章　倒影

1

汽车城有个战友要转业，晚饭时喝了点酒。闹到很晚。不知道是谁，把玛依努日、满珍、佟昆佟芳兄妹都叫来了，吃了饭又唱歌。这里的人个个都是很好的歌手，草原上练就的嗓子，都带着一种宽阔的磁性，酒是少不了的，除了夏宁远，个个都是酒神。喝到微醺，玛依努日突然发难，蛇一般游弋到小夏的面前，高举着一杯酒，盯着他的脸说："夏干事，我想问你一个问题？为什么你到现在还不找对象？"玛依努日的声音并不算很大，但是嘈杂的声音一下子静了，所有的目光集中一束，都看着他，平时容易害羞的他此时反倒非常镇静，他站起来，点了支烟，面无表情地说："没那么多为什么，没人要呗。"

满场立即哗然。要转业的那个战友小潘哈哈笑着："夏干事要是没人要，我们该送垃圾筒了！你们快点帮忙啊！玛依努日，你认识人多，得帮我们夏干事找一个最漂亮最温柔最能干的好姑娘，限期一年，你敢不敢跟我喝这杯酒？"玛依努日叫着："那有什么不敢的？小夏是不开口，他要是一开口，我敢保证，咱们伊犁各族女性得把汽车城的门框给挤爆了！"于是大家一起起哄，放下酒杯跳起舞来，趁着乱和一点酒性，佟芳被哥哥推到夏宁远身边，腼腆地请他跳支舞。他说他不会。“你们什么时候见我跳过舞啊？”但是他还是很给面子地陪佟芳唱了支歌，唱歌时他似乎心不在焉。

已经是深夜了，大家依然在喧闹。佟芳看见，夏宁远一个人悄悄离开，她不由自主地跟了几步，看见他往赛里木湖的方向去了。

在他的潜意识里，其实很想再见到那对水晶般的天鹅。他甚至想，或许那对天鹅因为怕羞，只会在夜深人静的时候出现。良久，手里的烟已经烫了他的手指，整个湖面依然是一片空寂。

“今天你恐怕看不到你想看的了！”

这个声音是从身后发出来的，他真的有点毛骨悚然。他回过头，看见温倩木坐在旁边的那块石头上。穿着齐整，目光冷冷地看着他。

“您……您怎么在这儿？”

“你想看你要看的，我也想看我要看的啊。”温倩木淡淡地说。

“这话很有玄机啊。”他微微一笑。

“夏干事，我告诉你，看到的不见得是真的，更不见得是什么神启，它也许是你的心魔。”

“你今天说话，好像和平时不大一样。”

温倩木冷笑两声：“是吗？那是因为我看到了你看不到的，很为你担忧！”

他皱起眉头。

“是啊我很为你担忧。”她有些沙哑的声音在湖水的流动声中似乎有了节奏，“爱一个人也好，爱什么东西也好，都不要沉溺其中。不要以为你是特殊的，任何人和安拉可以做到的事情，在这块土地上都已经有人做过了！即使你是神的孩子，我也希望你睁着眼睛走路。睁着眼，也许你会遇上各种障碍，但是闭着眼，你连路在哪儿都不知道！”

“您的意思是……？”

“为身体选择伴侣是性，为思想选择伴侣是友谊，为感情选择伴侣是爱，这些虽然很好，但都是有限的，明白吗？都是有限的！可是，人最终的愿望是达到无限，你是有这个条件的，不要让任何过分的情感困扰自己吧！那都是太小的喜悦和烦恼！——更不要，用生命做赌注。我们的神告诉我，一场人类的大灾难就要降临了！这是自然界对人类的惩罚，以后还会有多次惩罚——假如人类依然不知改悔，那么最后将会是灭顶之灾！你是个好人，希望你能逃脱。”

他还想问，但她站起身来走了，很快消失在黑暗中。

他怔了很久。反复咀嚼着她的话。到底是什么意思啊？是她察觉了自己和古薇的爱情？有可能，她是巫师嘛。什么叫“太小的喜悦和烦恼”？爱情还算是太小的喜悦那什么才叫大喜悦啊？！还有什么睁着眼睛走路和闭着眼睛走路，是什么意思？“用生命做赌注”，又是什么意思?！他并没有想用生命做赌注啊！

他不过是遇见了一个女子，爱了她，是真心的爱，也有一些小烦恼。譬如有些时候觉得有压力，有些时候她会让自己产生自卑，但总的来说还是很好的，从来没有过的好。

如此而已。何来这么多大警示啊？就像是要出什么大事似的。

——人类的大灾难?！诺查丹玛斯的预言已经失效了。人类并没有在20世纪末毁灭，一切还是好好的。——这一定是巫师神经过敏了。

2

她的赋格曲惊着他了。

他哼了一遍，又一遍。

“喂，”他在电话里说，“你的赋格曲，我不敢妄加评论，不过它激起了我的野心！……我……我……你别笑我，……我想以天鹅为题写一部歌剧。”

她半晌说不出话来。

写一部歌剧？对于她来说，至今都是一个神话。

“你怎么不说话？觉得我有毛病了？”

“不不，……我是觉得，这是一个太大的工程了。没有强有力的支持，根本就无法实现。起码要有一支管弦乐队吧。”

“我不这么认为。我想写一部……两个人的歌剧。”

“你是说……”

“对。我写剧本，你谱曲。演员、观众，只有我们两个人。”

她想说：你疯了吗？但几乎是同时，她觉得自己也疯了——她是如此赞成这个不可思议的计划。

那一天她看瓦格纳的歌剧时就在想，如果此生能够写一部像样的歌剧就够本了。

那天很晚才回家，龙老师把她送到门口，很想上去坐坐。但是看到她眼里梦幻般的神情就止了步。第二天、第三天，“指环”连演了四天，但是她再没去，他也没再来接她。

男人其实都很聪明，特别是龙老师这样的男人。

3

他们已经在电话里商量他转业的事了。首先是接收单位，北京大概不大可能，她就找了离北京很近的那个省，给音协的负责人打了电话。那位负责人本人也是和她前后脚出道的作曲家，私底下关系不错，几乎二话没说就一口答应下来。她又提出最好能在春节前开次会，把他从新疆请过来，彼此也好见一见，有个印象。

他自己也没想到这么快能够再见到她，更没想到驻地首长能这么痛快地答应对方的邀请，他简直就是喜出望外地来到了会上。但是当天晚上情绪就变了，而且是一百八十度大转弯。

古典音乐家与流行音乐家们第一次撞到了一起。有很多老熟人许久未见，自然很是亲热，按照惯例，大家都互相拥抱一下，也是常有的事，少校眼里却不揉沙子，看着音协的那位负责人吴平热情洋溢地拥抱她，而她也笑得那般灿烂，最关键的，是发现她手上并没有他的戒指，他立即老大地不高兴。

当天晚上的饭局上，众作曲家按照时下流行的风格，纷纷讲起了段子，她注意到，他的脸色越来越阴沉，放下筷子，连饭也不吃了。后来大家让她讲，她只好讲了一个，讲完了，大家笑了一会儿，她再转头，他已经不见了。

吴平特意为她安排了一个单人房间。她想，晚上他肯定要过来的，就等着，一直等到深夜，也没见他的人影。只好给他打手机，那边瓮声瓮气地答应了一声，就挂了。几分钟后他来了，板着铁青的脸，她气急了，说了一句："我想方设法让你来参加会，不是来看你脸色的！"他立即回了一句："我千里迢迢赶到这儿，也不是为了开这个无聊的会的！"她气得压低了声音："你总不能太不合群吧？将来转业关系落到这儿，你总归要和人家把关系搞好……""见鬼！谁把关系落到这儿？这儿的人我再不想看一眼了！"她心里忽地一沉，知道自己此前的一切努力都是白忙活了。她竭力克制着说："我这不都是为了你吗？……难道我愿意大冷的天，来这儿开什么见鬼的会？""又不是我让你联系的！"他好像等着这句话似的。

他看着她一下子变得苍白的脸色，有些怕了。她冷冷地、压低声音说："既然这样，那你走吧，走了，就再不要回来！"他张了张嘴，还想辩解什么，她双手把他推出门去，然后砰的一声关了门。盛怒之下，她根本没听见他敲门的声音，她似乎只听见了自己的心跳声，卟咚卟咚地震响。

她几乎一夜未眠，第二天十分憔悴，便没去餐厅吃早饭。她想，无论怎样，也得把这几天会撑下来，不然太说不过去了。后来就听见敲门，她以为是吴平，就说一声："门开着呢。"门推得犹犹豫豫的，她一看，是他，端着一碗粥，拿着一个鸡蛋和若干咸菜，站在门口。

她不理他，自己整理床铺，他把早饭放在那儿，小声说："多少吃点吧，一会儿还要出去呢。"她还是不理他，自己对着镜子，慢慢地梳头。她看见他出现在镜子里，开始轻轻地抚摸她的鬓发，她躲开了，他索性抱住她，弯下腰，把脸轻轻贴在她的脸上，她一凛，眼圈红了，嘴里说着："你别碰我！"虽然这么说，心早软了，由他抚摸着，眼泪在眼眶里转。

他拉起她的手，声调严厉："为什么你不戴戒指？嫌不够好？"

她脑袋轰的一下，瞬间才明白他不高兴的真正原因。"我真是怕了你了！……真是个找茬儿大王，我是没戴，我没戴戒指，犯了哪家王法了?！"

"哼，我知道你心里是怎么想的，因为你在等着更好的戒指！"他说完这话立即后悔了，但是话已出口，收又收不回去。

她怔了。心里有一万句回击他的话，可她一句也不想说。她默默地打开自己贴身的小坤包，从夹层里掏出那个荷包，塞给他。然后风一般冲了出去。

不她不想演爱情戏，可他为什么老逼着她演?！对于两个已经心心相印的人，不需要太多的表达，可他为什么就不能平静一点，非要挑起戏剧化的冲突呢?！她不知道自己是在跑还是在走，只觉得所有的景物都在飞快地后退，不他并没有出来追她，是她自作多情了，她在他心里，没有那么重要。

她累垮了，一屁股坐在一个农家院外的稻草垛上，想起多年以前，她和Y在野三坡曾经住进一个农家院，同一个土炕躺了一夜，竟然井水不犯河水。多奇异的关系啊，她甚至微笑了一下。仰望蓝天，天空高远。

诺基亚手机那个讨厌的千篇一律的铃声把她拉回现实，她看见他筋节突起的手递过手机："快接吧，这电话来了几次了。"电话那边是吴平，问她上哪儿了，怎么联系不上，大家都在车上等着呢，"哦，真是抱歉，……忘了跟你说，今天我不舒服，不参加活动了。"那边显然在问小夏，他听见她回答："哦，他有紧急任务已经返回部队了，太急了没来得及告别，真的太不好意思了，他让我表示感谢呢！……"

"你真是撒谎不带脸红。"良久，他在一旁喃喃着。

"你不希望我这么说吗？"

“我太希望了！”他阳光灿烂地笑出声来，把头靠在她的胸上，撒娇似的哼哼着，把她的手拉过去，戴上那枚玉人首。

玉人首在阳光下面，沁色越发浓艳。

“不是我不戴它，是我有点怕。”

“什么？”

“红山文化距今五六千年了，出土的玉器基本都是墓葬里的那种护身符，辟邪的东西本身就有邪气，何况你看它还有那么重的沁色，像要吸血似的……这种东西，太神秘了，很可能是死者的一个神器，你不知道死者是谁，怎么敢随便戴它？……我又不是那种厚福的人，平时进个陵墓参观还要发几天烧呢！”

“……哎呀你可真是！”

“真是什么？什么？说呀！”

“太难缠了！”

她反而咯咯地笑起来：“知道我难缠了吧？想听实话吗？我觉得你更难缠！一天到晚找茬儿，谁能跟你过呀？”

他也忍不住笑起来：“难缠没有什么不好。哎，不是现在有各种组合吗？咱们就叫南禅居士组合，如何？”

她又气又笑：“难为你把那点聪明都放在这上头了，此南禅非彼难缠，敢问居士，咱们这组合的第一首主打歌，是什么呀？”

他哼起了那首“看星星”，她仰起下颏看天空，感到他眼睛余光的扫射。

“干吗这么不屑一顾的样子？这可是根据你的原创编的曲！”

“我觉得歌词有点肉麻。”她故意逗他。

他的脸蓦然红了，翻身起来把她压在身下，忽地掀开她的上衣，她急忙护住胸部：“你要干吗呀，这可是在人家的院子里！……”

“你的皮肤真棒，像缎子似的，”他在耳边痒痒地说，“……我们就在这儿做好不？”

她拼死才从他的铁腕里挣脱出来。

“明明你也想要，为什么非得压抑自己！”他紧跟身后，一副理直气壮。

“我想跟你说，现在不是红山文化时代！”在他要追上的时候她突然回过身，把这句话如铁锚一般抛了出去。

他怔在原地。是了，他听懂了。她这句话意思是他不是文明人，还带着红山文化时期的兽性。

4

但最后妥协的还是她。她找了个借口提前离会，两人商定一起漫游南方几个城市。她说："你不是说将来想在江南落脚么？我们这回可以先去看看。若是你觉着还好，可以想想办法。"

他已经从她的多次妥协中感觉到她对自己的宠爱，很是暗暗得意。

其实他内心非常骄傲，多年来他真正看得起的人很少，他的所谓看得起，是指人品。他平时沉默寡言不爱多话，但心里明镜儿似的。他可以多吃苦多担责任，他可以一句话不说，但是对于他人的人品，他心知肚明。赵政委是他真正看得起的一位，赵政委是带着他长大的。他第一次摸枪，站在身边的是赵政委。那一次练习点射，他连中三个十环，周围人叫好，他一高兴，转身冲着叫好的兄弟一笑，殊不知犯了兵家大忌：他没有放下枪、枪膛里还装着子弹就转身了，当时赵政委就在后边，大喊一声“卧倒！”所有人趴下去了！事后，众人都以为他会因此受处分，然而赵政委只是轻描淡写说了两句，爱护之情溢于言表。

多少年了，赵政委总是在他最需要的时候，能够说上几句给力的话，而他，也从来不把自己的心事瞒过政委。

——然而这一次，却是例外了。她真正进入了他的内心，进入了他内心的最深处，岂止是进入，她还唤起了他有意遗忘的记忆，童年的记忆。她是他温暖的巢，多年疲惫的挣扎，突然有了一个可以彻底放松的睡袋——紧紧裹着，不必惧怕缠绕——由此他才知道，一直以来，他活得多么累，多么需要一个温暖的巢！

晚上他开始写歌剧了，等整个宾馆入睡之后。

他买了一个厚厚的大本，后面记着她让他听的那些歌剧选曲：

1.*Eluce van le stelle* (*Tosca*) (Puccini) / José Carreras&Berliner Philharmoniker

普契尼：歌剧《托斯卡》“今夜星光灿烂”，卡雷拉斯、费尔哈姆尼克演唱，卡拉扬指挥；

2.*Coro abocca chiusa* (*Madame Butterfly*) (Puccini) / Ambrosian Opera Chorus

普契尼：歌剧《蝴蝶夫人》“哼吟合唱”，西诺波里指挥；

3.*Beau Soir* / *Lambert Orkis* (piano) Anne-Sophie Mutter (violín)

德彪西：《美丽的夜晚》，穆特小提琴，奥克斯钢琴；

4.*Lippen schweigen* (Dielustige Witwe) (Lehár) / Wiener Philharmoniker

雷哈尔：《风流寡妇》“缄默无语”；

5.Nocturne Nr.2 op.9，2 (Chopin) / MaríaJoao Pieres (piano)

肖邦：《夜曲第 9 号》，皮尔丝钢琴；

6.Maria (*West side story*) / KiriTe Kanawa&José Carreras

伯恩斯坦：音乐剧《西区的故事》“玛利亚”，卡诺娃、卡雷拉斯演唱，伯恩斯坦指挥；

7.Tonight (*West side story*) / KiriTe Kanawa&José Carreras

伯恩斯坦：音乐剧《西区的故事》“今夜”，卡诺娃、卡雷拉斯演唱，伯恩斯坦指挥；

8.SonateK.9d-major (Domenico Scarlatti) / Ivo Pogorelich (piano)

斯卡拉蒂：《D 小调奏鸣曲》作品第 9 号，波格雷里奇钢琴；

9.Unafurtivalagrima (L′ Elisirdámore) (Donizetti) / Luciano Pavarotti

多尼采蒂：《爱之甘醇》“偷洒一滴泪”，帕瓦罗蒂演唱，莱文指挥；

10.Meditation (Thas) (Massenet) / London Festival Orchestra

马斯奈：《黛依丝》“沉思”，帕垂克·加洛斯长笛，皮埃尔竖琴，pople 指挥；

11.Wiemelodienziehtes (Brahms) / Jessye Norman&Daniel Barenboim

勃拉姆斯:《旋律多美妙》，诺曼演唱，巴伦勃伊姆钢琴；

12.Dehvieni，nontardar (Lenozzedi Figaro) (Mozart) / Dawn Upshaw

莫扎特:《费加罗的婚礼》“噢，来吧，别晚了”，恩厄肖演唱，莱文指挥；

13.Piano Concerto N.26 “Coronation” Largetto (Mozart) / María Joao Pieres (piano)

拉基赫托:《第 26 号钢琴协奏曲》“广板”，皮尔丝钢琴，阿巴多指挥；

14.The Daisiesop.2，1(Samuel Barber)/Thomas Hampson

巴伯:《雏菊花》；

15.And I love her(1995)(Beatles)/Gran Sllscher(guitar)

皮特莱斯:《我爱你》，甲壳虫乐队；

16.Omiobabbinocaro (*Gianni Schicchi*) (Puccini)/Rita Streich

普契尼：歌剧《贾尼·斯基基》“哦，我亲爱的爸爸”；

17.Variation XVIII (Paganini Rhapsody) (Rachmaninov) / London Symphony Orchestra

拉赫玛尼诺夫:《第 18 号变奏曲》；

18.Purtimiro (Poppea) (Claudio Monteverdi) / Sylvia McNair&Dana Hanchard

蒙特威尔地:《波佩阿》“我也望着你”；

19.ConsolationsN.3 (Franz Liszt) / Daniel Barenboim

李斯特:《第 3 号安可曲》；

20.Someenchantedevening / Bryn Terfel

罗杰斯与哈默斯坦:《着魔的夜晚》；

21.Trumereiop.15，7 (Robert Schumann) / Marta Argerich

舒曼:《梦幻曲》，阿格丽姬钢琴；

22.*Nessundorma* (*Turandot*) (*Puccini*) / Plácido Domingo

普契尼：歌剧《图兰多》“今夜无人入眠”，多明戈演唱。

在大本的扉页上他写着：献给今生最爱。

5

他们的第一站是南京。南京有她一些朋友，但是为了他，她决定不去见他们。晚上，她带着他去了她心仪已久的地方——香君墓。香君墓位于秦淮河畔，旁边是个两层的小楼，据说，那原来便是香君的花楼。楼上只有两张桌子，都是身份特殊的客人，她是托了朋友才订上座的。进去了，早有茶房送上四色点心，她招呼他吃，柔情似水，他照例吃得很香，她只是看着他，慢慢地呷上一小口茶。

竟是一道道的点心，共上了二十四道，价钱便宜得惊人，她就那么看着她的少校男孩儿，他春秋正盛，她却已是日薄西山，也许，爱情中带着些凄美才是文学和艺术的高级审美层次，可是，在现实中，她却是感受到了真正的绝望。

午夜，他们依然携着手，在秦淮河畔漫步，他吃好了的样子是那么可爱，她悄悄看着他，看见他脸上细致的纹路都泛着光，目光特别清澈，她开始讲名妓与秦淮八艳的故事，他听着，十分专注。

"其实，古代名妓都是相当有品格的。国破之时，李香君与侯方域只有个把月的情分，但她竟能为他以死抗争。谁想侯方域已经背叛了！……都说'娼妓无情，戏子无义'，其实真正无情无义的往往是那些权贵和腐儒！你看历史上的那些名妓，譬如严蕊，即使身受酷刑也绝不背叛；梁红玉，拼着性命也要帮夫君抗金，哪个不是重情重义的人？李师师曾经承蒙皇宠，可是北宋灭亡的时候，她竟然把徽宗多年赏赐的金银珠宝，全部捐为军饷，后来又自愿出家成为女道士。……比起那些卖国贼，不知道要高尚多少倍！……"

"你接着讲啊。"

"……我以为你不爱听呢。"

"讲啊。我当然爱听。"

"那时候的名妓，和现在的妓女概念完全不同。我甚至觉得那时的审美都比现在高一层次。现在都市男人看女人，只看一张脸。

害得多少女孩去整容。可那时是非常重才情，重内心的。几乎每个朝代的诗词精华都有名妓一席之地。许多名妓，琴棋书画造诣极深，譬如薛涛、鱼玄机、严蕊……柳如是就不必说了，相貌很平凡，但是才情过人。晚明的董小宛、顾媚、李香君、卞玉京都是名重天下的歌舞伎，还有寇白门能度曲，沙才善吹箫……可你看现在，那些娱记对明星们围追堵截的场面，我都觉得好笑。你说这个时代怎么会追捧这些人呢？这些人有几个是有操守有文化的？一个人是否高贵，是否值得人尊重，与他的地位财富甚至气质修养都无关，最重要的是他的内心。所以，在一个世风日下的时代，我宁愿和我真心喜欢的人，去找个桃花源躲起来，留一个干净的内心。”

“我第一次听你说这么多话——除了讲课之外。”

她有点羞怯地一笑：“我瞎说的。你是不是觉得特可笑啊？”

他站住了：“一点也不。我也这么想，不过不像你这么会表达罢了。”

“你真的这么想？我听人说现在军人都特实际？”

“别把人按阶层职业划分，人就是人，人都是单个的，谁和谁想的都不一样。……那人家还说现在搞音乐的都特实际呢。你们学校那位龙大侠不是典型吗？我能把你和他比？”

她微笑了。

“真不容易，这么长时间，第一次看你笑。”他俯身看她，“多笑笑，你笑起来很美。”

“我觉得现在没什么让人笑的事。我怀疑中国人都不会笑了，当然，我指的是那种从心里往外笑的真笑，不是假笑。国人比任何时候都会假笑。”

“那你看我是真笑还是假笑？”

“你？你是要么不笑，要笑就笑得惊天动地，吓死人。”她撇撇嘴。

“反正我在你眼里没一样儿好。”

她瞥他一眼：“没错，我就是喜欢和一个一无是处的人在晚上散步。”

他停下脚步，深深地看着她的眼睛，拉起她的手，看见那枚玉人首，端然戴在她右手的无名指上，他拉起那手指轻吻了一下。

“别离开我。”

“什么？”

“别离开我。永远。”

“我倒是觉得，这句话应当我说。”她眼眶热了，然后感到自己的手被牢牢抓紧，那手心里厚厚的老茧刺得她心痛。

那天，他们直到深夜还在秦淮河畔走着，手拉着手。她只想着一句《诗经》里的诗：“……死生契阔，与子相悦，执子之手，与子偕老……”不知为什么，她一想到这句诗，就会泪流满面。如何偕老？她觉得自己的心灵深处，本来已经老了，可现在，突然又回黄转绿。

然后去了扬州，一路上就想着“烟花三月下扬州”，可现在不是烟花三月，而是寒冬腊月了。又想着小时候从妈妈那里听来的童谣：小小西瓜圆溜溜，挑担白米下扬州，扬州爱我好白米，我爱扬州好丫头……但是到了扬州，不免有些失望。那条“瘦西湖”已然泛出猩绿色，传说中“林黛玉上船”的码头，也颇落了些脏兮兮的废纸。更没见到什么“好白米”和“好丫头”，扬州包子倒是吃了不少，也未见得品出什么特殊的味道。当然也有意外之喜：在一个专门卖古董的地方，他们挑了一架屏风式玉扇和一个玛瑙壶，都是旧工。玛瑙壶把玩于掌上，在阳光下透出纯正的玛瑙红，尤其玲珑可爱。

瓜州严格说来只是路过，泊在码头上的那些蒙着泥沙的旧船，似乎就成了瓜州的象征。

到达镇江的时候正下着小雨，严格来说是雨加雪。镇江人都说今年很冷。金山寺前面的街道上，两旁都是卖宜兴茶具的，仔细淘选，有非常漂亮的茶具，都很便宜，她挑了一套镶金花纹的，他也喜欢，两人像孩子似的，买了香烛，一步一滑地上了金山寺。金山寺的佛像，是极好，极宏大的，这样美好的佛像她只在灵隐寺和南普陀见过。或许是有感于在这样的雨天仍有虔诚的人来拜吧，细细地看去，可以看见佛的嘴角似有若隐若现的微笑。佛是药师琉璃光王佛，她很正式地拜过了。他站在一旁帮她拿着衣服和包。这时雨停了，有一股清新之气环绕着他们。

但是金山寺的签让她绝倒。

那是个黑色描金的签筒，像是中了什么魔咒，她拿起那个筒便有了一种不祥的预感。她摇了一下，又摇了一下，她疯狂地摇起来，旋转的力量如此之大，几乎把她整个人都带动了，在她摇动签筒的时候，似乎有了一种隐隐约约的预感，那是一种不祥之兆，那种不祥如同瘟疫一样弥漫到周围的空气里。

——飞鸟各投林。

6

“桃花源里，一定要有音乐。”他说。

“必须的。”她说。

“我看过一本音乐杂志，说国外有很多真正的音乐人，他们是为音乐而不是为钱活着。正因为他们是为音乐而生，才能创作出真正的音乐，他们的音乐感动了无数人，所以，虽然他们的初衷不为钱，但是最后得到很多钱。可中国的很多音乐人呢？就像押宝似的，直接是奔着钱去的，能押一把是一把，能骗一把是一把——最后什么也没留下来。”

“是啊，前些时我跟你说的那个孩子的事，就是典型。当然从另一方面来讲，国内的唱片公司也有大问题：你想出名吗？你想出作品吗？那就掏钱！你出钱、出作品、出人，我出公司招牌，咱合伙忽悠社会。火了，咱们分钱，赔了你自负。……可是西方的唱片公司，人家是发现作品、发现歌手，我给你出钱，培养你出来，然后你出名了以后，再给我回馈。你买了种子，种在自己的地里，浇水、除草、除虫，最后丰收。而不是对种子说：你想成功吗？掏钱，我种你，让你丰收。这就是根本差别。”

“所以我想，我们要写一点能够留得下来的音乐。尤其是你。

你有才华。”

“才华算什么？这个社会最不值钱的就是才华了。”她淡淡地说，透出一种慵懒。

“别这么消极。我相信物极必反。总有一天，音乐又会回归到纯粹的音乐。……对了，我想用你那首赋格曲的主题做主旋律，你说主旋律出来了，伴奏该怎么配？”

“你真是还没走好就想着跑。……你可以用三声部柱式和弦或一声部分解和弦，再加低音声部，用手机自编铃声功能里的五线谱记啊。……写法可以利用十二音音列的倒影和逆行，无调性音乐。……其实你不必先考虑那么多，先把剧本写出来，走一遍，有不合适的我们再慢慢改。”

“唉，完了。我怎么还是不太明白。”

“没事，我写下来给你就是了。”她温柔地向他微笑，目光里充满溺爱。

7

她依然常常头晕目眩，有天差点儿晕倒在洗手间。

他费了好大力气才说服她住院检查，晚上，当她迷迷糊糊睡去的时候，分明听见他和邻床那个护理母亲的小姑娘的对话：“……看您不像是本地人，……”那个漂亮的姑娘在问。

“对，我们是来玩的。”他简单地回答。

“……您是演员吧？或者是男模？……”

“不，我是军人。”

“……那她是谁？是你姐姐？”

“不，她是我爱人。”

——她的心狂跳了一下：我爱人？难怪他对她那种暧昧不明的态度生气——她总是结结巴巴地对别人说，这是我的远房亲戚，或者，这是我的一个朋友。

比起他，自己是够虚伪的。她想。

“那……您的爱人比您大好多吧？”那女孩又问。他没有回答。女孩嘬着牙花子说：“……看你对你爱人……真好……”

“她对我更好。”他几乎没等她说完就接上一句，让对方根本没有喘息的余地。那女孩不再说什么了。就像打仗，他把人家掐进了死角，进又不是，退又不是，难受得很。

他使她再次想起了初恋男友。Y 也是这样，一句话就能把人家顶到墙角。这种犟头倔脑的男孩儿有个共同特点：内心骄傲，实际却有温柔羞涩的一面，一旦碰上他们中意的人，会有一种偏执的爱恋，这种爱是带有毁灭性的，她已经被毁灭了一次，算她命大也仗着年轻，算是活下来了。现在她知道自己正在被再次毁灭——但是她已经被绑架了，她被牢牢地绑在了他的战车上，他的战车是阿喀琉斯的战车，上去了，就休想下来。

大夫检查不出什么毛病，只说可能是“内分泌失调”或者“美尼尔综合症”。开了一般的药，出了医院，她又觉得好些了。

“到底是什么怪病？”他也觉得奇怪。

“不知道。好起来跟好人一样。好像是老天爷不允许我恋爱吧？”她似乎是在开玩笑，但心里却被自己的话吓得一惊：是啊，那时候跟 Y 在一起，也是三天两头地生病，那时候到底年轻，而且——是柏拉图式的。哦，为什么于她，一动心就要生病呢？就像林黛玉遇见了贾宝玉，那不就是相思病吗？或许什么时候他们真到了一起，稳定了，她就会好了——她这么宽慰自己。

在无锡吃了“湖鲜”。在苏州买了丝绸。刚到苏州就遇上个三轮车夫，说是可以把他们拉到生产高档丝绸的厂家，而市面上的丝绸多半是假货。三轮车夫显然是吃回扣的，这个直销点若不是他拉他们去，鬼都不会知道这个地方，这是个极其偏僻的小巷，外面什么也看不出来。真的是好丝绸，款式却陈旧得很，价钱也不低。她一通狂购。谁知第二天，他们来到市中心一家普通的丝绸店，看到一模一样的衣裳，牌子都是相同的，却便宜了一半。她看看他，他在笑，说：不是大家都说，赚女人的钱最容易嘛！

"那你不拦着我？"

"我就知道最后你又得赖我。你还说别人是小孩，你跟小孩一样！"

她低下头没吭气。他弯身看她："怎么了？生气了？"

她摇摇头。心里突然想起那个不祥的卦签，骤然生出一股寒意。可她明明知道，退，已经退不回去了。

来到南浔已经是吃晚饭的时间。两人在一个小馆里吃了一顿结结实实的美餐，心情好多了。第二天，到市中心溜达了一圈，发现这个小小的城市真的很适于居住，有些像欧洲的卢森堡，也是那样小巧而洁净，安静而富庶。接着去了藏经楼，真有惊艳之感！那么大的规模，保存得那么完美，真是令人叹为观止。何况还有张静江的旧宅。张静江这个名字过去总是被打入另册的，看到这三个字，就条件反射般地觉得这是个坏人。其实张静江的历史令人钦佩：他是个坐在轮椅上的人，却用全部的钱财（包括他哥哥的钱财）支援了辛亥革命。可以说，如果没有张静江，那么孙中山与黄兴发动革命就缺乏经济基础。他是个真正的理想主义者。他后来支持蒋介石，也不过是因为支持北伐而已。

张静江的大宅院，是保存得非常完好的明末清初的建筑。几进院子都各有特色，四周挖了一条湖以作隔离之意，湖上可以泛舟。最后一进院子索性是法国式的，并且是洛可可式的建筑，繁琐而华丽。

他们互相看了一眼，心照不宣——如果说，中国还有最后的桃花源，那么非此地莫属！

他每天都写到很晚。有一天，她起来上厕所，发现灯还亮着，他趴桌上睡着了。她悄悄看电脑里的内容，越看越有趣。他醒了，孩子似的捂着电脑，不让看。她笑起来："我已经看到了！第一幕，是写一个男的在深夜的赛里木湖畔，发现了湖中有一对水晶样的天鹅……那个男的就是你对吧？然后你就跟着那对天鹅进入了湖底世界，见到了一个美丽的水妖。哈！我是美丽的水妖吗？"

"什么水妖，是水神。"

"都一样。"

“才不一样呢。你是仙，不是妖。”他笑了，迷迷糊糊的样子特别可爱。

“反正你得给我写好点。”

“那得看你表现如何了。”

“很简单，你要不给我写好，我就不给你谱曲。”

“……那得写多好啊？”

“哎呀我说着玩的，你怎么什么事都较真儿啊？”

“你不是也什么都较真儿吗？”

“唉，所以咱们不能互补。连缺点都一样。”

“认真是缺点吗？”

她无法回答。是啊，认真也许在过去的时代还算优点，可现在已经算是缺点了，如果她不那么认真，何来那一场骂战，又何来受一场羞辱?！但是江山易改本性难移，改也难啊。

当代牛人都是说谎不眨眼的英雄，见人说人话见鬼说鬼话，最精彩的是把所有利益都捞足了，还会说出一番让各个层面的人都叫好的漂亮话——漂亮得使蓬荜生辉，感动得人潸然泪下。

这种本事她就是转世再生也学不会。因此，也就没什么值得抱怨的了。

8

因为她不舒服，他们提前回了北京。已经是年根儿了，年根儿下的北京城已经涌起一股大年下特有的味儿，那是她从小就熟悉的味儿，混杂着糖果、香烟、炮仗、蜡烛、绒花、冰糖葫芦、剪纸、糖人儿、豆汁儿、空竹、气死风的大红灯笼、花花绿绿的门神……他也明白无误地喜欢那种味儿，但是对于他，那种味儿却只是留在了童年的梦中。

她想帮他温习童年的旧梦。

儿子已经放寒假了，被她的前夫接走，她现在是个自由人。多好哇，自由人！要是没有病，身体健康，就更好了！

但是她总是莫名其妙地头晕目眩，她的虚弱更加衬托出他的强壮，她常常久久地、贪婪地看着他年轻的身体，他无懈可击的身材没有一丝赘肉，他那样的体形像极了她的初恋男友，却是比男友更加强壮，她喜欢他看她时的那种目光，温柔、羞涩、含情脉脉，像一只年轻的驯鹿，貌似乖巧地蜷伏在那儿，却能在转瞬之间，飞翔起来，急如星火地腾挪奔跑，无论是静如处子还是动如脱兔，他的任何一种姿态，她都迷恋。

这时她才想起告诉他，在昌平附近的温泉山庄，她还有个家。

温泉山庄地处北京的正北，大概在90年代之后，这里成了房地产商十分青睐的地方，那时北京的房地产还十分地不规范，五证不全，但房价还算便宜，那时她已经对那个家深感厌倦，一心想在外面有个小窝儿，就闹着要买房子，丈夫对此虽然心中不悦，却也拗不过她，于是开了辆那时还很戳眼的福特，带着她到平西府一带转悠，最后相中了这套八十平方米左右、南北向的六层板楼，她要了一层，原因很简单：一层有个三十多平方米的小花园。

那花园一直是荒芜的，长了齐人高的野草，野草里面还夹杂着一些不知名的野花。

他竟被这里迷住了。

像是一下子嗅到了与赛里木湖相似的气息，他弯下身，蹲在野草丛中，深深地吸气。那些干枯的野草发出窸窸窣窣的枯萎的响声，那些响声让他想起遥远的童年，母亲带着他到一片空漠之地放风筝，缥缈的风刮着长长的风筝飘带，发出的似乎就是这种枯萎的响声，但是他那时并不懂得枯萎，那时他还很小，生活在母亲温暖的怀抱里，快乐活泼得就像喷薄欲出的小太阳。

但是后来他懂得了枯萎。母亲丰饶的生命就那么一下子枯萎了，让他连哭都来不及。

现在他终于又找到了母亲：一个比自己的母亲年轻得多的母亲，同时又是他的姐姐，妹妹，亲人，爱人。

——是的。她是他的爱人。

想起这个他就满怀欣喜。他回到屋里烧了一壶水，把他带来的枯萎的高山玫瑰沏成鲜艳的粉红，他把那杯鲜艳的玫瑰茶递到她手里。

她瘦了，真的瘦了。他心疼地看着她，完全不明白那样充满活力的身体怎么会一下子虚弱下来，他曾经以为她是永远不会枯竭的啊。

她双手捧着这杯色彩鲜艳的玫瑰茶，粉红色的蒸汽漂染着她苍白的双颊，她盯着眼前一片暧昧的粉红，目光呆滞。

喜庆的鞭炮声突然地响了起来，此起彼伏。与之呼应的是不断响起的手机短信，五花八门的短信勾起她嘴角的一丝微笑，他就贴在她的脸颊旁，和她一起看：

祝你羊年快乐！

><((((·>　><(((·>　><(((★>

接到那三条鱼的短信他就笑了，她问："你笑什么？"他说："你说，这三条鱼象征什么？"她反问："你说呢？"

他想了一想："无非是象征爱情、事业、健康吧？"

"不对，它象征着美丽、灵异、重生！"

他笑起来："你终于要重生了，下回我回来，一定给你带莱丽喀扎克，你记得吧？在草原上，那种象征自由的花，鲜红鲜红的。"

"当然。你说过，那种花特别有生命力，可以不断地迁徙……"

她的心在痛，是钝痛，是那种足以磨损一切生命的钝痛。那种痛并没有因为他的在场而丝毫减弱。她痛得钻进他的怀里，她钻得那么用力，就像是要钻进他的身体里，是的她要钻进他的身体里，重新做回他的一根肋骨。

她开始哼唱她的赋格曲第一主题，他也加入。她有点惊奇他进入得如此之快。他的确是有音乐天赋的人，只是那个可怕的经历把他耽误了。可惜这里没有钢琴，他为她哼唱和声，音准非常精确，能猜到他这一段下了不少功夫。

那天晚上他睡得很熟。她却一分钟也没睡着，一直撑着身子，看着他。这是她命里的人。他的出现，粉碎了一切有关爱情的谎言。

9

翌日他们去看堂姐。

堂姐专门为她请了一位名医。

堂姐用严苛的眼光上下打量着夏宁远，最后的目光变得柔软。

“喝点什么？”

“茶就好。小夏爱喝红茶。”她代他回答，瞥了一眼名医——虽然头发白了，依然高而帅，堂姐夫那种类型。

沏的是大红袍。堂姐介绍：“这是季大夫，前北京医院副院长。中医世家。”

季大夫给她诊脉。“脉玄，细。……”

“玄，细，是什么意思？”

“按中医的说法，就是阴虚阳亢，按西医的说法，就是内分泌失调、植物神经紊乱。按我的方子吃，先吃七副看看。另外，建议多吃点山药，一般的山药不行，要淮山药，就是那种铁棍山药。还有，枸杞菊花泡水，天天喝。”

“还需要注意什么呢？季大夫？”

“还有，”季大夫的口气突然有些犹疑，“你最要注意的，是不能动心，明白吗？”

她飞快地瞥向小夏，看见他似乎一怔。她立即联想起前几天的自我怀疑：她似乎不能有完整的爱，一旦动情，立即生病，而且变得憔悴不堪——完全不是书本上说的爱情滋养女人云云。

堂姐在一边哈哈大笑：“说得对啊老季，这孩子本来就心重，她是我看着长大的，真的是一动心就生病的！”

夏宁远在一旁皱紧了眉头：“大夫，什么叫不要动心？您能给个详细解释吗？”

季大夫显然是不愿多说："唉，这个么，一讲就长了。我耐烦讲，你们也未见得耐烦听，所谓情深者不寿，就是这个道理，林黛玉就是个典型……"

小夏不依不饶："可林黛玉是虚构人物啊！"

堂姐在一旁说："好了好了，先吃饭吧，吃完饭再细说。"

阿姨摆上饭，四凉四热八菜一汤。凉菜里就有淮山药，堂姐一直在细细地为她剥山药皮。细看堂姐神色，似乎有一种满足感，她心里松了下来：若是季大夫相伴堂姐后半生，那么也算是般配的了。

菜做得都很好吃，特别是香酥鸭子，似乎是五星级饭店的水平。小夏和季大夫还喝了点酒。吃得差不多了，季大夫点了一支烟，又递给小夏一支，开始侃大山。她这才知道，原来季大夫如此好口才，且学识渊博。

电视上正播着隆胸的广告，季大夫看一眼，吐一口烟圈儿，开始滔滔不绝。"什么隆胸？这明明是色情广告嘛！现在真是不得了，官办的妓院是没有，可挂着酒楼会所牌坊的狎妓之所遍地都是！前些时我们还差点儿上了一个当！裸模都登上了大雅之堂，中学生都在援交，良家妇女都在一夜情！下半身文化已经不是什么羞于启齿的事了！大家都是笑贫不笑娼！乌烟瘴气啊！纯真的感情，反而遭人嘲笑！……可叹啊！"

堂姐在一旁笑："他这个人就是这样，沾点酒就要大发感慨。让他说去吧，别理他。"

可小夏一向较真儿："季大夫，您怎么看的都是社会阴暗面啊！有那么多好事，那么多阳光的人，您怎么就看不到啊？"

季大夫又深吸一口烟，眯着眼睛继续说："小伙子，这是因为，你看到的是表面，我看到了根儿上！世风日下的时代，奸商横行、盗亦无道，灵魂卑贱至此，世道还能不衰落的吗？想想看，现在一个有真才华的人，假如他不会世俗应酬的那一套，会是个什么结果？！会有无数不才者督之，缚之，以至于戮之！我这么说，绝非危言耸听！小时候谁没有过修齐治平的理想？可现在谁还有为国为民的雄心？！"他转身面对古薇，"你姐姐从那么小参加革命，是为什么？还不因为是有理想？她的理想是什么？是希望自由平等，人人都过上好日子，可她现在大半辈子过去了，你问问她，她的理想实现了吗?!”

“老季！你不要再耍酒疯了！”堂姐推了他一下。她清楚地看到，堂姐的眼圈红了——这是真戳到她的痛处了。

然而季大夫却听而不闻——看来他们俩之间的这种戏剧已经演过多时了。他脸不变色地看着堂姐，目光里有着巨大的悲悯：“这一切，都远非我们能够改变，所以，我们还是学陶渊明，采菊东篱下，悠然见南山吧。”

夏宁远怔怔地看了季大夫好久，嘴里喃喃地说：“怎么又一个陶渊明啊。”

古薇看着他那样儿，忍不住笑了，解释了一番，季大夫似乎大喜，觉得找到了知己，与古薇碰了杯：“依我说，嵇康之后就无人了！陶渊明不过是无奈之举罢了！”

古薇笑：“您说得太绝对了，那王国维、陈寅恪、顾准他们这些人又怎么说？”

季大夫一饮而尽：“他们这些人，都是历史的回声！从历史上看，我们这个民族只有三个历史时段是真正出人的，一个是春秋战国，不但有诸子百家，更重要的是士之精神！一个当然就是魏晋，另外一个是民国，民国出了很多狂人奇人，你们这些年轻人，根本想不到那个时候的教授是什么样的，因为你们只看到现在的‘叫兽’！看到那时候的教授，你们就明白什么叫知识分子的独立人格了！……”

古薇抿了一小口：“其实我更喜欢宋代，宋代张载说为天地立心，为生民立命，为往圣继绝学，为万世开太平——”

季大夫又斟满一杯：“是啊是啊，我也是很喜欢张载这几句话，只可惜宋代过于重文轻武，以致丢了江山！——”

堂姐夺了他的杯子，叫他住嘴：“好不容易聚一回，说点高兴的行不行？”

季大夫小声嘟噜一句：“我就是说这个才高兴。”大家都忍不住笑了。

临走，她把所有的宝贝都留给了堂姐：包括那扇玉屏风，玛瑙壶，还有她心爱的嵌金茶具。她小声对堂姐说："他很好，就别挑了。"堂姐的脸多云转晴："你那个小家伙也很不错，是真单纯，不是装的。不过你得让他多读点书，缩小和你的文化差距。"

她嘴上说："再说吧。"可堂姐看到的是她不经意间露出的笑靥。

10

"什么叫修齐治平？"他突然问。

她差点儿没笑出声来："修身齐家治国平天下啊。四书第一部《大学》里的。四书五经可是过去儒生们人人都要读的啊。"

他有些失落地叹了口气："我觉得和你差距太大了，要补的东西太多了，真的很有压力。"

她温柔地倚着他："哪有什么要补？我觉得你这样就很好。我认识的腐儒多了，哪个也没让我动心。"

"真的？……你在安慰我。对了，他说让你别动心，到底是什么意思？"

"哎呀，想那么多干吗？真小心眼儿！"

"不，这句话听着太别扭了。是不是他们看不上我，有意……"

"你讨厌！……人家季大夫根本不知道我们的关系！"

"不知道我们的关系？！骗鬼吧！你住院的时候连那么小的女孩都看出来了，他看不出来？再说，他看不出来，你堂姐也得告诉他吧？"

"我就烦你这个劲儿。什么都要寻根究底。一个男的，那么小心眼儿！"

"什么叫小心眼儿啊？这件事对我来说，非常重要！"他气呼呼地说完，去拉窗帘，外面的鞭炮声已经开始响起来了。

她无可奈何地看着他："夏宁远，这就是中医的一种说法。一种通俗的说法。中医不是有七情六欲伤五脏一说吗？《黄帝内经》里说：七情，就是喜、怒、忧、思、悲、恐、惊，中医认为它是人体对外界环境的生理反应，如果过度了，超越人体能够承受的限度了，那就必然影响脏腑气血功能，导致全身气血紊乱。民间不是有‘怒伤肝、喜伤心、思伤脾、忧伤肺、恐伤肾’什么的吗？……就是指的这个。他不过是让我稳定情绪罢了。”

他想了一想，觉得这种说法可以成立，这才坐到她身边：“你怎么知道这么多东西啊？还记得这么清楚……你堂姐真的没对你说什么？”

“说了！说的都是你的好话！”

“骗人！”

“谁稀罕骗你啊！她说你挺好的，单纯，不是装的，是真的单纯！”

他的脸一下子充满阳光：“……我去买鞭炮！……今天晚上咱们要放一夜鞭炮！”

“先说吃什么吧？我来做。”

他的眼睛近在咫尺，她清清楚楚地看到他天真的、大男孩儿似的目光。他说，想吃饺子，要自己调馅儿，自己包。

她说好。

她说过好之后就下了床，穿好衣裳，到外边小超市买了一块鲜肉，一包虾仁，一斤鸡蛋，还有葱姜和白面。

有多少年没有自己动手包饺子了啊！

小时候的年，是真正的年，是有饺子、有鞭炮的年。现在他们共同的心愿，是要过一个真正的年。

她和面，他剁馅儿；她调馅儿，他擀皮儿；她包，他煮。

他们包了九十九个饺子。

那些饺子像他一样生龙活虎，凌空欲飞。她接过他手里的铁丝笊篱，说，收拾桌子吧。

他并没有马上收拾桌子，他看着她，她在夕阳的最后一缕反光中站着，凸凹有致的身形被勾勒得格外迷人，她上身穿一件藏青色毛衣，毛衣上用黑色珠线绣了几朵接近本色的大花，下身是一条同样藏青色的羊毛裙，挂了一条项链，施华洛世奇的，做工很精致。

她的眼睛，在黄昏的光中水汪汪的，她站在那里，孑然一身，孤立无援，虚弱乏力。他走过去，把她抱起来，像抱一个洋娃娃一样，她就那么柔若无骨地偎在他的胸前，他小心翼翼地把她抱到沙发上，她仰躺着，嘴唇微微张开，像一朵在晨风中微微绽开的喇叭花。他弯下身，轻轻地、纯洁地吻着那花心，那里面，好像沁出一股淡淡的幽香，像水神花一样的幽香。

他知道，如果他现在脱掉她的衣裳，她是绝不会拒绝的，她的虚弱、顺从和隐忍让他怜爱，他没有解她的扣子，只是把她的头小心地搂在怀里，轻轻地亲吻，轻轻地抚摸她的头发。

他感觉到她的头发慢慢地湿润了。

他叹了口气：“我怎么也想不明白，一个那么健康的人怎么一个多月的时间就病成这样！”

她开启眼睛定定地望着他：“我倒是明白了，确实是季大夫说的，是阴虚阳亢，气血失调，想太多了，六根不净。”

“那怎么才能好啊？药也吃了不少了。”

她的目光低低地看着他，沉潜而柔和：“我也不知道。也可能得很长时间吧。守着个病人可不是什么好事，现在后悔还来得及啊。”

他轻轻拍了她一巴掌：“说什么呢？”他歪着头想了一想：“不对吧？会不会是你想出的一个招儿，想摆脱我？”

她笑笑，轻轻摇头，似乎连辩解也懒得辩解了。这时，外面突然一亮，不知谁放了一支花炮，冲天而上，洒落一地花雨，亮闪闪的耀人眼。他的眼睛立即被花炮照亮了，大呼小叫地把买来的花炮拿出来，手里捧着的花炮直往外掉，她像看一个受宠的孩子似的看着他，一边帮他拾着花炮。

他坚持要她出去，看着他放鞭炮。他把她一层层地裹得严严实实，像推个大雪人儿似的把她推出去，她无力地倚着门框，带着无可奈何的微笑，看着他一身英雄气概地站得笔直，手臂伸得长长的，握住一个巨大花炮，在周围人们的惊叹声中点燃炮捻儿。

他一个接一个地放，放一个，就跑过来亲她一下，弄得人家都以为他们是新婚夫妇呢，她已经习惯他了，不大害羞了，像个大雪球似的站在那儿，微笑着，看着她的可爱的大男孩儿，跑前跑后地忙乎着。

放完鞭炮，煮好的饺子刚刚不烫嘴。他像一向那样，胃口很好地大吃，看着他吃饭真是一种享受，他吃得那么香，只有心地纯洁的人才能有这么好的胃口，她想。完全是受他的感染，她勉强吃下了几个，她吃了不到十个，而他已经吃完六十多个了。他们不断地举杯庆贺，他喝得酩酊大醉，她也微醺了，两人迷迷瞪瞪地搂在一起，走了出去。

外面飘起了雪花，那一片片的大雪花，在夜空的衬托下显出美丽的六角形。那一个一个的六角形，很有质感地叠在一起，不断地进行新一轮的排列组合，使她想起了童年时的万花筒，谁也无法预料下一个图案是什么，这便是悬念了。

是生命中的大悬念么？譬如现在，她和这个一年前还是陌生人的男孩儿在一起，已经成了亲密爱人，他们的爱情能够持续多久？他们的生命能够有多长？他们的命运交叠在一起的时间，到底占了他们整个生命多大的比例？……这一切的一切，都无法预料。

“这就是爱情么？”她很小声地说。站在雪地上，被搂在一个温暖的怀抱里，她现在似乎是幸福的。

“当然。你还怀疑什么吗？”他把她搂得严丝合缝，生怕她冻着，这时的他，是地道的男子汉，他站在雪地上，那么英气勃勃，那么顶天立地，那么侠骨柔肠。就连他挂霜的眉毛，也带着那么一股子怜香惜玉的温情，她仰脸看他，觉得她的少校男孩无比英俊。

“我爱你，爱你，爱你，爱你……”他的嘴对着她的耳朵，把她的颈子弄得痒痒的，突然，他放开她，在雪地里狂奔起来，一会儿工夫便跑得远远的，用手在嘴边围成喇叭状，大喊一声：“我——爱——你！！”

他的声音，他的在高原、在宽阔的赛里木湖旁练就的声音，这时如同金属掷地一般发出巨大的回声，整个温泉山庄都笼罩在了这巨大的回声中。

她看着他，只顾了发呆了，连泪水涌出来也忘了揩掉。

那大概就是幸福了，多少年之后她想起那一瞬间，仍然充满了荡魂摄魄的陶醉。

11

当天夜里，他们再次被巨大的幸福淹没，在沉寂了那么长时间之后，她居然有了性趣，在他温柔的撩拨下，她终于有了回应，他们长久地吻着，她贪婪地吮吸着他年轻的气息，觉得自己虚弱的身体终于浸入了一点点活力，就像一朵枯萎的花，逢到温暖的细雨，本来已经完全羸弱的花瓣儿又渐渐地、一点一点地伸展开来，那种娇慵怠惰真的是盛时的花朵完全不可比拟的。

他把她搂在怀里，一点一点地抚着她的头发，轻轻地说："你比以前更漂亮了，怎么越病越漂亮了？"她把头埋在他的胸前，一点点地蹭着："别骗人了，我现在都不敢照镜子……""哪个骗你了？"他随手抄过一面小镜子，放在他俩的面前，她看见镜子里的两个人脸上都泛着潮红，眼睛亮得就像是要流出泪水，他看着镜子里的那个女人，指指点点地说："她的头发可以留得稍微长一点，那样更有女人味，是么？"

"你知道什么呀？"她的头发又在他胸膛上蹭了一下，"我可不想留长发，都那么老了，留长发，可真是那个老黄瓜刷绿漆——装嫩！"

"你一天到晚就说你老！老！我怎么没看出来？你这人可真怪，人家都是使劲往小了说，你为什么……"

"本来就是老了么，特别是跟你比起来……"

"那这样儿吧，你要是嫌我太年轻，干脆我去整容算了，整成个老头儿！你喜欢了吧？——原来你喜欢老头儿！"

她扑哧一下笑出来，捶他的胸膛："谁喜欢老头儿啊？瞎说吧你！……说真的，我……我就是觉得……对不起你……你那么年轻，可我老是生病，让你失望，……我心理压力真的很大……可是又……”

他把她抱得骨头咯咯地响，“又舍不得是不是？别想那么多了，”他说，“你在这儿，我在这儿，我们在一起，这就够了。”

他再次把她压倒，感觉她结实的乳房已经变得松软，暗叹造物主总是容不下最美妙的事物，他抚摸她，再次试着进入她的身体，却没能成功。

他沮丧地抬起身，坐着，逆光勾勒出他硬撅撅的发梢，他宽阔的肩膀耸了起来，锁骨地方绷得紧紧的，像缎子一样闪着光。

他看见她眼睛里的泪光。

他看见她的泪就心里紧缩了一下，是那种温柔的紧缩，然后他就捧起她的头，温柔地轻吻。

“对不起……”她含泪歉疚的样子让他看了心疼。

“没什么，只要在一起，做不做都无所谓，”他言不由衷地说，心里却在想，天哪，要是还像几个月之前就太棒了！但是为了迎合她，让她高兴起来，他只好说着截然相反的话，“实在不行，我把这东西割了怎么样？”他半开玩笑地指指下边。

她又被他逗笑了：“瞎说！……”她含着眼泪咯咯地乐。

“有什么好笑的？”

“我……我忽然想起我儿子说的那个段子：有个人偷了《葵花宝典》，第一页写着：若练神功，必先自宫——那人就咬着牙自宫了，可是再翻开第二页，上面写着：若已自宫，未必成功。那人几乎气疯了！再翻一页：若未自宫，必定成功。最后一页是：早知如此，何必自宫！”

他趴在那儿，笑得喘不过气来，他还很少这样大笑，笑够了，突然问：“《葵花宝典》是不是就是前一段播的那个电视剧《笑傲江湖》里面的？”“是啊，那是金庸的小说改编的。”他说：“我想读金庸。”她说好。

她就给他买了全套的金庸，少校终于上了道儿，着了魔，整天歪在那儿看金庸，算是暂时把这件事给放下了。她舒了一口长气，总算是踏实了。宁可为他买菜做饭。日子就一天天过去了，两人快快活活地过得很舒心，偶尔，她也能来点儿“性趣”，那样的时候，便是他的节日，他珍惜那种时刻的每一秒，所谓“春宵一刻值千金”，也不过如此了。

原说是过了正月十五回新疆的，一是按照过去的说法，过了十五，才算过完了年，二是更重要的：二月十四日是情人节，今年恰恰赶上二月一日是春节，所以过完十五回去，还可以把情人节过完。这将是他生平第一次过情人节，他已经为此准备好久了。

首先是情人节的卡片，他在网上挑了半天，没有满意的，决定自己画，他画了一个女孩，一个大头的女孩，骑在一只老虎身上，那老虎还长了一对翅膀。画完了，很得意地给她看，她笑一笑：“干什么？让我骑虎难下？还是只飞老虎，飞虎队的，我就更下不来了！”“下不来就对了，哪能让你下来？”“对了，你是属虎的么！”“刚反应过来？”“让我骑你身上？这可是你自愿的！以后我可老骑你身上！”她嘻嘻笑着，他亲了她一下：“骑吧，怎么骑都行，就是不许下来！”两人你推我打地闹了一会儿，忽然手机响了。

是部队打来的，让他马上返回，“有任务”。

两个人都呆了。

真的像是晴天霹雳，她想起了白娘娘的水漫金山和七仙女的生离死别，这才突然想起，他还是有人管着的，管着他的就是部队，类似法海或者玉皇大帝之类的统治者。古今中外，凡有爱情存在的地方，就有这种统治者存在。在此之前，她好像已经忘了离别，好像他们真的能永远在一起了似的。

元宵节自然过不了了，最要命的是，情人节过不了了。

他悄悄骑车去了一家鲜花店，他挑啊挑啊，挑了一盆蝴蝶兰，若是真的有人问，他为什么单单挑上蝴蝶兰，他也是真的回答不出。他只是看着那些鲜花的“长相”，觉着和她比起来，玫瑰太俗气，百合太矫情，康乃馨太平常，只有蝴蝶兰，生得那么千姿百态千娇百媚，还那么生气勃勃活力无限，正像她。

那个盆，也是他喜欢的，蓝白两色，有简单古朴的图案，美得很。

他订了那盆蝴蝶兰，交了钱，要花店一定要在二月十四日的零时，送到他指定的地方。

12

临别的那天晚上，他们回到城南她的小房子，第一次排练了《天鹅》。

他已经写好了全部剧本。她只写好了其中的序曲、一段宣叙调和两段咏叹调。

其余的部分，他们就根据主旋律，即兴唱，觉得好的部分，就立即把乐句记下来。合唱部分两人一起唱。说是排练，其实就是玩。但是在这种完全放松的状态下，反而能抓到极好的音乐感觉！

星星，亮晶晶亮晶晶，出现在天幕上，
月亮，弯曲曲弯曲曲，映照在湖心里，
赛里木湖的湖水啊，蓝悠悠蓝悠悠慢慢地变黑了，
黑暗中闪闪亮闪闪亮那是什么——

她弹奏着钢琴，两人交换了一下目光，立即明白对方的想法——怎么会这么好？怎么会？她觉得自己在续写一个神话，这个神话是可以穿透种种世俗迷雾，直击人心的！

青年：

水妖们出没在赛里木湖的夜晚，
你们可曾明白什么是沧海之恋？
水妖的歌声能迷惑人们的心弦，
但却挡不住我对心爱姑娘的想念！

少女合唱队：

星星，亮晶晶亮晶晶，出现在天幕上，
月亮，弯曲曲弯曲曲，映照在湖心里，
赛里木湖的湖水啊，蓝悠悠蓝悠悠慢慢地变黑了，
黑暗中闪闪亮闪闪亮那是什么——

青年与少女合唱队二部轮唱：

星星，亮晶晶亮晶晶，出现在天幕上，
月亮，弯曲曲弯曲曲，映照在湖心里，
赛里木湖的湖水啊，蓝悠悠蓝悠悠慢慢地变黑了，
黑暗中闪闪亮闪闪亮那是什么——

少女合唱队渐隐于湖边的黑暗。

青年：

去年我与她相遇在湖边，
她的眼睛像星星一般灿烂，
她会唱动听的歌曲，
她的歌声如同塞壬一般迷惑我的心弦。
她像草原上鲜红的莱丽，
她像大雪中温暖的山泉，
她像湖中那神秘的天鹅，
来到此地寻找自己的侣伴。

青年坐在湖畔，望着湖心。渐渐地，湖心出现了一对水晶般的天鹅！青年激动万分！

青年：

人都说天鹅是最忠诚的伴侣，
一只死去另一只也会相伴而去，
我为什么会在这时见到天鹅？
莫非这是上天的神谕?!

美丽的水神在夜光中出现，她站在青年的身后，拿着一束曼陀罗花。

水神：

去年去年，
去年我在这里和他相遇，
他英俊果敢如骏马一般神奇，
今天是我们约定再会的日子，
难道我们真的能够再度相聚？

水神把曼陀罗花撒在水面上，摆成一个曼陀罗坛场。青年看到了她，上前拥抱。

青年：

啊啊，
美丽的水神我把你等来了，
善良的水神我把你等来了，
神奇的水神我把你等来了，
灵异的水神我把你等来了——

水神：

啊啊，
英俊的青年你真的来了？
纯朴的青年你真的来了？
勇敢的青年你真的来了？
多情的青年你真的来了？

水神与青年二重唱。
少女合唱队再次出现

少女合唱队：

星星，亮晶晶亮晶晶，出现在天幕上，
月亮，弯曲曲弯曲曲，映照在湖心里，
赛里木湖的湖水啊，蓝悠悠蓝悠悠慢慢地变黑了，
黑暗中闪闪亮闪闪亮那是什么——

青年拉着水神的手，指向湖心深处，但是他突然发现，那对水晶般的天鹅已经不见了，青年大惊。

……

“嗯，有点意思。”她的手在最后一个音符停留在钢琴上。“我真得对你刮目相看了。”她本想说“不愧是夏明扬的儿子”——突然想起他的禁忌，又生生咽回去了。

他得意：“功夫不负苦心人，听了你推荐的那么多西洋歌剧，怎么着也有点灵感了！”

她沉默了。——他如此诚实，竟然把那些歌剧都找来听了。可是，这究竟是不是真的为他好啊?！他和她不一样，他还年轻，还在往上走，让他消化如此多的西洋歌剧，对于他来讲究竟意味着什么?！

是不是意味着他将从此走上一条背弃主流的荆棘之路呢?！

她一直走的是这样的路——从她认识Y的那一天开始，她的命运就注定了！她没什么可后悔的！

可她不愿意让自己心爱的人再重复自己走的路，不愿意让他吃自己吃过的那些苦——那些苦，是说不出来的。苦在心里，但也乐在心里——因为坚持了最初的理想，没有同流合污。

难道就没有一条既坚持理想又不那么痛苦的路么?！

第十一章　逆行

1

那家花店真的如时将花送到。可是，她期待的电话却一直没有打来。

又等了两天，依然没有消息，她着了急，打过去，手机却没有开。

她就像中了魔怔似的，一天二十四小时地想他，连儿子也干扰不了这种走火入魔般的感觉。

他突然没了踪影，消失了，她想出了一千种可能，但是没有一种可能是有说服力的。

她只觉得病势更加沉重了，这样莫名其妙、没完没了的病，除了内分泌严重失调症状之外，不可能有其他的解释，每天每天，她都像在火上烤一样，全身没有一处不痛，身上的痛尚可忍受，可心里的痛无法忍受。

她打电话给思然，思然说，别再追究了，这种年龄的男人，说好就好了，说断也就断了，没什么原因，也没什么可追究的，接着思然就给她讲了自己的经历，一个年轻的男人，歌唱演员，曾经发疯似的迷恋她，可是后来没有任何原因地断了，说断就断了，“他就是玩儿够了，玩儿腻了呗！男人和女人之间不就那么回事儿，大家都心知肚明，你要是再追究，就太傻了，闹不好还得自取其辱。我现在的老公千般不好，就这一点还好，他不会抛弃我。我有安全感。”

这番话像一把冰疙瘩打得她心里生疼生疼，倒是把她的热情打掉了许多，她克制住自己，开始修改之前的那首赋格曲。然而这赋格曲的每一个乐句都让她想起他。不，他是爱她的，他绝不是思然讲的那种人，但究竟是为什么断了联系呢？

有一天她从钢琴前抬起头来，突然发现，儿子大了。儿子好像是突然之间长大的，儿子好像洞察一切。前夫在儿子身上并没有留下什么痕迹，儿子的幽默感似乎是天生的，他每说一句话，几乎都要逗得她开怀大笑，使她暂时忘掉“痛”。

譬如：儿子对镜注视良久，会做出一罗丹“思想者”状，道：“哦，我是多么英俊，这是我的烦恼！”又如儿子说：“我将来可不结婚，难道你不知道现在所有已婚男人都是绿云罩顶吗？”

有一次，儿子看了珍妃的照片，叹道：“原来光绪有恋猪症。”她说：“别胡说了，跟隆裕和瑾妃比比，珍妃真算是漂亮的了！”儿子又细看看隆裕和瑾妃，笑道：“原来慈禧赐给了光绪一猪一猴，也难怪她，她也是倾其所有了！”

她几乎笑翻过去：“说得也对，隆裕皇后长得也太瘦了！”儿子立即道：“是啊，那已经不能算是飞机场，简直就是准噶尔盆地了！！”

——儿子不知道什么时候学得这么贫！每当她飞向形而上的天空之际，他总是把她拉回结结实实的地面，而且还是搞笑的地面！在儿子的思维方式中，没有什么是不能化解的，什么都可以解构，什么都可以搞笑，在她看来无比神圣无比悲怆的一切，在儿子那里都可以得到完完全全的另类的解读与消解，这简直太神奇，也太值得研究了！

两代人的思维方式如此不同。那么她的少校男孩儿呢？——他到底算哪一代人？

她是唱《伊犁河》的一代，少校是唱《九百九十九朵玫瑰》的一代，而儿子，是唱《菊花台》的一代。

有一次和儿子一起看《魔戒》，她夸了几句那个金发飘飘的射箭小伙子，儿子立即就说：“妈妈，你连他都不放过啊？”她于是试探着说：“如果将来妈妈找个年轻的，你觉得怎么样？”

“年轻到什么程度？难道可以做我大哥么？”

她笑着点头：“差不多就是这样吧。”

儿子立即正色：“妈妈，你适合找外国人，真的，中国男人都不适合你。”

“为什么？”

“也没什么为什么，就是直觉。你要是找个中国男人，一年你就烦了！”

“可是我跟你爸爸整整过了七年！”

“那是因为有了我。”儿子接得很快。

她不响了。也许真是这样，自己以往的那些男友，除了初恋情人之外，无一不是因为她的厌倦而告结束。那是因为在她的心里，初恋实在太完美了，以他作为标尺，后来者们似乎都不合格。

有一天，她终于把自己的初恋故事讲给了儿子听。

那是小考前的夜晚，她照例拉他出去“放松”。她领他去了三里屯酒吧街，来到一个叫做“苏西亚”的日式餐吧，那里简朴的装饰和若有若无的爵士乐都令她喜欢。但是儿子显然更喜欢这里的食物：有桃子味的奶昔、泡桂皮的酒和很香的咖喱猪肉饭。

儿子的食量惊人。她和儿子一起吃饭的时候常常有一种羞惭的感觉：服务员们似乎要长了八只手才能忙得过来给他们上菜换盘子。这还不说，有一年她带着儿子参加一个去马来西亚的旅游团，吃饭的时候，儿子就像是抢饭似的，还没等别人缓过劲儿来，就“横扫千军如卷席”，把满桌的菜都扫去了一半。她说又不是，不说又不是，坐在那儿真觉着脸没地儿搁。就是不抬眼，也能感觉到人家的白眼儿在那儿晃来晃去的。回房间之后她尽量用温和的态度说了他几句，那时候的儿子，还是没长成的生瓜蛋子，整个一个浑不论，妈妈说一万句，他一句也听不进去。

可是孩子说大就大了。说他大了，是说他懂事儿了，逢年过节，他也能想着妈妈，譬如三八节啦，母亲节啦，他总能为妈妈买一点小礼物。那一点小礼物就足以让她感动不已了。更懂事的地方，是他总是让妈妈开心，说一些匪夷所思的俏皮话，让她暂时从自己的悲伤中走出来，笑一笑。

然而在这个晚上，当他听到妈妈把自己的初恋和盘托出的时候，他竟然没有说笑话，他异乎寻常地严肃，最后他竟认真地问：“妈妈，这个人他现在人在哪儿？”她说，他已经不在了。儿子沉默良久，说：“这个人，可真够酷的！”

她有意把气氛放轻松一些，说：“也和现在的那些酷哥一样酷么？”

儿子的回答是她万万想不到的，儿子说：“才不是！现在的那些人，都酷在表面，但是这个人是真的酷！”

她知道，这是儿子对一个人的最高评价了！她突然感觉，原来在一些最本质的问题上，代沟是不存在的，所有的时代都有一个约定俗成的、共同的审美标准，这个标准在每一代人的心里，生生不息。

儿子的评价，令她欣慰。

2

夏宁远骑马在草原上巡逻。

草原的辽阔让他的心不再那么煎熬——算了吧，放弃了吧。他想。

他认为自己该算个男子汉，可他这么想的时候，还是有影影绰绰的眼泪在眼眶里闪烁。

因为青少年时代的那段特殊经历，他内心深处有深深的自卑与罪恶感。每个人都有自己绝不可对人言的私密——他至今没对古薇说：由于他继母，他成年后一直无法做男人都可以做的那桩事。他曾经以为自己痊愈，曾经想和女友金敏做一次尝试，但是失败了。对于一个二十几岁的年轻人来说，这是太痛的事，他觉得精神上完全垮了，而且，他常常感觉到小腹胀痛，他不敢去看医生，难为情，但他内心知道这是很严重的事情！

直到遇见了她。

这个和他在年龄文化地位等等方面相去甚远的女子，却成了他惟一的至亲至爱。那个不同寻常的夜晚，他竟然那样顺利地进入了她，他内心狂喜。这是他一生中第一次主动进入一个女人，小腹的胀痛，内心多年的郁结，在一瞬间化为乌有。他不善言语，但心里充满了对她的感激与狂热的爱。甚至觉得，她对他有再造之恩。他在意她，太在意了！他想，今生一定要与她在一起，即使是现在，他还觉得她的吻就留在他的锁骨，只要一低头，就可以闻见她的体香。他对她全身心的迷恋让他害怕了。在她的庄园，顶楼有风，星空黯淡，他从不问她的身世，除非她自己愿意讲，早晨会有两碗粥搁在桌上，油条豆浆是单给他的，还有一小碟咸菜和腐乳。在那样的环境下，人人都会变成轻声细语的人，如果她不愿他多嘴，他甚至可以为她服下哑药，终身不再言语。

更重要的，是对音乐的那种痴爱，他口头上从来不愿承认这个，可是多年以来，每当他觉得自己熬不过去的时候，总是音乐解救了他。比起她，他还是小儿科，可他坚信自己是可以在这条路上走远的，因为有她，还因为自己的本性。

可他们终究还是要失散了！

他这样想着，心里的痛一直在漫延。身体似乎失温，他宁愿眼前是座火山，他想冲进去，让火山灰盖满身体，这样会觉得暖一些——可眼前是一望无尽的草原，尽管他想在草原上埋藏记忆，眼前还是会出现她那双桃叶形的眼睛，爱情使那双眼睛温润如玉。

这双温润如玉的眼睛为什么会这样残忍？这就是他们这些城市文化人的两面性吗？

临走时，她送了他十几张影碟。其中有一张叫做《肉体学堂》，是法国大明星伊莎贝尔·于佩尔主演的。情节很简单，说的是一个年长富有女人与一个年轻的蓝领男人相爱的故事，他们真心相爱，但最后还是由于社会文化差异分手了。她说："看看吧，这个很像我们。"她的话于他，基本是圣旨。他回来就看了，看了，就再不想理她了。——照他看，那个男人，是个男妓，是个鸭子。

原来自己在她的心里是这样的位置！这样的形象！

——原来被他那么看重，视作生命的感情在她眼里竟然是这样的！一种被侮辱、被愚弄的感觉把他的血搅混了，在那一瞬间，他简直连杀她的心都有！

难怪她对他总是忽冷忽热，犹犹豫豫！！

狂怒让他五内俱焚。幸好这两天他的差事是在草原上巡逻，他如同疯狂的鹰隼，把马骑得飞起来了，谁也无法让他停止。塔西，阿兰，阿娜尔古丽，玛依努日……都看到他疯狂的行为，他们叫他，他像是没听见。他的巡逻变成了狂奔。草原上最好的骑手，似乎也无法赶上他的速度，后来，大雨倾盆，他被雨浇透，依然狂奔，最后是马倒下了，他摔下来。

那是他心爱的马。泥水和汗水滚在皮毛上，他心疼地抚着它，它也呆呆地看着他。它的鼻梁中间有一道白，现在变成了灰色——可惜他看不到自己傻气的脸上，全是同样灰色的泥点。他趴在那一片灰色里，变焦般地看着它变得巨大的双眼，那眼睛里似乎也含着委屈的泪。他把自己埋在它湿透了的鬃毛里，哭出了声。

他并不知道，暮色已经笼罩了草原。灰蒙蒙的天空和广阔无垠的田野都浸泡在雨水里，像极了列维坦的油画。所有的牧民都回了毡房，整个天地间只剩了一个人和一匹马，倒在灰色的草地上，和天空一起痛哭流泪。

3

整整一个月过去了，她终于忍不住，给赵政委去了个电话，她故作镇定地说，她要找小夏，有点急事，尽管她自认为遮掩得十分巧妙，还是让政委听出了蹊跷。老赵琢磨着，怎么古老师竟然和小夏还一直联系着？为什么？哦，是了，一定是小夏作为一个业余作曲者崇拜着古老师，常常向她讨教一些问题。这小子，居然这么长时间滴水不漏！于是他找到小夏，狠狠捶了他一下子，道：“你小子居然还跟我存着心眼儿！快去接电话吧，古老师找你！”他脑袋哄的一下子，他没想到，她竟然敢给政委打电话！她可真是急了啊，可他不愿接，无论她叫什么人来找他，他都不愿意跟她说话，也许她是无意的，但是他受到的伤害却是巨大的，是她根本就难以想象的！

于是他说："对不起，现在我正有事儿呢，到时候我再给她打过去。"

政委更迷糊了。听这小子的口气，似乎还挺"托大"，难道，是古老师托他办事儿不成？倒像是她求着他似的。政委就按照他的话回了她，谁知她一听就急了，说："赵政委，我的事儿非常急，请您命令他来接电话！"政委怔了——古老师的口气，完全像个不成熟的小姑娘，女人只有在爱上谁的时候才会变得这么傻！不会不会，瞎想！政委拍拍自己的脑袋，摇摇头，怎么也闹不明白到底发生了什么事儿。不过这小子从北京回来之后的确不大对劲，成天好像梦游似的，茶饭不思，还有一次在赛里木湖边骑马竟然摔了下来，这简直成了一大新闻，因为这小子是当地公认的驻军中最好的骑手！

听了政委的回话，她的心立即碎成了几瓣儿，一切都完了。他是决意不肯跟自己再保持联系的了！可是，为什么呢？！

我到底做错了什么？！她问自己。

飞鸟各投林！——飞——鸟——各——投——林！

那个恐怖的签，到底还是应验了！

夜深人静，她拖着病弱的身体爬起来，拿起很久没用过的一支钢笔，写了一封信。在这个电脑时代，好像大家都不会写字儿了似的，可她还是想，不用伊妹儿，还是亲笔写吧，让它带着自己的气息，带着自己的流畅和迟疑，快感和疼痛，还有那些说不清道不明的混混沌沌……

小远：

到底怎么了？你究竟在打什么哑谜，难道那盆蝴蝶兰是你送我的诀别礼物？现在我每天对着那些盛开的紫白两色的花朵，想着你，究竟是为什么？！汉字有三千多个，难道就舍不得给我一个字，一句话么？亲爱的，我希望你好，一切都好，就像裴多菲那首诗中说的：即使你已不爱我，愿上帝祝福你，可如果你依然爱我，愿它一千倍祝福你！——给我个回信，好吗？

——古薇

她写完了，虚弱地发着抖，把信纸装进了信封——有生以来，她还是头一回干这种跌份儿的事！她现在才真正知道：爱情与自尊无关，在真爱面前，连自尊也不那么重要了！可不对啊，过去对自己的初恋男友那么爱，可还是非常自尊的，那时年轻气盛，即使错了，也要使性子使到底！年轻真的是本钱哪，现在这个年纪，对女人来讲是致命的，可就是因为这个，就得这么下作么？说到底本来是他主动的么？难道他想来就来想走就走想好就好想断就断？这也太随便了吧！她心一横，把信撕了。

但是睡不着，无论如何也睡不着。甚至吃了四片安定也睡不着。失眠的痛苦把她压瘪了，失眠的人，就是个疯子，就是个病人，就是完全失去自我控制的人，她半夜里居然又起来了，给他写信。

信就这么撕了写写了撕，终于发出去了。最后的信纸上写着："即使是判死刑，也该让犯人知道自己的罪名。"既没有抬头也没有落款。

4

五天之后，电话终于来了。

"是我。"电话那边粗声粗气。

"我知道是你。"她已经睡下了，这时起身，和衣靠在枕头上，一阵阵地发抖。

"你……你把我当成什么人了？！"电话那边是竭力压住愤怒的声音，那种愤怒带着颤音，好像是随时能够冲破牢笼的囚徒。

她吓了一跳："怎么了？"

"怎么了？！你说怎么了？！"那边好像要气炸了肺似的。

一阵短暂的静默。

从他结结巴巴、语无伦次、愤怒至极的陈述中，她总算明白了怎么回事。

原来是《肉体学堂》！——那个男青年不过是个双性恋者。因为片子里面有个场景，与他们曾经的场景很相似，她便随口说了一句，这片子说的事儿和咱们挺像的。就这么一句无意识的话，引起他巨大反弹。

他说他突然觉得，在她眼里，他不过是个男宠而已——他根本不知道还有“双性恋”这个概念，他觉得那个女人给了那个男人钱，那个男人就是那种人。

他说完了，等着她开口，良久，只是听到她轻轻的一声叹。

她说：“让我怎么说你好呢？拜托，那个男孩不过是个双性恋，和男宠怎么会沾边儿呢？再说了，他们是他们，我们是我们，我不过是随口说了一句，你怎么就……”他怒冲冲地压低声音：“随口说随口说！你当然可以随口说，你从来就没把这事儿当成一回事儿！算了算了，怪我，怪我自作多情！”她本来还想辩两句，突然胸口堵得慌，一阵狂乱的心跳往喉咙那儿狠狠顶过去，顶得她一时说不出话来，他在那边不依不饶：“怎么样，说对了吧？编不出词儿来了吧?!”

她突然觉得，和他好是一种降低，是全方位的降低。他的这个年龄，正是血气方刚，争个你高我低的时候，可她早就不是了，她早就懒得争辩，懒得说那么多话，费那么多口舌了！再说，在文化背景方面他们实在差得太远，在她看来应当不成问题的问题，在他那儿都需要她不厌其烦地讲解，她突然一下厌烦了，是突然的，那种如鲠在喉的解释的冲动，那种一直蠕动在心的热情，都一下子凉了，硬了，风干了。

“……算了，我不想跟你吵架，……我们分手吧。”沉默了很久，她突然淡淡地说。

当天夜里，她突然高烧。她忍着，睡着了就好了，她想。但是无论如何也睡不着。她在床上滚来滚去，像是被地狱的火焚烧着，凌晨三点，她再也无法忍受了，叫醒了儿子。儿子揉着眼睛冲了出去——从来不麻烦别人的妈妈一旦麻烦什么人，那就是真正的大麻烦来了！儿子一口气跑到离家不远的那个昼夜药房去，买了几袋柴胡回来——药房的人说，对于单纯性的发烧来讲，那些抗生素往往不如柴胡有作用。

儿子以少有的耐心陪伴着母亲，儿子坐在床边，拉着妈妈的一只手，平时永远毫不在乎的儿子这时心里有了惊慌，妈妈含着泪水，脸色蜡黄，神色大不似平时，儿子只好强忍睡意为她排解，儿子开始说着各种笑话，妈妈勉强作出笑容，最后儿子实在讲不下去了。

翌日，她的前夫来了。来看她，说是接到儿子的电话，“孩子大了，懂事了。”前夫感叹地说。

“是啊，孩子大了，我也老了。”她有意说“我”而不说“我们”，为的是要把自己和前夫划分开来，她知道前夫已经再婚了，和一个比他年轻很多的女人，为此他竟然成功地改了年龄，方法是在换户口本的时候把1961改成了1967，那是绝无仅有的一次机会，因为当时的户口簿还是手写的，换过之后，变成打印的，就再没有机会了。但是改变户口本上的年龄并不是没有问题——他的白头发可以染成黑的，大肚子可以通过减肥减下去，可惟独性能力无法改变，他曾经想和后妻要个孩子，但很快发现，这是注定会失败的，过去，他是为了保养自己才尽量少行房事，但没想到凡事都是用进废退，他的性能力越来越差，现在，他终于成了一个地地道道的阳萎患者了。不过好在女方正好是性冷，当初离婚也是为了这个，所以阴错阳差，负负得正，两人还正好成了天造地设的一对。

她照照镜子，很害怕。镜子里的女人深青的眼窝，暗淡的目光，她飞快地把镜子背过去。也只有她自己知道，她的面容总会有奇异的变化，可以在转瞬之间，变得灿烂明媚。而现在，她可能正处在生命的最低潮。

她曾经做过一段中药美容，那位美容师很爱和她聊天，她不爱讲话，却是个很好的倾听者。其实，所谓聊天，大多数人并不需要对方的反馈，而是需要一个倾听者。

“女人是不是显得比实际年龄年轻，只有一个标准，就是雌激素的水平。有一种女人可以保持很久的青春，像索菲娅·罗兰、伊丽莎白·泰勒等等，就是这样的女人，这样的女人是天生尤物，没办法的，到了八九十岁也不会老，这种雌激素水平是天生的，不能后天补，靠后天补充的，就要得癌症，没办法。只可惜这种女人太少了，黄种人，就更少了。……”然后美容师目不转睛地盯着她说：“你也是这种女人。”

“你也是这种女人”。这句话，在许久之后，仍然会穿过尘封的岁月，洞穿古薇那貌似沉潜却永远无法平静的心。

当然，后面的那些话也会接踵而来：“可惜，你没有利用好你的资源，上帝白给了你这么一个美丽的身体，你先是被社会环境束缚，后来又被学问所累，被声名所累，你这一辈子，没有活出真正的自己。”

这番话，当时她听起来十分不以为然，她想，你懂什么？什么是真正的自己，你知道吗？她想起自己的初恋情人，骄傲地想：有几个人有我这样的恋爱经历？碰上那样一个与众不同的男孩，与他相爱，实在是知足得很了。那时她想：柏拉图式的爱情才是最高境界的爱情，连最高境界的爱情都经历过了，还有什么不知足的？

可是，不知道为什么，直到她和她的少校男孩相遇，她才突然觉得，那美容师说对了。

现在，她看着眼前的前夫，眼前这个男人，这个占据了她生命很久的男人，除了一个孩子，什么也没有给过她，在他们长达七年的婚姻中，没有过一次像样的做爱，而在后来的几年里，索性就完全取消了这项活动。

眼前的这个男人，这个无数次夸耀自己“有责任感”的“模范丈夫”，却是在最需要尽“责任”的地方退却了，逃避了，有意忽略了，他一点也不知道他带给她的灾难性后果：为了莫名其妙的“妇科病”，她吃了总有几百服中药，可是她现在总算知道，她根本就没有病，有病的，是她的男人，是这个社会的男人。

她想了好久，怎么会出现这种情况，好像还要追溯到“文革”。“文革”就像是《一千零一夜》中那个渔夫的胆瓶，把埋藏了三千年的魔鬼放出来了，就休想再把它收回去，那魔鬼首先吞噬的自然是男人。

侥幸逃离那魔鬼的，是年轻的，远离都市的，未经太多教化的自然人，譬如她的小远。

5

他到北京来负荆请罪的时候，她已经病了一个月了。持续高烧令她憔悴不堪，胃病也犯了，吃不下饭。她不愿见他。他不断地来电话，她装了来电显示，一见是他打来的，就不接。终于有一天，一个没有显示的电话闯了进来，她一接是他的，当即就想挂掉，他突然叫了一声："你太狠心了！"她略一踌躇的工夫，他说："就算全是我的错，你也不能这么对我！"好像是一种绝望的呼喊，她的心一软，他就说："……求你，我们谈谈吧！"

"谈谈"的结果实际是什么也没谈。他一见到她，就变成了一只野兽。他把她扔在床上，不由分说地扒光了她的衣裳，一只手抓住她的一只乳房，把脸贴在另一只乳房上，又蹭又咬，腮上硬邦邦的胡茬刮得她又痛又痒，她挣扎着，扭动着的身子加倍激起他的欲望，他猛地抓住她的双腿，拉上来，再分开，就那么站着进入她的身体，她的身子像一条白鱼一样颠簸着，他贴向她的耳边，小声地呼喊她的小名："薇薇，薇薇，我想折磨你，让我折磨你好吗？"她再次试图挣扎，但是他的力气是那么大，她在他的手里就像是一条鱼在徒劳地翻滚，她的挣扎只能引起他更加强烈的征服欲，他从后面再次进入她的身体，一只筋节突起的胳膊在前面整个勒住她的胸部，另一只胳膊从她的耻骨那儿伸下去抚摸她的私处，奇怪的是，在他的蹂躏下，她一直郁结在胸的块垒疏通了，消散了，没有了，只觉着整个身子化成了泥，化成了水，有一股出奇的痒从里向外渗透，她只觉着内部所有的脏器似乎都在这激烈的动荡中移了位，要准备着重新排列组合，不可抑制的呻吟从她的齿缝中流出来了，那是一种娇喘吁吁的呻吟，听起来像个可怜的女孩子。

他终于汗流浃背地抬起了头。

他们的目光第一次相遇，他笑了，是非常灿烂的笑。她被那笑容打中，爱恨交加地看着他，最后她说：“你欺负人。”

他把她抱在怀里，非常温柔，又恢复了他一贯的那种温柔，他温柔地吻她，注意着她的脸色：“你没生气吧？没生气，我看得出来的，你是在装着生气，我说得对吗？”她嘟着嘴，就是不笑，可是憔悴的脸上已经出现了勃勃生机。她又说：“你欺负人。”他贴着她的脸说：“我怎么敢？”她说：“你已经做了。”他说：“可我看得出，你喜欢。”她说：“我不喜欢不喜欢不喜欢就是不喜欢！”他说：“你要是真不喜欢，说一声儿就够了。”

“我们不会有结果的。”

“谁说的？”

“我心里的声音。”

“可我心里的声音说的正相反。”

他跳下来，在钢琴上弹出一串和弦，正是她前些时的要求，他真的领悟了，她有些惊讶。

她看着他，他也看着她，后来她把眼睛调开来，他说：“你干吗不敢看我的眼睛？”她说：“我懒得看你。”他说：“是吗？可我愿意看你。”他要赖皮似的转到她面前，盘腿儿大坐，眼睛盯着她。她仍然不笑：“你觉得这很好笑吗？”他依然笑微微的，咬定主意不生气。后来他说，无论你怎么样，我再也不会惹你生气了。她想说：幼稚！用最鄙薄的态度。但是话没有说出来，泪花倒先冒了出来。

他是这个世界里惟一的亲人，惟一的爱人，是惟一的，是不可取代的，她的身体里还流动着他的体液，他们的体液混在了一起，你中有我，我中有你。

他陪她去医院输液，大夫说，为什么不早来？他也说，是啊，为什么不早来？她小声说，我不愿意来，心里难受，还不如死了好。他轻轻摸她的头发：“小女孩，你什么时候能长大啊？”

带回来二十支双黄连针剂，他学着给她打针，先在自己身上练，扎得胳膊都紫了，她看了心疼，就把胳膊伸过去，让他打。在打到第三针的时候，部队的电话来了，催他快些回去。

他说，跟我一起走吧，你一个人在这儿，我不放心，我们那儿有医院，真的，赛里木湖边上，有很好的医院，我每天都可以去看你。

她说：等我好了，再到你那儿去。

6

她每天除了打针吃药，就是为他的剧本谱曲。

剧本的确还有很多稚嫩之处，但是里面有一种能打动人的东西，说不上来是什么，肯定不是技术。

她突然觉得，写歌剧并不像她想象的那么难。

可是，两个人的歌剧，未免太异想天开了！开玩笑嘛，歌剧最起码要一个管弦乐队啊。要么，就先把整个歌曲部分录下来，然后再表演？观众是谁？能想到的只有堂姐和季大夫，撑死了还有儿子而已。想到这里她不禁暗笑：把温泉山庄的帷幕拉上，打上星星和月亮的灯光。他们俩涂脂抹粉穿上奇怪的服装，尤其是她——要穿上他想象出来的什么“水神”的衣服。

照他说的，水神应当穿一身薄纱，肉粉色的，头上戴那种神秘的闪闪发光的月亮形皇冠。而他，则要穿一身“丐帮”服。

管他的，先把曲子谱了再说。

天　鹅

（三幕歌剧）

人物表

水神——美丽智慧善良魔幻（女中音）

青年——纯朴善良勇敢多情（男高音）

众水妖——十二个女孩（少女合唱队）

序 曲

时间：古神话时代

地点：赛里木湖畔

主旋律响起，描绘主题和湖畔夜景。由远至近，传来一个青年男子忧郁的歌声。

幕启。

第 一 幕

时间：古神话时代夜晚

地点：新疆伊犁赛里木湖

舞台深处是赛里木湖。一束灯光照耀着湖心深处

少女合唱队：

星星，亮晶晶亮晶晶，出现在天幕上，
月亮，弯曲曲弯曲曲，映照在湖心里，
赛里木湖的湖水啊，蓝悠悠蓝悠悠慢慢地变黑了，
黑暗中闪闪亮闪闪亮那是什么——

少女们向湖水望去，湖心里月亮的倒影似乎在浮动。

青年走出：

水妖们出没在赛里木湖的夜晚，
你们可曾明白什么是沧海之恋？
水妖的歌声能迷惑人们的心弦，
但却挡不住我对心爱姑娘的想念！

少女合唱队：

星星，亮晶晶亮晶晶，出现在天幕上，
月亮，弯曲曲弯曲曲，映照在湖心里，

赛里木湖的湖水啊，蓝悠悠蓝悠悠慢慢地变黑了，
黑暗中闪闪亮闪闪亮那是什么——

青年与少女合唱队二部轮唱：

星星，亮晶晶亮晶晶，出现在天幕上，
月亮，弯曲曲弯曲曲，映照在湖心里，
赛里木湖的湖水啊，蓝悠悠蓝悠悠慢慢地变黑了，
黑暗中闪闪亮闪闪亮那是什么——

少女合唱队渐隐于湖边的黑暗。

青年：

去年我与她相遇在湖边，
她的眼睛像星星一般灿烂，
她会唱动听的歌曲，
她的歌声如同塞壬一般迷惑我的心弦。

她像草原上鲜红的莱丽，
她像大雪中温暖的山泉，
她像湖中那神秘的天鹅，
来到此地寻找自己的侣伴。

青年坐在湖畔，望着湖心。渐渐地，湖心出现了一对水晶般的天鹅！青年激动万分！

青年：

人都说天鹅是最忠诚的伴侣，
一只死去另一只也会相伴而去，
我为什么会在这时见到天鹅？
莫非这是上天的神谕？！

美丽的水神在夜光中出现，她站在青年的身后，拿着一束曼陀罗花。

水神：

去年去年，
去年我在这里和他相遇，
他英俊果敢如骏马一般神奇，
今天是我们约定再会的日子，
难道我们真的能够再度相聚？

水神把曼陀罗花撒在水面上，摆成一个曼陀罗坛场。青年看到了她，上前拥抱。

青年：

啊啊，
美丽的水神我把你等来了，
善良的水神我把你等来了，
神奇的水神我把你等来了，
灵异的水神我把你等来了——

水神：

啊啊，
英俊的青年你真的来了？
纯朴的青年你真的来了？
勇敢的青年你真的来了？
多情的青年你真的来了？

水神与青年二重唱。

少女合唱队再次出现。

少女合唱队：

星星，亮晶晶亮晶晶，出现在天幕上，
月亮，弯曲曲弯曲曲，映照在湖心里，
赛里木湖的湖水啊，蓝悠悠蓝悠悠慢慢地变黑了，
黑暗中闪闪亮闪闪亮那是什么——

青年拉着水神的手，指向湖心深处，但是他突然发现，那对水晶般的天鹅已经不见了，青年大惊。

青年：

刚才那里有一对天鹅，
闪闪亮闪闪亮像是透明的水晶，
我以为是神谕降临庆贺我们的团聚，
可是它们为什么突然不见了踪影?!

水神：

我刚才就没有见到什么天鹅。

青年：

刚才它们明明就在湖心。

水神：

说不定那是你的幻觉。

青年：

说不定是这些曼陀罗夺走了它们的心魂！

水神：

你是说我的曼陀罗花是不祥的象征?

青年：

有人说曼陀罗是美丽的毒品！

水神气急：

住口！原来你在怀疑我用美丽的毒品！

青年：

没有，我从来都相信你有高尚的人品！

水神：

曼陀罗坛场会为爱情增添迷幻色彩，可你亵渎了它的灵魂！

水神绝尘而去，青年在后面追赶。

青年：

水神水神，你不要误解我的意思，
让我们一起把天鹅找寻！

众水妖望湖心深处深情歌唱。星汉灿烂。

……

她喜欢。她再次感到低估了他。她重新修改序曲。还是按照正规的做法，采用剧中重要咏叹调的旋律素材，并给以观众剧情暗示。

她对自己写的间奏曲很满意。

宣叙调她本来就不大会写。那一大段水神和青年的争论，她觉得很难编曲。索性就跨过去直接写咏叹调。

咏叹调男青年唱的“人都说天鹅是最忠诚的伴侣”和水神唱的“去年我在这里和他相遇”，她用的是她最初见到赛里木湖时的乐句做主旋律，效果很不错。那天他们玩着排练的时候，似乎还没找到这种忧伤神秘的感觉。

再有就是少女合唱队唱的谣唱曲，还有重唱，这倒好解决，找十二个女学生就够了。

问题是作为歌剧，没有有分量的合唱就没法烘托出热烈的气氛；还有舞曲，人太少就算了吧。如果真有一支管弦乐队，还有人数众多的群众歌唱演员，她真的萌生了一种巨大的野心，这完全可以成为一部非常漂亮的正歌剧啊！

怎么拉钱啊？这是她最弱的弱项。跟院领导说求他们支持？

她做不到。

前些时受到的莫名处分，这笔账还没算。要让她忘记这件事，很难，不，是完全不可能。在这件事中，她已经看清了他们的嘴脸，要让她扮可怜博同情，也许这件事儿就成了，按夏宁远说的那样——他们未必像她想象的那么坏，他们也可能正在寻求补偿，可是——她做不到。

这就是她性格铸就的悲剧吧？

人说，性格决定命运。真是一点也不错。

她对自己的未来有点害怕。

7

这一期的公益讲座她决定讲西洋歌剧。

其实她一半是为了自己：有时梳理不清的思绪，讲一讲，在那一瞬，似乎就可以理清。

她奇怪这次的讲座来人特别多。

“17 世纪初，在意大利的佛罗伦萨。”她这样开场，“有那么一天，一群青年音乐家、诗人、科学家，其中有天文学之父伽利略，在贵族沙龙聚会，饮酒欢歌，写诗配曲，再加进情节，产生了歌剧的雏形。那以前，西洋音乐多半是匀称平稳的‘复调音乐’，在教堂演奏。歌剧的出现是对‘复调音乐’的反抗，它要用配乐的语言展开对话和情节，直接表现人的命运和心态情感。

“早期歌剧情节取材于希腊神话，后来发展为历史传说故事，再后来是改编文学名著和歌剧剧本创作。随着歌剧的发展，不仅有故事情节、有好听的独唱，又逐渐配上了合唱，舞蹈，布景，灯光，音响，等等，成了一种综合艺术……

“歌剧在不同时期有不同特点。早期差不多都是喜剧，譬如莫扎特的《费加罗的婚礼》，罗西尼的《塞维利亚理发师》等等，中、后期的悲剧和神话剧多半以表现爱情和人与神的关系为题材，戏剧冲突强烈，音乐抒情丰富，最著名的像威尔第的《阿依达》《奥赛罗》，普契尼的《蝴蝶夫人》《托斯卡》《图兰朵》，瓦格纳的《莱茵的黄金》和《女武神》什么的。

“西洋歌剧诞生四百年来，把人生的喜怒哀乐浓缩进一幕幕音乐戏剧，几百部歌剧构成了一个光辉的艺术殿堂。

“对于歌剧演员来说，我们要求不仅仅是技术层面的东西，我们要求用你的心去唱，用你的全部身体、用你的命去唱！我不知道在座的朋友们是不是理解这句话的意思？就是说，对于歌剧来讲，你需要的不仅仅是唱，更是表演——用声音、表情、体态去表现塑造人物，这样才能打开声音，进入状态。表演人物要钻进人物心里。还要大量听歌剧经典录音，要琢磨那些经典的‘味道’，要在乐声里与你要表现的人物有神交！

“我这么说，是不是对你们的要求太严格了？

“对于古典音乐，大多数没有接触过的人总觉得太深奥，难以入门，所以也不会欣赏。其实古典音乐对一个喜欢音乐的人来说并不陌生，在许多西方电影中我们都能听见这些音乐的旋律，只要多听，多了解一点西方音乐史和作曲家，你就会逐步对古典音乐产生兴趣……下面我向大家推荐一些古典音乐的经典……”

当天晚上，她笔下如有神助，写了一夜，直到天明。写到后来，漫天的五线谱都飞起来了，如同一群翩翩起舞的蝴蝶，抖着翅膀，把粉尘落了一地。

第十二章　分解和弦

1

北京的这个4月非常奇怪，每年照例都会有接连不断的沙尘暴，但是这个4月，却明净动人。行走在京城街道的市民们并不知道，有一个可怕的幽灵，正在向他们悄悄逼近……

歌剧总谱还是没写完。她的病势却越发沉重了。最要命的是失眠，她几乎夜夜无法入眠。每当夜色降临，她就突然紧张无比。她比任何时候都害怕黑暗，她会开一夜的灯，但是灯光照样让她无法入眠。她的脸色一天天灰暗下来，儿子有点怕，陪她去了六院。按照六院的检查结果，她属于轻度焦虑症。

焦虑症最重要的特征就是惊恐，莫名的惊恐，发作得比先前更厉害了。领了一大堆药回来，她却不吃。她总是想起那个叫做“追捕”的电影，害怕吃成横路敬二。但是夜夜失眠的煎熬令她无法忍受——他的电话依然天天打来，但已经无法成为她的良药——他爱她，这应当让她安心了，但她心里有个角落，却常常在她刚刚安心的时候突然跳出来，一瞬间让她清醒，然后崩溃。

她没有对他讲。她不愿让他分心。更不愿意的是，她不愿让他觉得自己的事儿太多，她不愿意让他觉得自己是如此病态的女人——他转业的申请没有批准，这正是她无法心安的真正理由。但是他很乐观，“这一批没批，等下批吧”。他说。但是她想的是：部队不会批准他转业的，他表现太好了，等待他的一定会是提干。提干是中国男人的身家性命啊！即使他再爱她，即使她再自私，也不会拦住这个理由。那么……她看了看她戴在手指上的玉人首，这一天，也许是遥遥无期的，也许，等到了那一天，一切已经变了质。

有一天，她刚从医院输液回来，迎面碰上居委会的主任，那个胖女人皮笑肉不笑地看着她，她转回身，发现保安和所有的人也都用一种奇怪的眼神看着她。居委会主任说：“又上医院了您？”她觉着是好意，很感动：“是啊，总是不好。”居委会主任眯着一双细眼：“发烧？咳嗽？”她说：“烧倒是基本退了，就是咳嗽得厉害。”居委会主任笑了：“怪不得你们楼上的说，听见您在那儿咳嗽，她连觉都没法儿睡了，说是昨儿个又咳到半夜 3 点？”她突然隐隐觉着有些不对，微微点了点头就上电梯了。

晚上临睡时，照例和他通了个电话，他说，听说北京现在流行一种病，叫做非典型性肺炎，是从广东传过去的，让她小心些，别传染。“你现在本来就身体弱，最容易得传染病，千万小心。”他像个大哥哥似的反复叮咛着。她显得不在乎地说，她早就知道。她说，还在三月份的时候就有个广东籍的朋友对她说，广东那儿出了种怪病，高烧不退，咳嗽不止，最后闹不好还能死人。“广东人点香，还拿醋熏，我怎么觉得像是跳大神儿似的，”她笑起来，“听起来那么不可信。”“你可不能掉以轻心。”那边严肃地说，“好好的，听见了吗？”她说好。突然觉得，无论多么年轻的男人，当他爱上一个女人的时候，也要占据控制、主宰的地位。

当天深夜，她像平常一样，睡得很不踏实。好像睡梦中总有警车或救护车的鸣笛声。多少年了，这种恐怖的鸣笛声似乎从来没有在她的梦里中断过。这种恐惧感似乎可以一直追溯到二十多年前那个恐怖之夜，当时堂姐夫妇突然来到她家，告诉她，Y 在越南战场上牺牲了。

“战争”这个恐怖的词，但愿不要留到人类的明天了。有多少次她在睡梦中梦到了血腥的战争。有一回，她甚至梦见自己刚刚坐在飞机的舷窗旁，警察就高举着逮捕证走到她眼前："你被捕了。"逮捕她的警察面目不清。梦醒之后她说不出他的任何特征，但是在梦中，她的心一下子凉了，她永远也不会伸出双手来束手就擒。她总是在心里暗暗算计着，怎么才能逃脱这一劫，但是往往就在她还没有理清的时候，她就惊醒了。她是个被吓坏了的孩子，被吓坏了的女人。二十几年前爱人的死亡，那页死亡通知书散发出的巨大能量，注定了让她一生一世都处于惊恐之中。

2

但这次是真的，她被捕了，并且没有通缉令和逮捕证。

她被一辆呼啸而来、呼啸而去的救护车拉到了一家郊区医院。在黑暗中她听见一个慈和的声音在重复地解释着："不要紧张，不要紧张，不过是做个检查，这是党和政府对你们的关心，现在世界卫生组织都出面了，我们一定会战胜SARS，我们要不惜一切代价，打好这一仗。"

不知为什么，这些熟悉的、似曾相识的词增加了她的恐惧感，有那么那么多年前，她还是个孩子的时候，就有这些铿锵有力的、大而化之的词流行着，让她害怕，让她永远觉得自己是个局外人，让她永远觉得自己无法融入这个社会，让她永远担心自己因为不够革命而被认为是小布尔乔亚，如同现在，她的穿着经常被人认为是个波西米亚女士，无论是布尔乔亚还是波西米亚，这些"亚"就是和革命沾不上边儿，和主流沾不上边儿，她永远是社会的边缘人，永远在担心着什么，害怕着什么。

"可是，我得的不是'非典'。"她挣扎着说。

"你没有检查，怎么知道？"

"我发病时间已经很长了，中西医都检查过，西医说是内分泌失调，中医说是阴虚阳亢。……过去也得过这种病，不过没这么重罢了。”

“这就是了。”那个慈和的声音说，“你的症状是典型的SARS症状，听说你每天都咳嗽到半夜，高烧不退……”

“……可是我已经好转了……”

那个慈和的声音淡淡地宽容地笑了笑，好像一个智者在对待一个不懂事的孩子，最后那个声音说：“你不能单凭自己的感觉，还是相信科学吧。”

那声音沉甸甸地说完，就再也不理她了。

沉默，让所有的人都能感觉那个声音的宽容与慈和，以及她的固执与愚昧。

她低下头，迅速地在手机上按下几个键，自然是发往新疆的短信，可她一点也不知道，在黑暗中她按错了一个键，以致那个短信没有飞到新疆而是飞向了另一个她完全不知道的去处。

坏就坏在接下来的事：她的手机丢了，下车的时候，她的脑子已经乱了，手机就忘在了这辆车上——她本来以为，只是检查一下就放她回家的。

在21世纪第三个年头的4月，春天，一对恋人就以这样奇怪的方式被分开了。

在那座医院里，她好像根本看不到人，确切地说，她看到的是一群“外星人”，裹得严严实实，密不透风，她想，大概治疗中世纪的麻风病人也不过如此了。她想起有个经典片叫做《宾虚》，那个男主角的母亲和妹妹便是得了麻风病，她们披着麻袋似的衣裳，露出的部位都在溃烂流脓，神父披挂得像个老女人似的出现在她们面前，仁慈地接受她们的忏悔。而现在，是这群穿着太空服的人出现在她的面前，她知道他们是仁慈的，但是她仍然感到害怕。因为她看不清他们的眼睛，更看不清他们的脸。

多年来，她总是习惯于读着别人的表情来判断一个人，她对人的判断似乎很少失误，这也是她颇引以为自豪的一点，可是现在，她看到的只是一个个物化了的被裹在包裹里的人，对于她来说，他们像是冷冰冰的机器，她听到的只是机器转动的声音，就连嗅觉也变了味儿，除了消毒液的味儿，她什么也闻不见。

她觉得自己陷进一个恐怖的陷阱里去了。

没有人气。她刚刚知道，没有人气是多么可怕的事情！她的病房里只有她和另一个瘦女人，无法判断那女人的年龄，那女人每天整夜咳嗽，害得她完全无法入睡。在暗夜中，她悄悄起身，沿着一条幽暗狭窄的回廊，来到一个类似小仓库的地方，在她的感觉中，那里似乎应当有一个出口。

但是那里只有一扇小小的窗子，玻璃是半透明的，因为上面已经被什么粉刷过，她试图把那扇窗子打开，却是蚍蜉撼树。

她站在那儿，深深地吸了口气，不知为什么她突然想抽烟，想抽很浓的雪茄，她想让那浓烟灌满她的肺。也许她真的是“非典”吧，谁知道呢，在暗夜里，在无边无际的想象中，她的肺好像是一只丑陋的珊瑚虫，张牙舞爪地向外伸展着枝丫，带着五颜六色的鲜艳的毒素，即使人类最敢用色的画家也无法调出那样的颜色。

可是在黑暗中真的出现了一点暗红的烟火。

那是个男人，好像是个中年男人，看上去有五十来岁，看不清他的脸，但是从他的姿势可以看出他好像到过她的病房去查房。

男人吸罢烟站起来，慢慢向一个方向走去，她把自己紧紧地贴在了墙角，像只壁虎似的悄悄跟着他，那男人走进大夫值班室，随手关上了门，她推了推，门是虚掩着的，从一条纤细的亮光中她看见那男人卸下了全副武装，的确，他应当是那个查过房的大夫。他坐在那儿，打开电脑。

她觉得自己很冷，很无助，在一个陌生的黑暗的时刻，她的心慢慢变得像夜一般黑暗。

不知过了多久，大夫走了，没有锁门。

没有锁门！门是开着的，那里面有个电脑！她连着几夜未睡，终于有了这个大收获。她抖着手在键盘上敲出了几个字，立即觉得自己活了，她找到了调制解调器，想上网，没有宽带，又找不到电话线，天色一点一点地亮了，她好像听见了说话的声音，只好又悄悄地走出去，回到那个令人窒息的方寸之地。

自那之后，她似乎恢复了一点生气，有一个巨大的秘密诞生了，埋在她的心里，正在悄悄地发芽，那个秘密支撑着她，给了她活力，至少她还有他，还有儿子，还有堂姐，他们都会奋不顾身地来解救她，但是儿子太小，还在最关键的中考阶段，堂姐年纪大了自顾不暇，那么就只有他了——她不间断地想着：要想法子上网，给他发伊妹儿。

3

夏宁远看到那三个大大的字母和一个惊叹号：SOS！真是触目惊心。

他一下子站起来，又坐下去。当时他正在赛里木湖畔的小木屋里上网，网速非常之慢——糟了！她一定是被人家当成那个病被隔离了，他想。因为在前几天的报纸上看到有个本来健康的中年人因为重感冒被人举报为疑似“非典”，被隔离在一群“非典”病人当中，后来真的被感染上了“非典”。

他冲进政委的办公室，说是北京的家人病了，他需要请假。政委皱皱眉头：“你不是已经很久和他们没联系了么？”他嗫嚅着，还是不习惯撒谎，心一横，嘴里就说道：“是我的未婚妻病了，我已经准备和她结婚了！还没来得及告诉您！”

赵政委的眼珠儿瞪得跟包子似的，嘴里叫道他妈的你小子反了啊？你小子什么时候谈的恋爱什么时候订的婚？我告诉你，欺骗组织可是要受处分的！再说，去年一年你请的假也太多了点儿！

他已经顾不得许多了，像是喝醉了酒，他嚷着：“可是你怎么不说去年以前我十年都没请过假啊！！政委我告诉你，这回你批不批我都得回去，宁可脱下这身军装我也得走！”

赵政委气得嘴唇哆嗦着吼叫起来：好啊，这回我还就偏不准你的假了！关你小子三天，看你还闹不闹！

自然，政委如果知道这三天会带来何种沉重的代价，他是绝不会这样做的，但世界上的事往往就是因为无法预知。假如人们知道越界之后的可怕后果，大抵是不会越界的。所谓后悔，大抵也是指这个吧。

其实小夏是让政委最上心的人。只是政委有点伤心——过去，他们似乎情同父子，可以无话不说的，不知道从什么时候开始，小夏似乎有了自己的秘密。

赵政委名赵临轩。名字很雅，像是过去名士派的名字。说话有点糙，如同一般的军事干部一样，但其实感情上很细腻。不到十八岁当兵，当时在炮兵部队当“一炮手”，二十几岁调到新疆至今，伊犁汽车城是他一手创立的，因此感情无比深厚——在这个师级单位，他似乎成了一方土皇帝，凡皇帝都会想到继嗣的问题，他心目中的王储便是夏宁远。

夏宁远的单纯让他惊诧，小夏就像个石头缝里出来的野孩子，别说什么吹牛拍马钻营谄媚之事，连一般的人情世故都不懂得，心眼儿实在得让人没法儿相信。在这个拜金主义的时代，小夏是个地道的异类。新疆几乎年年都有雪灾，有多少次，小夏把自己的那点存款悄悄塞给灾民，还跟做了贼似的，偷偷摸摸不愿让人知道。赵政委心里有数，下面有好多人，捐了点钱就做秀，生怕别人不知道。人就怕处长了，就怕比，装一时不能装一世，下面这些人，谁怎么样，他心里明镜儿似的。

可小夏最近像中了魔似的要求转业！

这太伤他的心了！他不愿像个娘们儿似的那么多废话，就是一句话：不行！为这件事他们争了几次，都快动真格的了。他只好胡萝卜加大棒——他知道小夏心软，摆摆自己的难处，他也就从了。可没想到这次小夏的态度非常坚决。

正是一肚子气的时候，他来个硬扛，这当然让政委火冒三丈！也是想杀一儆百，政委下令关夏干事三天，一定得煞煞这个年轻人的性子，要不以后没法儿领导了！

夏宁远如同困兽，在禁闭室里转来转去，想象着用什么样的方式让政委回心转意。没有办法。他还是生平头一次睡不着。深夜，听见自己的耳朵在响，似乎是耳鸣，放大的耳鸣。很久，他才发现那不是耳鸣，是外面的雨声。

下雨了！准确地说，是雨雪！打在窗上铮铮有声，似乎夹有小粒冰雹。他一下子坐起来，似乎机会来了。他敲门。门外的哨兵是他的兄弟。他说：冷。哨兵急忙去给他拿毯子，忘了关门。

4

夏宁远来到北京的时候吓了一大跳。往日的喧嚣已经散尽。这座城市完全变成了一座陌生的城市。所有的店铺都关张了，每个人的脸上都戴着或浅蓝或白色的大口罩，露出的两只眼睛毫无表情地呆滞，像是美国科幻电影里那些包裹严密的机器人。

假如不是他心里装着那么让他惦念的人，那么他一定会站在那里细细观察一番的。我们的少校，其实心里还有那么一点点未泯的童真，好奇心。

但是这好奇心被强烈的目标击得粉碎——对于少校来说，这目标只能是一个人，一个女人，一个他放在心里时时加以美化的女人，一个可以真正给他痛感与快感让他痛并快乐着的女人。

当然是先去她的合同医院——R 医院，在西直门立交桥附近，他刚一进去就发现一切都变了，入门处有着自动测体温的装置，进到急诊室的走廊，发现一切的格局都改变了：一块写着“急诊留观室”的牌子俨然挂着，里面全是输液的人，大夫们个个全副武装，穿隔离衣，戴防护镜和一次性帽子，他听到一个瘦瘦的工人模样的中年男人对旁边的女人（可能是他的老婆）抱怨着：“输一瓶儿‘佐克’就得差不离五十分钟，再加‘清开灵’得三至五个钟头，老万那儿还等着接班儿呢！……”女的撇嘴：“算了吧你，小命儿还不知道保不保得住呢！还接班儿呢，踏实儿在这儿待着吧！……”他穿过人群走进值班室，亮出军人证，说出古薇的名字，护士长查了半天也没查到，其间不断地有人打断护士长的查询。“护士长，一次性帽子和口罩又没了，领不来，断货了！”“护士长，隔离服也没了！怎么办哪?!”护士长也急了：“我不是跟你们说了实在不行就领洗衣机和小蒸锅，咱们自己消毒吗?！还有，去买白布，能买多少买多少！……”“白布也断货了！”护士长满头大汗对他说：“对不起啊同志，咱们急诊留观室确实没有这个人，我们现在的情况是一半科室都被传染了，现在院领导正在请示上级，很可能过几天就整体隔离了，抱歉！”

——他被那种气氛惊到了，更加急迫地想找到她的行踪——手机始终响着，但是无人接听。他只好打堂姐电话，堂姐吓了一跳，堂姐说是啊好几天都没消息了，我还以为她是写歌剧闭关了呢。堂姐说她会马上联系季大夫想办法，他急得嗓子冒火，竭力克制着低声说：“不行，我现在就要去找她，刻不容缓，万一传染上就有大麻烦了！”

此时已近黄昏，他忽发奇想，直接坐地铁来到她南城的家，她家门口有个小菜市场，不多时果然等到了猎物几名。他撇开那些老人，把目光定格在一个目光清纯的少女身上，这个女孩是过去他来此小区时碰上过的，这女孩永远穿着一身蓝白相间的校服，骑着个自行车奔跑于学校与小区之间，她的眼睛是永远不看人的，因此他断定她未必认得出他来。他走上去，站在那些已经快收摊的西红柿和黄瓜中间，假意挑选的时候突然问了一句话。这句话让女孩睁大了眼睛。他说劳驾请问你知道古薇老师上哪儿去了吗？我是她的学生，从外地来的，说好了她教我钢琴，怎么找不到她了？

女孩的眼睛在浅蓝色口罩上端转了几转，似乎有些犹豫，又有些胆怯，半天，终于悄悄地说：“古老师好像得‘非典’了，被隔离了。”女孩说完这话就怯生生地四顾，那样子活像是中世纪的人谈论到麻风病似的。

“你知道她在哪个医院吗？告诉我，我必须找到她退学费，我家很穷的，来回的车费已经很贵了。”

“不知道。真的不知道。”女孩的眼神似乎很抱歉，她转身走了。

少校无奈地看着她的背影。就在他觉得完全无望的时候，那个背影突然半侧了一下，用一种放大的耳语般的声音说了一句：“可能在北郊医院，可能啊。因为这一片儿生病的人好像都送到那儿了。”

少校顿了一顿，好像该说句谢谢。但是竟然没有说出来。女孩已经走远。他花了三块钱买了两个老玉米，然后就上路了。他知道那家医院，坐公交车差不多要两个半小时。还是打车吧。至少会快一倍。

他飞快地吃完了玉米，觉得心口堵得慌，到北郊医院的时候，他突然一阵难受吐了出来，心里想着幸好刚才没吐到车上。

——此时他才深知，极度紧张的人，连食物也无法下咽。除了这两个玉米，他已经一天半水米未沾，但是一点饥饿的感觉也没有。

5

她重新回到绝境——那个电脑不见了，就像出现的时候那样突兀。她被关闭在这个封闭的小空间里。和那个真患了“非典”的女人。那女人瘦削枯干好像身体里所有的水分都已经丧失殆尽。她们会在不同时间被平车推出去做治疗。开始她坚决抵制，但她很快发现抵抗毫无用处。古今中外的抵抗都毫无用处：捷克面临一切侵略都立即投降，结果一切伟大的文物建筑都保存完好和平舒畅，而紧邻它的前南斯拉夫则是铁血性格誓死抵抗，弄得遍地硝烟万物狼藉。千秋万世之后我们仍然能够观赏捷克的尼古拉斯二世皇宫，而南斯拉夫不过几年之内便分割成了塞尔维亚、黑山等几个加盟共和国，依然连年炮火，连尊像样的铁托像都没留下来。所以古薇想了又想，决定还是不学南斯拉夫为妙。

然而一味顺受也有问题，她很怕自己变成横路敬二。于是她也学着当年杜丘的办法，趁着医生不注意时把吃下的药吐出来。但是这里的环境远比不过《追捕》里的那个医院，起码，那些针她是要打的，躲不开的。她不知道那些液体里面到底藏了多少可怕的成分，每天都在猜忌着，弄得血压忽高忽低，不得已吃上了降压药。

她每天都对大夫说，是误诊，可是大夫永远说：“你的体温还这么高，再等一等，观察一下。”

睡眠是糟透了。一会儿也睡不着。恐惧像一条毒虫爬在她的后脊梁上，她不敢躺不敢站，只是整夜地坐着。脑子里只想着一个人，她才不至于崩溃。

她想，他会来的，会来救她的。

她想，她的那条信息应当是发出去了，是发到他的邮箱里了。

她想，他收到那条信息就会明白怎么回事。

她再次体验到精神力量的强大，有一种人，天生就是靠精神力量活下去的。她便是这样的人。很小的时候她读《复活》，清晰地记得，托尔斯泰把人分为“精神的人”和“动物的人”，当时她就想，她这辈子，一定要当“精神的人”。

那时候太小了，总是幻想着高尚，可是至今她才明白——高尚意味着什么。难怪那个诗人说“高尚是高尚者的墓志铭”。如果你不愿意那么早地奔向墓志铭，那就只好走卑鄙那条路吧，可那条路岂是人人都可走的？卑鄙和高尚一样，是血液里带出来的，改变别的还有希望，改变血液的成分怕是没什么戏了。

所以她总算想明白，为什么自己从不招惹别人，而别人却总是想方设法地要踩扁她——

答案总算有了——是自己的血招人恨。

想通了这个她反而坦然了。

她开始凭记忆写歌剧总谱，在重新写谱的过程中，她似乎与那部歌剧已经靠得很近。

在过了那么多恐怖的夜晚之后，她终于睡着了。睡梦中她唱起了歌剧《天鹅》的咏叹调，非常优美——可惜她同房间的瘦女人已经睡死，没有听见。

6

4 月的雨下得如此仓惶。

黑暗中，看不清雨的颜色，但是仿佛能闻到一股腥气。

北京的北郊某地平地建起的这座医院显然还没有完全建好，因为土红色的大卡车还在雨地里奔跑，有人还在举着“第X病区”的牌子寻找着路径。这里所有的人都穿防护服戴防护镜，远远望去，似乎是正在登月的太空人，有一种强烈的不真实感。特别是，在一片凄风苦雨中，他们都失去了自己的影子。

不远的地方，焚化炉冒着黑烟，在雨地里，不屈不挠地冒着黑烟。不断有人把垃圾和污染物扔进去，那些袋子是橘黄色的，即使在暗的夜，也很醒目。

在这幅德尔沃式阴暗图画的角落里，还有一棵树，树下藏着一个人，一个男人。我们只能看见他黑色的身影，被大雨掩映着，看不清，如同一个幽灵。即使在树的掩护下，他的全身也已经淋透，他在打手机，不断地打，低声说着我们听不清的谵语。后来他可能是站累了，蹲在地上，远远看去，就像是他在背起这一场大雨。抑或，正在把自己折成一条船，一只诺亚方舟，想把自己在意的人，从这场黑色污染的雨中引渡出去。

在这里，我们仿佛看见生命与死亡在跳房子，偶然性太强烈了，一个不小心，生命就会输给死亡。我们看不见那个男人的神情，但是他所有的动作都是那样焦虑和急迫。大雨和雷电覆盖了他，还有黑暗——这是魔鬼出没的夜晚……

以军人的机敏，他很快就搞清情况：按照正常渠道，他是不可能进入这座医院的。好在医院外面有几棵并不繁茂的洋槐和一群矮趴趴的灌木。他隐藏其中，天色黑了，有几个大夫走出来，看来是累得不行了，东倒西歪。这医院显然是临时搭建的，挂着环卫集团牌子的红色大卡车还在运送物品，医院门口挂着“全民一心抗击非典”的大牌子，有环卫工人在树底下拣砖头，远处还闪烁着电焊的火花。他紧走几步问那个扛着“二十一病区”牌子的工人，直系亲属是否可以进去探视。工人怔了一下：“你是哪儿的？怎么连这点规矩都不懂？亲爹亲妈、两口子都不让进，这里头分污染区和半污染区，病人之间都不允许互相串，别说外人了！怎么了？媳妇儿进去了？”他没说话，那工人又说：“除非是院长亲自带来的记者，前天，到这儿来采访了半个钟头。……”“院长叫什么名字？”“不知道。”那工人疑惑地看了他一眼，“我劝你啊小老弟，赶紧离这儿远远儿的，你看我们还戴着口罩呢，你怎么什么装备也没有？告诉你啊，往这边儿不到一里地就是个焚化炉，这儿的保洁工把污染的垃圾都往那儿送，别提多脏了！……”

绝望中堂姐的电话来了，他急忙问季大夫是否认识北郊医院的院长，季大夫倒还沉着，简单问了一下情况，说已经托老友在找北郊医院的院长了，明早便一起赶过来，“关键是，小夏，你是否已经搞清楚薇薇是不是真的得了‘非典’？如果已经确诊，那没办法，只能在那里治疗，虽然我们都是她的亲人，都爱她，可医学是科学，一定要理智……”他再也忍不住大声吼叫，那嘶哑的声音连自己也无法相信："她不是！她绝对不是！！她被误诊了你懂吗？！她现在被隔离在污染区，多一分钟就多一分危险，等你明天再找人来，她恐怕已经不在了！！……”他压住呜咽收了线，然后跑到医院外边的灌木丛里痛哭起来。在他说“不在了”的时候，他的脑子里突然闪现出一幅恐怖的画面——她不在了，对他来说，这是世界上最恐怖、最无法忍受的画面了！

直到冰凉的雨滴浸湿了他的头发，他才确信，自己还站在这座医院旁，还怀着一丝希望。下雨了，工人收工了，卡车开走了，这个重度污染区只剩了他孤零零的一个人。他想砸门，砸窗户，想爬暖气管，想把那个值班大夫打昏……在这许多的妄想破灭之后，上帝的福音终于从天而降——他想起了一个人，在国防大学进修时的同学，现在已经在总后卫生部工作了，军衔上校。

“老周，你还没睡？快起来帮我个忙！”他听见电话那边的回答，欣喜若狂。

之后的一切竟是出人意料地顺利：周天福上校——他的同学，竟然正好是与天建公司共同修建这所医院的负责人。“那儿所有大夫护士都认识我！你知道建这医院用了多长时间吗？告诉你吧！七天！七天你相信吗？！七天七夜，占地二点五万平方米，算是临时建筑吧，世界卫生组织专家说这是世界医疗史上的奇迹！……怎么了，你家属在那儿住院？……这样吧，正好他们这两天缺个保洁工，你介意扮演个保洁工吗？……今晚？好好好，就今晚，哼，没想到你小子还是个罗密欧啊！……等着！！”

他走进去的时候已经被全副武装，所以，她一时竟然没认出他来。

他们没有像预期的那样激动，因为心里都被一种莫名的惊恐所笼罩，于她，意外的惊愕让她反应不过来，半晌说不出话，于他，更是惊恐于她所处的这个环境，特别是，她的病友，那个显然已经病入膏肓的瘦女人。

一阵撕心裂肺的咳嗽把他们惊醒了——他们突然意识到危险的处境。那个瘦女人在黑暗中睁大眼睛，挣扎着说：“……你是谁?！你是谁?！……为什么许你来看她，我的家里人就被轰走?！我要告！……要告！……咳咳咳……要告！！……谁许你进来的?！……咳咳……”黑暗中两只瘦胳膊如同藤条一般飞舞缠绕，古薇觉得那藤条仿佛就要缠到自己身上，那藤条变成了蛇，就在自己后背上冰凉地爬，她拼命控制自己不叫出声来，这时她才紧紧抓住了他——抓住了他，才觉得从一片黑暗的虚空里抓住了真实。

她看见他在黑暗中眼睛的光。看见那光，她浑浑噩噩的头仿佛一下子清明了！她悄悄地塞给他一把药片——那是力月西，目前国内最强力的安眠药——为了她的严重失眠大夫开给她的，她都攒了下来。

他怔了只有几秒钟，他们的相逢让两人都变得聪明，这不能不让人联想到上帝造人时的精准。造他们的时候肯定用的是一团泥巴，分开了，两个人都残缺不全。

他温和地送上杯子，把强力镇静剂力月西拿在手中：“四床，别喊了，我是新来的值班大夫。知道你很难受，是专门给你送药来的，好好睡一觉，明天会好很多。”

古薇惊奇地听着他的声音，怀疑他带了一个小型录音机，里面录的是职业医生的惯常用语。她听见那个瘦女人的声音弱下来，在黑暗中，她清晰地看到瘦女人用一种怀疑的眼光紧盯着她的少校。他背对着她，看不见他的表情。但是能看到他的姿态，他温和地扶起瘦女人的颈子，亲手喂她吃药，用催眠般的语调说：“好了，把药吃下去，能睡着就好多了……”

她亲眼看见，瘦女人真的就像被催眠了似的，费劲地转了一转那双印度饥民般的眼睛，把药吃下去了。那蓝色的药片，她是知道它的厉害的，半片就不得了，瘦女人吃下了两片。

然后，还没等她反应过来，他消失了。

他再出现时，东方似乎已经出现一丝曙光。她看见他神情紧张，鼻尖上都挂着汗，她挣扎着坐起来，他依然是老做派，一声不吭就扒下她的病服，然后把自己身上的隔离装换到她的身上，那隔离装硬硬的像是甲胄，有一股刺鼻的汗酸气，在他为她戴上巨大口罩的时候她终于问：“你干吗啊？”她已经意识到了什么。他并不说话，自己飞快地套上她的病服。然后把几件换下的病衣塞进一个黄色的袋子里，压低声音说了几句话：“现在外面只有一个值班大夫，趁他们交接班之前你马上出去，万一他问你什么，你就说是新来的保洁工，饮水机没水了你出去拉水，顺便扔垃圾。这个黄色的袋子是这里保洁工的标志，所以一般来讲他不会问你什么。你从右侧灌木丛翻过铁栅栏，那儿我给你弄了一辆自行车，你一直往北骑，骑上四十分钟就能到温泉山庄那儿，千万别回你南城的家！注意那条路的车都开得特快，你骑车要小心！好了你快走吧！……”他把她推出去的时候她一直在问：“那你呢？那你呢？”他的声音虽然低但非常清晰：“我会尽快去那儿和你会合！”

她路过值班大夫的台子前时，紧张得呼吸都停止了，两腿软得好像随时会趴下来。还好，那人什么也没问。她拉开大门冲进灌木丛，觉得喉咙就像被一只巨手捏住似的，喘不过气来。

确信周围无人，她翻过铁栅栏。翻铁栅栏的时候把衣服也挂破了，手上好像也受了伤，这时她的心已经麻木了，眼前突然出现很久之前看过的一部电影，那个情节是一位苏联青年为了奔向自由奋力游过黑海，而蒙太奇式的平行叙事是苏联国家大剧院在播出歌剧，音乐盖过了海浪的冲击，她突然深切感到一个人生命中的确能够瞬间爆发出巨大的能量，人生而自由，“什么也不能阻挡，我对自由的向往”——这句歌让她热泪盈眶，她跨上自行车，飞似的冲向主路——那条柏油路，这时天已蒙蒙亮，路上还没什么车，更没有行人，因此她像小时候似的把车轮蹬得飞快，她好像又回到了小时候，和Y初见时九岁的红领巾，步履蹒跚地长大，在这个国度里，长大，是一件多么不容易的事啊！

终于，她看到温泉山庄那座最高的建筑了，在树影的后面，影影绰绰。她觉得双腿已经不属于自己了，好像是临时安装的似的，这时才觉得手疼，车把好像湿了，可是天空没下雨。是血，车把上的血把她吓坏了。

温泉山庄慢慢清晰了，清晰了，后面响起鸣笛的声音。马路上的车好像是一起出现的，万箭齐发。她是领衔之箭。但是一阵风刮过，箭头突然折了。那辆自行车在风里摇晃着，倒了下来。

7

他和她对脸躺着，在温泉山庄的床上。

窗帘拉得很严，他知道她睡觉时是怕光的，他想让她多睡一会儿。

他看着她的眼睛似乎在努力睁开，浅寐中的瞳孔似乎是深紫色的，也许是因为紫色窗帘的倒映？

她在恍惚中看见了他，不过是一天的工夫，他的样子似乎大变了。他从来都很精神，可现在显得疲倦，甚至萎靡。

看到她慢慢张开的眼睛，他轻按了一下她的额：“谢天谢地，好像退烧了。”

他看见那双浅寐的瞳孔闪出光来：“谢谢你救了我。”

“你也救过我。你忘了？”他声音沙哑。

雪夜救羊的往事浮现，所谓往事，不过才有一年。他们从飘零的一年中走出，彼此拼命地记忆可能遗漏的细节。细节十分错乱，这大概是因了他们的疲倦。疲倦使他们安静，无欲，像演一出哑剧般，默默点头，或者摇头。

“我爱你。”

突然，她听见自己清晰的声音。

“你说什么？我没听清。”

她撒娇似的嘟起嘴：“我只说一遍。”

她悄悄瞥他一眼，被他欲说还休的样子所打动，双臂展开，把他的头抱在了自己的胸前。突然想起多年以前看过的一幅画，画面上一个女子紧紧抱着一个男人的头颅。后来她知道那是玛戈皇后抱着她情人的头颅——太夸张了，当时她想。可现在，她明白如果不是自己理性尚存，完全会做出更夸张的事情！

“你知道，有好长时间我都不相信你爱我，我觉得你是把我当成你初恋的影子了……”

“干吗这么不自信？”

“你知道是为什么。”

“童年阴影有这么厉害吗？”

“当然，如果不是遇上你，我这辈子都完了！”

“说实在的我开始真的有点怕。”

“怕什么？”

“怕你是那种追求完美，特别较真儿的人，你这种人对人要求太高，我怕自己达不到。”

他闷声笑了起来：“你怎么跟我想的一样，这下我踏实了。”

她的目光里突然闪过一丝神秘：“你说，爱情究竟是什么？”

他怔了一下：“爱情……爱情就是我们啊！”

啊，这个回答太别致了！爱情就是我们，就是我们，她心里的阴霾突然被扫荡一空，双手捧起他的脸：“那爱情的未来，是什么？”

他只犹豫了片刻便回答：“爱情的未来，还是爱情！”

仿佛是回应他的话，一阵狂风突然把窗吹开了，他们俩一起走到窗前，大风把他们的头发吹得直立起来。——爱情的未来，还是爱情！——这句太过朴素的话如同金钹之声，震破了她的耳膜，呼啸的大风中，她觉得全身的血在瞬间被洗了一遍，她觉得自己终于挣脱出陈旧的胎衣，再生了。

冰箱里还有袋面包片。一点奶酪一袋杏仁一包挂面和几盒酸奶。她把面包片拿出来想放进微波炉里热下，他让她等等，竟自己拿了个烙铁通上电，把奶酪夹进两片面包里，她不知他要玩什么把戏——只见他不慌不忙地把热烙铁放在面包上，随着吱拉拉的声音香味就出来了，那是烤焦的面包片和烤化的奶油香——两人一小口一小口地吃起来，互相看着，被香气氤氲温暖地笼罩起来。

窗外那样静，没有一颗星。

8

她向他靠了靠，觉得很放松。很踏实。很快又睡着了。并不知道此刻在他眼里，她显得那么小，那么可怜巴巴地皱成一团，他觉得他可以把她放在手心里，一捏，就没了。

他筋疲力尽，分不清是梦是醒。不过他还是在迷迷糊糊的状态中给她出血的手掌贴了创可贴。然后，就觉得自己好像是从什么地方直接落下来似的，就像小时候做的那些“长个儿”的梦。砰的一下子他失重了，重重地栽了下来。

直到他好像闻见煮面条儿的香味儿。

像是春节的光景再现：第一缕暮色已经透进了窗帘，黑暗的脸即将探进他们的世界，他们紧紧拥抱，抱得那么紧，那么绝望，就像是冥冥中即将有一双巨手把他们拆散。

在黑暗中她怜爱地抚着他的头发。他的头发，如同一根根钢丝似的硬硬地翘起，就像他人一样桀骜不驯。

她轻轻地说：“我刚起来煮了面条儿。吃一点吧。”

他想坐起来，但是他感觉自己的身体在陷落，好像突然有了天旋地转的感觉。他定了定神，但是仓促之间觉得有什么在他心里抓了一下似的，好像那力量非常强大，大到他一向自以为无敌的身体受到了一种莫名的暗伤。

“你怎么了？没事吧？”她看见他的脸突然变得惨白。

“没事。”他软软地坐下了。她还从来没见过他这么衰弱。他咳了一声，然后就控制不住地咳起来。她轻拍他的后背，心里暗急，表面上还在玩笑：“想吃面条就急成这样？别起来了，我喂你吃。”

他好像要说什么，但还是乖乖躺下了。她心里更加害怕，她太知道他了，哪怕有一丝力气，他也不会躺下。她一扭身进了厨房，他看了一眼她窈窕的背影就闭上了眼睛，他头昏，全身发软，从来没有过这种感觉，哪怕是惨遭继母虐待的时候。

她想，他是太累了。

夜幕降临。她独自走近窗边，看见外面行人稀疏，夜和每天的夜没有两样。为了让他熟睡，她在旁边打了地铺。她尽量让自己把心放平。身上他的余温已经消失，她数着星星，睡不着。

她记起在南城老房子黑暗的角落里躺着他们在新疆时的照片，她和他。那种美和心碎，就在那个世界里永远地定格。她要把它们取出来，挂在最显眼的北墙上，日子这么快，比起照片上那个人，她身边的这个人的腮上，胡须在悄悄地生长。

他觉得自己的头脑还算清醒，但就是累，不想说话，甚至不想睁眼。

整个晚上他都在断断续续地想着：这是第几次来？为什么一离开她身边还想回来？这一切就是宿命吗？他在想，他爱上她的时候，对于她来说，他其实还算是个陌生人。可她不是，至少之前他听过她的公益讲座，那时他心里就有她了——一种模模糊糊的倾慕。

他闭着眼睛，依然能感到玻璃上闪烁的路灯，他想，他被她吸引，不是羞耻，更不是罪名。

他梦见了那天的雨——他初次去她家那天的暴雨。他在暴雨中伫立了那么久，他能闻见雨水里腐烂而清新的味道，能听见雨水里远离而靠近的声音。他想，是那场雨成全了他。

他知道自拔已经不可能。爱情的未来是什么？他在想，她一直认为爱情的未来是悲剧，或者是仇恨，但是他始终认为，爱情的未来，还是爱情。他想完了这句话，就昏睡过去了。

是的，在年轻的夏宁远心里，爱情的未来，还是爱情。

9

他终于睡醒，躺在床上看她写的歌剧总谱。她已经写到六十多页了，她说估计得有将近八十页。好长！

他哼唱着那些序曲、咏叹调和宣叙调，内心喜悦莫名。是啊，一年多前对于他来讲是遥不可及的古典音乐，歌剧，这时竟然近在眼前！

他觉得很幸福。

真的，从小唱的歌里，总是有“幸福的花朵”一类的词，可他知道自己和幸福根本不沾边儿。

曾经有一度，在他和继母相处的时候，他会觉得像是有毒的荆棘从脚踝那儿蠕动着进入了喉咙，那种可怕能够杀死他所有的语言，给他制造最恐怖的噩梦。

他心里明白，是她把他从噩梦中拽出来了，她像一只鸟，载着他飞行，飞出魍魉媚行的沼地。认识她之后，想起过去那些擦肩而过的人，一根烟就能燃尽对他们所有的记忆。

与她交好之前，他曾经长时间地认为自己不行了，见到女人就会想起继母，实际上也是，他曾经与初恋女友交好却没能成功，他的小腹胀痛却无法行事，他怀疑自己得了可怕的病。

她是他命里的人，她让他发觉自己的身体如此健康势不可当，他们的爱情诞生于一场隐秘的丰收，他们互相吸吮对方，那是如同纯金般流淌着的奶和蜜。

可是，为什么在这么美好的春天，在北京的4月，他觉得如此地疲倦，他这么累，连动也懒得动，好像每一根骨缝都在隐隐作痛。

这感觉是从来没有过的啊！

他翻了个身，觉得浑身发热嗓子发痒，咳了几声。

“我想喝水，热的。”他伸出一只手，很想撒撒娇。

没有回应。

她不在。这时他才突然想起，手机昨天关上了一直还没开。

随着开机的铃声，蹦出来一串短信：

“我到早市买点吃的，你好好睡，等我。”

他笑笑，心里很暖。

接下来的短信让他一下子跳了起来——是昨天中午来的：一共发了七条相同短信：重要通知：夏宁远同志，请于今晚立即返疆随大部队开往喀纳斯救灾！伊犁汽车城政治部。

老天！昨天发的“今晚”就是昨晚啊！晚了晚了晚了！

他飞快地穿上衣服，洗脸刷牙，然后喝了几口水，还是在咳，来不及吃饭了。打开冰箱空空如也，只有两罐酸奶和半袋杏仁，他匆匆放在衣兜里，然后站着给她写了一张纸条。心里想着，这时候如果打上车能赶上下午两点的飞机，今晚还能赶到乌鲁木齐。

他一边飞身冲向门外一边还没忘了频频回首——他太想临走时再看她一眼了！

没有，没有。她的身影始终没有出现。

10

她一早就去早市买鲜肉，准备包饺子——他像个永远想过年的小孩那么爱吃饺子。四周都是农村。北京越来越大了，过去小的时候，海淀以北都是坟地，青塔院都算是西郊了，可现在，立水桥都算不得什么，整个立汤路两边全都是别墅，小汤山都不算是北了！

买了肉和大白菜，看到早市地摊有一种毛袜子，手工织的，底子是加厚的，新疆的气候那么冷，正好穿。可惜只有一双了。摊主立即说，等一下，他会立刻去拿货。为了几双毛袜她等了好久。看到那手工织成的质感很强的毛袜，她想他肯定喜欢。两手提满了东西站在门外喊他，真是一件惬意的事情，她再不是一个人了，她再不孤单了，她再不用暗怀一个俗人的意愿，样子颓废地走在夜晚的大街上。

可是没有回应。她只好放下东西打开门，里面空荡荡的，空无一人。

电视机上面放了个条子，上写："接到命令了，赶赴救灾一线。你好好的。等我消息。"

这个被他们叫做"天堂"的房间，是她温暖的小巢。多少年了，终于找到自己的窝了，她会一直沉浸在那个窝里，在慢慢浸淫的他的体味中写乐谱。可现在，他走了，天堂不再是天堂，天堂成了地狱。

她躺在床上，慢慢回想着这几天来发生的一切。这一切很不寻常。这一切让她难以置信。可是这一切真的发生了。他来了，又走了。

是他救了她。

她觉得很累，昏睡过去。

断断续续的梦中，她觉得好像停电了，公摊部分是彻夜有灯光的，可是突然一下就黑暗了。她半梦半醒间爬起来，点燃了一支蜡烛。又接着睡。在梦里她和那支蜡烛一起流泪，一起悄无声息地熔化。

直到一股不好的气味冲进她的鼻子里，她才意识到，有好久没有下床了。

篮子里的鲜肉有了气味。她蓦然起身，这样突然的起身让她眼冒金星——原来她已经有好久没有吃饭了。她摇头，觉得自己太过滥情。她一手捂鼻子一手拎起那一袋食品，踉跄着飞奔出去。

等她回来的时候，掠过镜子，她看见的是个披头散发的邋遢女人。她躲开镜子。是的那几天她一直躲开镜子。

她再次躺到床上，觉得自己变得很老。有如刚刚产后，满头灰发，肚子上长满鱼肚色的皱纹。肋骨一根根地出现了，像一把半开的扇子。她看得见自己的下颏，尖尖，清瘦，没有光泽。

你要好好的。他说。

是的他不希望我这样，他说，你要好好的。

可我怎么能做到？！她想。

她发现眼睛干涩流不出泪来。老，就是从无法流泪开始。泪水和所有的液体不知从何时蒸发了。她现在只希望一个人的时候能够成全两个人的愿望，她突然想，将来会有一本关于他们的书，只记录爱。

寂静把她潜藏的灵性一点点调动起来。为了《天鹅》，她的确需要独自安静一会儿。她想，或许是他故意留给我安静的时间，让我勾起往事，看见赛里木湖，看到湖水中的天鹅。

但是她内心的悲凉却一直在漫延着，不知为什么她有了不祥的感觉，似乎，她和自己深爱的人就要失散了。他们聚在一起不过是偶然：偶然绽放，然后失散。想到这个她就心如刀绞。

她想象自己的心里已经充满虫豸，不过是被他的深情包住了，现在慢慢变成了琥珀。虫豸是那么丑恶，而琥珀却如此美丽，那包裹着的深情虽然不是虚幻，但是究竟能有多么长久啊？

她所求不多，只是祈望老了能一起坐在摇椅上，如同坐在同一艘船上。虽然微微晕眩，却能在天黑天亮之间，都能有声音回应，然后，在百草蔓生的墓碑上，能刻上一句话，在这里长眠的两个人，一半是音乐，一半是传奇——

啊！！她在半梦半醒中惊叫了一声，彻底清醒过来：啊对，一半是音乐，一半是传奇——这应当就是《天鹅》的主题！

可是，这个白日梦暗示了什么？！

为什么在墓碑上才找到主题？！

第十三章　调式变音

1

终于他来电话了。

她听他的声音很虚弱。

“你病了？还是太累？”

“没有，我挺好，”他甚至笑出来了，“现在还在抗灾一线呢。雪灾。”

“雪灾？四月份还有雪灾？”

“北京三月份还下过雪呢。新疆四月份有雪灾，太正常了！”

“可我总听着你的声音不对。”

“……”

“我去看你。这两天就请假。”

“你千万别来。我忙得连说话时间都没有。……这样吧，给你个任务，写完歌剧总谱再来好不？那时候肯定我也回伊犁了。而且……”

“而且什么？”她不知道为什么很紧张。

“而且，赵政委主动提出来，由汽车城赞助，让咱们排练歌剧！……”

“呵……”她心里惊叹了一声，不敢相信。

“是真的！……还有，我把我们的事告诉他了。”

“你怎么……”

“他很支持。他说要在歌剧上演的时候，为咱们举办一个盛大婚礼。”

她觉得自己是在做梦。那变了质的肉味儿突然变成了古典书香。她在迷惘中逐字默读，似乎在寻找目录指认的页码，这一页异常美丽，因为于她，这是神话，她一向相信，神话只属于青春，而她早已青春不再。

此生到底还要走完多少出人意料的章节？

难道她，也能跟幸福沾上边儿吗？她默默地问自己。

2

还是忍不住内心的悸动，给思然去了电话。

“真要走到这步了？”那边思然的口气毫无羡慕之意，倒似有些忧戚，“他同意回北京？”

“回北京或者去新疆，这个不重要。他不愿意回来我去也行。只要在一起。”

思然轻轻地笑起来：“你这大情种，真是稀有动物！得，我也不说什么了，反正你都决定了！”

“你还是不看好我们……”

“我看好不看好有什么意义啊？……只因为咱们是朋友想和你唠叨两句，我是亲身经历过来的，和岁数太小的男人结婚，真的问题很大。将来你更年期了，他还正当年。你要有思想准备就是了。”

“他真的和别的男人不一样。”

那边扑哧一笑：“你真的还没长大。”

“长大了应当怎么想？”

“唉，我不说了。我再说下去，将来你们好了，肯定骂我。”

“无非就是你上回说的那些啦。我也做好最坏的准备了：我老了，他还年轻，然后他另有所爱，把我甩了，我无依无靠最后孤独而死——大不了就是这个吧？那从现在开始和他在一起，十年，甚至更短点，我觉得也值了。……”

“好吧。你既然这么想，我就什么都不说了，不过我倒是真想见见这个人，他靠了什么竟然把我们的冷美人给打动了！”思然在那边笑了。

她知道思然的潜台词。

所有人都是矛盾的集合体，她尤甚。

但是在真爱面前，她还是投降了。

3

周日，她带着儿子去了堂姐家。

堂姐对此消息毫不惊奇，只是问：“你需要什么？没什么特别需要就送钱了啊。”

她开玩笑：“你打算送多少？”

堂姐也笑：“你老姐钱不多，凑个整，就一万吧。”

她笑：“那我也送你这个数。咱俩扯平了，就省了吧。”

季大夫也在，也笑：“让小夏过来，一起办吧。”

儿子在这种时候只是打哈哈。斜眼看她，观察她的态度。

“我们……可能要在伊犁办。”她像个女孩似的红了脸，“你们也一起去吧。不是没去过新疆吗？真的值得一去。”

堂姐笑了：“看你那样，真像头一回出嫁。……”堂姐把一个冰激凌塞到儿子手上，“看你妈妈这样，好像还没你成熟呢。”

大家都笑，季大夫又给她号脉，觉得好了些。季大夫是学贯中西的，甚至对心理学、心身医学都有研究，季大夫说：“古薇啊，恕我直言。你一定要学会控制自己。再说一遍，情深者不寿。情感这个东西，一定不要太投入了，哪怕对方就是你的白马王子。……你一定听过荣格的学说吧？阿尼玛情结与阿尼姆斯情结。对于一部分女性来说，对男性的选择就是按照自己的阿尼姆斯原始心象。我听你姐姐讲过你的初恋，你把你的初恋想象得那么美好，别急，也可能是真的美好，可别忘了，那时你还是个孩子，孩子的爱和成年人的爱，完全是两回事儿！”

“呵，倒没瞧出来，你还是个爱情专家哪？”堂姐一边拿出一大包零食一边笑，又对古薇：“别听他的，大半辈子都搞不定女人，好容易碰上我这么个傻子，他又飘飘然不知所以了！”

古薇笑过之后，正色道：“姐，季大夫说的其实真有道理，我这人就是不能恋爱，一恋爱身体就出问题，那时候和他，现在和小夏，都是。我就纳闷儿了！人家都说爱情滋养女人，可我正好相反。季大夫上次说的不能动心，算是说到我的病根儿了！不知怎么回事儿我就是不能控制自己，心里有了，就一天二十四小时地想，想，觉得自己这样很羞耻，可就是没法儿控制，反正你们是我的长辈，今儿我就向你们彻底坦白了——这是一种不安全感还是什么？……我真的不知道。”

堂姐笑：“简单概括吧，你就是个天生情种，还特别自我压抑，掩饰感情生怕别人知道。你这样的人从古到今都有：衣带渐宽终不悔，为伊消得人憔悴嘛！不像我们，粗粗拉拉的，天塌下来也吃得下睡得着！”

她认真起来：“那我怎么样才能改变啊？我特想变成个拿得起放得下的人！”

季大夫摇头：“那可不好办。你就是这种神经类型，这是遗传基因决定的，你父母中间肯定有这种类型的……”

她想了一想，对于自己的父母，她是太不了解了，母亲那么早就改嫁了，前不久来电话说，已经随继父全家移民澳洲。电话都很少。而在伯父家里也只待了很短的时间，自己就在音乐学院住校了。很少很少回去，直到千禧年送走伯母，去年又把伯父送走，算起来，亲人们都没了，和小夏一样，这大概也是他们的同病相怜吧。

好在还有这样一个亲姐姐似的堂姐。

那天接到小夏电话之后，堂姐、季大夫和季大夫那位认识北郊医院院长的朋友，星夜赶到北郊医院。值班室正是一片混乱，说是走失了一个病人——他们当然立即猜到是怎么回事。打了小夏手机，知道她已经和他在一起，总算放了心。回家的车上季大夫一直沉默，快到家时才说了一句：“没想到这年头，还能有为感情舍死忘生的人，自愧弗如啊！！”

因为不敢回南城，她就住在了堂姐家里。这时才觉得，过去一直过得多么孤寒。有了亲人在，心里有了暖意，身体竟也渐渐好起来。给系秘打了个电话，要求调课，系秘很快帮她搞定——这学期的课和一个老师换了，换成下学期上，这学期她就成了自由人。

自打初恋之后，从来没有过如此的喜悦。每天她拉着堂姐一起晨练，回来喝现榨的新鲜果汁，然后吃老季做的早餐。上午就练琴，继续修改那部歌剧，中午和堂姐一起做饭，吃的简单，晚上等老季回家再做顿丰盛的晚饭，儿子也常常过来，儿子一来，她就让儿子在网上帮她买东西——准备结婚的衣物，自己存的那点钱，总算是找到用场了，光给小夏就订了四五套一线品牌的衣裳鞋子，管他呢，即使是A单，也总归是仿得漂亮的，她想。

夏宁远那里好久没有电话了，说是那里特别偏僻，线路中断没有接通，但偶尔还会有伊妹儿。这天她接到的伊妹儿有点特别，他上来就说，希望把歌剧结尾改了，原来那个结尾太悲了：是青年跟着水神走进了另一个世界。现在，他想改成大团圆的结局。他因为太忙也不方便，希望她来改。——这倒也罢了，最后他又说，他很喜欢“一半是音乐，一半是传奇”这个定位，将来他的墓志铭上，一定要刻上这句话。

她心里一惊，又细细看了一遍，觉得竟不大像他的口气。心里便惴惴，直到晚上，突然来了一个电话，竟是玉凤的。

玉凤显然不是一个特别善于克制的人，在电话里先平静地问了好，絮絮叨叨说了点儿题外话，突然就带了哭腔。

“古老师，……夏干事，夏干事他真是个好小伙子！……他……”

她的脸腾地红了，她第一个念头就是：玉凤知道了他们的事儿！也可能，她们都知道了！！

“你知道古老师，我们家佟昆，我那个傻儿子，他媳妇满珍，您还记得吧，用的一把弓不小心掉到湖里了……他大晚上的跑去寻……”

“哪个湖？”她突然有了不祥的预感。

“赛里木湖啊。佟昆这个傻孩子，黑灯瞎火的，不小心掉湖里了，他平时倒也还有点水性，可那天不知怎么的，他说就觉得湖底下有水鬼往下拽他……眼看着就没顶了，夏干事……夏干事他好像在附近巡逻，瞧见了，二话没说就跳进去救他……我们家佟昆也算命大，捡了一条命啊！夏干事……真是好人，好小伙子啊！……”

“那夏干事呢？！”

“夏干事……夏干事他……他没事……”玉凤突然哭出了声。

“他不是去救灾了吗？他是什么时候回到伊犁的？！”

“前些日子就回来了，您不知道？”

她的心咕咚一声沉下去，手开始抖。

挂了电话，她立即打电话定翌日去新疆的机票。

她无法入睡，把房门紧闭弹了一夜琴，弹得杂乱无章。

她不知道自己在弹些什么，琴谱掉得满地。天快亮的时候堂姐敲门进来，盯着她问：“出事了？”

她说：“不知道。”

她从堂姐惊愕的神情里明白了自己的模样。是陡然间的变化。

她一下子缩水了，变成了一个木乃伊。

4

他觉得自己真的被火山灰覆盖了，滚烫，皮肤烫得生疼，眼睛要被烫出血来。

断断续续的梦，没有完整的。

灼赤的风呜呜地刮，似乎要把耳膜震破。

小时候在风雨里，妈妈给他打的伞会被风吹得翻起来，每到那时他总会幸灾乐祸地笑，妈妈狼狈地想把伞整理好，刚弄好又整个儿翻起来，直到所有的伞骨都折断。

刮大风的季节他还会放风筝，那时的广场，还会有一望无际的蓝天。妈妈在前面迎着他，鼓励着他，他最喜欢仰望蓝天的时候，会看见一个蜻蜓或者蝴蝶样的风筝，在云彩里慢慢地飘。每当那时，妈妈就会哼一支好听的歌。妈妈会骄傲地说：这个歌，是你爸爸写的。

爸爸于是成了他心里的上帝。

云彩遮没了那幅图画。上帝变成了魔鬼。

他努力让自己忘掉伤痛，让自己长成刀枪不入的模样，可是伤口是那么深，深得无法填补，疼得他只想把伤口从身体里掏出来，扔掉，好让自己健康地活下去。那一个晚上他真的办到了！他对她倾诉，是因为他看到了她干净的眸子。

灰紫色的草原。铺天盖地的薰衣草啊！她消瘦光洁的下巴颏在紫光中闪烁。

茫茫大雪，为什么不能给他降降温呢？为什么连雪也这么热?！大雪里他握紧枪柄，一枪枪击中天空，变成灿烂的礼花，她在旁边，像个可爱的大雪人。

别哭，亲爱的，别哭。这世间最怕的，就是你的眼泪。那个暴雨的夜晚，你的眼泪如同子弹一般打中了我，泪水可以在你眼眶里转悠，但是千万别落下来！求你了！这么重的泪珠，我接不住！

你从赛里木湖的另一端走来——那是多么神秘的、无法企及的地方！但是我能看见你，真的，越来越清晰，你穿着最美的婚纱，伸手向我，手指上那个玉人首发着血色的光，你有点憔悴，有点枯澹，但那是我最欣赏的美！懂吗？我最爱枯澹之美，就像那个大风的夜晚，我们的头发突然被狂风吹得直立起来。我们互相看着对方发呆。天空没有一颗星，但是我看见你全身都是星星，都是！是那些星星构成了水晶般的天鹅，就跟我那晚看到的一模一样。

这时，天空响起最美的音乐，那就是我们的歌剧，有很多的人，很多的小天使在云彩里，笑。

亲爱的，你的手我怎么够不着？再伸过来一点，再来一点！

手指似乎触碰的刹那，身体突然陷落。

他从梦中惊醒。灼热难耐，似被地狱之火吞噬。

5

她再次来到伊犁的时候，天空已经变得不那么明亮了。

如同美人迟暮。强打精神的天空，和北京一样灰蒙蒙的，寒冷彻骨。她只感觉到寒冷。冷啊，冷得说不出话来。

还好，堂姐在暖着她。季大夫、儿子，都在暖着她，他们都陪着她来了。不然她连登机口都找不到。

在乌鲁木齐下了飞机，乘当天夜里两点的飞机赶到伊犁。一刻不停地赶到汽车城。赵政委电话说马上到。她看到几张熟悉的脸，都无一例外地避开她的目光。她并不想强迫他们说什么，也许，对她来讲，真相晚一点来到更好。

但真相毕竟还是来到了！看到赵政委臂上戴的黑纱，她脑袋一蒙，只能看见赵政委的嘴唇在不断翕动，却什么也听不见了。

她的脑子蒙了，意识还有，但是很乱。她看见周围来了越来越多的人，眼光似乎都集中在她身上，她觉得那些眼光如同压得越来越低的乌云，盛大的集会，如同夏天最后的一场雷雨，云层很厚，越来越响的声音，是雨声，还是雷声？

有的人是杯子，有的人是水，杯子有他自己的形状，水只是一直蒸发、蒸发……她的小远是杯子，她不过是一直蒸发的水，杯子没了，水流散了。

可是物质不灭，杯子没了，他还会以别的形态出现。无论他变成了什么，她都会去找他。

也许他隐匿到了河流的深处，就像他写的歌剧那样，去寻找水神去了，他为了一个不相关的生命，装出不怕风浪的样子，就像他为了她，装出会喝酒的样子一样。也许他是为了写歌剧去湖里冒险，想从湖底捞出新的故事，像冰山一般不眠不休地漂浮，可他忘了，一切都是有记忆的。连雷声和雨声，连赛里木湖背后黄褐色的山，还有浮在湖面上的天鹅——如果那口美丽的湖最终也能汇入大海，那么他能不能回到他们曾经的“天堂”？

她心里是清楚的。她从赵政委的泪水和嘴唇的翕动中知道，她的小远为了救佟昆，被赛里木湖吞噬了。可是为什么，至今没有发现他的遗体?!

“古老师，我真的对不住您。”人群消失了，周围不知什么时候安静了下来，赵政委不知第几次说这句话，“我知道你们的事儿太晚了！我也太弱智了！……小夏的嘴也真够严的，最后是万般无奈才跟我说。我说我支持啊！歌剧我们汽车城出钱做啊！刚一听说歌剧的事儿，我们的兄弟民族，我们的哈族、维吾尔族、锡伯族兄弟都支持啊！还有你们的婚事，一块办了啊！浪漫点儿，就在歌剧首演结束的时候宣布，大伙儿闹个通宵！……谁知道……谁知道……”赵政委的泪水又涌出来，声音已经嘶哑了，“还有……小夏已经走了一段时间了，我还是不敢对您说，我不知道怎么对您开口！……我只是仿着他的口气，给您写邮件……呜呜”他哭出了声。一个久经磨砺的中年军人，一个大男人哭得像个孩子，是很令人震撼的！留下陪伴她的至亲们无不落泪，可她就愣是没有哭。

是的她一滴眼泪也没流，但是却清楚地从别人的眸子里，看到了一种反射式的恐惧——后来堂姐告诉她，她当时的样子真让人怕：脸色煞白，连嘴唇都是白的，眼光迷乱，好像随时会做出惊人之举。

6

接下来的几天她出奇地安静，把自己关在旅馆里修改歌剧的结尾。

是的他要一个大团圆式的结局。那么就大团圆吧。现在汽车城这么支持，不愁没有管弦乐队，更不愁没有大的合唱队。补写一个大合唱。男女主人公经过千难万险终于团聚，“从此，他们幸福地生活在一起”——这句她从小就从格林童话里看到的句子在这里呈现了。她写得那么投入，写得连自己都相信了。自己在为男女主人公的幸福喜极而泣——欺人与自欺是多么必要的事——人总归要想一个能让自己活下去的理由啊！

夜深了，从窗帘的缝隙可以看见伊犁的月亮。

在一种近乎冥间的静寂中，她突然听到了一个沧桑的声音。

嗯？她是不是糊涂了？无意间按响了哪盘CD的开关？

是《黑色星期天》！——那个在第五乐段出现的著名的死亡之音！

她呆住了。

在音乐史上，这首诡异的曲子曾经导致无数人自杀！在它的第五乐段三分十秒出现的那个声音，是死神本人的声音。

接下来的事情更加吊诡——那段音乐无法停下来，她知道原创者那时的传播方式是黑胶片，反复播放一张黑胶片，最后的结果就会倒放。

原来导致无数人自杀的秘密就在于倒放！

许多奇怪的音阶出现了！……

她乱了方寸，那些奇怪的音阶以铺天盖地的方式笼罩了她。

她想找开关，却无论如何也找不到，她看到房间里的幢幢鬼影，知道是死神在追赶她，她惟一自救的办法只有冲出去——她冲出了房门，门外，竟站满了人！

玛依努日、玉凤、阿兰、佟芳、满珍、阿娜尔古丽……

是在做梦吗？

她们默默地围上来，拉住她的手，她们的眼里都含着泪，佟芳哭得几乎昏死过去。她们手上的温度让她相信，她们是真实的。她们在门外守护着她！

“我没事。”她轻轻地说。

在另一个角落，站着堂姐和季大夫，还有儿子。

儿子走过来，手里拿着一幅小夏的照片。

儿子说:“他真的够帅，长得像查理·考克斯,《星尘》的男一号，比考克斯的线条还硬些。”

7

排练歌剧的过程很顺利。古薇出人意料地沉着。

不过只有几天的工夫，她的眼窝变成了青黑色。她好像缩水了，瘦了一大圈儿，但精神却是奇怪地亢奋。她不知疲倦地和请来的指挥商量着。她反复对扮演男女主人公的阿娜尔古丽和塔西讲啊讲啊，讲他们的心理变化，他们的内心世界，他们的勇气与真诚，她的状态让所有认识她的人都很吃惊，因为在他们的印象中她是非常沉默的，没什么话，也不太会说话。

最后她说，如果她说多了，那么她希望大家只记住一个字，就是真。

“真，好像很简单,”她说，她的声音很小，但却很用力，一根脉管在她的颈子上一跳一跳的,“其实很难。要用你的心去唱，要用你的整个身体、整个生命去唱，即使偶尔有错也没关系，谁也不是傻子，谁都能辨别真假，你要打中人家的心，首先要打中自己的心，不能怕疼，不能怕疼，真的，不能怕疼！再疼，也得忍着！……”这时她的眼眶里才有泪水游动，但她显然克制住了。“……真，不那么简单，特别是在我们这个时代。裸脸，都是要受伤的。……”

最后一句话她说的声音更小，很多人都没听清。说完她就走了出去，此时，已是午夜。

她一口气跑到赛里木湖边，放声痛哭。

湖水似乎可以吸吮声音，她的哭声在这个宽阔空间的夜晚，格外悲伤。

她记起关于他的一切，赛里木湖的天鹅，一切就是从那时开始的，她看到黑暗里草木环绕，那些也许都是湖畔的神灵，她希望看到真相，但是真相不会重演。天空是一片完整的星图，远处是野熊或者雪豹的低吼。夜晚的星空再不需要太阳，最明亮的那颗星或许是北极星，湖里，鱼类孵化籽卵，老蚌闭紧嘴巴，或许它们很讨厌她的哭声，爱情的正反面像个放在太阳下的空盘子，又热又轻，禁得起刷洗，能够负重。但是破碎了的盘子呢?!

她哭到出不来声，在星光下也能看到，眼泪是红色的，像多少年前一样，她的眼底出血了，但她依然无法抑制自己，直到看见湖畔坐着的一个人。

她一惊——怎么刚才没看到这个人，刚才明明是无人的境界啊?!

再细看，她更加诧异：这不是温倩木吗？严格地说，是另一个版本的温倩木。平素她脸上的那种邪恶，刁蛮……没了，她端端正正坐在那儿，面呈庄严和悲悯。

8

“我想知道，世界上每个人是不是都有自己的灵魂伴侣？”她问。

温倩木微笑了一下：“灵魂这种东西，是不需要伴侣的。灵魂是自由而且无限的。伴侣是可以死去的，可灵魂是永生的。”

“我想知道你们的神。”

“我们的神，就是太阳，月亮和星星。”

“那么你要当着月亮和星星向我起誓，他到底是怎么离开人世的，他到底是因为什么而死？我要知道真相！！”

“好吧。不过在此之前，我要把神启带给你，或许，它会给你一点帮助。”

她看着温倩木，心里依然惊诧——温倩木橡皮面具一般的脸上，闪烁着一种奇怪的光芒，似乎有什么附体似的！此温倩木非彼温倩木——

“你们相爱，我很早就看出来了。我可以看穿草原上每个人的心思。我也能看出来，对你来讲，人生最重要的就是爱情，爱情是你快乐的来源。不过你知道吗？所有的人，尤其是女人，都想有爱的机缘，但是这与灵魂无关。当然，爱情是人类最美的情感，可是你把它放大了！你承认吗?！”

“不……不，不我不承认，我对他的爱非常朴素，他对我也一样，我从来没有放大……”

“不对。”温倩木不动声色，“你根本不懂，人与人之间的关系是有局限的，你不懂这点，所以爱情在你那里就会放大，相反的感情也会放大，爱情的确给你带来了快乐，但是同时也会带来焦虑和痛苦，这些情感都被你放大了，你就会崩溃，这是因为你对你自己不够诚实！说白了就是你没有真正面对自己的内心！”

“对自己不够诚实……你是说……”

“是的，沉浸在爱里的人，多半都对自己不够诚实。你总是在设计剧情，你总以为爱是给予或者接受……”

“难道爱不是给予或者接受吗？”

“当然不是。人的本性是不愿意受任何限制的，人最根本的欲望其实是想超越自己。爱情不过是短暂的快乐而已。如果你真的对自己诚实，就会发现那些所谓要死要活的爱情其实是你自己的想象，是你在夸张你的感情，夸张你的生活。肚子饿了就吃饭，感情饿了就去爱，就这么简单。但是如果你相信了爱情神话，那么你就走上不归路了，最后你爱的根本不是一个真实的对象，而是爱上了你想象的爱！你懂吗？”

“不，我曾经一度这么想过，可我遇见了他，我相信爱情了，请不要对我说这些话！”

“你害怕真实！你敢对我说你和他的爱仅仅是快乐，而没有焦虑和痛苦吗？你有没有近于崩溃的时候？”

“有，诚实地回答，我有过，可那是爱情必须付出的代价！我觉得我值了！”

温倩木冷笑一声：“你在说这句话的时候，你在把生活看成值与不值的时候，爱就已经是有条件的了！——记着我的话，人生下来就是一个人，到死还是一个人，爱与他人无关，完全是你自己的事！难道我们不是常常在爱人离去的时候才意识到自己的爱吗？我们不是常常爱那些死去的人吗?!”

她觉得自己被打中了。“你的话让我觉得全身发冷。”她颤声说。

温倩木的口气和缓下来:“我相信你现在的感情是真的。这是因为,你还远远不知道什么是真正的大欢喜。如果你经历了,那么什么爱,什么性,什么物质或者野心,都成了小孩子过家家的玩意儿!”

“告诉我,什么是真正的大欢喜?”她泪眼婆娑。

“咳,真正的大欢喜,怎么说呢?我不知道你这个大城市的知识分子能不能理解,小夏就理解,他临终时已经享受过真正的大欢喜……”

“你说什么?……你怎么知道?……”

“那个晚上,我到赛里木湖畔散步。看见他一个人坐在这儿,就在这块石头上。……他告诉我,他刚刚经历了一件奇怪的事……”

她全身都紧张起来了,目不转睛地盯着温倩木。

“他告诉我,他刚刚有十几分钟的时间,人坐在那儿,但是好像一切都变了!好像周围的湖水、山峦、草原、花朵甚至空气都变成了他生命的一部分,他与周围的万物融合在了一起!他觉得他变得很大很大,他成为了一个巨大的存在,他说这十几分钟过去之后,他好像经历了一次重生!我从来没见过他掉泪,可那天他哭得像个孩子!……我祝福他得到了最重要的生命体验!——这是无数人想追求而没有得到的,物质不灭,他已经转化成了别的基因,也许是这块石头,也许是湖水,也许是鱼,也许就是我们脚下的草地,在听我们说话呢!他说了,无论将来他变成什么,都会在另一个场景里和你相遇,你们会认出对方,绝对不会错过……所以你不必难过,他是怀着大欢喜走的……”

她摇头:“我不信,你是在安慰我。你说的这些,无非是佛家说的那种开悟罢了,我听说过的。”

“不你并不了解。所谓开悟,不过是一种记忆,小夏是用不着刻意开悟的,他本身就是天国的孩子,你既然懂得那么多,不会没听说过安拉只欢迎天真的孩子进入天国吧?”

一颗流星划过夜空,她突然有了一种奇怪的感应:“是他吗?他变成了星星？……”

“很有可能。刚才我不是说了吗？月亮和星星是我们的神。你们的爱情一开始就有神性，不是你们一起合作了一曲《看星星》吗？那首曲子，现在在我们维吾尔族和哈族都传唱开了……”

“难道他……他没跟你说别的？”

“说了，他和你一样，在那天之前也充满了焦虑，因为，因为他那时已经知道自己不行了！……他不知道该怎么对你说，不知道该怎么处理这件事……他天天晚上到湖边闷坐，直到那天……”

“什么叫他知道他不行了？他怎么了？他到底怎么了？告诉我！”她突然疯了似的抓住温倩木的双手，疯狂地摇着，她知道真相即将揭开了！

“……他从北京回来直接赶到救灾的地方，就已经不行了。是政委他们派人接回来的——他在北京期间，感染上了SARS。”

“你是说……你是说……”

“是的。”温倩木非常平静，“就在他去救你的过程中，他自己感染上了‘非典’。知道这件事的只有政委。他不让政委告诉你。你没发现后来的几封邮件不是出自他之手吗？……可是他明白你早晚会知道，他怕你受不了，那时他已经是晚期了，人很瘦，从医院出来就天天晚上坐在这湖边。”

她在心里惊呼了一声，听见内心深处似乎咔嚓一响，有什么东西碎裂了。

“直到那一天，他救佟昆。玉凤一直认为他是为了救佟昆牺牲的。实际上除了我和政委，所有人都这么认为，他被追认为烈士。所有的维吾尔哈萨克塔吉克都要求为他土葬，他们为他买了最好的棺木……可是，小伙子们做了最大的努力，也没有找到他的遗体。……我明白，他还在，不过可能已经转化为另一个物种了……你们是在爱情最美的那一刻突然终结的，你应当高兴啊，因为你活过了，你懂吗？因为你爱过所以你活过了，有多少人，其实没有活过……”

天边升起第一缕曙色的时候，她慢慢离去，她觉得全身的零件都变得很僵直。好像是刚刚学会走路。有风吹来，她觉得脑子似乎清醒了些，回眸一望，那块石头上，竟然空无一物。巨大的恐惧将她吞噬——温倩木上哪儿去了？她到底是谁？到底是不是真的温倩木？还是那块石头上压根就不曾有人？这一切，都是她的幻觉？抑或是神启？！！

赛里木湖水在曙色中慢慢流动，那种不动声色的流动令她无比恐惧。

9

月余之后，伊犁汽车城终于上演了有史以来的第一部歌剧《天鹅》。

剧场里的观众坐得满满的。古薇有意坐在后面，观察着观众的反应。阿娜尔古丽和塔西，演得特别卖力。她从来没想到阿娜尔古丽有着如此美妙的中音声线，而且，他们的确是在用他们的心，用他们全身的能量在唱，少女合唱队的十二个女孩，都是当地音乐学院的学生，她们全部是在做公益演出，不要一分钱。尽管麦克风的质量并不尽如人意，但由于他们和观众的全心投入，一切技术性的东西都变得不那么重要了！

……去年我与她相遇在湖边，
她的眼睛像星星一般灿烂，
她会唱动听的歌曲，
她的歌声如同塞壬一般迷惑我的心弦。

她像草原上鲜红的莱丽，
她像大雪中温暖的山泉，
她像湖中那神秘的天鹅，
来到此地寻找自己的侣伴。
人都说天鹅是最忠诚的伴侣，

一只死去另一只也会相伴而去，
我为什么会在这时见到天鹅？
莫非这是上天的神谕？！

她慢慢站起身，向剧场外面走去。歌声还在她的耳畔环绕。慢慢地幻化为她和小夏的声音——当时他们在他们的天堂排练，她弹着琴，一边回头看着他，把被单披在肩上冒充披风的样子。

去年去年，
去年我在这里和他相遇，
他英俊果敢如骏马一般神奇，
今天是我们约定再会的日子，
难道我们真的能够再度相聚？

她在五月的风里匆匆走着，迎面没有碰上什么人。走出好远她依然能听见阿娜尔古丽那段咏叹调结束时观众热烈的掌声。她穿过草原，看到草原上那一片如火盛开的莱丽喀扎克，想起他说的，下一次，一定要给她带一束盛开的莱丽。

暮色降临，天空高而远。她看见赛里木湖一点点向她走近，暮色中，犹如一整块暗蓝色的水晶。

青年：
啊啊，
美丽的水神我把你等来了，
善良的水神我把你等来了，
神奇的水神我把你等来了，
灵异的水神我把你等来了——

水神：
啊啊，

英俊的青年你真的来了？
纯朴的青年你真的来了？
勇敢的青年你真的来了？
多情的青年你真的来了？

赛里木湖走近了，走近了。

她沐浴在五月的春风里，湖水比以往任何时候都美丽。她坐下来，坐在那块他曾经坐过的石头上，心里慢慢宁静。

堂姐和季大夫在陪了她很久之后，回去了。儿子中考不错，考上了名牌中学。她心中已无挂牵。

星星出现了，是一颗一颗出现的，她看见的，分明是一座光明的庙宇。她觉得他在宇宙间凝视着她。宇宙即使在最静寂的时候，也包含了各种声音，明明天空有隐隐的乐声，是那首《天鹅》的赋格曲。他们曾经在南方的雨天携手漫步，爱如幽灵一般牢牢附体，从身体里传达出的暖意流窜到全身的经络与掌纹，可那样的时刻，只能存在于记忆之中。全部的记忆涌现的时候，奇迹出现了：她忽然觉得万籁俱寂，空无一物，无穷大的天空之下，只有她一个人，但她并不孤寂，因为所有的草原和花朵，所有的山川与湖水，所有的沙漠与岩石，所有的声音与色彩，都融进了她的体内，身体里所有的经络所有的细胞所有的毛孔都通畅透明澄澈。

思念如同一段闪亮的丝绸，是那种两情相悦时无法复制的美，是痛心时那种刻骨的哀愁，亲爱的，我不该在那个雨夜，放你走，我的愚蠢，几乎挡住你的视线，但是还算有救，我没有一错再错，我没有错过爱情，可是你知道么，也许我的一切乖戾，都是不愿意触碰过去的伤痛。想起你的微笑，我会想起我曾经的家，我无数次地对自己说，别醒来啊，即使是梦，也让我把这梦做下去，千万别对我说，走了，就不再回来，爱了，就必须离开——这是我很小就听过的话，不要重复不要重复，我们之间最不需要的就是表白。上天的音乐停下来了，人已经不在了，可你的青草一样的气息，还弥漫在我身边，星星醒着，我怎么能够入睡？可我真的太怕又一个失眠之夜，你一声不响地走了，我知道自己被你毁了，这是我心甘情愿地上当，我也知道你被我毁了，我们互相毁了。可我们也互相成全了，我们停留在爱情最美的那一刻，这不是每个人都能享受到的！这也许就是温倩木说的那种大欢喜吧？……说吧，说不明白，不说，谁会明白，我坐在这里，也许是为了记住，也许是为了忘记。

无论如何，我活过了。因为我爱过了。

因为我爱过了，所以我活过了。

我比大多数人幸运。

夜已深。她睁开眼，盯住了一颗星。忽然那星就沉落了，笔直地流入水中，水上浮起一片亮光，再看，竟是一只天鹅！她抹抹眼睛，疑心是幻境。但那的确是一只天鹅，慢慢在湖里游着，丝绸似的湖水被它划出褶皱。那一只孤独的天鹅，完全是透明的，水晶一般。

当时赛里木湖已被黑暗笼罩。但湖面上依然能看到星月的反光。一个面容清癯的女子慢慢走向湖水，她的神情平静。湖面上笼罩着一种暗淡的银灰色的雾气，女子慢慢变得水晶般透明，飘浮在闪烁的星光和紫色的涟漪中，她的手指上闪出一道血色，连她的衣裙也如同一团玫瑰色的空气在慢慢消融。当她向那只孤单的天鹅走去的时候，曾带着无限的依恋回眸。那一双清澈的眸子使人感到她正在走向自己最美的梦，她的双翼慢慢生长，月光正在她的羽翼上发出反光。

她终于体验到了大欢喜——

色无量故心去如风无量，无量光阴中流转因缘如灯，

缘无边故心如灯焰无边，无边草木翩翩隐蛱蝶如梦，

众生不生故心如梦不生，不生飞鹜当天云彩如流水，

念不相顾故心常独行不相顾，不相顾回首静默来去如风，

如风悲歌渐远复趋于宁静，宁静稍歇便有大音盈满

天心……[1]

此时，汽车城剧场正在上演《天鹅》的尾声：
少女合唱队再次出现

少女合唱队：

星星，亮晶晶亮晶晶，出现在天幕上，
月亮，弯曲曲弯曲曲，映照在湖心里，
赛里木湖的湖水啊，蓝悠悠蓝悠悠慢慢地变黑了，
黑暗中闪闪亮闪闪亮那是什么——

男女主人公在少女的合唱中拥抱在一起。
大团圆的结局。

一部最难写的长篇，纠结了七年之后，
终于完成于2012年5月28日
一度、二度、三度、四度修改完成于端午节
第五度修改于2012年10月
我心虽痛，亦羡笔下人物终获大欢喜矣

① 摘自台湾诗人崎云《心经》。

向爱投降（代跋）

——《天鹅》论略

王　侃

一

《天鹅》是部不折不扣的爱情小说。掩卷而思，首先涌到眼前的问题是：徐小斌为什么要写一部爱情小说？

出道之初的徐小斌，以《对一个精神病患者的调查》而引文坛注目。我曾撰文详尽地论述过这部小说——这是个布满了弗洛伊德和萨特身影的现代主义作品，是个由精神分析和存在主义相互缠绕的思想和语言的织体。在这部小说中，徐小斌通过景焕这个角色，开始了她对于“逃离”这一贯穿性主题的叙写。不过，景焕式的逃离，并非失却方向的狼奔豕突，相反，她执意地逃向孤独：这是她主动选择的投奔方向与最终选择的停泊地。就此而言，徐小斌非常早地就在中国当代文学中捕捉、描画和叙写了“孤独”这一现代情绪。景焕式的孤独，有两个层面的批判意义：其一，在道德层面上，它是对世俗沆瀣的抗议和蔑视，是对欺世者和伪饰者的嘲弄和鄙弃，这正如尼采所说：“孤独作为对纯洁性的一种崇高爱好和渴望，对于我们来说是一种美德，这种纯洁性认为人与人之间——‘社会上’——的一切接触总是陷入不可避免的非纯洁性之中。”[①]因此，景焕不惜主动犯罪以此来摆脱工作、家庭、爱情等种种被她视为桎梏的社会关系。其二，在“存在”层面上，也是更为重要的层面上，景焕视孤独为自由，因此她摆脱职业即摆脱冷酷的制度，挣脱家庭即为了挣脱冷血的伦理，最后，她也漠视爱情，因为爱情也是一种社会关系，它意味着要进入对方同时也被进入，这两者都难被自由原则许可。景焕在思索昙花于白天开放这一“越界现象”时，悟尽禅机般地说：“我认为，什么都是可以实现的，只要，只要是自由的。”这一“自由选择”思想，使小说由弗洛伊德主义一步迈进了存在主义，迈进了关乎现代社会和现代生存的“本体论”。

但是，如果一个人的卓然不群不被视为是超常而备受尊崇时，他/她便会被认为是反常而被遣入疯人院，即重新纳入一系列更为残暴的强制性的规训和惩罚体系。景焕便一度被送进疯人院。这不仅是她的困境，同时也是自由的困境。景焕只能耽于一个关于“弧光”的梦境以替代性地满足自由的理想。最后，她投身人群，却从此不知所终。由此，我们能触摸到一种典型的现代主义美学情绪：一种困兽犹斗般的忧愤，一种激情受挫时的悲怆，以及一种批判失效后的绝望。

我相信这部小说是徐小斌后来所有写作的真正出发地，尽管她后来的作品更为强劲，更具厚势，也更加宽广。这个从小就孤独而敏感的作家，幼年也曾耽于一个天国花园的梦境，在自我封闭的内心世界里，通过聆听神祇的呼唤，实施着对外部世界的逃离。我因此相信，景焕是她起笔之初笔端难掩的秘密以及最后敞然无忌的坦诚。可以肯定的是，《对一个精神病患者的调查》是她的锥心之作，生命之书，是她“以血代墨”的文学象征。自此以后，回应着某种神秘的呼唤，那些“逃离”的身影开始或密或疏、或急或缓地沉浮于她各种文本，奔突在“世界”的边缘，带着沉郁的诗性，掩身绵

① 转引自［美］J. 宾克莱：《理想的冲突》，北京：商务印书馆 1986 年版，第 197 页。

长的绝望。

到了20世纪90年代以后，因《双鱼星座》的出现，使对徐小斌的读解进入到了另一个阐释空间。徐小斌自己说道：“在《双鱼星座》中，我第一次自觉地写了逃离的对象——那就是这个世界，这个菲勒斯中心的世界。”[①] 这表明了她“世界观”上的一次演变：当她还是个少女时，与她对峙的所谓“世界”，是个“成人世界”；当她在风沙淬砺中成长为一个“成熟女人”时，所谓“世界”，是个“男人的世界”“菲勒斯中心的世界”。因此，在徐小斌的“世界体验”中，“现代”已不是构成荒谬感的惟一因素，甚至也不是根本的、终极的因素。在她崭新的世界观里，“性别”这一“根本性的权力概念”（凯特·米莉特语）使她对存在之荒谬感的探究、辨析与判断，从保罗·萨特走向了西蒙·德·波伏娃。

在《对一个精神病患者的调查》中，有关宇宙之偶然性的神秘主义讨论已然展开。在医学治疗这一工具理性的幌子下实施的爱情欺骗，以及在偶然性的支配下四处发生着的人生错位，都被归咎于宿命论与“现代社会”“现代生存”的合谋。此后，关于“错位”、关于“偶然性”、关于“宿命”的神秘叙事，带着现代博弈论的智性色彩，在《敦煌遗梦》《迷幻花园》《如影随形》《吉尔的微笑》等小说中四处挥发，只是这一次，在“现代”之外，宿命论被与“性别”捆绑在一起加以强调。如果说，在《对一个精神病患者的调查》中，景焕、谢霓和柳锴的三角关系还是一个“现代命题”，那么，毫无疑义，在《迷幻花园》里，芬、怡和金的三角关系则显然是一个“性别命题”。《双鱼星座》被人们谈论最多；人们乐意沿着徐小斌设置的叙事线索，讨论“一个女人和三个男人的故事”，讨论“一个女人”如何应对分别以“三个男人”为代码的权力、金钱和性欲，讨论“一个女人”在四面楚歌的危境里哭告无门的绝望。当然，只需稍拐一个弯，这个小说就会被提到另一个语义层面：从根本上说，它讲述的是“女人和男人”的故事原型——一个万古不变的叙事结

① 徐小斌：《逃离意识与我的创作》，载《当代作家评论》1996年第6期。

构，它探究的是性别之间的永恒战争，以及女人在溃败之后“逃离”世界的企图，最后，它还不得不“宿命地”揭示女人作为失败者身陷永夜的哀痛。

一般而论，徐小斌处于20世纪90年代以来中国女性写作的前沿。她的深刻，她的丰富，以及她一直持有的坚定、锐利的批判意识，使她的作品谱系像开阔、逶迤、肥沃的冲积平原。她的笔下，裸着断茬痛苦伸屈的肉体，在生死边缘低回呻吟的灵魂，反抗着宿命的意志冲动与平复于智性的命运挫折，驰骋于异域的辉煌想象与寂灭于规训的庸常堕落，乱象横生的人生开局与亘古恒定的性别终局，以及她浪漫、纵情的叙事体背后冷峻到彻骨的批判表情——凡此种种，形成了她的文学风貌，使她在中国当代女性写作的队列中有着很高的辨识度。

但是，无论是批判“现代”时所表达的自由冲动，还是批判“男权”时所挥斥的政治激情，“爱情”都是徐小斌一贯以来旗帜鲜明地加以弃绝的他物：在她的世界观序列中，“爱情”曾经是实现自由的巨大障碍，后来则是男权政治的隐秘机制。为此，她曾坚定地自称：“没有任何爱情与风景可以使我驻足于世界的某一个点。”[①] 她从《双鱼星座》开始，以对欲望的恣肆、深刻的叙写，破解了爱情神话。在她巫气十足又讥意四起的笔端，宣告着神话时代的结束。与此同时，从《海火》中的方菁和郗小雪，到《迷幻花园》中的芬和怡，到《吉耶美和埃耶梅》中的徐茵和吉耶美，再到《羽蛇》中的羽和金乌，在这个持续、反复的人物序列中，一种渴望与同性结盟的不轨指向被表达和强调。当然，沿着“逃离”的逻辑，这样的同性结盟最终也会被弃绝：“孤独”是惟一被允许的终局。

而今，爱情，这件早被挑落在地的神话外衣重被拾掇，破败处细加缝合，并以“天鹅”的名义饰以华彩。是否，我们正在面对一个全新的徐小斌？——是，也不是。

---

① 徐小斌：《逃离意识与我的创作》，载《当代作家评论》1996年第6期。

二

我倾向于认为，一次次无休止的“逃离”，渐次积聚为一种生命中不能承受之轻：徐小斌和她的小说人物一起，深深地陷入了萨宾娜式的困境。景焕失踪了，卜零出走了，佩淮赴死了，羽被摘除脑叶了……“孤独”中的决绝，使她们付出了令人窒息的惨痛代价。无论是针对“现代”，还是针对男权，当批判的激情逐渐消退之后，除了心力交瘁，她们并未清晰地看到救赎的路径。她们斩断了与外部世界的一切关系，却在迷茫中深陷不能承受之轻，正如徐小斌写作《羽蛇》时就下意识地触碰到的至理：“脱离翅膀的羽毛不是飞翔，而是飘零，因为她的命运，掌握在风的手里。”“孤独”只是暂时性地发挥了自我保护的作用，却无法承诺永世的安宁，相反，“孤独”很快被时光打造成了桎梏，陷她们于万劫不复的深渊。她们的命运与马克思的名言相逆：她们在这次斗争中失去的是整个世界，而得到的只是锁链。

此时，徐小斌需要让古薇出场了。不用说，古薇是中年景焕，是出走佤寨的卜零，一出场就带着孤标超凡的气质。区别只在于，她开始向“世界”投诚，开始渐次地敞开孤堡的城门，让“世界”涌入。虽然她仍坚称“所有人都是矛盾的集合体，她尤甚”，但是，“在真爱面前，她还是投降了”。更甚者，在真爱的互动中，古薇直截了当地表示，“她要钻进他的身体里，重新做回他的一根肋骨”。景焕或卜零曾经坚持的个人主义的或是性别主义的立场，这一次，似乎统统被放弃了。

我猜测，也许徐小斌这一次是想借助“爱情”来修复与外部世界的关系。“爱情”直接修复了因为徐小斌的坚执立场而一直以来在“男 / 女”关系结构中赫然呈现的断裂。这至关重要，因为这意味着徐小斌企图尝试与由男性主导的整个世界的沟通。徐小斌罕见地用这样的笔墨正面描画一个男性形象：夏宁远是“天国的孩子”，他心理上的单纯、性格上的聪颖、气质上的坚毅以及形貌上的俊美、强健，都无法令人无视，毫无疑问，徐小斌试图让古薇通过爱情、通过爱情男角获得救赎。事实上，无论在世俗还是在精神层面上，古薇确实因为夏宁远这个男角的行为而获得拯救。显然，徐小斌在肯定某些她曾经否定过的形象和价值。也许是在“孤独”的深渊里浸渍太久，也许是在危境的暗夜里负累过多，徐小斌意外地对“爱情”有了理想主义的寄予，故命其承载重托，去填平一个又一个深邃的沟壑——比如中年音乐家与青年军人之间的年龄、身份、地位以及地域等种种差距。甚至，她还让萨满、伊斯兰、佛等不同教义在叙事中平行登场，互相颉颃，仿佛这个世界起讫于泰安。虽然，“爱情”中的人物会发生角色冲突，但这样的冲突明显是局部的、暂时的和戏剧性的，是为了达到更高的和谐与融洽，是为了实现和抵达我们对于“爱情”的流行理解。我倾向于认为，这是徐小斌的一种叙事努力：借助“爱情”，修复曾在她的世界里触目皆是的种种残缺与断裂。

的确如此。为了实现对“爱情”进行赞美诗式的叙写，徐小斌还试图调整她一贯以来对于“母亲”形象的恶谥。早在《羽蛇》中，虽展示了一个庞大而跨度遥远的母亲谱系，但这个以母 / 女代际关系构成的母亲谱系并没有向我们呈现伟大而美好的光泽，相反，它被仇恨所充斥。在谈到这个小说时，徐小斌表示：“慈母爱女的画面很让人怀疑……母亲这一概念因为过于神圣而显得虚伪。实际上我写了母女之间一种真实的对峙关系，母女说到底是一种自我相关自我复制的矛盾体，在生存与死亡的严峻现实面前，她们其实有一种自己也无法证实的极为隐蔽的相互仇恨。”[①] 因此，在她曾经的认识里，“自我相关自我复制的母与女”是末日审判时“美丽而有毒的祭品”。然而，在《天鹅》里，“母亲”的价值形象被强行调适：古薇与夏宁远之间在年龄上的代际差距，使古薇自然地在爱情角色中更多地体现出母性情怀——她成功地修复了夏宁远的成长史中母爱的缺失。古薇这个人物，是“母”与“女”的结合体，徐小斌用“爱情”修复了母 / 女之间的深刻断裂，让这个曾经对峙的结构在面对夏宁远时合二为一，在夏宁远那里实现了“母亲”（母）与“情人”（女）的融通。

徐小斌所作的这一系列“世界观”或“价值观”的调适，也许

---

① 贺桂梅：《伊甸园之光：徐小斌访谈录》，载《花城》1998 年第 5 期。

有其无奈的一面。在尝试了冷峻的对峙、激越的批判之后，救赎的方舟并未如期而至。每在逃离时绝尘而去的背影看似轻逸却不堪其苦。的确，20 世纪 90 年代趋于极端的个人主义并未给孤绝中的抗争者带去点燃希望的曙色，相反却使抗争着的个人逐一陷入了无援的困局。于是，出于救赎的另一种尝试，徐小斌试图缓解她和“世界”之间一直高度紧张的关系。当她祭出“爱情”的法器时，我们仍能感觉出她犹疑中的战战兢兢。

仿佛是卜零出走“佤寨”，古薇也是在“西域”遭遇了夏宁远。“爱情”的发生地被徐小斌设置在了一个不染尘烟的浪漫之所。夏宁远的军人身份、二十九岁的年龄以及音乐世家的背景，都被古薇一厢情愿地设想为是自己初恋情人的转世，这其中太多的巧合，不仅不让人感觉是冥冥中的某种神启，相反却使人看出了徐小斌的某种刻意：虽然她试图通过“爱情”来缓解与“世界”的紧张关系，但在其精神深处她仍然不自觉地表露出对置身其间的“现世”和“现时”的拒斥——如果必须有“爱情”，她只想让它来自全然陌生的“异域”，来自少不更事的“过去”。古薇和夏宁远联手创作歌剧《天鹅》——为此，徐小斌在章节的命名上使用了繁缛的音乐术语，并在叙述中糅进了大量的乐理和乐史——音乐，尤其是歌剧这样的高端艺术所具备的超凡性质，使这对男女异乎寻常的恋情有了可以安置的华丽平台，有了可以诠释的合理语境。但是，《天鹅》最初的一段旋律，起源于夏宁远关于天鹅的一次视觉幻象，这让由此一段旋律引发的爱情不经意间暴露了它虚幻的开端。

虽然有“英雄救美”的桥段来铺陈经典爱情中的奋不顾身，但徐小斌的最后用意却并非要渲染这通俗桥段，而是要让死神现身，使爱情戛然而止。在这部小说里，死亡的寓意也并非用缺憾来歌颂完美、用短暂来比衬永恒，而是要让爱情滑入虚无，使救赎的途径再次中断。因为爱人的离世，古薇与这个“世界”刚刚缓解的关系将再次陷入全面的紧张。

西域女巫温倩木先后对夏、古讲过，爱情只是“小欢喜”，是“有局限”的，是无法解决人置身其间的“世界”危机的。但何谓

“大欢喜”，又何谓“无限”？——在小说的尾部，温、古之间的对话玄机重重，但核心内容是要否定借爱情来抚平一切的神话思维，强调“人的本性是不愿意受任何限制”的自由理念，重申“人生下来就是一个人，到死还是一个人”的孤独本性，而所谓的“大欢喜”——我没理解错的话，它应该就是指最终的救赎——则是指与天地相契合的生命形态的转换。与其说这个小说在叙事中设置的种种玄机让人陷入神秘主义，不如说它再次回到了向死而生的存在主义。当古薇在万籁俱寂时义无反顾地纵身赛里木湖的深处时，我眼前闪过了失踪的景焕，出走的卜零，刺青的羽和赴死的佩淮。

徐小斌在《天鹅》中呈现了作家自我的某种分裂。她既厌倦曾经信奉的极端个人主义所造成的存在困境，又难以挣破某种将其自我加以封存的坚壳；她既试图以“向爱投降”来达成与外部世界的和解，同时又不断地对和解的可能与终局疑虑重重；她试图屈服，在关键处却又不屈不挠，她长期以来形成的对于“世界”的不信与不屑，是她心头的硬刺，在每一次心脏的搏动时都以尖锐的疼痛对她进行某种致命的提醒。

如果说，徐小斌在这个小说中有关爱情的叙写婉丽跌宕，让人有“新生”的讶异感，那么，她有关死亡的命题则将人拉回到她沉潜、黑暗的旧时风格。我在这个小说中读到了奋不顾身的决绝，也读到了左右为难的犹疑；读到了幡然醒悟的欣悦，也读到了上下求索的艰难；读到了辗转反侧的流连，也读到了以血代墨的惨烈。但无论如何，“救赎”的主题仍然是她小说中化不开的硬核。我猜测，这个小说在她心里酝酿已久，百转千回；我猜测，这样一部小说的写作会让她心力交瘁，因为我相信，在她的内心深处，有关救赎的答案仍然悬念丛生。

2013 年 2 月 8 日于杭州菩提苑

后记　不一样的烟火（《文学报》深度访谈）

“作家内心究竟是龌龊还是干净，在性的描写上会一目了然。”

文学报：相比你之前的创作，感觉新长篇《天鹅》有了很大的转变。比如总体上说，语言风格从浓艳转向素雅了；写作姿态由颠覆而趋建构了；就你在很多小说里都要处理的爱情这个主题而言，也似乎从“信”到“疑”，又回归到了“信”，等等。我好奇的是，你何以有这样的创作，这种变化又是怎么发生的？

徐：其实你若是细读我所有的作品，特别是长篇，就会发现我的每一部都风格迥异。并非我有意颠覆，而是：我所写的每一部小说，其风格都是根据题材决定的。最初的长篇《海火》因为写的是大学，所以叙事风格有点学生味；《敦煌遗梦》写宗教故事，所以比较神秘；《羽蛇》写五代女人的心灵秘史，文字是我比较习惯的华丽句式；而《德龄公主》是历史小说，所以用了一种明清小说的手法；《炼狱之花》是当代讽刺小说，因此用了当代年轻人的语言；而《天鹅》，我一开始就自我定位为白描式的朴素手法。

文学报：实际上，这不仅体现在写作手法上，也体现在你对人物的角色定位上。你的小说人物，大多都有一种奇异性，他们一个个天赋异禀，像是落入凡间的精灵。而《天鹅》里的古薇和夏宁远，却是一对非常平凡的恋人。

徐：没错。这部小说从写作手法，到人物表现，我都想写得朴素。但实际上完成得并不好，在小说最后几章，又开始了我惯用的那种诗性的语言。

至于你说到的从“疑”到“信”的转变，那倒没有。那完全是文本的需要。早年我也写过真挚的爱情啊，譬如《河两岸是生命之树》，发表在《收获》1983年第五期，头条，赚了不少读者的眼泪，当时我收到很多读者来信。当然，那时是全民文学热时代，说明不了什么。不过至今还有人在找这篇小说，很多人重读依然飙泪，这点让我挺感动的。

当然也有对爱情彻底否定的，譬如《别人》。

文学报：以我的感觉，在当代写真爱特别困难。因为我们这个时代，正在持续不断地为爱情祛魅。即使是有真爱在，让人们一谈论，就会被解构，就会变得非常世俗。所以，一般写到真爱，作家们会把故事背景回溯到古代，或者干脆让现代人穿越到古代，来一场不由你不叹服的生死之恋，而即使是以当下这个社会为背景来写真爱，也似乎严肃不得，而非得带上点王朔式的雅痞，才给人感觉合情合理。然而《天鹅》诠释的这个爱情故事，可以说是对爱情的一次认真而严肃的追问。如何让小说的叙述有说服力，对你的写作，或许是一个不小的挑战。

徐：哈，写这个小说我有点“顶风作案”的意思，明知不可为而为之。

这小说说起来话长了，2003年“非典”时期，有真爱的个案。我在小说后记里也写了，最初的想法是来自一个真实的故事，“非典”时期曾经有一对恋人，男的疑似非典被隔离检查，女的冲破重重羁绊去看他，结果染上了非典，男的反而出了院。男的照顾女的，最后女的还是走了，男的悲痛欲绝。这个错位的真实故事让我心里一动。当时想，哦，原来中国也有可能会上演《泰坦尼克》式的爱情。那时就想写一个关于真爱的故事。

文学报：灾难里发生的爱情故事，对你无疑是个很大的触动，马上就动笔写了吗？

徐：没有。你知道双鱼座都特磨蹭，磨蹭到2005年我才动笔，写了六万多字就写不下去了。一个是音乐方面，我本来想偷懒儿，但是古典音乐这个东西，偷懒完全是行不通的，要花大力气才能走下去，而我当时根本就没有这个动力；另一个，也是最主要的，是当时社会的价值观爱情观婚姻观有了极大的改变：写真爱变得越来越难，稍微一不留神，就会假，或者矫情。

我深知，假如我正面写一个真爱的故事，对于整个社会已经改变了的爱情观来说，无异于以卵击石。于是我就放下了。

文学报：看你作品发表的序列，这中间其实你并没有闲着，而是穿插着写了社会讽刺小说《炼狱之花》。这部小说为你赢得了加拿大“国际大雅风”小说奖。怎么想到回头来写《天鹅》？

徐：2010年，我重读之前写好的六万多字，觉得依然有一点点能打动自己的东西，我就下决心报了音乐班。我下的更大的一个决心是：用个人化的青少年与整个世界的中老年对抗，哪怕真的是以卵击石粉身碎骨。就像我写《炼狱之花》时决定不合时宜地充当《皇帝的新衣》里那个道破真相的小孩一样。

当然结果也并没有那么悲剧。与我之前的小说反应两样：之前总是小众喜欢，而这次喜欢的读者层面有了不同。有一些朋友竟然看哭了。这次去江西婺源，感触尤深，那里的三清女子研究会有些女生看过《天鹅》且反应强烈，这是我始料未及的。我不知道这对我来讲究竟是好事还是坏事，但有一点是肯定的，那就是：此书我认为没有百分百完成自己的初衷，所以是配不上这样的热情的。这绝非谦虚，我不是谦虚之人，我只是个愿意实话实说的人。

文学报：我也实话实说吧，这也是我特别喜欢读的一部小说。《天鹅》里有一种古典的诗意，一种和谐的静美，体现了你很强的控制力。这一点在性描写上表现得特别突出。国内作家总体看不善于写性，不单写作技巧上缺失，究其因或许还有深层文化心理的影响。所以很多性描写要么失真，要么猥亵，读来尴尬。小说写的四十岁女作曲家古薇与二十九岁边防军战士夏宁远之间跨越年龄，异于常理的爱情故事，最考验分寸感的把握。你控制得很好，性描写给人感觉自然干净，直接而美。在这个问题上，你在写作过程当中是否有过特别的考量?

徐: 这个问题非常尖锐。

过去老说文如其人，后来又说文与人完全是两回事。

但是在写性这一方面，其实是最能看清作家本人的。也就是说，作家本人的内心究竟是龌龊还是干净，在性的描写上会一目了然。姐弟恋，非常容易给人不舒服的感觉。这里面就远不是技巧能掌控的问题了。

我不敢说我内心多么美，但至少是干净的。且我从小就对猥琐龌龊的人深恶痛绝，而且不知怎么回事，我对这样的人似乎有一种穿透力。甚至觉得猥琐伪善比大恶更加恶心，因为比大恶更有欺骗性。

文学报: 赞同。眼下平庸的小时代里，大善大美、大奸大恶都不占主流，充塞社会的多是猥琐的美学，还有对猥琐的无比麻木。

徐: 回到主题，我早就发现，有些作家只是写了少许的性，便令人觉得恶心之至，而另一些作家，尽管大量写性，依然能够感觉到他的干净和美好。

的确很多姐弟恋都容易让人不舒服，譬如电影《钢琴别恋》。但是也有非常成功、非常令人震撼的姐弟恋，如《东方西方》——女的是苏联科学家的法国籍夫人，男的是被斯大林政权整得家破人亡只好寄居在科学家家里、明明可以参加奥林匹克游泳比赛却由于家庭原因被刷掉、比法国夫人年轻二十岁以上的青年人，他们两人由于对自由的极度渴望而结盟，产生了纯真的爱情。当他们陷入绝境只能走一个的时候，夫人把全部首饰变卖把生的希望让给青年，而青年冒死游过黑海来到自由世界，第一件事就是要求把法国夫人从集权国家救出，为此他不惜割腕以引起对方重视！这样的姐弟恋真正是光芒四射！

而“非典”是一场巨大的民族灾难，是一场“未遂的泰坦尼克事件”，在这样的大灾难面前，古薇和夏宁远的爱情经受住了考验。特别是我写了，他们两个都是容易害羞的人——害羞，其实是一种可贵的纯真的品质。这样的姐弟恋，无疑是不令人反感的。

文学报: 很好的一个提醒。为爱情写爱情，哪怕是写的地老天荒的爱情，也只是言情小说的套路。严肃写作有更高的要求，要通过爱情写透人性，还要写出深远的社会心理背景。在《天鹅》里，你对爱情做了自己的诠释。给我印象最深的是题记里的那句话：爱情是人类一息尚存的神性。在你多年前写的小说《羽蛇》里，你也曾写道：爱情是神性在人身上惟一留下的东西。我想这里面是包含了深意的。可以延伸开去的思考是，我们都知道爱情虽然幸福美好，但总是伴随着怀疑、焦虑，那是不是说，神性的深处同样是阳光与阴影的交织？你怎么理解？

徐：那倒不是。

我是坚信远古时期有一个人神共生的时代，否则那些奇异的梦、那些无法解释的神秘的事情就不会存在。

文学报：何以这么说？很多人讲万物有灵，那通常只是一种移情的说法，一种未经证实的很主观的判断。

徐：之所以如此说，是有道理的，当代科学家已经对于大自然中存在的生物进行了一系列测试，最有趣的是美国FBI的测谎仪专家巴克斯特，在1966年的早春，用测谎仪记录了植物类似人类的高级情感活动，科学家们并在随之开展的系列研究中，建立了一门新兴学科，叫做“植物心理学”——其实正是“万物皆有灵”的科学印证。

而爱情，也确实成为一息尚存的神性，之所以说它一息尚存，是由于它在物理学意义的时间上是极为短暂的，当然，哲学家和文学家可以说，那一瞬间即为永恒。

“加法与减法，如同出世与入世的转换，随意转换，就可以获得自由了。”

文学报：一般说来，写爱情需要做加法。作家们给爱情故事加上很多的负累、阻碍，男女主人公从七大姑八大姨种种社会关系的泥潭中，或者从三角恋、四角恋等错综复杂的感情纠葛中挣脱而出，这样的爱情才会被赋予特别的华彩；而这加法加到极致，便是如马尔克斯笔下《霍乱时期的爱情》，以半个多世纪的跨度，穷尽所有爱情的可能性。要我说，这是一部为爱情而写的“时间简史”。《天鹅》的叙述却走在相反的方向上，因为你做的是减法，且不说男女主人公牵涉的社会关系简而又简，他们对爱情的理解也是纯而又纯，这也迫使你的叙述不断往人物的内在深入掘进。以此看，这可以说是一部关于爱情的“心理分析小说”。

徐：刚才我提到的中篇《别人》，也是设定的最简单的人物关系，只有他和她。那应当是一部真正的“恋爱心理分析小说”。

而那一部小说，就是彻底的对“爱情”的讽刺与嘲弄。“爱是一个枉费心机的企图”——萨特如是说。其实那样的小说，远比《天鹅》这种正面写爱情的小说好写。

人生到了某个阶段，必须学会做减法，必须断舍离。

但这并不意味着我从此就不再写《羽蛇》《双鱼星座》那种繁复华丽的小说了。加法与减法，如同出世与入世的转换，随意转换，就可以获得自由了。

文学报：我之所以强调“心理分析”，是因为你为男女主人公超越年龄界限的爱情，找到了坚实的心理基础，也就是说，两个人之间的故事都可以从各自的成长经历中找到渊源。具体来讲，古薇接受夏宁远的追求，是因为他像极了她英年早逝的初恋男友Y，她和Y之间没能完成的爱情，在她和夏宁远之间得以圆满，而夏宁远爱上古薇，也是因为他童年的惨痛经历，他曾受到继母的性虐待，他的爱是缺失的。他爱古薇，也可以说是一种自我疗伤和治愈的过程。以此看，你写的更像是一个带有古典色彩的现代爱情故事。你也说到，这部小说是用现代性来诠释一个带有古典色彩的爱情故事。在你自己的理解里，现代性是怎么体现的？

徐：谢谢你的解读。

首先它的现代性就在于你细读时看到的：我给出了两人相爱的“坚实的心理基础”与“成长渊源”——这其实就是荣格强调的阿尼玛与阿尼姆斯的心理原型。他认为：“每个男人心中都携带着永恒的女性心象，据此他不自觉地建立起一种标准，这种标准会极大地影响到他对女人的选择，女人的阿尼姆斯心象的投射也是如此。”“阿尼姆斯能够被人格化为各种男性形象，从最低级的一直到最有才智的，这要取决于妇女自己的进化程度。”“一个聪敏的有文化的女子比那些受教育较少的姐妹们更加是阿尼姆斯权威的牺牲品。”

我研究过很多案例，后来发现，荣格这一理论是绝对成立的。

这也为这些“一见钟情”“前世今生”式的爱情找到了理论基础。譬如宝黛初见时贾宝玉就说：这个妹妹我是见过的……

当然，这还不足以说明“现代性”。

文学报：很多时候，现代性被简单地理解为对传统的一种反叛。比如传统作家写爱情，必定要合乎逻辑。但当代作家写爱情，有时候偏向以反逻辑的方式来解决逻辑问题，以此暴露出现代人的残缺。而与现代社会的荒谬相对应，爱情也是无需考虑太多的合理性，变不可能为可能，才有更多的喜剧性呢。

徐：我终于可以完整地回答你关于现代性的问题了。当代科学中的最艰深的“超弦理论”提出了物理世界的“超时空架构”，可以帮助人们观察多重宇宙的存在。美国北卡罗来纳州医学教授兰萨证明：人在心跳停止、物质元素处于停顿状态时，其意识、讯息仍可运动，亦即除肉体活动外，还有着超越肉体的量子讯息，即我们俗称的“灵魂”。“当生命走到尽头，身体机能尽失时，还会在另一个世界重新开始。”这个最新的当代科学研究成果帮了我的大忙，最后我的处理就是这样的，通过温倩木之口，道出了古、夏将在另一个世界延续生命的真相——这一点，至今还没有任何人看出来，其实我已经给足了暗示了。

所以我说，是用现代性来诠释了一次带有古典色彩的爱情。

文学报：特别想和你求证一个观点。孙郁在读你的那篇《聆听者》里，把你和王安忆作比较时写道，如果说，王安忆笔下的生活是近于原生态的景观化的再现，你笔下的生活，则可以说是更显主观的隐喻化或情境化的呈现，而即使是生活在别处，说到底也是生活日常的一种折射。尤其是在《天鹅》里，生活像音乐一样流淌。

那么，你怎样理解生活，尤其是体现在你小说创作里的生活？

徐：“更显主观的隐喻化或情境化的呈现”，理解很对。评论家评我“写作在别处”，也很对。的确是这样。我十三岁读《复活》，牢记托翁关于“精神的人”与“动物的人”的说法，从某种意义来讲也可以说我有点“精神洁癖”。面对现实的丑恶我经常会逃避，我对现实中的丑恶、猥琐、伪善、龌龊，等等，非常敏感也有着极强的排斥力，可以说有一种生理上的反感。

说穿了，现实已经够丑恶了，如果让我在文学艺术中继续正面描摹这种丑恶，我会受不了。

但从另一方面来说，我又是个热爱生活的人。有比较多的爱好，至今仍保持着对这个世界的强烈的好奇心。经科学家研究，人脑从生到死，一般只用到百分之三十的神经元，这是巨大的浪费，开发自己的潜能，最大限度地超越自己，从而让自己活得真正有价值——这是我对生活乃至生命的理解。至于世俗意义上的成功与否，我不是很在意。

“我是体验派，不仅女性，我笔下所有的人物都是我。”

文学报：就我的印象，你之前的小说写爱情，有很多是男女主人公完成了婚姻意义上的结合，但在爱情的层面上并没有完成，因为有种种的残缺，不管走没走到一起，他们的爱情也注定不会完成。《天鹅》不同，男女主人公真心相爱，他们也并不止于爱情上的琴瑟和鸣，同样向往婚姻上的相濡以沫。也因为此，在这部小说里，能读到为眼下很多写作所欠缺的深情。当然，小说里夏宁远因染上“非典”意外死亡，他和古薇并没完成婚姻上的结合，但在爱情的意义上却是完成了的。我想在这生死与情感之间，该是体现了你对爱情，或是人生的独特的思考。

徐：我确是想“顶风作案”地写一次真爱，且并非空穴来风。古人言“情深不寿”，情与寿，一直是对立的。说白了，一个人一生能碰上一次让自己不要命的爱，也挺值的。所以古往今来，真爱的结局无非有三，最好的结局是转化为亲情；二是转化为仇恨，所谓由爱生恨；三是在爱情最美之时，被死亡终结，这第三种，便是被人们歌颂的那种爱之千古绝唱，宝黛、梁祝式的爱情。

我历来不愿重复，如果简单写一个爱情故事，那即使写出花儿来，又有什么意义呢？——所以我写了一个“第四种爱情”。

文学报：还有“第四种爱情”？都说爱情已经被人写尽了，写来写去无非换个布景，难有实质意义上的突破。不妨展开谈谈。

徐：古与夏真爱，但由于年龄社会文化背景悬殊，爱的方式非常不同，所以一直纠结反复，几次都近于决裂。但是因为两人的“真”，最终还是“把爱情进行到底”。小夏是个自然之子，没怎么受过社会文明污染，爱情对于他来讲，简单明了，表达上也痛快。古薇习惯于知识分子的话语，且她敏感自尊，犹疑不定，心里早已深爱，可直到最后才敢面对爱人表白。而小夏的两句话“爱情就是我们”“爱情的未来还是爱情”这两句朴素至极的话，现在竟然已经成为一批女文青的经典话语——这是我始料未及的，因为我也习惯于写知识分子的表达方式，所以对小夏的这种奇葩式的与众不同的表达想了两天两夜，也成为此次写作的一个巨大难点。

文学报：理解个中写作的难度。对于爱情，我们太习惯说很多大道理了。但太多的道理，反而遮蔽了爱情。倒是这样朴素的话，深深触动我们的心弦，而且给我们一种美好的感受。在我的理解里，《天鹅》讲述了爱的故事，也呈现了一个美的故事。有评论认为，你抒写“一切骤然而逝的美欲”，且“在爱欲的背后，还有一层更终极的美欲”，虽然文章里没能说清美欲所指为何，但这种感觉是对的，你的写作可以说是一次次美的历程，最后抵达的也是美的极致，极致的美，为此有时甚至可以牺牲部分的真实，而且在你这里，美或许还是一种救赎的力量。

徐：谢谢你说到“极致的美”。

我的确痴迷一切美。当然，我的“美”是主观的，不一定为广大群众所接受的。

三岛由纪夫自童年看到“圣塞巴斯蒂安的受难”那幅画，看到那个流淌着鲜血的洁白的肉体，就奠定了他一生的对于美与死的追求。我特别能理解。

我本人亦如此。在那个疯狂年代，高音喇叭在外边喧嚣，所有人都在画工农兵，我在家里看禁书，画一些匪夷所思的画。我画了一幅《阿波罗死了》，我的一个朋友看到后就说：“不得了！你赶紧把这幅画收起来。阿波罗是太阳，你怎么能说太阳死了呢？”我现在还记得画面是我想象中的月亮女神狄安娜双手捧着太阳神的头，天空上的太阳是镂空的，后来这幅画被我伯父母看到（伯父是中共高官），严厉批评了我，并且还为此找了我父亲——但我依然阳奉阴违，我行我素——小时候我不但是做梦的孩子，还是内心极度叛逆的孩子。

文学报：似乎还不只是叛逆。你之所以有这样的“创意”，是因为你从小对世界就有不一样的理解，而且你决不妥协。我总感觉，在写作的很多方面，你特别包容，但涉及美的层面，你尤其追求纯粹，也特别决断。从这个意义上，《天鹅》结尾心灵涅槃的“大自在”“大欢喜”的设置，在你这里其实并不是偶然。

徐：“大欢喜”“大自在”，都是佛教的概念，有趣的是，它们与当代最高端的物理学“超弦理论”竟有许多异曲同工之处。超弦理论中说有个人意识才有宇宙的存在，与佛教中的“性空假有”如出一辙。另一个世界是存在的，这不是安慰剂，是已经被科学证明了的真理。所以我想对那些伤心哭泣的读者说，真的别为他们难过了，我的主人公们在另一个世界很好。

文学报：如你所说，要是读懂了《天鹅》深层的隐喻，就会觉得释然。某种意义上说，这也是一本释爱之书。小说开头，男女主人公看到天鹅的情景，预示了他们“大欢喜”的结局，而古薇创作的《天鹅》，最后也成了诠释他们爱情真意的华丽背景。当然在你的很多小说里，故事是表，隐喻是里，且这表里之间有一种清晰的关系。那么，有感于隐喻使得小说有了纵深的同时，我还是疑惑，这样一种有着清晰面貌的隐喻的书写，能否反映当下社会复杂的经验？而我之所以这么问，是因为很多传统意义上的隐喻，实际上都已经被触目可及的现实改写了。

徐：其实这还是要看是什么样的隐喻了。

譬如《羽蛇》的隐喻：在一个陈规陋习的世界里，如果有人天赋异禀，想打破种种传统思维，那么她会成为所有人的敌人——直到她被切除脑胚叶，才被他人视为正常人而受到欢迎，而于她本人来讲，却是真正的死亡了。

又如《炼狱之花》，海百合出海前她母亲嘱她，要对人类满怀善意，千万不要“以恶制恶”，而她最后为了朋友和深爱的人，违反了海底的这个规定，于是海洋之门向她永远关上了。这里面藏着一个巨大的隐喻，即汉顿所说：“人们总是试图越界去寻找新鲜的经验，但是一旦越界就再也回不到原初了——这是一个极大的悖论。”人生永远想越界，而越界之后再也回不来——

这些都是可以超越于所有时代与各种具体复杂的现实的。

文学报：从另一个角度看，这样一种隐喻的书写，反映了你的纯粹。某种意义上，你是生活在童话世界里的成人作家。正因为你兼有诗性的童话思维和成人的深刻洞察，你的写作，才会如此丰富，如此独特。而这两者碰撞形成的张力，也为你开拓了一个为很多作家难以企及的小说空间。有意思的是，你笔下的很多女性形象，实际上也体现了这样的两重性。是不是可以这么说，你写了古薇等一个个不同的女性人物，某种意义上也是写了一个个不同的你。

徐：感谢你这么说。

记得高尔基初见托尔斯泰的印象记题目为《哲人·小孩》。达到这个境界是很难的，也是挺厉害的。而且，并非通过努力，或者刻意为之就可以达到的。这样的人，内心世界一定是真纯的，这种真纯是后天无法弥补的，是世界上有一种拒绝长大、到死还保留着童心的人所独有的。

我是体验派，不仅女性，我笔下所有的人物都是我。我会钻进每一个人物的心理去体验他们，冒充他们，为的是让他们的存在有说服力、饱满而有力量。

文学报：在结构设计上，《天鹅》可谓独具匠心。有评论认为，这是一部别开生面的“伴奏小说”。但论者可能忽视的是，你采用了近似主题音乐的形式。叙述者“我”在这个主题的描述里，像一个有预见性的特别清醒的旁观者，她超然冷静的“旁白”与沉浸在爱情之中的男女主人公的感受，形成了或是契合或是悖反的“对话”，有一种特别的阅读效果。怎么想到设计这样一个奇异的结构？

徐：啊，终于说到这个结构了。

这其实也是这部小说惟一让我自己满意甚至有点得意之处。

这个独立单元页是后来加上去的，为的是小说要有多重维度的解读。类似音乐中的停顿：创作主体跳出的刹那，形成一股分裂的力量，拓展了小说的维度，同时还造成了阅读时的间离效果。

我对自己的要求是，每一篇小说都要有创新，《天鹅》的创新来得最难，千回百转之后，终于有了灵感，这种灵感来临之际，就是我们与神离得比较近的时候——这种时刻对创作者来说是无与伦比的幸福。

“并不是什么神话式叙事，
而是借神话来揭示现实中残酷的关系。”

文学报：评论者大多注意到，你的写作从很多远古神话中汲取灵感。以林斤澜先生的说法，你的小说追求一种原始意象和主观记忆。但需要进一步明了的是，这些远古神话，在你的笔下并不是中国特有的，更可以说是人类性的、世界性的。比如《羽蛇》里的羽蛇，就像你书里提到的那样，是远古人类对太阳的别称，英国作家D.H.劳伦斯和墨西哥前总统、作家何塞·洛佩斯·波蒂略都写过同名小说。又比如《炼狱之花》里海百合的意象，也是脱胎于安徒生童话《海的女儿》。当然你把那些带有浓郁西方色彩的神话，也做了中国化的表达。

徐：有段时间我的每部小说都会有一个意象。写《羽蛇》时我好久没确定它的名字，后来完全是不经意间，我发现了我要找的意象，就是羽蛇。

羽蛇是人类世界共有的神话原型。现在你们肯定明白我书中那些女人的名字了：羽蛇、金乌、若木、玄溟……那些来自远古的太阳与海洋，与女性本身一样源远流长，生生不息，具有转世再生的顽强。这当然可以构成一种文化象征，但问题是这种顽强既有悲剧的美感，又有非常可怕的一面。这并不是什么神话式叙事，而是借助神话来揭示现实中残酷的关系，这本身就是在解构神话。

文学报：说到神话，我联想到一种说法：时间总是把历史变成神话。而你在《德龄公主》里写到的题记是：一半是艺术，一半是历史，时间总是把历史变成童话。这句话在之前的《羽蛇》里也出现过。有意思的是，“童话”和“神话”虽然只是一字之差，却特别耐人寻味。我想，这该是体现了你独特的历史观。

徐：何谓历史？凡过去了的都可称为历史。过去的每一分每一秒，在同一事件的人里，都有着截然不同的答案，何况已经过去了几十年、几百年、几千年？所以我一直质疑历史教科书上的历史，不过是整个历史的冰山一角，甚至这一角还是值得质疑的。尽管知道历史不过是个罗生门，但我还是想尽可能地还原历史成为童话之前的那个历史——这应当是有意义的。

譬如“文革”，我们的上一代在那场浩劫中九死一生的历史事件，在我们的下一代那里不是已经变成童话了吗？！这是很恐怖的事啊。

文学报：在你的创作中，大概《羽蛇》和《德龄公主》，是特别体现了历史感的。尤其是在《羽蛇》里，你依次写到了五个时代。这里特别值得说说的是你写到的20世纪八九十年代。有评论说到，你没有回避这一时代，体现了你直面历史的态度，同时也对你通过主人公之口说出的理性思考表示赞赏。当然我也赞同，而且认为在你的小说里这样处理挺好。但要从写作的角度看，又感到一种缺失。作家们对那个年代的书写，似乎都表现出一些共同的符号化特征。

徐：我不知道你说的符号化是指什么。

文学报：就20世纪八九十年代这段历史的书写而言，我指的作家写作的趋同化倾向，不止是趋同，而且偏于概念化。作家们一写到那个年代，似乎就是《今天》、北岛，还有屠格涅夫的《父与子》，等等，似乎只有理想、激情，还有信念。这会否是对那个年代的呈现，我们的写作，还没找到更为个体化的切入方式？

徐：我是通过个体人物命运来折射出历史背景的，《羽蛇》如此，别的小说亦如此。因为我写的毕竟是小说而非正史。

但我认为作家应当在历史的重要关头成为一个"在场者"。苏联小说家柯切托夫曾经说过：一个人一生至少要拿出一次真正的身份证。所以我首先要求自己要真实地毫不媚俗地记录我们这一代人的历史，要为这个民族提供一份个人的备忘录。

文学报：你似乎很少写到你的青少年时期，也就是20世纪六七十年代，那个物质极端匮乏的时代，尤其是你下放东北兵团的经历。但在八卷集《徐小斌小说精荟》总序，还有《天鹅》的后记里，你都写到了其中一段让你刻骨铭心的故事。我的一个理解是，这从一个侧面反映出你的写作并不是经过改头换面的的生活自传，你写下的更可以说是你的精神自传。我也注意到，你很少写到主人公物质上的苦难，但会比较多地凸显他们精神上的磨难。

徐：你说的"精神自传"，一点没错。起码对于我来说，精神上的苦难远远比物质的苦难更难以忍受。在上山下乡的苦难中，我似乎一直活在自己的内心世界里，而对于外部世界始终有一种本能的抵御。而且我说过我惯于把真实虚幻化，并非刻意如此，而是在某些无法忍受的艰难环境中，惟一能让我活下去的方式。

"文学之外一些其他门类的知识，在很大程度上滋养了我的文字。"

文学报：就像我前面提到的，《羽蛇》里两句让人印象特别深刻的话，“爱情是人类一息尚存的神性”“时间总是把历史变成童话”，都在你此后创作的《德龄公主》和《天鹅》中得到了延续。这也可以看出，你的写作虽然各有各的面貌，还是有一以贯之的带有主题性的思考的。我也注意到你在提到自己的写作是原创写作时，特别强调“在我的作品里，基本看不到互文关系”。当然你指的是，你的创作很少受到其他作家的直接影响，你的不同作品之间，也没有太多关联之处。由此，我想问问在你看来，何谓原创？你也知道“原创”这个词，经常出现在作家、评论家的笔下，至于何谓“原创”，却很少有确切的阐释。

徐：我不是搞研究的，真的做不出确切的阐释。

我只知道我们是不太尊重原创的——这个问题在影视界特别明显，今天你说了个创意，明天可能就“跑单”。这也是我们的电视剧往往某一主题一火就批量生产的原因吧？

我想原创至少应当独树一帜，和别人不一样吧。

文学报：我倒是想起纳博科夫的一个观点。他说，有独创性的艺术家，他可以模仿的只有他自己，这话看似悖谬，实则大有深意。因为尽管有对别人的学习借鉴，但说到底，还是独特的个体生命，成就了独创的艺术。当然按这一说法，要让自己不重复自己，那就意味着这个艺术家要有极其丰富而多面的思想、个性。比如你的写作，每一部都有不同的主题。但也能举出相反的例子。比如村上春树，他所有的写作，都可以说是同一主题的不同变奏。回到前面谈到的互文关系，村上的很多作品，不仅与他推崇的西方作家的作品有很强的互文关系，而且他自己创作的不同作品之间也有很强的互文性。

徐：每个作家都不一样，村上那样做，自有他的道理。

我这么做，其实是寻找创作的乐趣。对自己的智力挑战不重复他人与自己，就是我的写作乐趣。

但是原创精神不够确是一个极大的悲哀。泱泱大国十三亿人口，什么节目模式都要从人家那里搬过来，很丢人的。复制粘贴快餐文化挣钱快，有几人还想绞尽脑汁费尽心力地创造？！创造力与想象力的匮乏是当代一大弊病，这直接导致了文化输出的匮乏——而大国的重要标志并不仅是GDP，文化输出也极为重要——眼睁睁地看着韩国拿走我们的文化作为他们的营养剂，真有心痛的感觉，当然更多的是无奈。

文学报：同感。这个问题说来复杂。当然原创，并不意味着你要做没有来由的凭空想象。关键在于你学习了，吸收了，最后要真正变成自己的东西。你的写作自然也受了一些作家的影响，但经过你很好的转化，就看不到什么痕迹了。比如，从你的小说里，能读出马尔克斯的某种神韵，但从形式上，看不到多少相像的地方。即使偶尔读到“很多年后”的句式，也是迥异于《百年孤独》开头的另一种表达。另外相比很多作家自传式的写作，你个人经历的影响，在你的写作中似乎也有更为复杂的呈现，所以我就好奇，你从哪里获得写作上的资源?

徐：昆德拉曾经这样说过:“如果说小说存在的理由是把‘生活的世界’置于一个永久的光芒下，并保护我们以对抗‘存在的被遗忘’，那么小说的存在在今天难道不比过去任何时候都必要吗？”

我想昆德拉的这个说法大概是被多数写作者所认同的（尽管昆德拉并不喜欢“多数”这个词），但是，“存在的被遗忘”却每天都在发生，岂止是被遗忘，简直就是被改写甚至被有意歪曲,《罗生门》的故事不断地出现在每个叙述者的叙事中，造成更大程度的晕眩。

《红楼梦》曾经是我整个青少年时代的梦魇，接下来是《安娜·卡列尼娜》，茨威格的《一个陌生女人的来信》，陀思妥耶夫斯基的《被侮辱与被损害的》，巴尔扎克只喜欢一部《贝姨》。然后是梅里美、托马斯·曼、卡夫卡、马尔克斯、博尔赫斯、米兰·昆德拉、三岛由纪夫、普鲁斯特、卡尔维诺、罗伯·格里耶、帕慕克、安吉拉·卡特……这样的一根链条，基本构成了我读书的历史。

文学报：实际上，你的写作还受到了文学之外的很多知识的滋养。有些知识也是我初次接触，并且感觉特别新奇的。我想这些知识或许给了你很多启发。比如你的一些小说，在大的整体结构框架上能有所突破，或许就得益于此。

徐：确实如此。说来惭愧，物换星移，我对文学书远不如青少年时代那么感兴趣了。更感兴趣的是维纳的控制论，爱欧斯特的博弈论，韦伯的社会学，荣格的心理学，劳伦斯的生物学，莫罗、弗鲁贝尔、霍伯、雷东……的画，甚至天文学、占星术、炼金术、纹章学、易经、塔罗、自然科学，等等，书读杂了，自然会产生更大程度的晕眩。

晕眩是极好的写作状态，起码是对我来说。

文学报：我更感兴趣的是，你是如何把你学到的这些知识小说化的？

徐：应当承认是文学之外的一些其他门类的知识，在很大程度上滋养了我的文字。譬如，画家罗伊、德尔沃、巴尔苏等神秘现实主义画家对我有一定影响，主要是在文字的感觉上。可以说我对文字有种迷恋。

当然更重要的是阅历，如果一个人只有知识来堆砌，那么他（她）可能会成为一位好的研究者，但是永远成不了一位好的小说家。

文学报：同样让我感到好奇的是，你的小说通常都有很强的主题设计。比如你的几部小说，都有你自己原创的题记。而且这题记，并不只是与小说不具有很大相关性的“引子”，而是主题鲜明地提示了小说的主旨。换言之，你让并不复杂的主题，幻化出了万千气象。我由此特别想了解，当你在创作时，首先想到的是什么？会否是某一个特定的主题，然后围绕这个主题展开特定的想象？

徐：哟，那岂不是成了N年前提倡的主题先行？

文学报：哈，这是不同的概念。现在作家一听到“主题先行”这几个字，就悚悚然避之惟恐不及，他们要极力避开的恐怕是有违内心意愿的“遵命写作”吧。N年前强调要先行的主题，很多时候就是政治命题嘛。实际上，即使是命题作文，要能调动作家内心深层的资源，也是能做出好文章的。问题在于很多时候主题先行了，结果写作就成了无关内心表达的“为主题而主题”了。我们也知道，很多作家在写作构思的时候，都是带有某种倾向性的，对自己的写作要体现一个什么样的诉求，也会有一定的设计。这方面的例子有很多，最典型的是，托尔斯泰创作《安娜·卡列尼娜》的过程。我倒是有兴趣听你说说，通常是什么激发了你的创作？你的创作一般会经历一个什么样的过程？

徐：我的写作，构思时间占用极长。《对一个精神病患者的调查》是1982年就开始构思的，1985年才发表。那时我的头脑里不断更迭着一个蓝色的冰面，有女孩在上面滑冰，做梦时也在想。后来女孩慢慢地活了，骑自行车时我开始与她对话，那时我的创作路子基本都是这样，很多人物对话都是在骑车时产生的，幸好别人没注意我嘴里常常念念有词，不然人家以为神经病呢。

一般是想到脑子完全饱和趋于爆炸，腹稿也日趋完整的时候才动笔，动笔之后就基本上不怎么修改（改来改去是这两年的事）。譬如长篇《海火》二十二万字，一气呵成，看那时的手稿，只动了区区几个字，现在可做不到了。

激发我创作的，有梦境也有现实。在我经历了怪异的梦境与难忘的现实之后，闪电就会把我击中。

“那些被剪裁下来的边角料貌似游离无用，却呈现出一种高级的美。”

文学报：我总感觉，你的写作似乎有意无意走在与时代潮流相反的方向上。比如，在渎神的时代里，你偏偏拓展了一个个小说的神界。我看到王红旗有一种说法，说你的小说有一种“跨越三界的先锋性”，说你“为了追求文学理想国，不断攀登与超越物质界、精神界、灵魂界；人界、仙界、神界”，这样说大体没错，但可能造成误读，以为你的写作是跨界的渐次呈现，就好比是但丁《神曲》式的由地狱、炼狱而至天堂的超越。其实很多时候，你的写作是在不同界限之间来回往返，交融穿越，而让我读了震撼的，往往是主人公于人界仰望神界的时刻。

徐：其实也没有那么玄，就是我的一个本色写作而已。

小时候会做各种怪梦。

这些怪梦几乎充斥了我的整个童年和青少年时期，但是后来慢慢越来越少了，这也证明，我越来越世俗化了，就像“海百合”似的，“再也回不去了”。

往返穿越，当然是最佳境界，但是谈何容易？我承认在写作上或许可以达到，可是作为“精神流浪者”身份的往返穿越，似乎已经很难很难了。

文学报：你说到的“精神流浪者”，该怎么理解？

徐：我一直认为自己是个“精神流浪者”。我说过失爱的孩子将伴随恐惧流浪终生，指的就是“精神流浪者”。实际上就是赫尔曼·黑塞所说：“永远不可能把爱与风景停留在世界的任何一个地方。”

文学报：当然，“仙界”“神界”的存在，让你的写作有了一种超越的维度。而这种超越，可以说是很中国的。如果说，西方现代意义上的人，往往是在对神的质疑，进而是在与神的对抗中，找到人之为人的依据。那么，你笔下的人物，很少对仙界、神界有所质疑。面对神的召唤，他们都有一种皈依之感。似乎人世间注定无法解决的矛盾冲突，却能在神界达成某种和解。我欣慰于这样一种和谐，但还是疑惑，这会否在一定程度上减弱了小说现实的批判性，减弱了人物在面对困境时，所迸发出来的，那种能让人得到净化的，极具震撼力的悲剧色彩？

徐：我认为最理想的状态是跳出三界外，不在五行中吧。当然，此生是达不到了。

我的人物并无皈依感。而是我前面提到的相信曾经有一个人神共生的时代，而有些人的神性还不曾完全丧失。

但是得有神助并不会削弱小说的批判性，如果这个结论成立，那么所有小说的表达就只能有现实主义一种了。

文学报：说你与时代潮流有所游离，还因为你的写作，从形式、修辞，到叙述等方面，都体现出了与主流创作极为不同的质素。就形式而言，有别于当下严肃文学里的“全部都是现实”，也有别于网络小说里的“极目都是虚幻”，你的小说，多是“一半是现实，一半是梦幻”，而即使是倾向于写实的小说，也“一半是艺术，一半是历史”，或“一半是音乐，一半是传奇”。从修辞上看，不同于当下作家写作普遍追求的极简、速度，还有准确、节制，你的小说里遍布华美的意象，浓彩重抹的描述，也遍布被认为会影响准确性而舍弃不用的形容词及修饰性的比喻，还有为很多作家所刻意略去的人物形象的刻绘，及环境的渲染。而从叙述上看，你的写作总体上看，反倒不是像很多作家的创作那样刻意创新，一般都是顺着时间让故事流淌，只是在叙述的细部会强调叙述视角的转换、蒙太奇手法的运用等。然而让人感到奇怪的是，这样一种看似回返到过去的写作，却没让你显得传统或过时，而是凸显了你创作的独特性。由此可见，所谓普泛性的写作准则，未必适用于独特的、另类的创作。你以为呢？

徐：王家卫四五年拍一部电影，所有的人都不知他在拍什么。包括他的男女一号。最终剪出来，大家却突然惊奇地发现，他用的恰恰是每次剪出来不要的边角料。很多人对此颇不以为然，我却恰恰对此拍案叫绝。我不明白文学中的“准确性”指的什么，如果是通过什么说明了什么，那恰恰证明这作品不够高级。我讲过，真正好的小说有一种混沌、多义之美，完全说不明白，就像是那些被剪裁下来的边角料，貌似游离无用，却在不经意间呈现出一种高级的美。这是极难拿捏的。如同电影里的“闲笔”，国画里的留白，丝绸陈旧的质感，于微妙中感知难以传达的美丽。

我说过我的风格是根据题材定的，有些需要师古，但是有些比较前卫，譬如《末日的阳光》《黑瀑》《图书馆》等，《末日的阳光》的长句式，在 90 年代初就吓到了当时文坛的大佬，拖了两年之久才发表，《图书馆》更是到现在都没有被解读。类似这样的还有不少作品。总之我的风格是不断变换的，不想过早地固定一个风格，变成一个匠人。

文学报：不能不说，要做到如此变换很难。说实在，尽管知道你的求新求变，读到《图书馆》《密钥》《黑瀑》《蜂后》这样的短篇小说，还是多少有些吃惊。毕竟类似智性写作，总地说来不是国内作家所长，他们也很少涉足。对女性作家来说，这更是一个很大的挑战。所以，我们谈到某某作家的写作，受到了博尔赫斯的影响，但这个某某作家基本上不会是女性作家，你似乎是个例外。

徐：呵呵，那时博尔赫斯的作品还没译过来。

文学报：哦？那敢情是你早年创作的？这几部小说给我的感觉，确是智性而又神秘。对这样的写作，作家本人通常有比较明晰的理解。你说到《图书馆》还没有被解读，那你自己对这部小说有何阐释？

徐：小说一二三四分析阐释出来就没意思了。可意会不可言传吧。

“我绝不承认我是什么浪漫主义写作。也不承认我在张扬什么巫性。”

文学报：严格说来，你的创作不能归为浪漫主义创作。但你的一些小说，确乎在一定程度上体现出如贺绍俊所说的浪漫主义色彩。比如，瑰丽的想象，很强的主观性等。我自己特别在意的是，潜隐在你小说里充满浪漫主义色彩的对比手法。这里面有色彩的对比，更有人物关系的对比。极而言之，色彩的强烈对比，是与人物表现融合在一起，或是为凸显人物个性而存在的。有一点，何向阳也注意到了，就是你笔下的很多人物之间，呈现为一种互为镜像的关系。《海火》里的方菁与郗小雪就体现得比较典型。她们之间有强烈的对比，也因此有强烈的相互吸引，甚至可以说是同一个人互相排斥，又渴望融合的两个侧面。你此后小说的人物关系，大多延续了这一特性。有意思的是，从显在的层面看，往往不是情节、事件，而是人物镜像的过渡，或人物视点的转换，推动了小说故事的发展。

徐：说起《海火》这部小说是有点可惜的。写于1987年，1989年才出版，大家都知道那个时候出版意味着什么。当时张志忠先生写了一篇极佳的长文做出很高评价。二十年后，沈浩波把它改名为《海妖的歌声》再版，沈说这部小说在过去二十年之后一点没有过时。这话出自一位大书商之口挺让我意外的。

海妖，便是古希腊神话中的塞壬。她以优美的歌声捕获过往的水手，奥德修斯为了能平安通过，不得不用蜂蜡把同伴的耳朵封住，又让他们把他绑在船桅上，才闯过难关。这里面反证了海妖的歌声有何等的魅惑力。批评家说，主人公方菁和郗小雪构成了一种镜像关系。可实际上，我写的是一个人的两种不同形态。是一个人的外显与内隐，显性行为与潜在本性。小雪用“你不知道全部历史/就是/因为照下太多面孔而发疯的一面/镜子”这样的诗句以自然生命嘲弄所谓历史，方菁则以“废墟是标准的——魔鬼的著作/连续而缓慢——没有人能够在片刻中/溜走——是毁灭的法则”这样的不祥之音回应。非常有趣。

文学报：有必要作补充解释的是，体现在你笔下很多人物身上的巫性，会让人联想到一些浪漫主义小说里人物的奇异性。但你笔下的人物的复杂性，又不是那些浪漫人物体现出来的那种纯洁、明晰，可以比拟和涵盖的。我也疑惑，该怎么理解巫性？是否因为这些人物有通灵的气质，就必然有了这样一种巫性？或者说，所谓巫性，不过是神性、妖性与人性的融合？可以确定的是，你在小说里张扬巫性，一定程度上隐含了对凡俗生活中平庸人性的批判。

徐：有些朋友会有这样的感觉，特别是我早期的作品。

但我绝不承认我是什么浪漫主义写作。也不承认我在张扬什么巫性。“我就是我，是颜色不一样的烟火”——张国荣的这句歌词很好。

文学报：在我的感觉里，当下少见有像你这样有着浓厚艺术气质的作家，而在某种意义上说，你写的是我们文学传统中比较稀缺的艺术小说。你笔下的人物，有像《敦煌之梦》里的肖星星，《天鹅》里的古薇那样的艺术家，而他们即使不是艺术家，通常也有着强烈的艺术气质。

徐：有时写作就是进去了，跟着人物命运走，所以特别理解托翁塑造安娜时的心境。写的时候没有什么特别刻意的想法，但完成后有时会有出人意料的效果。

文学报：同时，电影、戏剧、绘画等元素的融合，无疑凸显了你小说的艺术气质，而书信体、日记体的运用，在显示出人物内省意识的同时，也为小说蒙上了一层艺术的怀旧色彩。如果极端一点说，《炼狱之花》里海百合在人间的旅程，也可视为一次独出机杼的行为艺术。当然艺术性在《羽蛇》里，得到了极致的体现：羽为了赎罪在西覃山，与圆广结合后完成背后的文身，后来，为了唤醒圆广的“前世记忆”，她又想尽办法让他看到文身，而她死后，她母亲若木又命她姐姐陆绫的女儿韵儿把文身给临摹了下来，最后由她的二姐陆箫带往欧洲。很显然，文身在这部小说里，包含了深层的意味。何以艺术在你笔下有如此丰富的表现？

徐：写作的手法会受到影视和绘画的一些启示，典型的如《羽蛇》。譬如镜头的切换，变焦，特写，定格，等等，因为小说背景的反差太大。其实我写的时候倒并不连贯，就像一个个独立拍摄的画面，这样可以保持最鲜活的原生态，最后再通过后期剪辑把它连贯起来。写五代女人，我要尝试新的手法，而不愿意那种顺时空写作，那样的话我大概得写一百万字，完全没有必要，那是向读者倒垃圾。

“首先是价值观和世界观决定了作家的格局，也决定了他写作的高度。”

文学报：对照你早年创作的《迷幻花园》，我总感觉你一生的创作，实际上都是在创造一个“迷幻花园”。而换个角度看，你可以说是创造了一种迷幻现实主义。你的作品里，融合了玄幻、奇幻、魔幻，甚至科幻等当下文学，尤其是网络文学里流行的元素。但你的写作，从来没有脱离现实。事实上，迷幻与现实在你笔下，融合得如此之好，以至于很多时候让人找不到其间的界限。

徐: 从早年的《海火》开始，我就在做一种实验，就是把最虚幻的形而上空间与最现实的生活结合起来。这种处理确实很有难度。过去我一直把文学大师们分为两大类，一是托尔斯泰、巴尔扎克等社会型作家，另一是陀思妥耶夫斯基、普鲁斯特、卡夫卡等“内省型”作家，相比之下我当然更喜欢后者，因为后者与生命本质艺术本体更接近。但是我注意到一个令人恐惧的现象，那就是，后者的最终命运几乎都与病态、疯狂或自杀有关，他们在劫难逃。我觉得，自己的秘密世界有如一面魔镜，它好像是真实的，但每一个细节都不真实。人在面对自己、自以为达到至善至美的时候，其实是在制造一种骗局。走入那面魔镜是自欺欺人的开端，可怕的是，通往魔镜的道路有去无回。这大概就是后一类作家非疯即死的答案吧。但是我发现在地狱与魔鬼中还有第三条道路。

文学报: 怎么说？前面你说到“第四种爱情”，这会儿又是“第三条道路”。你似乎特别希望在很多人认为已然确定的边界之外，有自己独到的发现。

徐: 这么说吧。譬如博尔赫斯、卡尔维诺与一些拉美作家，他们穿越了时间与空间、虚构与现实、上帝与魔鬼、此岸与彼岸的界限，达到了一种出世与入世的自由转换，这样，他们就可以把渴望自由与逃避自由这两种人类需求的主动权把握在自己手中，这种境界非常令人羡慕。打破界限之后，就可以把貌似对立的两极融合在一起，就像埃舍尔的画，一对僧侣上楼，另一对僧侣下楼，但是你忽然发现上下楼的僧侣实际上是同一队人。又像巴赫《音乐的奉献》，巴赫利用“无限升高的卡农”——即重复演奏同一主题，然后神不知鬼不觉地进行变调，使得结尾最后能平滑地过渡到开头。

这种小说是我追求的境界，也是我用的一种基本表现手法。

文学报: 但我还是觉得，你之所以寻找这第三条道路，也是因为这些作家的创作深深触动了你，而你能成功地做到这一点，也一定不只是你掌握了一些写作技巧，而在一定程度上源于你理解和把握世界的方式。

徐: 是的，对作家来说，技巧始终是第二位的。首先是他的价值观和世界观决定了他的格局，也决定了他的写作是怎样一种写作。

我的青少年时期，有幸与一批非常优秀的人有过深入的交往。他们与现在那些靠蝇营狗苟的小伎俩小聪明爬上位取得话语权，并且由此获得巨大利益与资源的犬儒主义者完全不同，他们是这个民族精神真正意义上的传人，包括学术上的前卫与高端。他们常常在第一时间把当今世界最先进的哲学、社会学著作介绍给我，譬如在90年代初就给我介绍了维纳的《控制论与社会》，爱欧斯特的博弈论，马克斯·韦伯、本雅明、卢卡奇等人的著作。我认为及时了解世界上最先进的思想，对于决定一个作家的格局与高度是至关重要的。

“哥特式的阴郁、巴洛克式的华丽与洛可可式的繁复可能会同时呈现。”

文学报：读你的小说，常会感到一种扑面而来的神秘感。其中一个原因，该是你处理了很多神秘的经验。比如，在你的小说里，现实很多时候就是梦幻的叠现。在《对一个精神病患者的调查》里，你就写到这样诡异的情景：景焕梦里幽蓝的小湖和现实中见到的湖面几乎完全一样，令人分辨不出是真是幻。实际上，在《双鱼星座》《末日的阳光》等不妨称之为迷宫式的小说里，你都会处理类似的经验，而这种经验在《羽蛇》里有更复杂的呈现，尤其是你在“附录三”里写到，小说叙述者“我”在电脑里看完一部盗版盘退出的时候，电脑里忽然出现了一幅插图，正是你在小说“开场白或皇后群体”里写到的情景。这幅插图的出现，又与你正在写的小说重合。读到这里，确是读出了一点《百年孤独》结尾的感觉。

徐：这些都是随机出现的，并没有预设。

我确是喜欢神秘的事物。因为会引起强烈的好奇心。

罗伯·格里耶那年来华访问座谈，我曾经向他提问：“我觉得你的小说让我想到美国画家霍伯。他的那些画貌似画的是静物，但是与别人的静物完全不同，静静地看他的画，会有一种巨大的恐惧感慢慢升上来，你的小说也是这样。”我问这个问题，有朋友为我捏一把汗，说是格里耶脾气很大，如果问题不合他心意，就会拂袖而去。但是他听到这个问题后非常兴奋，说没想到中国有人能提出这个问题，说之前有西方某画评家曾经提到过，他本人非常认可。后来他还与我合影留念。

有一种神秘是表面化的，很浮浅。而另一种神秘，是到骨子里的，如同格里耶的某些小说。我当然欣赏后者，而后者往往是一种天赋而非技巧。

文学报：这样的神秘经验，会对人产生一种强烈的吸引。我记得当年看基斯耶夫斯基《维奥丽卡的双重生命》，我就在想，要是有另外一个和我一模一样的人，在同一个时间的远方，能感受到我的欢欣或是痛苦，该是多么激动人心的一件事情。我记得，帕慕克也谈到类似的经验，他总觉得在同一个城市，还有另一个“我”存在。当然这样类似《红楼梦》里真假宝玉的经验，很少得到证实，所以很多时候你只会当它是艺术的虚构。而往人的潜意识里深究，或许也只是人渴望挣脱孤独的一种深层渴望。我想知道，你在现实生活中，是否有过类似的经验？

徐：没有。我一点儿也不希望有另一个我存在，呵呵。

所以最早听说克隆人的信息我的反应只有两个字：恐怖。

文学报：体现在你小说里的神秘感，部分还源于你处理的宗教经验。《敦煌遗梦》就把这种宗教的神秘感推向了极致，但很难因此说这是一部宗教小说。因为，不同于史铁生、张承志等作家笔下的宗教性的诉求，宗教在你这里，更多作为一种知识，作为一种结构小说的需要，或者是作为一种精神性的探求。当然如果说你的写作体现了某种宗教情怀，我想该是爱、自然，或许还有宿命。但你对宗教其实是有所质疑的。我甚至想，对于宗教如果你信了，反倒不会觉得它有多神秘了。而在信与不信之间，反而更能体会到它的神秘感。

徐：是的。最重要的不是皈依而是“宗教精神”。

我是比较早地涉猎宗教的作家。1994 年我的《敦煌遗梦》出版时，曾经被认为是中国第一部“宗教小说”。其实我本意并非如此。

敦煌当然是很特殊的地域。说到底，文学和宗教的关系非常密切，宗教是制造神秘感的最重要源泉。宗教是寂静的境界。我觉得，这种寂静很像佛教里的“空”。“空”的瞬时表现，就是“知太虚即气，则无无”……

运用宗教背景在西方现代派作家中很普遍，在中国作家中却很少。说到底是缺乏一种宗教精神。陈晓明在和我的对谈中说得很好：后现代主义虽然拒绝深度、拒绝象征、拒绝沉重的文化代码，但他们有时也采用反讽的手法运用宗教素材。像冯尼古特、品钦等，都曾经把中世纪的宗教题材加以改造，搬到现在的故事中去。卡尔维诺就是一只脚踩在宇宙论上，另一只脚踩在通灵论上。也就是把最神秘最玄虚的宇宙论和中古时代的通灵论结合起来，代表了后现代的某种特征。

文学报：你的小说一度让我有一种联想，它们算不算西方哥特式小说的一个变体。但细想这之间又有很大的区别，有别于哥特式小说里幽灵出没的阴森恐怖，你的小说倒是多了几分巴洛克式的明丽和清朗。而且你的小说里，即使有古宅或者城堡之类的景象，也很快就消失不见了。经常出现，萦绕不去的倒是湖与海的意象。湖是那片有天鹅出没，有着纯粹的蓝，且是不忍让你触摸的蓝色的湖；海是那片深不可测的，有着无限诱惑，且有海火闪现，有海百合从中诞生的海。无论是湖还是海，都更像是梦中的景象，而非现实的实存。有意思的是，在你的小说里，往往看不到流动的河或溪流，也就没有那种水汽弥漫的感觉。所以你的小说，初看有南方风情，细一想又不是那么回事，很难说有明确的地域特征。

徐：在我的很多小说里，地域特征一般是虚化的。但是为了表现那种虚构的真实性，我有时会竭力把一种氛围写足。这一点上，我同意青年评论家杨庆祥的评论：“即使在众多的小说中徐都暗藏批判的锋芒，但让人惊讶的是，她始终有一种发自本性的隔绝能力，让她和那些过于残酷的历史存在保持必要的距离而不至于降格为一种悲情的叙述，事实是，即使在她最阴郁的小说里，也会出现大量如巴洛克风景画式的明丽色彩，在她那些巫妖一体的女性人物身上，往往又有一种少女式的天真和童贞。徐将这种天性发挥到了极致，并在其作品中构建了双重的维度，一种形式、叙述、修辞的轻和一种历史、现实和宗教的重，这两者并置而生，互为视域，在这个视域中，一种与众不同的写作被呈现出来。”

不管我的本心如何，可能达到的结果就是这样：哥特式的阴郁，巴洛克式的华丽与洛可可式的繁复可能会同时呈现出来。

“如果一个人只是写自己，那么即使是一口富矿也必定会被穷尽。”

文学报：你的丰富、复杂和独特，某种意义上让你成了一个很难归类的作家。比如，你有一以贯之的很强的女性意识，但很难把你的写作简单地归为女性主义写作。又比如，你的写作有很强的超现实主义色彩，但实际上你对现实也有强烈的观照。或可比拟的是英国作家安吉拉·卡特，她的写作也是糅合了多种文学体裁，也因此被归为不同的文学流派。但有一点颇为不同，卡特通常以女性主义者自居，你似乎对这一命名，并不特别认同。我想知道，你对自己作为一个独特的作家，对自己这样一种独特的写作，有怎样一个独特的认知和定位？

徐：西方有批评家说我是中国当代的安吉拉·卡特，我觉得不是很恰当。她太仙了，我多少还接点儿地气。

最近有文章说，后现代主义之后的主导思潮是“本真主义”。因为人们希望“脱离消费主义的粗俗、装腔作势与不安全感，到处都可以看到对本真性的渴望，价值再次变得重要起来”……我倒觉得，如我的一位批评界朋友所说，本真主义与我的写作倒是很接近的，世界已经绕了一个圈儿回归，我却一直在原地等着，与世界接轨。

不过你这个问题更让我想起达利的答记者问。

“超现实主义？”

“不，不是。”

“立体主义？”

“不，不是的。画画，是画画。——如果你不介意的话。”

文学报：哈哈。画画，是画画。写作，是写作。达利的回答挺本真的，不只是超越了现实，还超越了主义。你小说里紧张的母女关系，也是超越了“主义”的。体现在《羽蛇》里，羽最后被切除脑胚叶，似乎回到了被常人接受的状态，但她和母亲若木之间实际上没有真正地和解。她临死之前说，她用整整一生的工夫来赎罪，这代价也太大了，假如有来生，她一定要过另一种生活。所以我想，你彰显的女性意识，固然与男权的压制有关，也在很大程度上源于对母权的反抗。相应地，体现在你笔下的女性主义立场或女性主义精神，也有了更为复杂的意味。

徐：这方面我可能给批评家出了难题。

在中国内地的20世纪80年代末90年代初，出现了所谓女性写作，我的小说也终于得以归类。但是在新世纪以后，纯粹写私人生活的女性小说走进了死胡同。

毫无疑问，不敢拷问自己的灵魂、审视自己内心的作家不是真正的作家，但是，如果一个人只是写自己，那么即使他是一口富矿也必定会被穷尽。我想，女性文学的最好出路就是找到一个把自己的心灵与外部世界对接的方法，这样可以使写作不断获得一种激情与张力，而不至于慢慢退缩和委顿。

《羽蛇》就是这样的一种尝试。百年五代女人的心灵秘史，五代性格迥异的女人在时空的沧海桑田与血源的神秘因袭中的自我复制与变异。在女主人公羽蛇破碎的生命中，一方面，我们可以读到她对世界的拒绝与她以死亡所换得的绝对自由与终极胜利；而另一方面，我们更清晰地认识到羽所面对的世界无比强大，因为，一根“脱离了翅膀的羽毛不是飞翔，而是飘零，因为她的命运，掌握在风的手中”。

这样就进入到了一个更加广阔的世界。在这个世界里，遭到鄙弃的不仅仅是菲勒斯中心，也有你提到的母权，更有同性之间微妙而富于张力的战争。而不是那种一旦对男权世界的反抗便非要强调所谓的“姐妹情谊”——那是理论框架，而非真实语境。

文学报：当然，也有例外。在你塑造的女性人物里，《羽蛇》里的金乌就是个难得的例外。母爱对她是另一种缺失，因为她没见过母亲，甚至母亲是谁，对她也是一个未解的谜，所以她对母亲没有那种特别的情结，而且她一辈子都在寻找母亲。有意思的是，金乌也可能是你笔下独一个内心不那么纠结的女性人物，她特别自然，是那种经历世事沧桑，依然对人世间保有一份善意的理解的自然。

徐：是的，从某种意义来说，金乌是我的理想人物。我很想像她那样，聪明又不失大度，自我又不失善良，是智商情商都极高的女子。但我做不到，我的情商还是太低了。

在中国，情商比智商重要多了。

文学报：对比不同女性作家的作品，有时不禁惊叹母女关系在她们笔下，会有怎样不同的体现。比如张洁的《世界上最疼我的那个人去了》，写的母女关系却是感人至深。何以有如此的不同？难道是因为童年的经验不同所致？

徐：童年经验会影响人的一生，这是无疑的。张洁不止一次地对我讲过她的母亲。我除了羡慕之外无话可说。因为同是母亲，我的母亲与她的母亲真有天壤之别。斯人已去，我不想再说什么，我对幼小的孩子、年轻人一贯非常地好，就是希望他们一点也不要经受我孩提时代那种无法言传的痛楚。尽管这种感觉会迫使他们可能成为一个作家，我依然觉得代价太大。

“童年的美好或许是成年人虚构的，童年其实是伴随着恐惧与无助的。”

文学报：我想你大概会赞同《红楼梦》里曹雪芹写到的观点：女孩一旦变成了女人，就不只是不可爱，甚至是可厌憎的了。你笔下那些具有通灵气质的女孩，即使是成了女人，也依然保有女孩的美好。在《天鹅》里，夏宁远特别打动古薇的那句话，正是“你怎么像个姑娘”。古薇确乎有某些方面，似乎永远停留在了“姑娘”阶段。比如她的自然、纯真、不随俗，等等。也正是这些即使成了女人也没有失去的特性，让她散发着一种特有的圣洁美好的光芒。

徐：其实有时候生理年龄与心理年龄真不是一回事。

有的女性年轻貌美，却是一肚子小算盘，甚至有相当狠、辣的手段；而有的则虽然一把年纪，内心却还没有成长，像个孩子。

如同我在《双鱼星座》里描写的：“……世上有一种女人可以轻而易举地得到男人的同情和赞赏，这种女人可以穿着银色的剔花马甲，一边修剪着手指甲一边向男人投去一个意味深长的眼风，同时或嫣然一笑，或泪水晶莹——表情视需要而定，那么她的全部愿望都可实现。但世上也有另一种女人，缺乏一切女性的假面和道具，而她们的心又总是很丰富，总是很顽强地在塑造世上不可能存在的男性，她们从不为现实现世的利益所动，却甘愿为虚无缥缈的幻象去死。这种女人自然是真实男人们敌视和排斥的对象。卜零正属于后一种女人，在她清醒的时候她知道自己在劫难逃。”

男人都会喜欢前者，哪怕上当受骗；所以我在《敦煌遗梦》里说：好男人与好女人永远不会走到一起。

文学报：有时我会想，你是不是赋予了童年、青少年太多美好的特性。可相对比的是，匈牙利作家雅歌塔·克里斯多夫写的《恶童》三部曲，她写尽了童年的邪恶。当然与成人世界的区别在于，他们并不伪善，甚至也不知道什么是伪善。而即使邪恶，也是那么真诚，但也因为真诚，让这种邪恶看起来更是触目惊心。

徐：这是我目前正在思考的问题。前几天看了话剧《枕头人》，对此问题感受尤深。这部话剧复杂多义，曾经荣获2004年英国奥利弗最佳戏剧奖、2005年美国戏剧圈最佳评论奖。讲的可以说是一个黑色童话。“枕头人”因为可以预见到儿童们未来的悲惨遭遇，所以在那一个个悲剧尚未发生之前就用各种手法把他们提前送上了西天，而看上去像是各种意外；男主人公在目睹父母亲对哥哥的毁伤后用枕头把父母送上了西天，而他最爱的哥哥，也因他对其爱之甚深，而导致他最终用枕头把哥哥送上黄泉。无疑枕头人是男主人公的象征，但这里隐含了双重悖论。但无论怎么说，这部剧里包括的十个小故事非常有趣、非常黑暗和意外。其中就有你刚才说的关于恶童的问题——男主人公自己就是个恶童，难道把自己父母杀死了还不是恶童吗？尽管他是为了自己最爱的哥哥——不过，这里面包含了复杂的人性，远不是一两句话说得清的。

其实回想起来，童年的美好或许是成年人虚构的，童年其实是伴随着恐惧与无助的。

文学报：虽然你的写作各有各的面貌，还是能找到一个共同的母题，就是拒绝成长。当然你没有让这些主人公，走进童话故事去漫游仙境；也没有让他们陷入像《铁皮鼓》里奥斯卡经历的种种怪诞情境；甚至也没有让他们在与周围环境的一些喜剧性的冲突中慢慢成长，而更多的是，他们试图逃离，却不曾失去对成人世界的好奇和探究，并与其做抗争。而结局是多种多样的，像《海火》里的郗小雪和方菁虽然变得世俗，却还是充满了人性的挣扎；《羽蛇》里的羽遵从神谕的指引遁入了神界；《炼狱之花》里的海百合，从纯洁的海底世界来到人间“和亲”，因为脱不下人的面具，却再也回不去了。如此种种无不给人悲剧的意味。

徐：因为人活着就是悲剧。

我的确是一个悲观主义者，但我是理智上的悲观主义者，而非感情上的悲观主义。

所谓理智上的悲观主义，恰如控制论的鼻祖维纳所说：人类是一条注定要遇难的航船上的乘客。因为人注定是要死的，可是难道因为知道要死我们就不好好活吗？这条航船上的乘客在触礁前要充分挖掘自己的生命能量，让注定的悲剧美得荡魂摄魄。

所以，这样的彻底的理智上的悲观主义者，才能真正乐观地活着，我亦如此。不知你是否能理解？

文学报：相比而言，你笔下的男性形象，显示出比较多的符号化或寓意化的特征。他们中一类是像夏宁远、圆广这样的自然之子，他们似乎是城市中的异类，身上始终有不安分的血液奔涌，要去不染尘埃的远方寻求诗意。自然，他们还保有原始的野性，没有完全被文明驯化的。另一类是像陆尘这般带有知识分子气的一个孱弱的形象。两相对比，你的批判意识是显而易见的。有意思的是，你笔下的这么多男性形象，都不曾领受神谕。但在我印象中，在我们的古代神话或希腊神话里，往往是男性领受神谕的。这似乎是一种改写。

徐：我不这么认为啊。除了《双鱼星座》里那三个男人，我对男性没有这么刻毒吧？我写过很优秀的男性啊，譬如《羽蛇》里的圆广——烛龙，尽管最后他客死他乡，但是并不排除他早期像古代神话的祝融那样给人间带来火种啊？！（烛龙就是祝融的别名）；又如《吉耶美与埃耶梅》里的严平，那完全是一位在黑暗中探索具有献身精神的偶像级人物啊，再如《海火》中的祝培明、《末日的阳光》中的那位陌生的闯入者……按照你说的意思，都应当是领受过神谕的啊。

符号化？不对吧？我写过的男性，譬如《双鱼星座》中老板的虚伪、韦的浮夸与无能、石的懦弱，《吉尔的微笑》中吴的阴险，《做绢人的孔师母》中孔先生的暴躁独断，都被读者认为活灵活现啊。

文学报：呵呵。这些男性形象，的确没有特别注意到，可能是你笔下的女性形象太炫目了。

徐：我没那么狭隘完全站在女性立场上对男性说三道四，我的故事中充满了女性之间的微妙而恐怖的战争，我觉得自己作为一个写作者，视角是非常公允的。

文学报：你的小说里，经常出现的一个情景是，女主人公因为爱，充满了生机与活力，而且变得特别美好；同时也因为失去爱，一下子就会变得衰颓与苍老，甚至从身体到心灵都变得丑陋起来。她们似乎是为爱而生，为爱而死。这会不会把爱理想化了，或神圣化了？或者，在你眼里，爱是一种不死的信仰。何以如此？

徐：是的，我认为对某些女人来讲，有一滴露水就能让她复活，这滴露水就是爱情。可老天爷偏偏就这么残酷，连一滴露水也不给她。譬如《别人》里的何小船。

但我从来没认为爱情是不死的信仰，相比之下我倒是更相信萨特的话："爱是一个枉费心机的企图。"

只有《天鹅》是个例外，原因我已经说过了，就是想有一次"顶风作案"。也想告诉年轻人，世上曾经有过这样真正的深刻的爱情。

"男人很难真正理解女人，很少能有男性作家写出女人真正的隐秘。"

文学报：虽然当下最引人关注的是长篇小说，但很多作家的长篇，的确不如他们的中短篇写得要好。你给我感觉是个例外。总体看，中短篇也有不俗的表现，但长篇比中短篇写得要好。而我对你的写作之所以有这样的印象，或许是因为，你小说的完成性特别好。不同于眼下作家写作，习惯设置开放式结尾的"传统"，你倾向于给小说画上一个近乎完美的句号。不说《天鹅》，即便是《羽蛇》这样有着更为复杂的结构和人物关系的小说，你也以"终结与终结者"，还有三个"附录"，让故事中人物的命运，如百川归海，有一个最后的归属。

徐：对，我的小说完成性比较好。我觉得这也是对读者的一种尊重吧。

文学报：就你的中短篇而言，感觉你比较擅长在较短的篇幅里拓展叙述空间，因此一些中短篇，虽然篇幅不大，却有着远超于此的容量。而且你总能把一些碎片化的素材，融入一个有机的结构里，从而让你的小说显现出一种混沌中又有秩序的整体感。我想，在面对一个素材时，是把它写成一个长篇，还是中短篇，你可有特别的考量？如果是决定要写成中短篇，一般会追求达到什么样的效果？

徐：不会有太多的考量。更不会事先考虑达到什么样的效果。

文学报：中篇小说集《别人》有些特别，最大的特别之处就在于，在集子目录之前还有一个总的题记：别人就是别人。在开篇的同名小说里，你做了进一步阐释：别人永远也不可能成为自己。事实上，在你的小说里，主人公总是试图去理解，去介入别人的生活，但一旦介入，总会引来意想不到的灾难。这是不是在你看来，人与人之间在根本上是不可沟通的？但个体生活在一个总的关系里，没有别人的对照，某种意义上就没有了真正的个体。这似乎是一个悖论。

徐：是的，人与人之间从根本上来说是无法沟通的。特别是男性与女性之间，不然就不会有那么多爱情与婚姻悲剧了。所以我说，"性沟远远深于代沟"。因为长久以来我发现，男人与女人完全是两种动物，两性之间可以说从根本上就互不了解，男人对于女人来说，根本就是"别人"，反之，也一样。

为了把故事推向极致，在《别人》里，我设定了两个极致人物，一个是会用塔罗牌占卜的老处女，另一个是没经过恋爱就结了婚的男人。于是两性情感上的错位不可避免地发生了。

文学报：事实上，即使男女主人公不是那么极致，情感的错位也在所难免。

徐：因为极致，所以结局更加极端。男性与女性在爱情方面的投入永远是不等量的。对于男人来讲，如果他仅仅得到一个女人便满足了的话，那么他也绝不会是世俗意义上的"男子汉"了。而对于女人，那个她爱上的男人却是她"整个的生命"。老姑娘何小船那貌似无理的争吵，无非是她爱得太深又怕失去对方的那种恐惧造成的，仅仅这一点便注定了她的失败。

男人很难真正理解女人。在古代，算命先生从不惠顾女人——他们认为女人的命运是不可测的。现代亦如此。很少能有男性作家写出女人真正的隐秘。

文学报：但最为成功的女性形象，通常是男性作家塑造的。怎么理解？

徐：你不觉得男性的女性观常常会走入误区吗？反之，女性也很难真正理解男人。在《别人》里，那男人在走近何小船之后便很快觉得自己犯了错误，想退步抽身了，他是个对家庭有责任感的“好男人”，即使没有爱情也算不得什么，而有了这份情感之后他很快便觉得自己有罪，正是这罪孽让他惨遭失去父亲的“报应”——对此，何小船不仅毫不理解，反而在自己编织的自欺之网中越陷越深。“她要的恰恰是他不能给予的，也是这个世界不能给予的。这个世界再不需要什么眼泪，痛苦，真诚和感动，这些词都已经和即将过时，她张开双臂拥抱的，不过是一种华丽的虚幻，这个世界需要的是说谎和假笑，连她自己不是也在说谎吗？为了他的感情天平向自己倾斜，她不是一直没有戳穿自己制造的那个谎言么？”

所以我上面说了很欣赏萨特的一个观点：“爱不过是个枉费心机的企图，这个企图就是占有一个自由。情人们既要求这个誓言又恨它，他想被自由所爱，又要这个自由是不再自由的自由。”——这真是一个天大的悖论。我想，能超越这悖论的，大概只有死亡了。爱走向美的极致便是死亡，可惜这是文学艺术的审美需要，凡人们大抵无此勇气，也无此必要吧。

“生活会带着笑靥如花的面具，在猝不及防之间，给你致命一击！”

文学报：在你的中短篇里，像《双鱼星座》《蜂后》《迷幻花园》，引起了比较多的关注，也有各种各样的阐释。当然这些阐释，很多不是对小说艺术做出有说服力的解析，而是把它们作为女性意识、心理小说，乃至精神分析学说的范本。就我自己的阅读而言，我更喜欢《吉尔的微笑》《天生丽质》《做绢人的孔师母》等几个中篇，很大一个原因在于，透过你冷静的、不动声色的叙述，能读到一种卡夫卡式震惊的体验。这几篇小说的结尾，真是让人感觉，你就像鲁迅说的“是将人生有价值的东西毁灭给人看”，而且你展现的还不止是这样的悲剧，还要让人看出其中的虚无和荒凉。那种决绝的狠劲儿，让人读了心里为之一颤。

徐：很多人跟你有共同看法，觉得我的作品里有种“决绝的狠劲儿”，这说法我喜欢。

这狠劲儿的来源其实就是生活。生活本身就是这么狠，这么残酷。它会带着笑靥如花的面具接近你，挑逗你，占有你，然后经常让你在猝不及防之间，给你致命一击！

我的大部分作品是这样的。以致于很多年轻读者在认识我之前把我想象成了一个可怕的人。哈哈。譬如网络女作家暗地妖娆这么写道：

> 在见到徐小斌之前，我没有被她的一堆荣誉吓倒，却被一个书迷的感叹吓倒，那书迷讲：“我是你的话，绝对不会去见徐小斌！一个人得阴暗扭曲到何种地步，才能写出《羽蛇》这样的小说?!”是的，大抵惟有生翼的响尾才能炮制出这样的文字咒语，每个字都又毒又美，既不是罂粟，也不像砒霜，那是质感堆砌起来的匕首，在文学的范畴里划下了一道亮度能刺瞎双眸的彩虹。所谓的天才正是如此吧。然而当第一次见到她本人的时候，隔着一张餐桌远远看她，她眼里有光，热情的、单纯的、丰饶的，一张口便能镇住全场，你会感受到扑面而来的暖意，没有阴暗，更没有扭曲。她就是一个对生活时尚充满兴趣，不在乎流露七情六欲的女子，那种坦诚会让世故的人不自觉地脸红。

这篇文章写得很好玩。最后她下断言是我用写作在“排毒”，成就了自身的单纯和美好。这么理解也挺有趣的。

文学报：特别有趣。你的写作真是挺特别的。有时我也会想，喜欢读你的，会是一些什么样的读者。读你，会不会是因为和你一样有着并不幸福的童年经历，有着难以化解的心结；或是因为对自我，对心灵探究有着特别兴趣；或是经历了岁月沧桑，有了丰富阅历以后的一种自觉不自觉的选择。有一点是肯定的，你的小说，好读但并不好懂。走进你的小说世界，会比较难，但走近了，理解了，很可能会被你强大的气场吸引，成为你骨灰级的粉丝。

徐：我的粉丝真的不多，不过确实都是骨灰级的。

最让我开心的，是现在有一批年轻人，非常喜欢我的小说。不是装的，是真的喜欢。数十年来，不断地有学生在写有关我的硕、博士论文，近年尤甚。

前年人大文学院为我开了个研讨会，会上都是“80后”“90后”的博士硕士和青年教师，他们对我作品由衷的喜欢与精到的解读让我十分感动。相比于上一代，他们的知识结构更加完整，我有些一直被人忽略与冷落的小说，在他们的眼中成为至宝。尤其让我惊讶的，是今年5月的澳门书院之行。澳门书院全部是“90后”小孩，他们与我的对话完全没有代沟，在听我讲过课之后，学生们乘午休时间跑到珠海买我的八卷本和《天鹅》，满头大汗地请我签名。我离澳时已经距离讲学有两天时间，且并未告诉他们行程，但他们不知从何处打听到我的航班，竟然都到机场送我，那一瞬间，真的有点像《放牛班的春天》中那个催人泪下的镜头。

我想这就是获得吧。写三十多年不可能一点没有获得，这就是我的获得。

文学报：看来你得修正下“无论是早生三十年，还是晚生三十年，我都算是生不逢时”的感慨了，毕竟有这么些知心的读者啊。言归正题，你在小说里会比较多地写到游戏，但这些游戏并非是轻松欢快的，都包含了危险，而且还渗透了其中人物耻辱的生存经验。《做绢人的孔师母》里女主人公书茵和她倾心的孔令胜玩救人的游戏，躲到靶场的弹坑里，在因紧张而尿失禁的尴尬情境下，被孔令胜找到。诡异的是，不久后，孔令胜就阴差阳错死在了靶场上，而他的母亲孔师母，后来也以同样的方式结束了自己的生命。《对一个精神病患者的调查》里，“我”所做的调查，不妨视为一次游戏式的精神历险，换来的却是对不由自主卷入其中的参与者身心的巨大伤害。有时这些场景，会让我联想到卡夫卡的《在流放地》。这样的描写里隐含了深层意味，但我也说不清到底是什么样的意味。

徐：在这个无序的、具有无限多样性的宇宙之中，存在着一种制约。人类把它叫做游戏规则。

孩子成人之后便把这游戏规则引入成人世界。于是成人世界有了政治角逐商业角逐学术角逐……一切智力的角逐都离不开规则，如同启示录一样：上帝是这样说的。但是问题是：即使上帝说的句句是真理，那么每个真理的背后也都潜藏着谬误。

文学报：挺有意思的见解。怎么说？

徐：譬如有甲乙丙三人来做一个以气球为目标的掷镖游戏，参加游戏者每位各执一气球，谁的气球最后保持完好即获胜。参赛者每一轮都以抽签决定游戏的掷镖顺序，然后依次投掷一支飞镖，他们对于各自的投掷技巧全部心中有数：甲的命中率是80%，乙和丙则分别是60%和40%。那么每位参赛者究竟采取什么策略来取胜呢？答案很明显。每位参赛者都得把目标对准较强对手的气球，因为一旦打败了强者，他面对的也就是较弱的对手了。然而，如果三位参赛者全都采取同一策略，那么他们会得到与掷镖技巧相反的结果！概率计算显示：丙这个最差的参赛者获胜的机会最大（37%），而甲这位最佳选手获胜的机会却最低（30%）。乙获胜的机会也只有33%。

文学报：为什么会是这样的结果？问题出在哪里？

徐：问题就在于甲和乙互相拼斗时，丙几乎不受任何威胁。由于甲乙双方坚持他们的策略，而使丙增强了他的生存能力。

毫无疑问，气球之战与政治经济的竞争十分相似。于是美国经济学家阿罗经过论证得出了一个毁灭性的结论：任何想象得出的民主选举制度可能产生出不民主的结果，有时为了选上你想选的议员，你必须投他的政敌的票。——这悖论便是一个残酷的政治游戏规则。

文学报：你说到了政治的经验。我更关心的是，这样一个游戏规则，在你的小说里是怎么体现的？

徐：当然，我的小说与政治毫无关系。我的小说最能代表游戏式历险的是《缅甸玉》，讲的是两个女人的游戏：二十年前，缅甸女人阿韵用低价（违反规则）买走佤寨的一件上等石货，二十年后，佤族女人三梅想追回这件石货，但阿韵已经把它加工成了一件精美绝伦的玉器。三梅自然不敢拿走（怕违反规则）。阿韵于是还给佤寨另一件石货（按照规则），但是最后打开石货才知道此石并非真正的翡翠。（石货只有打开才知真假，而一旦打开石便无法复原，又是悖论）表面上看，以一石易一石，不过是以一种偶然换取另一种偶然，无一不存在着风险，这应当符合商界的游戏规则。于是缅甸女人阿韵无可指摘。

但是还有深层的规则：偶然里面往往隐藏着必然。这必然是不可知的。它正是人类的童年游戏。阿韵与三梅的游戏正是那古老游戏的延续。这一回合也许是阿韵赢了，但是游戏还在继续下去。

最后的胜者本不存在——这也是游戏规则。

文学报：让我印象特别深的，还有你在一些小说的结尾里，都会有血的书写。比如《玄机之死》最后写到玄机之死：玄机的血，像喷泉那样直直地喷出来，喷了许久。而周围的天空却是红的，好像是把她血中的颜色吸走了似的，直红到像是燃起了一片熊熊大火。在《羽蛇》里，羽给羊羊输血后，得了一种奇怪的病，有淡色的血珠，从她的每一个毛孔里渗出，等到临死前一天出血停止，“她的皮肤变得像少女一样娇嫩，全身的疤痕都消失了”。在你笔下，死亡像是献祭，总是伴随着血的洗礼。读到这些地方，我会忍不住停下来想一想，为什么会是这样？

徐：完全是一种突然降临的灵感，无法解释。

也许女人的一生都与血有关吧。从初潮开始。所以我的《末日的阳光》是一个小女孩从初潮开始对猩红色怀有一种巨大的恐惧，猩红色当然隐喻当时的疯狂年代。

另外，“以血作墨”在没有被普泛化之前我是喜欢的，原话来自于美国著名女性主义者苏珊·格巴，她说：“女性艺术家体验死（自我，身体）而后生（作品）的时刻也正是她们以血作墨的时刻。”“以血作墨”实在是对女性写作的一个准确的界定，比所谓“个人化”要准确得多了。但是后来这句话以讹传讹，完全变了味儿。

有时候，在写作最累最苦又无人喝彩的时候，我觉得自己的写作真有点“以血作墨”的意思。

“好的小说，必然是复杂、多义、混沌的，可以向无数个方向展开。”

文学报：我想，最接近迷幻现实的大概就是白日梦了。而你的写作，在我的感觉里，也近乎是一种白日梦式的写作，套用瑞典诗人特朗斯特罗姆的说法，你的小说是你让它醒着的梦。正因为此，当你跟我在闲聊中，说到你通常不是在家里，而是去附近的国家图书馆去写小说的开头，而且你喜欢写作时，身边有人在走，而不是那种特别安静的氛围，倒真是有些出乎我的意料了。当然不管怎样，一个能把小说写得这么迷幻，迷幻到模糊了现实与梦幻界限的人，我想在生活中也有很迷幻的一面。依你看，写作与现实之间，该怎样保持一个合适的距离？

徐：哦，这个距离，到现在我也没有找到。你说得对，我就是那种喜欢做白日梦的人。每写一部书我都会深陷其中不能自拔。写完了以后回到现实中经常感觉无法适应。所以这也决定了我在生活中情商巨低，完全不会来事儿的结果。而在中国情商比智商重要多了。

但是在《羽蛇》里有一段话：“你为什么也要像别人一样，把现实和梦分开呢？告诉你一个秘密，现实和梦，本来就是一回事，因为灵魂和肉体一样，有工作也要有休息，灵魂工作的时候，就是现实，灵魂休息的时候，就是梦，你细想想，是不是？我灵魂工作的时候，正好是你的灵魂休息的时候，所以对我来讲就是现实，对你来讲就是梦，是不是？”这段话，说的就是我自己。

我明白当我做梦的时候，很多人把现时现世的利益都拿走了。但我依然很享受做白日梦的状态。

文学报：以我的理解，有两种状况的写作，带有更大的不确定性。一种是离现实太近。要左拉活在当下，他多半会发现他奉行的自然主义创作是很可疑的。还有一种是离现实太远。对于一个对现实有着特别关切的严肃作家来说，一次次天马行空的想象，很可能伴随着一次次强烈的自我怀疑。在常年的写作生涯中，你有没有对自己写作的意义产生过怀疑？写作对你来说又意味着什么？

徐：曾经有过两度怀疑。一是20世纪80年代末的春末夏初。当时我觉得在巨变之下继续爬格子不但无意义，还是耻辱，所以我整整三年没有写作，就随意画画和刻纸，1990年办了个人刻纸艺术展。1992年去敦煌，被敦煌艺术所震撼，才又开始了写作。

第二次是在2005或者2006年，我突然对自己坚持的一切和整个人文环境产生了强烈的质疑。这种质疑得不到答案，那时候真的很痛苦。我第一次感觉很恐惧，那时我对这个世界充满恐惧。

很久以后我才明白，这种痛苦主要是因为社会游戏规则改变了，而自己还太不适应。同时自己也有问题：太绝对化了。水至清则无鱼嘛。实际上任何社会都需要相对的妥协，大家才能够生存，连海底世界也有“共生”的定律嘛。但是另一方面，社会游戏规则的改变确实带来很多问题，譬如人格的矮化，犬儒主义的无限增多，等等……

你说到自然主义写作，我觉得很难做到，在中国成为真正的现实主义作家是很难的。

文学报：深以为然。关键在于是真正的现实主义，而不是伪现实主义。

徐：因为现实主义作家肯定应当是批判现实主义的。托尔斯泰也罢，巴尔扎克也罢，都是批判现实主义大师。一个作家如果不和社会保持一种紧张的对峙关系，而只为了谋求现实利益去copy某些陈词滥调，这是现实主义写作吗？这实际上也是我在2005、2006年反复叩问的一点。我在我的工作岗位上越来越了解到社会的某些潜规则，我亲眼看到一些无良的所谓作家，用恶心的手段博取了他想得到的一切，一边还作出忧国忧民状来博取鲜花和掌声，现在所有人都视他为大师。演得真不错。

至于我自己的写作，没有离现实太近，也不是离得太远。如刚才所说，好的小说，必然是复杂、多义、混沌的，抹去虚幻与现实相接的所有痕迹，使它们浑然一体，从另一方面来看，它们又可以向无数个方位展开，展示多样性与可能性，就像珊瑚或者什么海生物的触角似的。

“我一无所有，所以也就不怕‘刀尖上的旋舞’。”

文学报：对你有所了解的人，都知道你同时还是编剧、画家、刻纸艺术家。文学界少有你这么多才多艺，而且在每一个领域，都有自己的造诣的。就我读到的这些作品，在《白木马与喇叭花》《亚姐》《歌星的秘密武器》里，你写到了编剧界、影视娱乐界的秘密生活；至于绘画怎么影响了你的写作，读你的小说，就像奔赴一次次丰富驳杂、五彩斑斓的视觉盛宴。当然这么说，都太过笼统。我想还是由你自己现身说法，谈谈这种跨界的艺术实践，怎么影响了你的写作吧。

徐：我历来不务正业，爱好过于广泛，现在美其名曰“跨界”。其实这很正常，一个人同时对多种领域爱好并有建树，并不是什么稀奇的事。达·芬奇就是典型，他除了是画圣，还是雕刻家、建筑师、植物学家、作家、解剖学家、音乐家、数学家、工程师、发明家，他甚至可以画出飞机的制造构图……与他比起来我们算得了什么呢?

世上一切学问、一切艺术都是相通的啊。一句话，就是功夫在诗外。每每写作的时候，很多画面就会自动呈现在我眼前，很多杂七杂八似乎没用的知识也会突然跳出来帮我的忙。

文学报：你的丰富、驳杂，自然源于你对很多新鲜事物都有着浓厚的好奇心。比如，对网络文学，你就表示出超出很多同时代作家的热情。在你的小说里，你也会吸收一些网络上的流行说辞。从一个访谈资料里，我还看到，你对处在争议中的网络文学有很高的评价。

徐：好奇心那是肯定的。但是从来没对网络文学有很高评价啊。最早接触网络文学还是莫言推荐的，说有个网络作者李傻傻写得不错，我就看了，也没看出个所以然。

惟一对网络语言有借鉴的，是《炼狱之花》。因为我写的场景，需要最当下的年轻人的流行语。

文学报：这些流行语，大概在编剧时，特别能派上用场。我听说过一些作家客串当编剧，但大多有过短暂的接触以后就放弃了。像你这样长期坚持在编剧一线的作家，真是少之又少。不妨从作家的角度谈谈，对编剧这一行业的认知。我还想知道，作家与专业编剧，在进入编剧这样一个角色时，会有怎样的不同？

徐：我不是“坚持”在一线，是因为我的职业就是编剧，没辙。可实际上真的不是个称职的编剧，至少在工作岗位上是这样：因为好的编剧是编剧匠，是行活儿，上面让你写个什么你短平快地完成了，这就是好编剧。而我在央视二十年，没写过一部命题作文，这哪是好编剧啊？

但我进入这个行当是很早的，1986年，广西厂张军钊导演（《一个和八个》的导演，当时张艺谋是他的摄像师）看过我的中篇《对一个精神病患者的调查》之后联系了我，改电影，我当编剧。只写了一稿。四千块，是当时最高的编剧费。后来获了一个第十六届莫斯科电影节特别奖，但我看那部成片的时候，觉得完全与我的小说无关。

我认真写剧本并得到高度赞扬的只有两部（注意仅仅是剧本得到赞扬），一是《德龄公主》，二是去年播出的《虎符传奇》，播出的效果前者已经令我汗颜，后者简直惨不忍睹。从此我养成了个习惯：凡我编剧或者根据我小说改编的影视剧一律不看。

作家与编剧的根本性区别就是一句话：前者是个人化劳动，后者是集体劳动。

文学报：说到这里，我特别想到“私人化写作”的提法。20世纪90年代，你和陈染、林白、海男等，正是作为“私人化写作”“女性写作”的代表作家，被读者认知的。但说实在，这样一些集体的共性的命名，更像一种似是而非的概括，让人记住的同时，也遮盖了不同作家的创作特性。你自己怎么理解？

徐：我从来就不认为我是什么“私人化写作”。

我的很多小说表面上似乎与社会历史无关，但是细心阅读后会发现，在梦想与现实的对立中，它最终是遥遥指向文明、历史与社会的。这样的小说中表现的叙述方式和内心体验并不是一种完全个人的东西，它与历史和现实都构成了一种张力关系。

我的原则是：在面对某些禁忌无法表达的时候，我宁可采用一种曲折婉转的方式表达，也绝不会昧着良心去正面表达一种虚假的东西，相比之下，我倒认为这种写作比某些所谓“现实主义写作”真实得多。

文学报：你很好地概括了自己的写作。事实上，写作本身就是一个巨大的谜。很多时候，作家从宽阔的门里进去，往往走到了死胡同，而从窄门里进去，反而可能窥见一个宽阔的世界。你走的是窄门，在这门里，你持续不断地往自我或是人类意识的深层掘进。这无疑是一种耗损的写作，就好比是在刀尖上旋舞。你自己也有一个说法，男作家写到最后拥有一切，而女作家写到最后一无所有。我好奇的是，是什么支撑着你几十年如一日做孤独的探索，并有如此丰富的创造？

徐：我已经一无所有，所以也就不怕“刀尖上的旋舞”了，也可能是“刀尖上赤足的旋舞”，如同小人鱼为了爱情喝下巫师的毒药一样。疼痛，会让你清醒，会给你刺激，所以说太幸福的人没法儿写出好作品了，痛苦才能给人 power！

说到我坚持的勇气和动力，基本上来自两个人，一位是我的父亲，父亲是这个世界上真正爱我的人，一位正直智慧善良无私的老知识分子，早早就离开了这个世界。在世的时候，他总是为我每一点小小的成绩骄傲。另一位是在我很小的时候遇见的一个人，从我的一些作品里可以看到他的影子。他们对我的一生都有巨大的影响，换句话说，是他们的精神力量和爱滋养了我的一生，让我即使面对黑暗也永不坠落。

徐小斌作品系年

长篇小说

《海火》（1989 年中国青年出版社，2008 年中国友谊出版公司，2019 年百花洲文艺出版社）

《敦煌遗梦》（1994 年北京出版社，1997 年河北花山文艺出版社，2007 年河南文艺出版社）

《羽蛇》（1998 年花城出版社，2001 年长江文艺出版社，2002 年时代文艺出版社，2003 年台湾联经出版社，2004 年人民文学出版社，2007 年人民文学出版社，2009 年作家出版社“共和国作家文库”，2012 年重庆出版社，2013 年人民文学出版社第三版）

《德龄公主》（2004 年人民文学出版社，2005 年香港经要文化出版公司，2006 年漓江出版社，2009 年台湾印刻出版社，2010 年天津人民出版社）

《炼狱之花》（2010 年由人民文学出版社与长江文艺出版社首次两大社联袂出版）

《天鹅》（2013 年作家出版社）

《水晶婚》（2015 年由英国 Balestier Press 出版）

中短篇小说集

《对一个精神病患者的调查》（1990 年海峡文艺出版社）

《迷幻花园》（1995 年华艺出版社）

《如影随形》（1995 年河北教育出版社）
《蓝毗尼城》（1996 年云南人民出版社）
《末世绝响》（1997 年华侨出版社）
《蜂后》（1999 年长江文艺出版社“跨世纪丛书”）
《双鱼星座》（1999 年百花文艺出版社）
《天生丽质》（2000 年北岳文艺出版社）
《歌星的秘密武器》（2002 年广州出版社）
《清源寺》（2003 年北京出版社）
《非常秋天》（2005 年中国广播电视出版社）
《徐小斌作品精选》（2007 年长江文艺出版社）
《末日的阳光》（2009 年河南文艺出版社）
《别人·花瓣》（2010 年文化艺术出版社）
《睡蛇的伤口》（2015 年安徽文艺出版社）
《入戏》（2019 年北岳文艺出版社）

散文随笔集

《世纪末风景》（1996 年云南人民出版社）
《蔷薇的感官》（1997 年华艺出版社）
《缪斯的困惑》（1998 年辽宁人民出版社）
《出错的纸牌》（1998 年天津新蕾出版社）
《徐小斌散文》（2000 年华夏出版社）
《心灵魔方》（2002 年知识出版社）
《美丽纹身》（2002 年当代世界出版社）
《西域神话》（2003 年云南人民出版社）
《大都会：缪斯的殿堂，我的梦想》（2003 年西苑出版社，2004 年四川人民出版社）
《我的视觉生活》（2004 年上海文汇出版社）
《莎乐美的七重纱》（2010 年商务印书馆国际有限公司）
《密语》（2015 年安徽文艺出版社）
《生如夏花》（2016 年高等教育出版社）
《孤独之美》（2019 年江苏凤凰出版公司）

文集

《徐小斌文集》（五卷本 1998 年华艺出版社出版）

《徐小斌小说精荟》（八卷本 2012 年作家出版社出版）

美术作品集

《华丽的沉默与孤寂的饶舌》（2007 年湖南文艺出版社）

《任性的尘埃》（2016 年海峡书局）

《海百合》（2018 年十月文艺出版社）

主要影视作品

1.《弧光》：电影，由本人根据自己的中篇小说《对一个精神病患者的调查》改编，1988 年首映。该片获第十六届莫斯科电影节特别奖。

2.《风铃小语》：电视单本剧，由本人根据自己的获奖短篇小说《请收下这束鲜花》改编，中央电视台黄金一套 1993 年首播。该剧获第十四届飞天奖，中央电视台首届 CCTV 杯一等奖。

3.《千里难寻》：十一集电视连续剧。北京电视台长青藤剧场 1994 年首播。

4.《雨中花园》：电视电影。作为全国十大女作家向世妇会献礼片，中央电视台黄金八套 1995 年首播。

5.《星空浩瀚》：电视单本剧。作为全国十大女作家向世妇会献礼片，由中央电视台黄金一套 1995 年首播。

6.《富起来的人》：八集连续剧，中央电视台黄金八套 2002 年首播。

7.《德龄公主》（与人合作）：二十九集长篇历史电视连续剧，根据自己的同名小说改编，于 2006 年在中央电视台黄金八套首播。

8.《延安爱情》（与人合作）：三十八集电视连续剧，2011 年东方卫视首播。

9.《虎符传奇》：三十集长篇电视连续剧，由本人原创，由著名导演郭宝昌执导，美亚长城传媒（北京）有限公司投资，2012 年在中央电视台黄金八套首播。

徐小斌文学活动年表

1981 年年底，参加《十月》杂志首届发奖大会，短篇小说《请收下这束鲜花》荣获《十月》首届文学奖；

1986 年年底，参加第三届全国青年创作会议；

1988 年年底，参加电影《弧光》看片会，《弧光》电影剧本根据作家中篇小说《对一个精神病患者的调查》由本人改编而成，获第十六届莫斯科电影节特别奖；

1992 年，参加由《中国作家》杂志社组织的长篇小说《敦煌遗梦》研讨会，这也是作家生平第一次的作品研讨会；

1995 年，世界妇女代表大会在京召开，参加了中国女性文学的系列活动；

1996 年，作为中国女性文学代表作家受邀在美进行了为期三个月的访问讲学活动，分别在美国杨百翰大学、科罗拉多大学、宾夕法尼亚州立大学、圣玛丽学院等举办了题为《中国女性写作的呼喊与细语》的文学讲座，是第一位被美国正式邀请讲中国女性文学的作家，讲座受到研究中国文学的海外学者的热烈欢迎；

1997 年，参加在贝尔格莱德举办的第三十四届贝尔格莱德国际作家会议；

1998 年，参加首届鲁迅文学奖颁奖大会，中篇小说《双鱼星座》荣获首届鲁迅文学奖；

1999 年，参加在台湾举办的两岸文学研讨会；

2000 年，参加在越南举办的文化交流活动；

2002 年，参加在加拿大举办的渥太华国际作家会议；

2004 年，人民文学出版社召开徐小斌作品研讨会；

2005 年，参加北京作家协会组织的赴埃及、土耳其的文化交流活动；

2006 年，参加北京文学杂志社组织的中俄文化交流；

2007 年，接到美国文学翻译中心（ALTA）副主席 Rainer. Schulte 先生的邀请，作为惟一的中国作家赴美参加由五十个国家的作家、翻译家参加的美国文学翻译中心三十周年庆典及国际文学研讨会；

2008 年，参加为期一个月的香港国际作家工作坊活动；

2009 年，参加中国 – 厄瓜多尔文学交流活动；

同年，英文版《羽蛇》全球首发，人民文学出版社同步召开新闻发布会；

2010 年由于希腊文小说《亚姐》出版，接受希腊文化部邀请赴希腊交流访问；

2011 年受到美国纽约亚洲协会邀请，赴美讲学，与著名作家苏童一道在美国哈佛大学演讲、座谈；

同年，与莫言等同赴澳大利亚参加“首届中澳文学论坛”与“墨尔本文学节”；

同年年底，应台湾印刻出版社邀请赴台进行文化交流活动；

2012 年，作家出版社举办“特立独行、历久弥新——徐小斌写作三十年作品研讨会”；

2013 年 6 月，新长篇《天鹅》新闻发布会举行；

同年 10 月，参加“首届海峡两岸文学笔会”并作主题发言；

2014 年 1 月，应邀赴泰国进行影视文化交流活动；

3 月，应邀赴澳门大学讲学，在澳门大学郑裕彤书院建立“徐小斌工作坊”；

5 月，荣获加拿大第二届国际“大雅风”华语文学奖小说奖首奖，赴多伦多领奖；

8 月，参加第三届汉学家国际研讨会；

10月，参加“海外华文女作家双年会暨华文文学论坛”，与余光中、席慕蓉等同台演讲；

2015年年底，长篇小说《水晶婚》获得年度英国笔会翻译文学奖；

2016年4月，应邀出席伦敦书展并在英国利兹大学演讲；

2016年11月，参加中国作家协会第九次代表大会；

2017年，在温哥华讲课及举办文学座谈会；

2018年，《双鱼星座》入选“百年中篇经典”和“百年百部中篇经典”；《对一个精神病患者的调查》入选“百年中篇经典”。

图书在版编目（CIP）数据

天鹅 / 徐小斌著 .—北京：作家出版社，2013.6（2020.1重印）
（徐小斌经典书系）
ISBN 978-7-5063-6912-1-01

Ⅰ. ①天…　Ⅱ. ①徐…　Ⅲ. ①长篇小说－中国－当代
Ⅳ. ① I247.5

中国版本图书馆 CIP 数据核字（2013）第 078958 号

天鹅

作　　者： 徐小斌
责任编辑： 秦　悦
助理编辑： 李炫屿
装帧设计： 蔡立国
责任印制： 李卫东
出版发行： 作家出版社有限公司
社　　址： 北京农展馆南里 10 号　　**邮　　编：** 100125
电话传真： 86-10-65067186（发行中心及邮购部）
86-10-65004079（总编室）
E-mail:zuojia @ zuojia.net.cn
http://www.zuojiachubanshe.com
印　　刷： 中煤（北京）印务有限公司
成品尺寸： 152 × 230
字　　数： 280 千
印　　张： 20.5
版　　次： 2013 年 6 月第 1 版
印　　次： 2020 年 1 月第 3 次印刷
ISBN　978-7-5063-6912-1-01
定　　价： 45.00 元